LE CAHIER NOIR

CAMILO CASTELO BRANCO

LE CAHIER NOIR

Traduit du portugais
par René Biberfeld

Michel LAFON POCHE

Du même auteur chez le même éditeur

Mystères de Lisbonne, 2018

Titre original :
Livro Negro de Padre Dinis (1855)

118, avenue Achille-Peretti CS70024
92521 Neuilly-sur-Seine Cedex
www.michel-lafon.com

Avertissement

Le *Cahier noir* n'a pas été écrit pour être publié sous quelque forme que ce fût, encore moins sous celle d'un roman.

Le grand homme qui a signé ces pages de ses larmes, ne les écrivait pas pour nous, profanes, qui ne pourrions les comprendre.

Absolument pas. Il les a laissées telles quelles, c'est un mythique amas d'amertumes, exprimées dans un style qui n'en est pas un, d'une élévation dont personne ne sait si c'est une façon réelle de s'élever vers le ciel, ou une chute éperdue dans l'enfer de la douleur.

La vérité, c'est que nous ne connaissons pas encore la langue des grandes agonies, qui semblent exiler le martyr de la société des hommes, pour le commerce idéal de je ne sais quels esprits, divinisés par la souffrance.

Quel a été le courage de cet homme qui a laissé de lui tant de tableaux, peints avec son sang et ses larmes, à ceux qui désespèrent !

Était-ce un « homme », que le père Dinis ?

À qui le demandé-je ?

À ma conscience qui se reproche son caractère mesquin ; à mon entendement qui ne conçoit pas que la résignation puisse vaincre la douleur ; à mon cœur, qui ne se passe pas les huiles de l'auguste sacerdoce du martyre ; à mon esprit endommagé par les tempêtes qui n'ont pu vaincre son orgueil congénital, mais se donne à cette occasion des airs de philosophe !

Le père Dinis était-il un « homme » ?

Les hommes naissent-ils, souffrent-ils, meurent-ils ainsi ?

Ce corps que l'on pouvait palper ; ces joues qui se creusaient de sillons sous la brûlure des larmes ; ces yeux qui sont venus de loin, en cherchant une tombe ; ces lèvres, qui se levaient de terre pour déposer un baiser, chaque jour, sur le nouvel instrument d'un supplice toujours renouvelé ; ces bras qui ont attiré sur son cœur tant de malheureux ; ce cœur qui, ne pouvant plus sangloter, accueillait les sanglots de toutes les infortunes qui frappaient d'autres… tout ce qu'on a vu… etc., cet homme était-il par hasard l'homme qui s'annihile, qui réserve une de ses fibres à chaque ver ?

Cette question posée au silence – cet appel anxieux à toutes les religions, à toutes les philosophies – est une épine qui pénètre profondément dans le cœur des êtres faibles, comme dans celui des forts, qui ne peut admettre l'indifférence glacée avec laquelle on voit passer l'ange béni et Lucifer le maudit – l'anathème qu'entraînent les grands crimes, et le martyr aux vertus surhumaines !

Vous ne l'avez pas vu ?

Vous pourriez l'estimer à l'aune triviale de cette milice qui mène les batailles sordides pour assouvir d'ignobles passions, au sang flétri, aux palmes sanglantes, aux tombes conspuées ?

Vous avez cru à son existence ?

Ce n'est pas le cas de bien des gens.

Eh bien, c'est à ceux-là que je demande de vénérer, d'admirer, de respecter cet homme, ou ce fantôme, qui a dû être le chaînon qui lie la créature au dernier anneau de la chaîne – à son Créateur.

Il est passé là. Rares sont ceux qui l'ont vu, encore plus ceux qui le comprendraient, parce ce que ce *Cahier noir* n'est pas une biographie ; c'est un long gémissement étouffé dans sa gorge par des mains invisibles, qui se succèdent ; par d'atroces convulsions qui viennent, à chaque heure, rappeler à l'infortuné que l'échelle des souffrances varie à l'infini.

Son livre resterait cependant inintelligible.

– Qui dit cela ? demanderaient bien des gens.

Celui qui le dit !

C'est un homme brisé. Rassemblez-moi toutes ces larmes ; avec toutes ces fibres, produisez-moi le miracle d'un cœur ; demandez à Dieu un souffle de vie pour ce cœur, que je vois ici, dilacéré par à-coups, à chaque instant…

Vous pourrez vous dire alors ce qu'est ce livre, interdit à tous ceux qui ne l'ont pas vu, au cénacle des martyrs, égrener le lumineux chapelet de la sanctification.

Qui sont ces êtres qui ont une vie bien obscure, une douleur bien intime, un exil bien chargé de supplices ?

Y en aurait-il un ? C'est une énigme qu'il vous faudra déchiffrer à chaque ligne.

Ce sera celui qui, recueilli en lui-même, comme s'il consultait son inspiration, ce sera celui qui pourra dire :

– Dans ces lignes, j'ai vu tout ce qui se trouvait dans le cœur de l'homme. Il y en a là des traces… J'ai suivi ce martyr… et je me suis arrêté avec lui devant son tombeau !

Mais cet être aura été malheureux comme le fils de Silvina.

Il aura été criminel comme le duc de Cliton.

Il aura été un homme comme Sebastião Melo.

Il aura été un ange comme Dinis Ramalho e Sousa.

Où se trouve-t-il ?

Qui a ouvert les sept sceaux de l'Apocalypse ?

Qui parle avec les morts pour leur arracher le secret de ces hymnes confus, qui ne sont pas autre chose que les exclamations du pénitent.

Pas moi, qui me traîne, méprisable chiendent, bien au ras des passions terrestres.

Pas moi, qui profanerais ce psaume, si je le réduisais aux accents discordants du luth terrestre, avec lequel j'ai célébré de basses passions, comme autant de stimulants : ridicules, les uns, les autres, misérables.

Voilà.

Je ne l'ai pas pu, parce que je ne devais pas vous reproduire loyalement ce livre.

Je vous propose juste les notes : je les ai commentées, elles sont fugitives.

Je les ai déchiffrées, parce qu'au cours de ses voyages, le fils de la comtesse de Santa Bárbara a exhumé de l'oubli des révélations que le père Dinis a jugé bon d'emporter avec lui dans sa tombe.

Il s'est trompé ! Serait-ce un homme ?…

Vous voulez un roman ; pas une élégie.

Il faut vous proposer un roman ; une biographie, une histoire avec des chapitres ; une intrigue intéressante avec des péripéties. Et vous avez raison.

Si vous me donniez tel quel, comme je l'ai trouvé, *Le Cahier noir du père Dinis*, je le repousserais, avec autant de dégoût que l'avare qui ouvrirait un livre où on lui indiquerait mille trésors cachés, mais dans une langue qu'il ne comprend pas et ne veut pas que des gens qui l'entendent la lui traduisent, de peur qu'on le trahisse.

Je serais, dans ce cas, comme l'avare, parce que je suis réellement avare de ces trésors de larmes qui se cachent dans le cœur des autres. J'en ai assez des miennes, j'ai plus de chagrins qu'il ne m'en faut ; mais je voudrais deviner ceux des autres.

Et vous ?…

Dieu vous en préserve !

Lisez-le comme quelqu'un qui le ferait pour se délasser.

Chapitre premier

L'an 1780, en pleine nuit, une femme entrait avec un petit enfant dans les bras au palais de l'envoyé extraordinaire à Rome.

Elle s'approcha, avec lui, du lit d'un agonisant, et l'enfant, de deux ans, tendit les bras pour prendre la main du malade, presque celle d'un cadavre, qui parvenait à peine à le voir.

L'agonisant était le représentant du Portugal à la curie romaine.

L'enfant était le fils de la comtesse de Viso et de Dom Álvaro de Albuquerque.

La femme qui tremblait, avec lui dans les bras, devant l'effrayant tableau d'une agonie, était la Vénitienne qui avait accompagné Albuquerque à Rome.

Dans cette pièce, à l'éclairage lugubre, se trouvait un jeune homme de trente ans, au plus, les bras croisés, les yeux ardents, les joues pâles, vêtu comme à la cour de Dom João V[1], qui semblait sorti d'une soirée chez

1. Dom João V étant mort en 1750, le personnage porte en 1780 des vêtements aussi vieux que lui. Dona Maria Ire étant entrée en fonction en 1777 (elle est surnommée la Pieuse par les Portugais, la

un riche banquier italien, pour entrer dans la chambre obscure d'un mourant.

C'était le marquis de Luso, arrivé à Rome quelques mois auparavant, avec de nouveaux pouvoirs de Dona Maria Ire, pour des négociations secrètes avec Sa Sainteté.

Ce qui est sûr, c'est qu'une demi-heure avant, le courtisan en veste brodée d'or, et le malade qui se tordait dans un drap trempé de sueur, gais et tranquilles, tous les deux, étaient sortis d'un festin opulent, badinant comme des jeunes gens qui ne cédaient à aucun de leurs semblables par leur courtoisie, s'agissant de conquêtes juste entamées pour celui qui était venu du Portugal après l'autre, et méprisées pour celui qui était venu avant.

Ils pouvaient le faire, parce que plus d'une nièce de cardinal, ressemblant fort à son oncle, se présentaient pour eux comme les représentantes légitimes des Délie, des Lesbie, des Messaline.

Leurs éclats de rire étaient francs et honnêtes, quand Paulo de Albuquerque sentit une soudaine révolution dans son corps.

Il posa la main sur sa poitrine et dit :

– Il y a un feu qui me brûle, là !

Il se comprima le ventre de ses deux mains, et se tordit, comme si ses intestins avaient été mordus par une vipère.

Il déchira désespérément les brandebourgs dorés de sa veste, arracha les boucles de son caleçon, et se jeta à plat ventre sur le lit, demandant à grands cris un remède qui calmerait les mortelles souffrances dont il se sentait déchiré de l'intérieur.

Folle par les Brésiliens, ce qui n'est pas à première vue incompatible) peut le charger de saluer le pontife de sa part, en s'abstenant de le tutoyer, révérence parler. (NdT)

Le marquis de Luso était parti atterré. Il revint avec un médecin, avare de ses paroles et d'une intelligence assez pénétrante pour savoir au moins qu'il ne pouvait donner la vie à ceux que la mort lui prenait sans le consulter.

– Il va mourir, c'est fini.

Il ne dit rien de plus.

– Quelle est la cause de cette mort ? demanda le marquis.

– Il a été empoisonné, répondit tranquillement le médecin.

– Retirez-vous, dit l'agonisant.

Le médecin eut la sagesse de ne pas disputer sa proie aux griffes du tombeau, et sortit en déplorant la faiblesse de la science et la toute-puissance de la mort.

Paulo de Albuquerque serra la main du marquis, et dit, d'une voix entrecoupée par d'atroces accès de douleur :

– Quatre portes avant la mienne, demeure une femme qui s'appelle Luísa. Vas-y, tout de suite. Dis-lui de venir ici... et d'apporter l'enfant avec elle...

– L'enfant !... murmura le marquis avant de sortir.

En revenant, il trouva l'empoisonné pris d'un spasme, qu'il prit pour une crise salvatrice.

Répondant à un signe, il s'approcha du lit.

– Je meurs, empoisonné par le cardinal Pozzobonelli...

– Quand as-tu été empoisonné ?

– Cela fait vingt jours, aujourd'hui... à un dîner... j'étais un dangereux rival...

– Tu en es sûr ? !

– Oui...

– Je te vengerai !

– Je ne veux pas que tu le fasses... Pour la vengeance, j'ai pris les devants. Cet homme doit mourir, parce qu'il a été empoisonné aujourd'hui... par moi.

– Par toi !

– Oui… par moi… Le démon nous a joués tous les deux… n'en parlons pas, la lumière s'estompe… Cette femme arrive, avec un enfant.

– C'est ton fils ?

– Non…

– De qui ?

– J'emporte ce secret… Ne t'inquiète pas de savoir de qui… Je te le confie, et, avec lui, un coffre, que je garde ici dans une grande caisse, avec cent mille cruzados en or, et quelques bijoux. Tout cela est à lui… Éduque-le… S'il apparaît un homme qui dit que ce garçon est son fils, tu vas lui demander un signe. S'il te le donne…

– Lequel ?

– Demande-lui quelle inscription l'on peut lire sur la lame d'un poignard qui se trouve là, dans le coffre ; s'il te la dit…

– Je lui remets l'enfant ?

– Oui, et si cet homme n'apparaît pas, éduque-le et donne-lui son patrimoine à ses vingt-cinq ans.

La nourrice entra à ce moment-là.

Comme nous l'avons vu, Paulo de Albuquerque voulut prendre l'enfant dans ses bras, sans parvenir à le faire.

Sur les lèvres innocentes de l'ange, un sourire de fête, une candide allégresse.

Sur les lèvres noircies du mourant, une contorsion désespérée, une trace noire de sang !

Deux larmes coulaient sur la joue du marquis, absorbé dans la contemplation de cette scène.

Albuquerque lui tendit les bras, comme pour lui demander d'éloigner l'enfant de là.

Le marquis le prit des bras de sa nourrice, qui pleurait.

– Pourquoi me l'enlève-t-on ? demanda-t-elle.

Elle eut pour toute réponse les vagissements de l'enfant qui tendait les bras vers elle.

Le marquis revint, quelques minutes après.

Il trouva un cadavre sur le lit ; et, à côté, une femme évanouie.

. . . .

Le lendemain les cloches sonnaient pour l'âme d'Albuquerque. Les représentants de toutes les nations se pressaient dans les salons du palais de l'ambassadeur.

L'on y disait que Paulo avait été empoisonné. On attribuait cette funeste affaire à la jalousie qu'inspirait une nièce du cardinal Pozzobonelli ; mais la rumeur circulait à voix basse, parce que le cardinal était là.

Au moment où les quatre plénipotentiaires les plus distingués enlevaient le cadavre, l'on entendit une question du prince de l'Église qui était venu l'asperger d'eau bénite :

– N'aurait-il pas été plus naturel que quatre dames soient venues lui rendre les derniers honneurs ?

À ce sarcasme, que l'empoisonneur n'avait pu soupeser dans ses méchantes entrailles, le marquis de Luso répondit :

– Nous recommanderons à ces dames de venir vous les rendre, au moment de votre sacrement, monsieur le cardinal.

Son Excellence sourit mais blêmit. Il voulut répliquer, mais l'importun marquis l'avait planté là. Il le chercha dans le cortège, et ne le vit pas. Il était assez cynique pour décider de passer une délicieuse soirée.

Et pour ne pas donner prise au remords, il n'accompagna même pas le cercueil, et n'accorda pas à son esprit le loisir de se reposer de la fièvre dont l'avait embrasé la satisfaction de se voir si bien servi par le poison.

Il se retira dans la cellule où il se mortifiait, et se fit servir quelques coupes d'un très vieux cru de Syracuse.

C'était une charmante Sicilienne qui le servait, elle avait les yeux noirs, et les cheveux dénoués, à la façon des estampes lubriques qui décoraient les murs damassés de sa chambre.

Il obtint le résultat escompté. La boisson avait exacerbé sa fièvre. L'ivresse du sang était venue s'ajouter à celle que lui procurait le vin.

– Chante-moi des vers de Pétrarque, ma douce Laura ! s'exclama-t-il.

La Napolitaine[2] se mit à chanter. Le cardinal riait, d'un rire de dément. Pour la remercier, il lui entoura la taille, et imprima sur sa joue un baiser brûlant d'un feu impur, mais fleurant l'arôme pur de l'odorant Syracuse.

Cette scène fut interrompue par un cri. Non pas de la Sicilienne, qui, toute à sa gaieté, celle d'une favorite de l'heure, se voyait bien pourvue dans les joues brûlantes du cardinal.

C'est lui qui l'avait poussé, et ce cri lui venait comme du cœur, déchiré par une lame.

Il en poussa un autre, ensuite.

Puis ce furent les ondulations qu'entraînaient ses contorsions, les frissons intérieurs que lui donnait le poison, la rapide lacération d'un organisme robuste.

Au bout de dix minutes, la fille épouvantée sentit que ce corps, trébuchant dans ses bras, s'était subitement figé.

---

2. Nous rappellerons au lecteur qu'une Napolitaine en 1780 vivait dans le royaume des Deux-Siciles. Garibaldi ne s'empara de la Sicile puis de Naples qu'en 1860. (NdT)

Elle ne pouvait le retenir, elle le laissa glisser…

Elle voulut le relever mais n'y parvint pas. Elle appela au secours…

De vénérables prêtres accoururent, qui communiaient avec les bouillons du cardinal.

Et le plus fort, c'est qu'aucun ne pleura, quand l'un d'eux, laissant lugubrement pendre sa tête, glapit, au diapason de sa profonde douleur :

– Son Éminence est… morte !

– Empoisonnée ! ajouta le médecin, qu'on avait à ce moment-là introduit dans la pièce.

– Nous sommes au temps de Locuste ! murmura la chantre de la chapelle royale.

– Il nous manque une législation comme celle de Lucius Cornelius Sylla, fit un jésuite français, qui déplorait la mort du cardinal Pozzobonelli, parce qu'il avait trouvé en lui, pour trente mille livres, un ennemi acharné des Jansénistes.

Chapitre II

Si le marquis de Luso fut saisi d'horreur, il ne faut pas y voir de la lâcheté.

Rome, la cité du Christ, lui apparut comme la prostituée des empereurs païens.

Il sollicita aussitôt sa mutation, on la lui accorda, pour la France.

Le fils de parents inconnus lui avait été remis sans nom. Il devait lui donner un nom et un prénom.

Le jour où il était parti de Rome était celui de la Saint-Sébastien. C'est sous celui-là qu'il fut baptisé pour la seconde fois.

Il le confia à la tendresse d'une Romaine, qui le suivit. Elle n'était pas la nièce d'un cardinal, mais avait été arrachée par le Portugais aux attentions de beaucoup de cardinaux, qui n'eurent pas le temps de lui administrer le sublimé corrosif.

Il était, à Paris, vraiment attaché au petit Sebastião. La Romaine l'aimait comme un fils, le marquis ne l'aurait pas plus aimé s'il avait été son père.

Mais les affections domestiques ne suffisaient pas à combler le cœur de l'ami intime de Paulo de Albuquerque.

Le Paris de Louis XVI présentait un composé de la plus

délicate corruption de Louis XV, et de la plus hypocrite dévotion du grand roi.

Le marquis était un jeune homme de trente ans, et les entreprises difficiles étaient moins périlleuses qu'à Rome parce qu'on ne risquait pas sa vie en affrontant le hasard des poisons, et la jalousie meurtrière des cardinaux.

L'ambassadeur se lança dans le monde. Il avait plus d'or, de galanterie et d'esprit qu'il ne lui en fallait.

Il gravit une à une les marches des triomphes, et finit par se hisser jusqu'à la reine, la fée, la divinité des salons, des poètes et des banquiers.

La fortune s'était plu à devancer ses ambitions.

Il laissait derrière lui une malheureuse femme qui ne cessait de pleurer. C'était Laura, un ange de beauté et d'innocence, qu'il avait volée au giron d'une mère mourante.

Hardi, noble séducteur !

Faire la cour à Suzanne de Montfort, descendante de Simon de Montfort, le célèbre croisé, dit le Macchabée du XIIIe siècle, proche parente des anciens ducs de Bretagne, les veines gonflées d'un sang royal, cela représentait en soi une gloire inespérée pour l'orgueil du simple chargé d'affaires d'une petite nation.

Mais… surtout !

Entendre de ses lèvres une ardente effusion d'amour et une proposition de mariage, sans que son père s'y opposât, sans choquer les innombrables oncles et tantes qui entouraient le trône… c'était un bonheur assez grand pour rendre fou un simple mortel, qui n'aurait pas eu la présence d'esprit du marquis de Luso.

Il ne fallait pas laisser refroidir l'enthousiasme. L'amour et les affinités se donnaient la main, faisant preuve d'une rare fraternité. La fille de Raymond[1] de Montfort, chambellan du roi, épousa le marquis, foulant de la sorte bien des orgueils, faisant fi de bien des jalousies, attirant sur la tête de son mari bien des colères qu'ils méprisaient tous deux.

Le plus fougueux de ses soupirants était Honoré-Gabriel Riqueti, comte de Mirabeau.

Divorcé de sa femme, il se croyait assez fort pour fasciner le cœur d'une vierge.

Cet homme mourra à quarante-deux ans, pour défendre son honneur, avec un noble enthousiasme, pour se montrer digne de sublimes exemples.

Sa corruption l'avait rendu célèbre. Il s'était enfui de Nevers, parce que c'était le premier théâtre où il avait étrenné le drame scandaleux de ses penchants pervers.

Pour trouver des victimes, il s'était installé à Paris, mais sa réputation l'avait précédé.

Quelques jours après avoir été, en tant que noble et d'une antique noblesse de Florence, reçu dans la haute société de Paris, il enleva une femme et se rendit coupable d'adultère.

On le poursuivit, il fut incarcéré à Vincennes, et se rendit encore plus populaire en se libérant de ses fers afin de prouver que la solitude du cachot lui avait appris de nouvelles façons de corrompre plus rapides et moins dangereuses.

Mais, s'agissant de Suzanne de Montfort, son astuce ne lui servit de rien. Blessé dans son orgueil, il avala sourdement le fiel de la jalousie, dès que le marquis de Luso apparut dans les salons de Paris, et annihila tous les espoirs de tant de noms illustres qui s'acharnaient à obtenir un sourire de Suzanne.

---

1. *Raymond* deviendra *Benoît* au chapitre VIII. (NdE)

Mais le cœur de Mirabeau ne digérait pas ce fiel.

Il se mordit les lèvres, jusqu'au sang ; mais ce sang pouvait asperger le visage de n'importe qui.

L'avant-veille des noces, le comte obtint une audience secrète de Louis XVI.

C'était une effronterie inouïe, mais il la commit !

C'était le dernier effort que devait entreprendre en un instant le maître de Marat, de Danton et de Robespierre.

Ce qu'il demanda au roi, ce fut un coup décisif contre le marquis de Luso et Suzanne de Montfort.

Le descendant de saint Louis sourit. Mirabeau aussi. C'était la tumultueuse expression de l'enfer qui bouillonnait en lui.

– Transformez-vous en homme honnête, dit le monarque.

– Restez un roi inviolable, répondit le comte.

Louis XVI ne le comprit pas.

Le lendemain, il partit pour Londres.

Il y fut un autre homme. La soif de vengeance lui avait donné le masque de l'honneur.

L'on vit apparaître des écrits politiques de sa main.

On les applaudit, et personne ne vit en eux le germe du tribun.

En 1787, six ans après qu'il eut quitté Paris, le ministre Calonne l'avait chargé d'une mission secrète en Prusse. Mirabeau se représentait le bruit du trône de France s'écroulant sur ses bases, quand il écrivait la *De la monarchie prussienne*. Les *Lettres à Sophie*, pseudonyme de la marquise de Monnier, son amante abandonnée, c'était le résidu d'immoralité qui s'expurgeait dans les fèces d'un joli style, pour ouvrir la voie à une autre qui porterait ses fruits plus tard.

Le marquis de Luso avait entre-temps oublié son

terrible rival : il était heureux. Incapable de conserver la moindre rancœur, la marquise ne comprenait pas que l'on pût remettre une vengeance, et ne s'inquiétait pas, fût-ce en rêve, en pensant à l'amant dédaigné.

Sebastião était resté entre les mains de Laura, séduite par le marquis, et aussi vite précipitée du haut des illusions qu'elle avait nourries quelques mois.

Se prenant d'amour pour l'enfant, elle ne pouvait haïr l'homme qui le lui confiait. Des larmes sur elle-même, des larmes sur le petit innocent, qui les buvait dans d'avides baisers, voilà la vie de cette généreuse martyre, qui recevait chaque mois, dans le plus grand secret, une bonne quantité de livres du marquis.

Elle parvint à se convaincre qu'elle n'était pas malheureuse, mais elle se leurrait.

Elle sentait la mort pénétrer dans son cœur, mais elle ne l'entendait pas limer, fibre après fibre, les liens qui la rattachaient à la vie.

Quand elle s'aperçut que l'air arrivait à ses poumons comme une haleine de feu, elle ne respecta pas la consigne du silence, et appela le marquis à qui elle n'avait pas parlé depuis deux ans.

– Je ne crois pas qu'il me reste beaucoup de jours à vivre, lui dit-elle, avec le flegme d'une noble dignité. Je ne vous ai pas fait venir pour vous accuser. Ne perdez pas patience, monsieur le marquis. Il serait inutile de vous rappeler à cette heure que j'ai abandonné ma vieille mère pour vous suivre. S'il y a crime, ce qui ne laisse aucun doute, c'est moi qui l'ai commis… rien que moi. Dieu me pardonnera, il est bon… Ne perdez pas patience… Je vous le demande encore… Ce n'est pas pour cela que je vous ai appelé… pas du tout. Je veux vous remettre un trésor que vous m'avez remis pour racheter tous mes chagrins… Cet enfant…

Et le prenant dans ses bras pour le lui donner, elle fondit en larmes, et ne put prononcer un mot, parce que ses sanglots lui coupaient la parole.

– Tu ne vas pas mourir… fit le marquis, en affectant un semblant de pitié.

– Je ne vais pas mourir ? Plaise à Dieu que non… Cet enfant perd sa mère, si je ne suis plus là… Qui lui reste-t-il au monde ? Vous êtes un homme, monsieur le marquis… Vous n'avez pas une minute de libre dans votre vie de plaisirs et de désordres. Il faut souffrir pour dorloter un orphelin… Il n'y a qu'une malheureuse qui soit à même d'apprendre à un enfant qui n'est pas le sien à l'appeler sa mère. Qui voudra lui proposer un tel nom ?… Je ne sais pas !…

Le marquis, attendri, prit la main de l'infortunée. Laura la retira dignement, pour poser sur ses lèvres un mouchoir humecté du sang qu'elle crachait dans ses accès de toux incessants.

– Laissez-moi vous parler d'une façon que je n'ai jamais imaginée possible… Comprenez combien il m'en coûte… Votre épouse tient-elle à vous ?

– Quelle question !…

– Serait-elle sotte ?… Sans doute ; mais elle ne mérite pas ce sourire moqueur…

– Je ne me moque pas de la question…

– Eh bien, tant mieux, Monsieur le marquis… Elle tient à vous… C'est sûr… Elle doit le faire… L'homme pour qui je me suis perdue doit être aimé de toutes les femmes… Avez-vous donc l'impression qu'elle tiendra aussi à cet enfant ?

– C'est possible… mais je ne vais pas le lui remettre…

– Pourquoi ? Avez-vous honte d'une action qui vous honore à ce point ?

– Je ne veux pas susciter de soupçons.

– Des soupçons… à quel sujet ?… Pardonnez-moi… J'ai dépassé les bornes… J'ai abusé de votre bonté en vous demandant d'écouter la pauvre Laura… Mais que vais-je faire de cet enfant ?…

– Je vais le confier, comme jusqu'ici, à vos soins…

– Aux miens ?… Vous avez encore de l'affection pour moi… Que Dieu vous donne autant de bonheur dans tous les instants de votre vie, que j'en sens, moi-même, à ce moment… Mais… si je meurs !… Vous ne croyez pas que ma vie touche à sa fin ?

– Ma présence vous rendra la santé…

– Plus maintenant… Il y a quinze jours… il m'a semblé que oui… Ne cherchez pas à me tromper maintenant : près de la sépulture, les yeux d'un moribond distinguent tout… Vous pensiez qu'une femme de la plèbe ne meurt pas de chagrin, de remords et de honte ?… Vous vous êtes trompé… Si vous aviez vu combien mon cœur était noble… Je vous faisais de la peine… ou vous m'honoriez, au moins, de deux mots… Pourquoi ne m'avez-vous pas dit : « Je vais me marier » ? Pas un seul mot là-dessus !… L'on ne traite pas ainsi une femme qui laisse son déshonneur sur le giron d'une vieille mère, pour venir, loin d'elle… mourir !… Ce fut un procédé indigne de vous… Si vous ne m'aimiez pas, que l'on reconnaisse au moins, pour tout l'amour que j'ai accordé à cet enfant, qui vous a été confié par un ami à l'heure de sa mort…

– Laura !…

– Je vois bien que je vous mortifie… pardonnez-moi…

– Je ne me plains pas.

– Ayez de la compassion pour moi !… Mes larmes ne

m'ont guère servi… Mais cet enfant ?… À qui vais-je laisser cet enfant ?… Veux-tu mourir avec moi, mon petit ?

– Oui, répondit Sebastião.

– Oui ! Tu ne veux pas une autre mère ?

– Non… ma mère c'est celle-là, balbutiait le fils de Silvina, en caressant les joues de Laura.

– Mais ce monsieur va te donner une autre mère.

– Je ne connais pas ce monsieur… Je préfère mourir avec vous… Nous allons voir les anges…

Baignée de larmes, Laura serra le petit Sebastião contre sa poitrine. Le marquis lui donna un baiser, et, retirant ses lèvres, effleura volontairement la joue de Laura. La malheureuse, blessée dans son orgueil, recula brusquement.

Confronté à sa propre conscience, le marquis en prit ombrage, et eut du mal à retenir une insulte, qui viendrait le venger avec usure de cet affront.

Il sortit.

L'enfant dans les bras, Laura s'agenouillait devant l'image de sainte Marie des Anges, lui demandant une inspiration qui lui soufflerait ce qu'elle devait faire pour son bien.

Une idée lui vint tout à coup, qui lui fit monter au visage tout son sang agité d'un étrange plaisir.

Elle perçut des pas derrière elle.

C'était le marquis qui revenait.

– J'ai oublié de te dire, Laura, que je pars demain pour le Portugal. Mon père est très malade et veut me faire ses adieux… À mon retour, qui ne saurait tarder, nous parlerons à loisir de toi et de notre petit…

– Vous partez seul ? demanda-t-elle, en sursautant.

– Oui !… Pourquoi ?

– Pour rien…

– J'espère te retrouver convalescente.

– Morte…

– Non… Tu ne vas pas mourir, parce que je vais te rendre tout l'amour que je t'ai enlevé…

– Je vous tiens quitte de votre dette… je la refuse…

– Tu m'excuseras quand je t'aurai raconté ma vie…

– Ma tombe vous entendra… Savez-vous de quoi je souffre à présent ? De la douleur d'un adieu éternel… Je vous regarde et vois un homme que je ne reverrai jamais plus… Oh, Dieu saint ! Quel pouvoir que le vôtre : vous avez pu créer de ces moments de désespoir !…

Après avoir émis quelques sons inintelligibles, Laura s'évanouit.

Revenant à elle, elle se retrouva dans les bras d'une domestique, et vit auprès d'elle, à genoux, l'enfant de quatre ans qui pleurait.

Pour ne pas gaspiller son énergie par une douleur indigne de ses hautes destinées, le marquis se retirait, en se rappelant ce passage des *Lettres* de Mirabeau à Sophie :

« *Ces pauvres filles du peuple savent jouer des scènes qui ne leur ressemblent pas…*

Elles versent des larmes, qui nous incitent à nous demander si le véritable amour se trouve dans les mansardes ou aux premiers étages. »

Chapitre III

On annonça deux jours après à la marquise de Luso une dame pâle, qui parlait un mélange d'italien et de français, accompagnée d'un joli petit garçon.

En l'absence de son mari, la marquise ne recevait que des dames ; elle fit introduire dans son antichambre la visiteuse dont on lui annonçait la présence.

Au cas où il s'agirait de la veuve d'un militaire mort à la guerre que menaient les Américains contre l'Angleterre, elle se munit de quelques pièces d'argent, et entra dans l'antichambre en affichant la condescendance d'une petite-fille légitime de Jean III, duc de Bretagne.

Quand elle la vit, Laura ne put cacher son émotion. Elle la trouva plus belle qu'elle ne l'avait supposé, plus jolie qu'elle-même ; et nous ne savons par quel caprice de sa vanité elle souffrit et rougit.

Suzanne attribua ce rougissement à la honte d'une veuve qui demandait l'aumône pour la première fois.

Mais elle voulut se montrer généreuse, en prévenant le début d'une histoire dont la narration demanderait beaucoup d'efforts à la veuve, et la gênerait.

– Vous venez bien sûr, dit-elle, me demander de quoi vous sustenter…

– Non, madame ; je ne viens pas demander l'aumône…

– Si c'était le cas, vous trouveriez en moi…

– Une âme généreuse… j'en suis convaincue, mais… d'autres qui sont plus dans le besoin viendront faire appel à votre charité…

– Je vois que vous souffrez beaucoup… Ça vous fatigue de parler… Reposez-vous… Je vois que vous n'êtes pas française.

– Je suis italienne.

– Italienne ! dit la marquise, en sursautant, et fixant, pour la première fois, les yeux noirs du petit garçon. C'est votre enfant ?

– Non, madame la marquise… Il n'est pas à moi…

– Il est très joli ! Il est français ?

– Non, madame… Il est italien ou portugais… Du moins, je pense…

– Vous n'en êtes donc pas sûre ? Je trouve assez étrange cette incertitude… Eh bien, dites-moi…

La marquise retint sa question.

– Parlez donc, madame… Vous alliez me demander…

– Si vous connaissiez mon mari.

– Je connais monsieur le marquis.

– Vous le connaissez ? Il me semble que j'ai déchiffré l'énigme…

– Pas du tout, madame.

– Cet enfant est le fils de mon mari…

– Non, madame la marquise.

– Ayez la bonté de vous expliquer, et ne craignez pas de me blesser avec quelque révélation, cet enfant doit avoir quatre ans, je suis mariée depuis deux… Vous voyez que je n'ai aucun droit de demander à mon mari des comptes sur son passé…

– Ni sur le présent… Je vais vous dire le but de ma visite… Il y a deux ans, votre mari était ambassadeur à Rome…

– Je le sais.

– Un ami de monsieur le marquis lui a confié cet enfant à sa dernière heure.

– C'est le fils de l'ami de mon mari ?

– Non…

– De qui, alors ?

– C'est un secret pour votre mari… Le seul qui aurait peut-être pu vous répondre est mort… C'était l'ami de monsieur le marquis…

– Et quel est votre rôle dans cette intrigue ?

– J'ai été la nourrice de cet enfant.

– Avec le consentement du marquis ?

– Assurément, madame.

– Pourquoi ne me l'a-t-il pas dit ?

– Pour ne pas éveiller vos soupçons, madame.

– Et vous trouvez que je n'en conçois pas ?

– Il n'y a pas de raison que vous en ayez…

– Qui peut me confirmer le contraire de ce que je pense ?

– Une femme qui ira bientôt rendre compte à Dieu d'un mensonge, si elle vous en dit un.

– Parlez donc…

– Je vais quitter ce monde… il me faut confier cet enfant à quelqu'un… C'est un héritage qui n'entraîne pas de grosses charges… Je ne vous laisserai pas, avec lui, un orphelin sans ressources, monsieur le marquis est le dépositaire du patrimoine de cet enfant.

– De son patrimoine !… Ce patrimoine, serait-ce un coffre que mon mari n'a jamais ouvert, et qu'on lui demandera au bout de vingt ans ?!

– Sans doute.

– Pourquoi ne me l'a-t-il pas dit, lui ?

Suzanne prit Sebastião dans ses bras et lui donna un baiser. Les yeux de Laura irradièrent toute l'allégresse de son bon cœur.

Le baiser de Suzanne, dans l'esprit de Laura, c'était la promesse d'une amie à l'enfant, sa dernière affection, la plus sainte de toutes celles qui avaient pris racine dans la vie, pénétrée d'amour, de la pauvresse qu'on avait séduite.

Et cette affection, comme elle l'avait dit, l'indemnisait des mensonges de toutes les autres.

Elle n'avait pas, avec le fils de Silvina, affaire à un ingrat.

Heureuse, pleine de vie, et peut-être d'espoir, elle avait voulu lire, sur les lèvres de l'enfant, son avenir, comme s'il était permis à une pauvre fille du peuple, esclave soumise à la jouissance d'un grand, de lire son avenir dans le sourire de l'innocence.

Mourante, les seules larmes qu'elle avait vues, pour la consoler des siennes, avaient été celles du petit. Il lui avait tenu deux ans compagnie, il avait été le muet confident de tous les instants.

Sebastião était entré dans la vie en adoucissant des infortunes, comme le père Dinis était entré dans sa tombe en essuyant ses sanglots. La fin de sa vie lui avait été annoncée à son berceau.

– Pourquoi ne me l'a-t-il pas dit ! répéta Suzanne. Mon mari sait que je m'abandonne de tout mon cœur à ses volontés. Je ne l'ai jamais contrarié quand il commettait des actes suspects et faits pour blesser la tendresse de mes sentiments ; comment pourrais-je le priver de la joie d'être le père de cet orphelin, et l'honorable ami de cet homme qui lui a laissé cet enfant ?! Il me semble qu'il y a une forte raison pour qu'il m'ait dissimulé une chose si simple… Peut-être la connaissez-vous, madame…

– Non…

– Votre âge, votre beauté, votre patrie, la confiance que vous avez mérité d'inspirer au marquis, tout cela ne s'explique pas avec une telle facilité, ni d'une façon aussi innocente que vous voudriez que je l'entende…

– C'est que je ne suis pas venue donner des explications sur moi, madame la marquise… C'est l'histoire de cet enfant que je suis venue vous conter…

– Croyez que mes questions ne méritent pas l'amertume que vous montrez en me répondant… je voudrais vous être utile…

– À moi ?!

– Oui.

– Dans ma situation, l'on n'a besoin de personne… Près de la sépulture, mon indépendance est parfaite et naturelle. Je n'ai plus assez de sensibilité pour souffrir des privations, ni pour jouir de l'abondance. L'indigence et l'or, ce sont pour moi des choses indifférentes…

– Si vous saviez comme vous m'intriguez !… Ou votre naissance est illustre, ou vous avez reçue une excellente éducation.

– Ni l'une, ni l'autre. Je suis née du peuple, je me suis éduquée avec lui… Je ne suis personne… Je suis même gênée de parler de moi, je suis un ver qui rampe à ras de terre, devant vous… L'enfant… l'enfant… parlons de lui.

– Eh bien, soit, parlons de l'enfant… Comment s'appelle-t-il ?

– Sebastião…

– Sebastião ?… Il est plus joli que son nom… S'il s'appelait Leopoldo… C'est celui de mon mari, il est si beau !… Pourquoi cet enfant ne s'appellerait-il pas Leopoldo ?! Ne le trouvez-vous pas vraiment tendre, et doux, ce nom ?

Laura répondit, en pâlissant :

– Il est très… Vous pouvez changer son nom, madame ; mais permettez-moi de l'appeler Sebastião tant qu'il me restera un filet de voix… Ça ne durera pas longtemps… Il aura celui-là, si vous le recueillez ; donnez-lui alors le nom que vous voudrez, madame la marquise.

– Vous venez me le confier ?!

– Pas encore… quand je sentirai que je n'ai plus assez de force pour le serrer contre mon cœur… quand mes yeux ne le verront plus…

– Vous vous jugez donc malade à ce point ?! Où vivez-vous ? Avez-vous de la famille ?

– Non… Ce sera à ce moment-là que vous recevrez le dépôt sacré de votre mari…

– Quel dommage qu'il soit parti hier pour le Portugal !… S'il était là, peut-être ne refuseriez-vous pas la proposition que je vous ferais de venir chez nous…

– Je la refuserais, madame la marquise… Je suis parvenue à tout ce que je voulais… Je vous baise à présent les mains pour la bienveillance dont vous avez fait preuve devant les larmes d'une étrangère sans nom, ni recommandation pour être aussi charitablement accueillie… Mon petit Sebastião, baise les mains de cette dame, qui va être pour toi une vraie mère… Maintenant, je peux mourir…

Laura sanglotait, et Suzanne mit sur ses genoux le bel enfant aux cheveux blonds, au visage angélique, qui souriait à ses tendresses, sans cesser de serrer avec son bras le cou de Laura.

– Viendrez-vous avec cet enfant tous les jours ? demanda affectueusement la marquise.

– Je vis loin d'ici, et mes forces, qui m'abandonnent, ne peuvent envisager de si longs déplacements.

– Je vous enverrai ma voiture.

– Gardez-vous-en bien, madame la marquise. Je n'en vaux pas la peine et je représente, à mes propres yeux, de moins en moins...

– Pourquoi me parlez-vous à demi-mot ?! Veuillez faire de moi votre amie...

– Je n'ai pas la ridicule vanité d'accepter une amitié qui devrait vous faire honte, madame.

– Me faire honte ?! De quoi ?

– De bien tristes explications !... Ne les exigez pas !... J'en ai déjà dit beaucoup... mais votre bonté encourage l'insolence... Maintenant, je remercie Dieu de cette occasion de faire la connaissance de la marquise de Luso... Il me semble que je l'avais pressenti, parce que je n'ai jamais éprouvé de haine pour vous...

– De la haine !... et pourquoi ?... C'est moi qui ne me suis pas trompée... Votre silence confirme tous mes soupçons...

– Vos soupçons !...

– Oui... cet enfant est le vôtre ?

– Non, madame...

– N'essayez pas de me tromper sans nécessité... Écoutez, je ne vous blâme pas, et je ne vous trouve pas importune... Je suis capable de vous estimer... de vous protéger.

– Votre estime... je n'en suis pas indigne... Votre protection, je n'en ai pas besoin... S'agissant de cet enfant, ce crucifix témoigne que je dis la vérité...

– Et en ce qui vous concerne ?

– J'ai été…

– Dites-le… vous avez été l'amante de Leopoldo.

– Abandonnée quand son honneur de mari lui a imposé un sacrifice aisé : celui de m'abandonner.

Suzanne pâlit ; mais son regard n'était pas haineux, et la main qu'elle tendit doucement à Laura trahissait l'élan d'une grande âme.

La Romaine n'avait pas vu ses yeux, elle avait ignoré la main qu'on lui tendait. Elle avait caché son visage dans son mouchoir, trempé de larmes.

Elle se leva, impétueusement. Et, sans lever les yeux du sol, elle fit une humble révérence à la marquise.

– Ne vous en allez pas… Écoutez, je ne reviens pas sur ce que j'ai dit… L'intérêt que j'ai pris à vous écouter s'est accru…

– Il me faut vraiment remercier la Providence, madame la marquise !…

Laura quitta l'antichambre. Suzanne l'accompagna, en balbutiant des monosyllabes, tandis qu'elles traversaient un long salon. L'une descendit les escaliers, en s'appuyant aux balustrades, parce que ses sanglots lui brouillaient les yeux. L'autre alla dans sa chambre, appuya fort sur une sonnerie, et donna l'ordre à un petit laquais de suivre une dame au voile noir, avec un enfant, qui portait un vêtement à carreaux noirs et une casquette de velours avec une plume noire.

Après quoi, elle commença à écrire une lettre au marquis de Luso.

Chapitre IV

En pénétrant dans la cour de sa maison, rue du Sentier, Laura vit un homme à la mine peu engageante, qui la fixait avec l'insistance d'une personne qui ne se cache pas de chercher quelqu'un de précis.

– Ai-je l'honneur de parler à la *signora* Laura ? demanda-t-il.

– C'est moi.

– M'autorisez-vous à m'entretenir avec vous quelques heures ?

– Vous êtes Italien ?

– Oui.

– Romain ?

– Napolitain.

– Si vous voulez monter…

Tandis que son hôte, dans la salle d'attente, échangeait, entre les rideaux de damas rouge, des signaux d'intelligence avec un gentilhomme appuyé aux colonnades d'un portail en face, Laura entra dans sa chambre, ôta son voile, confia l'enfant à sa vigoureuse servante, et réfléchit un peu à la mission imprévue du Napolitain.

– S'il avait été de Rome, il serait venu me dire que ma pauvre mère est morte de chagrin… De Naples, qu'est-ce que ça peut être ? Quand j'étais petite, ma mère recevait des lettres de Naples ; mais elle les brûlait dès qu'elle les avait lues… Si c'est une nouvelle peine pour me faire oublier les anciennes, que Dieu me donne le courage de l'endurer…

Elle entra dans le salon.

– Veuillez me dire pour quelle raison vous cherchez à me voir.

– En peu de mots ?… Il me semble que c'est par délicatesse que je n'ai pas dit… Eh bien, oui, je serai bref… Êtes-vous, Laura, la fille de Peppa Marcella ?

– Oui… Ma mère est-elle vivante ?

– Elle est morte il y a deux mois.

– Elle est morte !… Jésus !…

Laura leva les mains au ciel, prit la couleur du marbre, se mit à trembler tout entière, prise de convulsions, et, en s'agenouillant pour prier, tomba dans les bras de l'Italien, qui la porta sur une chaise.

L'hôte, qui, durant cette scène, avait gardé ses couleurs et l'avait prise dans les bras avec la froideur insensible de quelqu'un qui porte une chaise d'un côté à un autre, s'approcha de la fenêtre et fit un geste affirmatif.

Quelques minutes après, Laura ouvrit les yeux, et vit deux hommes, le Napolitain, et un autre.

L'autre avait l'air noble, il était plus vieux que le premier, plus richement habillé, même si sa mise se résumait à une simple cape vénitienne, ainsi qu'à un chapeau à larges bords, noir, sans aucun enjolivement, et, ce qui était le plus surprenant, immobile sur la tête de son propriétaire, qui ne s'imposait pas la politesse de se découvrir en présence d'une dame.

Cet homme dévisageait Laura avec une certaine attention qui avait de quoi l'inquiéter, parce que la rancœur a un regard identique au sien.

– Êtes-vous réellement la fille de Peppa Marcella ? demanda le second, comme pour répondre au regard interrogateur de Laura.

– Oui.

– Vous avez abandonné votre mère il y a deux ans ?

– Oui.

Le personnage mystérieux ouvrit une lettre, et continua :

– Avez-vous suivi un Portugais, qui avait été envoyé du Portugal à Rome ?

– Qui êtes-vous, pour me poser de telles questions ?

– Je suis moi : vous ne me voyez pas ?

– Mais j'ai le droit de savoir qui m'interroge chez moi.

– Non. Cet homme ?

– Quel homme ?

– Le marquis de Luso.

– Il est au Portugal.

– N'a-t-il pas épousé à Paris Suzanne de Montfort ?

– Si.

– L'a-t-il abandonnée ?

– Non. Il est allé au Portugal, mais il reviendra.

– Quel est cet enfant que vous aviez avec vous, il y a un moment ? Votre fils ?

– Non.

– Est-ce l'enfant que Paulo de Albuquerque, mort empoisonné, a confié au marquis de Luso ?

– Oui…

– Cet enfant doit être remis à celui qui en est le dépositaire.

– Il va l'être… bientôt…

– Pas aussi tôt qu'il faut qu'il le soit. Vous partirez aujourd'hui de Paris ; et ce petit garçon sera confié à quelqu'un.

– Je ne vous obéirai pas, monsieur ! Je ne vous reconnais pas le droit de me donner des ordres !

– Vous devez le reconnaître… Les droits fragiles d'une mère, on peut les rejeter avec mépris… Vous avez dédaigné ceux de la vôtre. Mais les ordres d'un père relèvent du droit que donnent la volonté et la force…

– Je ne vous entends pas bien !… Vous m'avez parlé d'un père ? !

– Oui… Avez-vous une fois éprouvé le pouvoir d'un père ?

– Jamais ! Mon père est mort avant que je vienne au monde…

– C'est votre mère qui vous l'a dit ?

– Oui.

– Elle vous a trompée.

– Ma mère ne mentait pas.

– Votre mère était un ange. Elle a menti, et s'est sanctifiée par ce mensonge.

– Ah monsieur !… Tout cela me paraît un songe ! Qui me parle ainsi, avec une autorité qui me fascine ?

L'inconnu jeta une lettre sur les genoux de Laura. Il fit un signe de ses yeux à son compagnon, ils sortirent.

Laura se hâta d'ouvrir cette lettre :

« *Ma fille,*

Je meurs, en te pardonnant. Tant que tu as eu une mère, je t'ai tenue pour abandonnée. Quand j'aurai fermé les yeux, tu auras un père.

Peppa. »

– Un père ! s'exclama Laura.

Elle courut jusqu'au palier. Elle descendit dans la cour, dans un élan machinal. Elle ne vit plus les hommes ;

mais elle entendit, en français, un dialogue entre deux individus, immobiles devant le portail.

– Vous pouvez croire que c'est lui… Il y a à peine un mois, j'étais avec lui à Naples… C'est le cardinal Rufo, tel que le Diable l'a jeté sur ce monde.

– Et l'autre ?

– L'autre, il me semble que je l'ai rencontré à Reggio, en Calabre… Si c'est le même homme, je puis le jurer sur la croix de Saint-Louis, on me l'a désigné comme le capitaine d'une bande de brigands… Pouvons-nous savoir qui habite dans cette maison ?

– Oui… Attends que je revienne…

L'interlocuteur du chevalier de Saint-Louis entra dans une loge en face et revint aussitôt après.

– Qui c'est ? demanda anxieusement celui qui n'avait pas bougé.

– C'est une femme avec son fils et quelques domestiques.

– Oui ?!… J'ai compris !… le cardinal Rufo a des femmes *à sa disposition* à Paris, à Naples, à Venise, à Rome et en enfer…

. . . .

Laura ne put entendre le reste. Elle remonta, déconcertée, et embrassa frénétiquement l'enfant, qui l'appelait à grands cris.

Chapitre V

TROIS HEURES APRÈS, deux voitures s'arrêtent à la porte de Laura.

Au troisième coup, impérieux comme celui d'un maître de maison qui arrive, celle-ci fut ouverte.

Le cardinal Rufo, vu que nous avons si vite donné son identité, donna la main à la marquise de Luso, qui descendait de sa berline.

Suzanne se fit annoncer. Le cardinal demanda à l'écuyer de le conduire à la chambre de Laura. L'écuyer, impressionné par son timbre impérieux, s'inclina, et n'émit pas le moindre monosyllabe de refus.

Laura était alitée, elle avait la fièvre. Sebastião jouait avec ses tresses et lui baisait le front.

– Pouvez-vous vous lever ? demanda brusquement le cardinal.

– Me lever !… Qui vous a conduit ici, monsieur !?

Cette question était posée d'une voix si tremblante que le cardinal ne la comprit pas.

– Levez-vous, si vous le pouvez, Laura.

– J'en suis incapable…

– La marquise de Luso vous attend.

– Que me veut la marquise de Luso ?

– Elle vient exécuter mes ordres, Laura... ta mère te donne l'ordre d'obéir à ton père !... Qui oserait, sinon moi, entrer ici, après le marquis de Luso ?

Ces derniers mots furent prononcés sur un ton de poignante amertume. Le sourire du cardinal étouffa l'enthousiasme instinctif que devait montrer la fille de Peppa en recevant son père. Assise sur son lit, elle se sentit défaillir. Elle essaya de résister à cet accès de faiblesse, et cet effort lui fit perdre connaissance. Le cardinal lui tâta la joue, et retira sa main humide de sueur froide.

– Tout cela est providentiel ! murmura-t-il, et il se saisit vivement du petit.

L'enfant appelait sa *mère* en vain. Laura ne cilla même pas devant le cri douloureux de l'innocent.

Le cardinal entra dans le salon, où la marquise était restée plantée devant le portrait du marquis de Luso qu'elle contemplait, à travers son voile de tulle noir.

– Madame la marquise, je vous le confie, vous n'en serez pas responsable. Quand votre mari reviendra, dites-lui, de la part de l'inconnu, qu'il inculque à cet enfant les préceptes de l'honneur, s'il ne veut pas avoir, plus tard, à répondre de son déshonneur. Dites-lui aussi que Laura, la prostituée, la pauvre fille de Peppa Marcella, a trouvé un homme qui l'a appelée sa fille. Dites-lui que Laura a un père qui ne transige pas facilement avec l'infamie. À partir de maintenant, votre mari a un ennemi.

– Monsieur !... s'exclama la marquise.

– Ne nous fatiguons pas, madame, à suivre les méandres d'une tragédie. La brutalité que je manifeste en vous parlant, c'est de la générosité. Je ne frappe pas mes ennemis dans le dos. Même ceux qui trahissent une femme sans appui, je suis incapable de les attaquer en traître. Je fais preuve de noblesse en me déclarant l'irréconciliable ennemi du marquis de Luso : qu'il prenne garde, mon bras ne faiblira pas, quand nous nous rencontrerons…

– Mais mon mari…

– … est votre mari, n'est-ce pas ce que vous vouliez me dire ?

– Il ne mérite peut-être pas une telle haine…

Le cardinal rit, d'un air moqueur et sarcastique, et offrit son bras à Suzanne.

– Voulez-vous m'accorder l'honneur de vous accompagner à votre voiture ?

La marquise accepta son bras, prit la main du petit qui sanglotait, et entra dans sa voiture, tellement déconcertée, qu'elle ne répondit même pas au *bonsoir* du cardinal.

– À quelle adresse ? demanda le cocher.

– Au palais de madame la marquise, répondit l'archidiacre.

Et il pénétra sereinement dans la chambre de sa fille. Il n'entendit pas le moindre soupir. Les yeux ouverts, mais immobiles, Laura fixait on ne sait quelle image que sa fantaisie lui représentait.

Le cardinal lui prit le pouls, et son front se plissa.

Il s'assit au chevet du lit, et lui essuya le visage couvert de sueur.

– Laura ! dit-il d'un ton affectueux.

Elle ne lui répondit pas.

– Ma fille ! reprit-il.

Laura chercha des yeux l'origine de ces sons.

– Ma fille ! dit-il encore, se redressant devant elle, et prenant sa main insensible.

– Votre fille !… murmura la malade, fiévreuse.

– Ne sens-tu pas, dans ce mot, toute la tendresse que seul un père peut te donner ?

– N'est-ce pas un rêve, mon Dieu !… D'où venez-vous ?

– D'auprès du cadavre de ta mère…

– Elle est morte en me maudissant ?

– Non, elle t'a pardonné… Et je t'ai moi-même pardonné.

– À l'heure de ma mort ?…

– Je veux que tu vives, Laura… tu vas vivre pour ton père…

– Et l'enfant ?! s'exclama-t-elle, épouvantée, le cherchant autour d'elle.

– Il dort dans son berceau.

– Son berceau est là !… Je ne l'y vois pas !…

– Ce n'est pas son berceau…

– C'est bien celui-ci ! répondit-elle, voulant sauter de son lit.

– Ma fille ! dit le cardinal sévèrement.

Laura recula, en tremblant.

– Donnez-moi du courage, ou la mort, Très Sainte Vierge ! balbutia Laura, versant un torrent de larmes.

– N'as-tu pas une parcelle de ton cœur à donner à ton père ? dit le cardinal tendrement, en couvrant d'un drap ses bras nus. Je viens te retrouver morte pour tous tes devoirs de fille ? Tu ne sacrifies pas à l'héritage de ta mère cet enfant, qui représente ici l'héritage de ton déshonneur ?…

Rends-toi compte de ma bonté, ma fille ! Entre dans ce cœur qui s'ouvre pour toi, et qui se ferme pour le monde entier ! Adoucis, de ton amour, le fiel qui me brûle le cœur, avant que je puisse le cracher au visage de…

Le cardinal s'interrompit. Comme si elle entendait le son des anges, Laura entrouvrait ses lèvres pour esquisser un de ces sourires qui semblent la réponse d'un martyr à l'appel de Dieu.

Le prêtre continua :

– Pourquoi ne connaîtrais-tu pas, toi aussi, le bonheur ? Ton existence a dû être amère, ma fille !... Et fort amère pour nous deux !... Qu'est-ce que tu as été, et qu'est-ce que tu pouvais être, Laura !... Je peux te dédommager de bien des douleurs, avec des joies auxquelles je penserai jour et nuit ! Je le puis !... Tu seras très heureuse, parce que je peux faire en sorte que le passé soit la réminiscence d'un mauvais songe... Mais les ténèbres du rêve ne pourront rien contre la lumière de la réalité... Tu seras heureuse !...

– Heureuse... s'écria-t-elle, en frissonnant, comme sous l'effet d'une terrible surprise. Moi... heureuse ?...

– Réveille-toi, ma fille ! Vis pour ton père, qui a connu aujourd'hui son premier jour de bonheur.

Le cardinal se pencha, prit Laura dans ses bras. Une larme tomba sur sa joue. Ce fut cette larme qui ébranla en un instant toutes les fibres engourdies de ce cœur. La fille de Peppa s'accrocha au cou de l'inconnu, parce que ce n'est qu'à ce moment qu'elle entendit une voix intérieure qui lui disait : « Cet homme est ton père. »

Chapitre VI

La princesse Serbelloni, de Milan, avait quatre fils et deux filles.

La plus jolie des deux s'appelait Lélia.

Les grands d'Italie se mirent sur les rangs, parce que sa beauté était un don, un patrimoine que les plus riches se disputaient, sans rien demander d'autre.

Ils étaient dédaignés.

Tous voulaient connaître la raison de cette répugnance, et un seul la savait.

S'il la disait, il serait fauché d'un coup d'épée, ou expulsé de Milan, sans ses oreilles. C'était un Napolitain sans fortune, sans noblesse, voyageant sans escorte, et vivant inconnu du grand monde.

Leila aimait le Napolitain à un point tel qu'elle lui aurait sacrifié plus que son honneur, si le sacrifice de son cœur n'avait précédé les autres.

On vit le Napolitain sauter en pleine nuit le mur d'un jardin. Ce jardin était celui de la princesse Serbelloni.

C'est le fils du duc régnant de Parme qui le vit. Il voulut savoir de qui il s'agissait, le suivit, et déçu dans ses impertinentes recherches, il se permit de se planter en face de l'inconnu.

– Qui es-tu ? demanda le prince, effrontément.

On ne lui répondit pas.

– Es-tu un voleur pour sauter le mur d'un jardin, ou l'amant d'une de ces femmes ?

Le silence de l'autre l'exaspéra.

– Réponds à la pointe de ce fleuret ! Si tu as des armes, en garde !

Il vit étinceler la lame d'un autre fleuret.

L'engagement dura quelques minutes.

Le prince tomba. Le Napolitain poursuivit son chemin ; mais de telle sorte que personne ne put suivre ses traces.

Interrogé minutieusement sur son assassin, le malade de sang royal répondit qu'il ne l'avait pas reconnu. Il indiqua la maison d'où il l'avait vu sortir, et promit de dénoncer sa complice dès qu'il serait assez rétabli pour entrer dans les salons de la princesse Serbelloni.

Il se rétablit en effet, mais ne tint pas parole.

La veille du jour où il entra dans les salons de la princesse, il les trouva plongés dans un profond silence, et les visages plongés dans une profonde tristesse.

Il interrogea la princesse, qui lui répondit :

– Ma fille Lélia s'est enfuie. Le lendemain du jour où vous avez été blessé, elle s'est enfermée dans sa chambre. Depuis, elle nous a accueillis en versant des larmes inexplicables. Nous l'avons cherchée aujourd'hui, et avons trouvé son lit vide, et un billet qui disait : « *Adieu pour toujours !* »

– Elle s'est donné la mort, fit le prince de Parme.

– C'est ce qui semble le plus naturel, répondit l'entourage.

– Si l'enquête ne donne rien au bout de quinze jours,

ajouta l'évêque qui se trouvait là, il faudra faire dire des messes pour le salut de son âme.

. . . .

Ces messes furent effectivement dites avec toute la splendeur que permet le rite, quand une femme, vêtue en paysanne, des faubourgs de Rome, cherchait, dans la rue la plus pauvre de cette ville, la maison la plus humble.

Le bailleur voulut connaître le nom de l'aimable jeune fille.

– Je suis Peppa Marcella.

– De quoi vis-tu, gentil brin de fille ?

– De travaux de couture.

– Tu ne manqueras pas ici d'aubes et d'aumusses de nos clercs, ce sont de fines gueules.

Elle n'en a vraiment pas manqué.

Cette femme travaillait et pleurait.

Elle vivait seule ; mais elle gémit une nuit durant quelques heures, et se retrouva, le matin, avec une petite fille dans les bras.

– Une fille sans père ! murmura-t-elle. J'ai vécu pour que nous mourrions ensemble.

Elles ne moururent pas, parce qu'elles s'aimèrent ensuite beaucoup. Peppa travaillait jour et nuit. Quand l'enfant se réveillait la nuit, elle voyait sa mère, les yeux fixés sur les siens, humectés de larmes, lui souriait, et ce sourire, c'était comme un cri pour lui donner du courage.

Et cette enfant était si belle ! On l'appelait Laura, et toutes les mères la lui enviaient.

. . . .

Quelques années après, un client de Peppa la pria de confectionner un surplis de toute urgence. Un cardinal recevait la mitre : c'était un jour de fête à Rome.

– Terminez cet ouvrage, dit le prêtre à la couturière, et je vous donnerai à Saint-Pierre une bonne place pour suivre la cérémonie.

Peppa s'y employa, et s'y rendit avec sa fille. La cérémonie allait commencer. L'on entendait résonner les orgues et les cantiques, Pie VI[1] se trouvait sur son trône. Le nouveau prince de l'Église venait s'agenouiller.

Tous voulurent le voir, parce que c'était un bel homme, un cardinal qui n'avait jamais été prêtre, doué d'un prodigieux talent, et donc une exception par rapport à tous les prêtres de son temps, une exception même pour son âge, parce qu'il comptait à peine trente-cinq ans.

Peppa voulut, elle aussi, le voir. Elle leva la tête au-dessus de la foule… Elle poussa un cri, et tomba avec sa fille dans les bras au milieu de cette multitude, qui s'agglutina pour voir de quoi il s'agissait.

– Qu'est-ce qui s'est passé ? demanda Sa Sainteté.

– Une femme qui n'a pu naturellement supporter la presse. On l'a déjà transportée hors de la basilique.

La cérémonie continua.

Le cardinal Dinis Fabrício Rufo, respectueusement agenouillé, n'avait même pas entendu le cri de la femme, et n'avait pas tourné la tête vers l'endroit d'où provenait ce tumulte.

---

1. Souverain pontife de 1775 à 1799, il a eu l'honneur de condamner en 1791 la Constitution civile du clergé, de voir annexer Avignon et le comtat Venaissin, avant d'être déchu de son pouvoir temporel, et d'assister à la proclamation de la République romaine. La scène initiale du *Cahier noir* se déroulant en 1780, le lecteur tatillon se demandera si la fille de Peppa n'a pas grandi bien vite. (NdT)

. . . .

Les années passèrent.

Peppa vieillit très vite. Le cardinal Rufo, que la société tenait pour un prélat vertueux, avait demandé, durant de longues années, à Dieu un signe que Lélia reposait en son très sacré sein.

Dieu ne lui répondit pas, et le cardinal épousa les idées de Voltaire.

Sa vie fut un long supplice, dont les hommes ne parvinrent pas à distinguer la raison.

Quand, à quarante ans, il se sentit entamé, de l'intérieur, par le ver du désespoir, il salua la blême agonie qui annonçait sa mort toute proche.

Pour abréger son existence, il s'adonna à la débauche.

L'or coulait à flots de riches banquiers, qui s'honoraient de leur parenté avec un cardinal.

Il dora, grâce à lui, son libertinage, et rivalisa avec ses collègues dans le scandale.

Il menait cette existence quand il reçut une lettre signée Lélia.

Il n'y accorda aucune foi. Il rit de l'infâme plaisanterie. Mais qui savait que c'était lui le Napolitain pauvre qui avait trempé son fleuret dans la poitrine du prince de Parme ?

Lélia était-elle encore vivante ?

Elle l'était. Quelques jours après, il avait reçu une autre lettre, et, à l'intérieur, une autre pour Laura, la fille de la couturière, qui mourait à Rome.

. . . .

Il fallait, cher lecteur, vous mettre au fait de tout cela. Vous n'imaginiez vraiment pas que la maîtresse dédaignée de notre compatriote était la petite-fille de la princesse Serbelloni.

Chapitre VII

LAISSONS LÀ LE CARDINAL qui ressent, pour la première fois, les tendresses instinctives d'un père.

Nous avons vu que le cœur de Laura, blessé dès le premier instant par l'étincelle électrique de l'amour filial, s'ouvrait, comme une fleur, à la rosée des premières larmes que les yeux d'un père lui versaient sur les joues.

La rapide transfiguration de cette femme est un de ces secrets que la Providence ne rend pas facilement accessible à l'homme qui entreprend de les percer tous.

Sa forte fièvre s'était graduellement calmée. Les pulsations violentes, que le cardinal comptait entre ses doigts, se faisaient régulières. L'incendie des joues, comme la flamme d'une lampe funéraire, qui s'évanouit à la clarté de l'aurore, s'affaiblissait en prenant la couleur parfaitement blanche d'une aurore : celle d'un bonheur qui se précisait, et lui inondait le cœur de lumière.

Ce bonheur souriait dans les yeux creux du cardinal. Sa pâleur terreuse était également irradiée d'un éclat que seul prête l'espoir à ceux que le malheur enveloppe d'une ombre obscure. Sa poitrine ne parvenait pas à contenir son cœur. Si la sécheresse de l'infortune, et le dessèchement extemporané de la débauche n'avaient pas séché définitivement en lui les fibres de la vertu, les fleurs de la jeunesse auraient reverdi sur le visage du cardinal, et les sourires se seraient multipliés, d'une conscience honnête.

Ce qu'il faisait, c'était déjà beaucoup, parce qu'on n'avait pas autant à attendre des quarante-six ans qui avaient couvert ce front de cheveux blancs, et creusé dans son visage des rides profondes.

Seul l'amour d'un père peut exhumer une larme et un noble sourire du tombeau de toutes ses affections. Il était le seul à pouvoir altérer l'aspect patibulaire de Dinis Fabrício Rufo, dans le vertige communicatif d'un visage, à irradier de tous les sentiments généreux qui renaquirent au moment où il se reconnut le père de la fille de cette femme qui lui avait versé des larmes… tant que son cœur lui en a donné.

Ces étranges retournements avaient épuisé Laura ; ses paupières retombèrent, elle glissa insensiblement dans les bras de son père, qui les lui ferma avec son premier baiser.

– Ah, Providence ! Tu existes, murmura le cardinal ; tu existes parce que, sans toi, ce bonheur, le hasard ne me le donnerait pas ! Dieu ! Je te reconnais parce que cette femme, qui dort dans mes bras, est ma fille ! L'image de Lélia se trouve ici !…

La nuit passa vite. À l'aube, Laura ouvrit les yeux, et interrogea ses réminiscences pour trouver l'explication d'un songe.

– Ce n'était donc pas un songe ? demanda-t-elle à son père, qui écartait ses cheveux de ses yeux.

– Qu'as-tu vu, ma fille ?

– J'ai entendu, mon père… Se peut-il que vous soyez mon père ?

– Ton cœur ne te dit-il pas que je le suis ?

À ce moment, deux voitures s'arrêtèrent à la porte de Laura.

L'on entendit, dans le salon voisin, des pas que le cardinal reconnut. C'était ceux de l'homme que le fameux chevalier de Saint-Louis avait rangé dans la nombreuse tribu des brigands de Calabre.

– Tu as juste le temps de t'habiller, Laura, dit le cardinal.

– Déjà ? si vite ! murmura-t-elle humblement.

– Je t'accorde des heures, des jours, des années à Paris ; mais vas-tu me dire ce que tu attends ici ?

– Rien, balbutia timidement la fille de Lélia.

– À la bonne heure… Les voitures attendent…

Il sortit de sa chambre. Il entra dans le salon où était accroché le portrait du marquis de Luso. Il lui planta un poignard dans la poitrine, et ne l'arracha pas du point d'impact. Son compagnon qui avait assisté, avec une révérence comique, à la solennité de ce coup de poignard, se dit :

– Bienheureux, ceux qui ne sont poignardés qu'en effigie !

Quelques minutes après, on entendit des gémissements dans la chambre de Laura.

Le cardinal y entra. Il la vit à genoux, devant l'image de Notre Dame. Il s'arrêta. Il croisa les bras : il eut un accès de piété, et parvint à plier un genou. Puis, il se leva impulsivement, avec toute la morgue de son incroyance. Il sourit, et se dit, au fond de son cœur :

« Mon bonheur n'a duré qu'un moment… La vengeance commence à cet instant. De l'amour d'un père, va renaître la haine du bourreau. »

Il releva sa fille. Lui prenant la main, il traversa la salle du portrait. Il la fixa avec une étrange pénétration. Laura allait lever les yeux vers le portrait. Le cardinal lui comprima le poignet. L'amante du marquis de Luso baissa les yeux et rougit.

Le cardinal et sa fille entrèrent dans l'une des voitures. Mais une autre filait au grand galop, où était monté le présumé bandit, en disant au cocher :

– À la barrière *de la Villette*[1] !

. . . .

Deux mois après, Sa Sainteté et le roi des Deux-Siciles concédaient à Laura Josefina Rufo l'adoption, et l'importante succession de son père, le cardinal.

Cette grâce, plus pontificale que royale, fut confirmée par un brevet du trésorier de Pie VI à ce cardinal plein de mérite.

Jouissant de toutes ces délices, divinisée par tous les cultes, recherchée par tous les nobles italiens, Laura était-elle heureuse ?

Non.

Devant son père, elle avait de ces sourires qui se paient de beaucoup de larmes solitaires.

Était-ce le marquis de Luso qui les lui arrachait ?

Non.

– Mon ange chéri !

C'était sa seule plainte exprimée, que personne n'entendait.

Il ne pouvait y avoir qu'un ange dans cette vie : le fils d'une autre femme bien plus malheureuse qu'elle, le fils de Silvina.

---

1. En français dans le texte. (NdT)

Chapitre VIII

Le marquis de Luso était revenu de Lisbonne. Il avait couru se jeter dans les bras de sa femme, et y avait trouvé le pupille de Laura.

Trop faible pour essuyer une telle surprise, il pâlit.

Il avait bêtement pris, célibataire, à voix basse, un engagement auquel il était encore tenu, avec un ami qui était mort.

C'est l'ambition qui l'avait poussé à cacher à sa femme, dont il lui semblait impossible d'obtenir la main, cet engagement qu'un autre homme, doutant moins de ses mérites, aurait présenté comme un diplôme d'honorabilité.

La marquis de Luso était une petite âme.

Après son mariage, il fut tenté de révéler à Suzanne l'existence de cet enfant ; mais la crainte de susciter des soupçons, et la peur enfantine que lui inspirait sa femme, anéantissaient ses projets. Et ces projets tournaient presque tous autour de l'idée de se débarrasser de Laura, dont le comte blasé assurait la subsistance, parce qu'il n'avait personne d'autre qui s'occupât, si discrètement, de l'éducation du petit. Dans ce qu'on appelait « le bon temps », ces cyniques pullulaient. Ceux d'alors nous éblouissent plus que nos contemporains, parce que la société des premiers n'usait pas aussi vite le sentiment, elle ignorait ces plats caustiques, qui sont, dans la société des seconds, les stimulants d'un palais émoussé par les sensations douces.

Étant donc bien établi que le marquis de Luso était suffisamment roué pour jeter, de la pointe du pied, la pauvre Laura dans l'abîme de la perdition, nous le trouvons bien assez nerveux pour pâlir devant sa femme, qui lui présentait, en souriant, le gamin arraché à la fille du cardinal.

– Tu pâlis, Leopold ?! demanda-t-elle, en s'avançant vers son mari, qui demeurait stupéfait.

– Comment cet enfant est-il arrivé ici ?!

– Comment il est venu ?!... Dans ma voiture. J'ai été le chercher.

– Toi ?!

– Moi... Allons, marquis, pas de postures tragiques... Dis-moi donc... Cet enfant est ton fils ?

– Non.

– Je crois que non. Tu vois bien que je te crois. Pourquoi ne m'as-tu pas confié ce secret ? Parce que tu accordais plus de confiance à cette Italienne qu'à ta femme ? T'a-t-elle paru plus tendre que moi ? Tu vois bien... ce n'est pas le cas ! Plus jolie, je te l'accorde, si tu y tiens ; mais ni plus tendre, ni plus digne de confiance, ça non, mon imprudent Leopold... Il y a vingt jours que cet enfant est chez moi. Demande-lui s'il veut me laisser pour prendre l'autre mère, comme il l'appelle, et tu verras ce qu'il te dit... À quoi penses-tu, marquis ? Tu ne me réponds pas ?!

– Ta candeur avec cet enfant me surprend...

– Ma *candeur* ! Je ne sais pas le sens que je dois donner

à ce terme ! Ce serait une innocence inconsidérée, que ma *candeur* avec cet enfant.

– Non Suzanne. Si tu connais déjà l'histoire de cet enfant…

– Je la connais, c'est Laura qui me l'a racontée, et je ne sais quel homme, à la mine sombre, qui est venu te voir ici, et faute de trouver, s'est adressé à moi.

– Que voulait-il ?

– De toi, je l'ignore ; moi, il voulait me confier ce dépôt, dont on n'avait pas chargé la femme qui le détenait. J'en ai pris la responsabilité en ton nom, et le voilà, marquis. Quant à Laura, je pense qu'à cette heure, elle est très loin de Paris… Vu qu'après cela, je mérite ta confiance, que seul un hasard te contraindrait à m'accorder, permets-moi de te demander, marquis, quelle est cette femme…

– Elle est venue avec moi de Rome, balbutia le marquis.

– Ça, je l'avais envisagé. Cela n'a pas été à ton honneur de l'exposer à être enlevée par n'importe qui, si elle avait été pour toi une compagne digne d'être l'éducatrice de cet enfant. Tu ne lui donnerais pas une telle importance, si elle ne s'était montrée digne qu'on lui confiât le fils d'un homme qui est mort…

– Cet enfant n'est pas le fils de mon ami…

– Le mystère s'épaissit… Ce n'est ni le tien, ni le sien !… À qui est-il donc ?!

– Mon ami ne me l'a pas dit… Il m'a remis cet orphelin, avec cent mille cruzados, qui constituent son patrimoine… Je ne sais rien de plus, et je n'ai rien pu apprendre. Les seuls renseignements que j'ai pu recueillir, c'est qu'il est d'origine portugaise, parce qu'il y a, outre quelques bijoux, un poignard sur la lame duquel on lit des mots portugais, et que les gravures des pièces de monnaie sont également portugaises. J'ai fait des recherches à Lisbonne, il n'en est rien sorti… Il n'y a aucun doute : cet enfant doit être d'illustre naissance. Si ce n'était pas le cas, mon ami, l'un des Portugais les plus nobles, ne se serait pas chargé d'élever cet enfant, et il ne me l'aurait pas confié, avec un trésor d'une telle valeur.

– Quoi qu'il en soit, Sebastião vivra avec nous, peu importe que le monde le tienne pour ton fils… Pourquoi ne m'as-tu pas donné cet ange ? Comme il me contemple ! Quelle douceur dans son regard ! Il semble qu'il y a, dans ces yeux, une larme qui ne sèche jamais ! N'éprouves-tu pas un amour de père pour cet enfant ?… Ne reste pas muet, comme ça, tu me fais douter de ta sensibilité… Je voulais être sa mère, moi… M'appellerez-vous toujours votre mère, mon fils ?

Sebastião reçut affectueusement un baiser, et s'accrocha tendrement à son cou.

Craignant que l'épisode de Laura n'entraînât des explications, le marquis se retira tranquillement, en s'interrogeant sur l'identité de cet homme, à la mine sombre, qui avait quitté Paris, vingt jours avant, avec l'Italienne. Ce n'étaient pas les saudades qui pesaient sur lui. Jusqu'à un certain point, le dénouement de cette fâcheuse aventure n'était pas mauvais ; c'était la façon la moins fracassante de se défaire d'une femme importune. Il était cependant intrigué par ce personnage mystérieux. Serait-ce un amant ? Mais l'homme qui était venu voir Suzanne était vieux, Laura n'avait ni père, ni frère, ni protecteur. Serait-ce par hasard un vieux lord qui l'aurait éblouie par d'avantageuses promesses ? Il admit que c'était le cas, et se jeta sur un matelas de plumes, en pensant à la bonté de sa femme, dont il ne croyait pas qu'elle fermerait si amicalement les yeux sur les soupçons que lui inspirait cette Italienne.

Pour se dédommager des fatigues de son voyage, le marquis fermait les yeux, quand la marquise entra.

– J'ai oublié, marquis, dit-elle, une importante commission dont on m'a chargée, pour toi...

– De qui, chère amie ?

– De cet homme qui exerçait sur Laura une autorité absolue.

– Qu'est-ce que cet homme a à voir avec moi ?

– Je ne sais pas... Regarde si tu peux répondre à ta question, en saisissant la signification de ces mots, qui m'ont été dits pour que je te les répétasse : « Que votre mari se tienne sur ses gardes, parce qu'à partir d'aujourd'hui, il a un implacable ennemi. Laura a un père. »

Comme il ne comprenait pas bien le message laconique du supposé lord, le marquis s'assit brusquement sur son lit et demanda :

– Quoi ? Que je me tienne sur mes gardes... À qui aurais-je affaire ?

– À lui, bien sûr... Tu pâlis, Leopold ?

– C'est une commission extravagante que la tienne, Suzanne ! Quelle langue parlait cet homme ?

– Le français, mais il avait le type italien...

– Comment était-il habillé ?

– Très simplement. Une grande cape, et un chapeau à larges bords. Il semble que cet incident t'effraie !...

– Il ne m'effraie pas... il m'étonne...

– Ta compagne n'aurait-elle pas de père ?

– Non... elle n'avait pas de père... c'était une couturière, sans appuis, sans personne qui prît à cœur le fait qu'elle eût faim, ni son honneur.

– Heureusement que tu lui es apparu, Leopold…

– Tu me dis cela si sèchement… C'est la raison pour laquelle je ne m'en suis pas ouvert devant toi…

– C'est ton secret qui a éveillé ma méfiance, mon cher marquis… Ma défiance trahit une jalousie qui ne peut t'importuner… Le pire, c'est la menace de cet homme à la grande cape… Je te conseille de prendre tes précautions, Leopold. L'air austère qu'il avait quand il m'a parlé, il donnait à ses mots une certaine solennité que nous ne devons pas prendre à la légère… Pourquoi dirait-il qu'il est le père de cette fille *déshonorée* ?! Je ne te parlerai plus de Laura. Je te pardonne, tellement je suis heureuse d'être la mère adoptive de ce petit… Ce que je veux, c'est que tu prennes garde à l'avertissement de cet homme.

. . . .

Nous avons esquissé ces pages en passant, elles constituent un préliminaire à la biographie du père Dinis.

Il y avait là matière à de plus longs développements. Nous n'avons pas trop voulu nous étendre, pour que le contingent ne parût pas aussi grandiose que l'essentiel.

Ces scènes se sont déroulées alors que le fils d'Álvaro de Albuquerque ne pouvait se faire une idée de la suite d'étranges disgrâces qui précédaient son entrée dans le monde, inséparables de son existence.

Son berceau nous paraît entouré de larmes, de frayeurs et de mystères.

Sans aucune conscience de ce qu'il est, cet innocent joue déjà son rôle dans le drame d'une infortune qui lui est étrangère.

Sans lui, Laura ne représenterait rien pour le marquis de Luso. Elle serait abandonnée, comme toutes les victimes aussi importantes qu'elle, dès que son commerce importun aurait affecté les intérêts ou les nouvelles passions du marquis.

Si elle avait encore droit à sa protection, si une apparente estime n'avait pas cédé la place à une effective désillusion, c'est parce que les services qu'elle rendait en éduquant le fils de Silvina méritaient salaire.

Si Sebastião n'avait pas existé, Laura aurait été plus vite abandonnée, la tranquillité du marquis serait mieux assurée, et le cardinal Rufo aurait peut-être trouvé sa fille en train de pleurer des larmes de honte et de contrition près du cadavre de sa mère.

Le cardinal pourrait ignorer le déshonneur de sa fille. Leopold ne craindrait plus un ennemi, qui aurait laissé son poignard fiché dans son portrait. Et Suzanne n'éprouverait aucune crainte, à chaque instant, pour la vie de son mari.

Ils seraient donc tous plus heureux ; et surtout, celui qui ne serait pas né. S'il s'était endormi du sommeil éternel, Sebastião, avec sa mère, dans son tombeau, serait un ange sur la couronne d'une martyre, sacrifiée par sa passion.

. . . .

Il se passa quelques mois. Le marquis de Luso ne rencontra jamais l'ennemi qui l'avait prié de se tenir sur ses gardes. Il avait pris des renseignements de partout en Italie sur Laura. Sans parvenir à aucun résultat.

Personne ne lui avait dit que cette femme existait de

telle sorte que de minutieuses recherches pussent permettre de la reconnaître.

Le marquis en tira les conclusions les plus favorables en ce qui le concernait ; le supposé père de Laura était un farceur de qualité, qui avait joué de la terreur, comme un cabotin, pour faire partir de Paris une femme qui lui tenait lieu de maîtresse. Les craintes de Suzanne, c'étaient des craintes féminines. Et ses appréhensions à lui, un marquis, des appréhensions moins dignes de son courage, et de sa position, qui le mettait hors de portée du poignard d'un sicaire.

Le marquis de Luso s'employa donc à calmer les frayeurs infondées de sa femme, et continua d'être heureux, en se contentant de prendre plus de précautions pour assurer sa sécurité : il prenait le soin louable de ne pas sortir à pied sans s'entourer d'une escorte plus que suffisante pour assurer sa défense si quelque misérable l'agressait, en plein jour, un attentat sans exemple à Paris.

Les ressentiments et la susceptibilité de Suzanne, relevant de la jalousie, s'évanouirent pour la bonne raison que le marquis, bon mari à tous les égards, avait donné toutes les explications nécessaires, et convaincu sa femme qu'il avait été un immonde égoïste avec Laura, pour s'en tenir aux principes les plus austères concernant le lit conjugal.

Sebastião était chéri de tous les deux, et plus encore, si c'est possible, du père de Suzanne, chambellan du roi, une espèce d'idiot, qui jouait à colin-maillard avec le petit, et insistait pour que celui-ci l'appelât son père.

Le bon vieillard laissa entendre à son gendre et à sa fille que la plus grande faveur qu'ils pussent lui accorder, c'était de consentir à ce que Sebastião changeât de nom, pour en prendre un autre, le sien.

Le marquis s'empressa d'acquiescer. Suzanne émit

quelques réserves, parce qu'elle avait l'intention de l'appeler Leopold. Le gamin finit par s'appeler Benoît, parce que c'était le prénom du vieux chambellan.

L'amour démesuré de monsieur de Montfort pour le petit Benoît donna des idées aux parents de cette maison, ainsi qu'aux désœuvrés qui s'occupent de la vie des autres.

Personne ne savait comment un enfant comme celui-ci avait été accueilli au sein de cette famille. L'histoire était racontée d'une façon tellement équivoque, que la société, pour s'épargner de tardives recherches, conclut que l'enfant était le fils du vieillard et d'une inconnue, sans nom, qu'il hébergeait encore dans son palais de Cliton, où il passait l'été, pour se délasser des fatigues de la cour.

Quand l'on parlait à Benoît de Montfort, qui semblait rajeunir, de ses conquêtes, il ne rejetait pas la responsabilité paternelle que ses intimes lui attribuaient.

Il souriait, l'air surpris, et il semble qu'il se réjouissait de passer pour le père du petit, qui l'accompagnait toujours dans sa voiture.

À présent, cher lecteur, soyons plus rapides que le temps. Allons chercher cette famille douze ans après.

Chapitre IX

VOUS SAVEZ BIEN ASSEZ ce que fut la Révolution française, cette sanglante tempête, prédite sous les règnes de Louis XIV et Louis XV, et qui s'est déchaînée comme une inéluctable prophétie répondant à une logique de fer, où nous voyons un roi payer de sa tête les folies dont il a hérité des rois qui l'ont précédé.

Si vous ne connaissez pas les détails de cette lutte, dont l'histoire est affligeante et terrifiante, je ne vous oblige pas à l'étudier pour vous préparer à mieux comprendre ce roman.

Renoncez, vous-mêmes, à tout ce qui est accessoire, et, de mon côté, je renonce à vous infliger une pesante dissertation sur les événements survenus entre 1789 et 1806.

Je glanerai, dans ce vaste champ jonché de cadavres, les atrocités (si ce n'ont pas été de providentiels décrets, comme nous disent par ici d'illustres personnages qui font provenir la Révolution française du christianisme, et mesurent sur la même échelle l'importance du Christ et de Robespierre, des Apôtres et des girondins), les atrocités, disais-je, inséparables des péripéties de ce roman.

Vous noterez en passant que ce genre d'hommage

que je vous rends, en vous donnant des explications que vous ne me demandez pas, est la plus belle preuve de mon grand respect pour ce sujet anonyme qu'on appelle public, et j'estime toujours rares les innombrables occasions où je puis vous montrer que je ne veux pas vous faire sauter d'un chapitre à l'autre, sans vous convaincre au préalable que ce saut est justifié par le sens commun dans ce genre d'écrits, où l'on n'en trouve guère.

Cela dit, faites appel à vos réminiscences, et rappelez-vous les absurdes prétentions que le comte de Mirabeau émettait sur le cœur de Suzanne de Montfort.

Les paroles prononcées devant le roi, qui les lui a pardonnées avec un sourire bienveillant, et peut-être méprisant, constituaient son programme révolutionnaire, développé par le célèbre tribun devant l'Assemblée constituante.

Mirabeau, qui eût été un Gracque à Rome, aux beaux temps de la République, et un Catilina, dans sa décadence, comme le dit Mignet, se trouva, à l'improviste, intronisé à un rang où ses ardentes ambitions ne l'auraient certainement pas hissé.

Ses premiers discours frappent l'Assemblée. Le monarque est interpellé avec une étrange réserve sur ses arrière-pensées, qui retardent la garnison militaire à Versailles. L'érudit Maury rencontre un adversaire inexorable, là où il espérait trouver un défenseur du clergé et de la noblesse. Mirabeau exerce instantanément une telle ascendance sur les états généraux que personne, dans le parti aristocratique, n'ose contester une souveraineté, une popularité qui le fait élire chef de l'Assemblée.

La corruption de ses mœurs, la réputation que lui valait sa jeunesse libertine, n'entachaient pas la fascinante étincelle qui permit à Mirabeau d'entraîner les esprits, par des chemins fleuris, à l'abîme qui conduisait à la guillotine.

Il avait mesuré de loin les étapes que devrait respecter la Révolution. Dix ans de rancœur étouffée, de longues veilles passées à ourdir le plan de sa vengeance, une grande tête pour utiliser au mieux une grande haine, une absence totale de sentiments généreux, le talent et la perversité embrassés dans l'étreinte de leur vilenie, c'étaient les stimulants qui ont inspiré les violentes apostrophes de celui que les tourbes ont appelé « le Démosthène de la France ».

Dans le parti de la noblesse, il y avait un homme, dont la présence colorait son visage du sang noir de la colère : c'était le marquis de Luso. Ce n'était pas un combat entre deux talents, parce que le marquis n'avait pas de nom, en tant qu'orateur, il n'en avait pas en tant que privilégié, dans les grâces du trône, il se fondait dans l'obscurité de la plupart de ses collègues, qui n'osaient proférer un son, quand Casales achevait de défendre, avec une stérile éloquence, les droits du roi, ceux des nobles, et les prérogatives du clergé. Ce n'était pas la haine d'un ennemi politique qui exacerbait les verrues fulminantes de Mirabeau, quand devant lui, il rencontrait la silhouette silencieuse du gendre de Benoît de Montfort.

C'était le mari de Suzanne qui était là ! C'était l'effet de vieilles haines qui ébouillantait ses phrases, comme une flèche de feu qui devait trancher net la face de l'aristocratie, pour rebondir ensuite jusqu'au cœur du monarque.

Le marquis de Luso le devina.

Le courage moral n'était pas son fort, et la crainte d'une insurrection, annoncée par de vagues rumeurs qui se nourrissaient des menaces du parti populaire, confié à

Mirabeau, lui inspira la crainte d'être victime d'un coup en traître, planifié par un rival rancunier.

Au début du mois d'octobre 1789, le marquis de Luso se retira dans une ferme de sa femme, à Caen, dans le département de l'Orne[1].

Il y vécut, et il semble qu'il ne dévora pas les longues heures de son exil en se languissant de Suzanne.

Son absence au Parlement éveilla les soupçons du parti populaire. Les comités d'Alençon, la capitale de la province, suivant les instructions de Siéyès, épiaient les pas du marquis, qui avait pris la fuite au moment où l'on s'engageait dans une bataille décisive entre les privilèges et la souveraineté nationale.

Les suspicions étaient aggravées du fait que Barbaroux, Gaudit, Bizot et d'autres députés avaient fui l'Assemblée pour gagner Caen, où l'esprit monarchique jouait un rôle prépondérant.

À vrai dire, le marquis de Luso ne conspirait pas, et ne s'inquiétait pas du sort du roi, dont la vie ne représentait plus qu'une carte dans le jeu des passions.

La vie ne comportait pas dans la région que des désagréments. Le marquis était las de se conduire en mari exemplaire.

La société de Caen ne desservait pas ses velléités d'émancipation. Le marquis rencontra une femme qui lui parut l'emporter sur celles qu'il avait rencontrées. Suzanne était belle, mais Marie Corday[2], faute de l'être autant, offrait plus de grâce qu'il n'en fallait, plus de

1. Ou plutôt dans l'actuel département du Calvados… Les départements ne seront créés qu'au début de 1790. (NdE)

2. Bien qu'elle se fît appeler Marie, Marie-Anne-Charlotte Corday d'Armont (orthographié Armans par l'auteur) petite-nièce du grand Corneille, est passée dans l'Histoire sous le nom de Charlotte Corday.

vivacité, un tourbillon de sentiments qui venait sur son visage égayer ses yeux, ce que Suzanne n'avait pas, ce que la transparente Laura n'avait jamais eu, ce que les Portugaises entre lesquelles le marquis avait partagé son cœur de jeune homme, ne purent jamais contrefaire.

Marie, de plus, ne pensait pas comme le commun des femmes. L'époque était à la liberté, et l'enthousiaste donzelle prêchait, avec une ardeur révolutionnaire, la liberté du cœur.

Descendante des nobles Corday d'Armans, elle n'épousait pas les prémices de la souveraineté nationale, et se répandait en invectives contre Mirabeau, qui avait trahi la cause des nobles, en pérorant, comme tribun, sur les ossements de ses illustres aïeux, dont la mémoire souffrait du mépris d'un tel descendant.

Le marquis avait raison de découvrir le caractère extraordinaire de cette femme. Il l'aima, et ne s'en ouvrit pas, tant qu'elle ne prit pas les devants en discourant sur la liberté du cœur, que les hommes enchaînaient aux formalités anachroniques du mariage.

Cette philosophie, qui était de son temps, qui s'imposait aux têtes pleines d'esprit de tous les hommes, et à celles, non moins spirituelles, de quelques femmes, plut au marquis. Transporté par l'excellence de cette théorie, il entreprit des travaux pratiques avec l'oratrice, et vit qu'elle ne se démentait pas.

Il oublia Paris, bénit la Révolution qui l'avait chassé de son insipidité domestique, et vécut, enivré par les charmes toujours renouvelés de Marie, jusqu'à ce que

---

L'honnête homme se réjouira du rôle que lui fait jouer Camilo dans son roman. (NdT)

sa femme, débordante de joie, lui annonçât la mort de Mirabeau au mois d'avril 1791.

En lui apprenant cette nouvelle, c'était comme si elle lui disait que son ennemi était au *Panthéon* d'où les illustres ossements ne viennent demander de comptes à personne. Le marquis souhaitait cependant que Mirabeau survécût. Un an de relations intimes avec Maria, ce n'était pas assez pour qu'ils pussent se séparer sans larmes, ni avec la promesse de revenir au plus tôt continuer à jouir d'un bonheur momentanément interrompu par d'horribles convenances sociales.

La Révolution approchait de son dénouement.

Jamais la présence du marquis à Paris n'avait été plus inopportune, mais Benoît de Montfort, toujours aux côtés de Louis XVI, accordait assez de confiance aux espoirs du roi, et insufflait à son gendre le courage qu'il lui fallait pour attendre que les armes étrangères vinssent rétablir la paix en France, et la splendeur ternie du trône de saint Louis.

En septembre 1792, l'armée prussienne avait effectivement franchi les frontières, et les carnages qui avaient débuté le fameux deuxième jour de ce mois, devaient reprendre de plus belle, parce que Danton avait dit : « Je vote pour que les royalistes soient paralysés par la peur, que l'ennemi se retienne… Oui ! Il faut lui faire peur !… »

Ce jour-là, les avenues de Paris se fermèrent. Les portes du clergé et de l'aristocratie furent ouvertes au nom du salut public. Prêtres et nobles furent enchaînés à la Conciergerie, à la Force, et dans tous les antres, où un bras assassin pourrait jouer du poignard.

Le marquis de Luso embrassait sa femme quand le bras

musculeux d'un gaillard enveloppé d'une cape l'en arracha brutalement : « Ne pleure pas son absence, citoyen, ta femme s'en va avec toi. » Ces paroles furent prononcées par Marat. L'homme en cape ne proféra pas une syllabe.

Ils rejoignirent l'escorte que la population insultait en criant : « À mort ! » Ils furent conduits aux Carmélites, dans un cachot improvisé au moment où les victimes étaient en trop grand nombre pour tenir dans l'espace étriqué des dix prisons de Paris.

Puis les barrières de la ville se fermèrent, desquelles le Seigneur avait détourné le regard, pour ne pas dire que le Seigneur ne s'abaisse pas à intervenir dans les misères de l'homme, fait de boue et de sang…

Les Prussiens avaient pris Verdun d'assaut. Les barrières de Paris furent fermées. On tira un coup de canon, et Danton y répondit en s'exclamant : « Ce tir que vous avez entendu, ce n'est pas pour donner l'alerte ; c'est le pas de charge contre nos ennemis. Pour les vaincre et les épouvanter, que faut-il ? De l'audace, encore de l'audace, toujours de l'audace[3] ».

Au second coup, il se forma dans la Commune, payée par elle, une horde de trois cents bourreaux. Parmi eux, il y en avait un que tout le monde regardait, à l'air sinistre. C'était justement celui qui, accompagné d'un chapelain, avait éloigné le marquis de Luso des bras de sa femme.

Ensuite, sans que personne ne s'y opposât, ils entrèrent

3. Camilo étant, dans ses références, d'une rigueur toute romanesque, nous nous croyons tenus de nous montrer plus exacts : « Le tocsin qui va sonner n'est point un signal d'alarme, c'est le pas de charge sur les ennemis de la patrie. Pour les vaincre, messieurs, il nous faut de l'audace, encore de l'audace, toujours de l'audace, et la France est sauvée. » (NdT)

dans les cachots, qui s'ouvrirent devant eux comme d'eux-mêmes, et ils « égorgeaient, sans rancœur, sans remords, avec la conviction des fanatiques et l'obéissance des bourreaux. »

Quand elle entendit, évanouie dans les bras de son mari, les rugissements du tigre qui s'approchait, Suzanne sentit à peine la pression de celui qui l'en arrachait, et le premier coup de couteau qui lui trancha la gorge au premier cri qu'elle allait pousser pour demander pitié.

La marquis de Luso fut emmené, sans résistance, sans proférer un mot, dans un coin du cachot, en piétinant les cadavres qui tombaient à ses pieds.

L'encapuchonné qui le conduisait, en appuyant la main gauche sur son épaule, et posant l'autre, armée d'un poignard, sur son flanc droit, lui demanda en souriant :

– Pensais-tu, citoyen, qu'il te suffisait d'être poignardé en effigie ?

Le marquis ne comprit pas la question. L'assassin continua :

– Quelles nouvelles peux-tu me donner d'une pauvre couturière que tu as enlevée aux bras de sa mère, et jetée dans les bras de la prostitution ? Tu ne réponds pas ! Cette femme perdue devait-elle mourir à l'hôpital ? Tu ne sais rien ! Et tu savais encore moins que l'esclave de tes caprices de quelques jours avait un père !… Ne t'ai-je pas prié de te tenir sur tes gardes ?!…

– Holà, citoyen ! demanda l'un des bourreaux, on dirait que tu confesses un pénitent ! Je m'en vais interrompre ce dialogue…

Et il se préparait à donner un coup de main à son compagnon, quand le marquis de Luso tomba, frappé d'un coup de poignard par le cardinal Rufo.

. . . .

Quand se turent les cris des moribonds, et que les sicaires, enivrés de sang, furent endormis, Marat avait embrassé Danton, en s'exclamant au comble d'une joie frénétique :

– Effectivement, citoyen Danton, nous avons un peu effrayé l'ennemi !…

– Oui… C'est un jeu, mon ami… Il nous faut remporter bien des vies pour ne pas perdre la nôtre…

– Mais si tout ceci est un jeu, avoue que c'est moi qui t'ai conseillé d'abattre ces méchantes cartes.

– Oui… mais il faut décider les mises à régler…

– Fais payer les trois cents citoyens, sauf l'un d'eux, qui n'est pas un mercenaire…

– Qui c'est ?

– Un prêtre.

– Un prêtre ! Gaffe ! Gare au coup fourré !

– Je m'en porte garant ! Il a vécu un an dans l'intimité de Marat… Ce ne peut être un traître. Je le connais de Naples… Par le diable, je te jure que je lui aurais chipé une belle fille qu'il a, si je n'étais pas marié… Tu vois bien le respect que j'ai pour notre Sainte Mère catholique et romaine !

– Mais qu'est-ce qu'il a, ce prêtre… ?

– Dis plutôt « ce cardinal », citoyen Danton.

– Un cardinal !… Quel rapport entre ce cardinal et toi ?

– Aucun, entre lui et moi… Il en avait à un fidalgo d'une vieille race espagnole, avec qui il a réglé ses comptes cette nuit.

. . . .

Chapitre X

QUELQUES DÉPUTÉS, dont les efforts à l'Assemblée ne purent enrayer le message des assassins, s'enfuirent de Paris. Danton et Marat les accusèrent de trahison : la Gironde demanda leurs têtes, et le monarchique, presque éteint au Parlement, abandonna ses sièges ou fit semblant de transiger avec le « Mirabeau de la populace », une honorable épithète dont il gratifia Danton.

Une partie des transfuges annoncèrent à Caen les carnages du 3 septembre. S'alliant au germe de l'opposition, qui s'activait en secret, ils formèrent une assemblée de seize représentants qui s'adressaient au peuple en l'appelant à se rassembler pour ne pas se laisser leurrer par les doctrines subversives de la « Montagne ».

C'est là que vivait Marie Anne Charlotte Corday qui attendait, en se languissant, une lettre du marquis de Luso, dont elle n'avait plus de nouvelles depuis deux semaines.

Le marquis avait été le correspondant du Club à Paris. Les aspirations élevées de Marie Corday l'avaient encouragé à se charger d'une commission qui dépassait de loin son courage. On fut donc désolé d'annoncer sa mort, que l'on regrettait comme une perte irrémédiable.

Tous demandaient le nom de l'artisan des massacres du 3 septembre. Le nom de Marat inspira de l'horreur à ceux qui l'entendirent ! Ce bourreau fut condamné à l'exécration, tant qu'un maître des basses œuvres ne l'exposerait pas, dans l'ignominie du gibet, à la vivacité des vautours.

Cette bruyante session avait lieu chez Marie Corday. Statue de la terreur, la maîtresse du marquis de Luso y avait assisté, impassible, les bras croisés, le visage de marbre, les yeux fixés sur les lèvres de chaque orateur qui vociférait ses malédictions contre Marat.

Les amours de Corday et du marquis étaient passées inaperçues de la société de Caen. L'immobilité de Marie à ce moment la surprit comme le signe d'un cœur dépourvu de sentiments.

Barbaroux demanda à Charlotte :

– Ne regrettez-vous pas, comme nous, l'ami que nous avons perdu, madame ?!

Corday ne répondit pas. Elle leva les mains vers ses joues, écarta les cheveux qu'une brusque poussée de sueur avait collés à son front, recueillit dans les paumes de ses mains les larmes qui lui montaient aux yeux tandis que le sang commençait à colorer le jaspe de son visage, et tomba à genoux, en prononçant un seul mot, qui résonna comme un gémissement rauque ; et ce fut ce mot qui serra le cœur à tous. « Marat ! » C'est ce qu'elle dit avant de s'évanouir.

La mort monta la garde autour du lit de cette femme dix mois durant. Aux accès de fièvre, succédèrent les accès de folie, puis le recouvrement de la raison, pour lui rendre encore plus cuisante la nostalgie de cet homme, qui n'aurait peut-être pas supporté pour elle un léger accroc à ses habitudes.

L'âme de Corday était grande pour l'amour, comme pour toutes les passions. Si elle ne les avait éprouvées jusque-là, c'est qu'il est écrit que les grands héroïsmes avortent dans le cœur, si un coup ne les fait pas rejaillir comme l'étincelle d'une pierre froide.

Au bout de dix mois, Marie Anne Charlotte Corday, plus connue dans l'Histoire par son troisième prénom, se leva de son lit. Ses traits dégageaient la sérénité que donne une résolution infrangible. Ses amies intimes, Mme Achard et Mme Vaillant voulaient deviner la pensée, que révélaient ses lèvres par un sourire d'intime satisfaction. Elles n'entendirent jamais de sa bouche le nom du marquis. Elles savaient tout parce ses délires avaient trahi son cœur, durant ses accès de fièvre ; mais, craignant son mâle orgueil, elles n'osaient faire état de son secret.

Elles la cherchèrent un jour, et apprirent qu'elle avait quitté Caen, seule et sans bagage, ou s'était donné la mort. Ses amis s'expliquèrent alors son silence, son recueillement, ses distractions, le sourire imbécile dont se servait Charlotte pour faire croire qu'elle songeait au suicide.

Les recherches n'aboutirent à aucun résultat, partout où on supposait la trouver morte ou vive.

Précisément douze jours après la disparition de Charlotte Corday, Marat reçut cette lettre[1] :

« Je viens de Caen. Votre amour pour la patrie doit vous faire souhaiter connaître les complots qu'on y trame. J'attends votre réponse. »

Marat ne répond pas, parce qu'il est malade. Charlotte va le trouver.

1. Textuelle, comme toute les autres. (NdA)

On refuse de la faire entrer. Le soir, elle se présente à nouveau, et insiste pour qu'on lui remette cette lettre :

« Je vous ai écrit ce matin. Avez-vous reçu ma lettre ? Puis-je espérer un instant d'audience ? Si vous l'avez reçue, j'espère que vous ne me le refuserez pas. Vous verrez que c'est pour votre intérêt. Il me suffit de vous faire comprendre que je suis malheureuse pour avoir droit à votre estime. »

Cérémonieux avec les femmes quand il y allait du salut public, Marat ne sortit pas de son bain, où il refroidissait les ardeurs de sa lèpre, pour accueillir la révélation de secrets importants.

Maria dénonce de fantastiques conspirations, que le tribun écoute anxieusement.

Après l'avoir entendue, il répond :

– Les conspirateurs n'iront pas loin : je crois qu'ils amèneront d'eux-mêmes leur tête à l'échafaud.

Au mot « échafaud », Corday saisit un poignard dissimulé sur son sein, et le lui plante dans le cœur.

– Je meurs !

Ce fut le seul mot de Marat.

Charlotte sourit, lui tourna le dos, elle sortait avec un fier aplomb, quand on l'appréhenda. Elle se laissa arrêter sans opposer la moindre résistance. On fouilla ses poches.

L'on y trouva cent cinquante livres en argent et cent quarante en titres ; le certificat de baptême qui lui donne vingt-cinq ans ; une montre en or ; et, sur son sein, le fourreau du poignard, et une diatribe adressée aux Français sous la forme d'une lettre.

Ses yeux, qui brûlent de tout l'éclat d'une gloire qui ne tient pas dans son cœur, semblent étudier les physionomies qui l'entourent.

Un sourire indigné flotte sur ses lèvres à chaque geste

pour lui inspirer de la terreur, une réponse des personnages présents à son regard orgueilleux.

Quand un témoin fait traîner sa fatigante déposition, Marie lui coupe la parole, et dit :

– Oui, c'est moi qui l'ai tué.

– Qu'est-ce qui vous a poussée à commettre ce meurtre ? demanda le président.

Charlotte Corday va être jugée par un tribunal extraordinaire. Sur son visage, l'on ne distingue pas une ombre de frayeur.

– Les crimes de Marat.

– Qu'entendez-vous par les crimes de Marat ?

– Les malheurs dont il s'est rendu responsable après la Révolution.

– Qui vous a incitée à le commettre ?

– Personne ; c'est mon idée.

À la fin de chaque déposition, Charlotte répond :

– C'est un fait. Il n'y a pas de déposition plus véridique.

– Que font les députés réfugiés à Caen ? demande le président.

– Des chansons et des proclamations.

– Que disent-ils de Robespierre et de Danton ?

– Qu'ils sont, avec Marat, à l'origine de la guerre civile.

– Vous êtes-vous entraînée avant de frapper Marat ?

– Non. Je ne suis pas meurtrière de profession.

– Mais les examens des chirurgiens prouvent que le coup n'aurait pas été mortel, s'il avait été porté en longueur, au lieu de l'être en largeur.

– Je l'ai blessé comme on l'a vu : c'est l'effet du hasard.

Elle montre le même courage dans toutes ses réponses. Elle remarque qu'on lui fait son portrait, et prend la pose la plus avantageuse à l'intention du portraitiste.

Un avocat est commis à la défense de l'accusée. Voici sa plaidoirie :

« *L'accusée reconnaît de sang-froid l'horrible attentat qu'elle a perpétré. Elle reconnaît qu'elle a longtemps prémédité son acte. Elle reconnaît les circonstances les plus effroyables. Elle reconnaît enfin tout et ne cherche pas à se justifier. Voilà, citoyens jurés, toute sa défense. Ce calme imperturbable, cette abnégation totale d'elle-même, sans ombre de remords, face à la mort, ce calme et cette abnégation, sublimes jusqu'à un certain point, ne se trouvent pas dans la nature : ils ne s'expliquent que par l'exaltation du fanatisme politique, qui a mis un poignard dans sa main. Il vous incombe, citoyens jurés, de prendre en compte cette considération morale dans la balance de votre justice : je m'en remets à votre discernement.* »

L'arrêt des jurés ne se fait pas attendre. Marie est condamnée à mort, et ses biens sont confisquées au profit de la République.

Charlotte s'adressa au défenseur d'une voix ferme, le visage serein :

– Vous avez fait preuve, en me défendant, de délicatesse et de générosité, vous ne pouviez agir autrement. Je vais donc vous accorder une marque d'estime dont je vais vous donner une preuve : ces messieurs décrètent la confiscation de mes biens : j'ai, dans ma prison, une dette envers vous ; c'est vous qui solderez mes comptes.

Charlotte est reconduite dans sa cellule.

Au prêtre qu'on lui envoie, elle dit, en souriant :

– J'ai remercié, en ce qui me concerne, les personnes qui vous envoient ici ; je vous dispense de votre ministère.

Au cachot, elle a des gardiens qui ne la quittent pas des yeux.

En écrivant à une amie, Charlotte disait : « Ces compagnies, le jour, passe ; mais, la nuit, cela me semble d'une indécence ! »

Quand le bourreau l'invite à le suivre, elle écrit une lettre ; elle lui demande de la laisser la terminer et la fermer.

La voici :

« *À Doulcet-Ponté Coulant*

Doulcet-Ponté s'est conduit comme un lâche en refusant de me défendre, quand la cause était si facile. Celui qui l'a fait, a rempli son office avec une extrême dignité : je lui en serai reconnaissante jusqu'au dernier instant.

Marie Corday. »

« Montant sur le théâtre de son supplice (dit le *Moniteur Universel*, imprimé une heure après) sa physionomie gardait la fraîcheur et les couleurs d'une femme heureuse. La lame fatale l'a décapitée. Un certain Legros, brandissant sa tête pour la montrer au peuple, l'a giflée. Le peuple a murmuré, et le tribunal de police a châtié ce misérable lâche.[2] »

Marie Corday a laissé un nom célébré par toutes les générations, mais son secret serait mort avec elle si quelques pages du *Cahier noir* ne venaient poser au-dessus de son buste une auréole qui efface sur son front le stigmate repoussant du meurtre.

2. Voir le *Moniteur* de l'an II de la République française, p. 139, 245, 253, 255. (NdA)

Chapitre XI

Il nous faut revenir en arrière.

Quand Louis XVI quitta le temple pour la potence, le vieux Benoît de Montfort embrassa sa fille, et lui demanda, pour les terribles jours qui lui restaient à vivre, un compagnon, son « fils » chéri, dont il n'avait pas voulu s'éloigner durant ces dernières années de calamités, parce qu'il n'avait trouvé qu'en lui un soulagement aux chagrins qui hâtaient sa mort.

Ce compagnon, c'était le fils de Silvina. Suzanne y consentit, parce que les larmes de l'ancien étaient touchantes, et l'amour du garçon, à quatorze ans, pour le vieux qu'il appelait son père, la première et la plus notable affection qu'il manifestait.

Montfort avait demandé un passeport ; on ne le lui accorda pas. Des têtes nobles, aussi coupables que lui, tombaient chaque jour sur l'estrade sanglante de la veille. Le vieux attendait à chaque instant le bourreau, lorsqu'un inconnu vint le voir dans sa cachette, et déposa dans la main de son fils adoptif un passeport pour l'Angleterre, avec la permission d'emmener avec lui un vieux domestique.

– Le vieux domestique, c'est vous, monsieur de

Montfort, jusqu'à ce que ce que vous franchissiez les barrières de la France, dit l'inconnu. Quant à vous, mon petit, avez-vous connu Laura ?

Benoît ne se rappelait plus l'époque où il s'appelait Sebastião ; il ne pouvait donc se souvenir de Laura. Sa réponse fut négative.

– Peu importe. Ce passeport, vous le devez à une femme que vous avez appelé mère, et que le monde appelait Laura… Vous partirez aujourd'hui de Paris.

Le confident de Marat donna un baiser au pupille de sa fille, et il allait se retirer quand Montfort, lui bloquant le passage, lui demanda, avec une émotion pénétrée de gratitude :

– À qui devons-nous cette faveur ? Qui est ce noble cœur qui prend un pitié un vieillard et un enfant ?

– Que vous importe mon nom ? Je suis un citoyen de la République française, un citoyen de la république de toutes les nations.

– Comme il est estimable, le sentiment de l'honneur, en ces jours désinvoltes, où la mémoire semble oublier les anciennes vertus ! Voulez-vous rendre encore un autre service à un pauvre vieillard qui vous supplie en pleurant ?

– Voulez-vous de l'argent ? Je vous en donnerai.

– Je ne veux pas d'argent ; c'est un service pour lequel je donnerai tous mes biens, s'il n'allaient être, comme ils le seront bientôt, confisqués.

– Dites-le-moi vite, je ne puis m'attarder.

– Trouvez un passeport, pour mes enfants qui m'accompagnent.

– Qui sont vos enfants ?

– Ma fille unique, Suzanne, qui est mariée avec le marquis de Luso.

Le cardinal Rufo ne put cacher son trouble. Deux

sillons se creusèrent sur son front ; il changea soudain de couleur, et devint d'une pâleur terreuse ; et, de ses lèvres qui s'entrouvrirent dans un sourire indescriptible, Montfort n'arriva pas à arracher, ne serait-ce qu'un *non*.

Le cardinal lui tourna le dos, quand, malgré sa secousse, il parvint à penser à ce qu'il convenait de faire. Impressionné par les changements qu'il avait vu sur son visage, Montfort n'osa l'empêcher de partir.

Lorsqu'on apprit au marquis ce qui s'était passé, il en fut terriblement ébranlé. Il se souvint alors d'un incident oublié depuis longtemps, le poignard planté sur le portrait, et la menace d'un supposé père de Laura.

Il voulut prendre ses précautions, mais c'était trop tard. Ses pas étaient espionnés nuit et jour. Ses domestiques étaient subornés par l'or d'un inconnu, et le maigre courage dont une Providence économe l'avait faiblement pourvu, s'évanouit tout à fait.

Benoît de Montfort trouva ouvertes toutes les sorties de Paris.

À Londres, il eut droit à l'aimable sécurité du proscrit ; mais les larmes ne furent jamais séchées dans les profondes rides du vieux chambellan.

Il pouvait se rabattre sur les consolations que lui prodiguait celui qu'il appelait son fils, mais les consolation du garçon étaient presque toujours mêlées de larmes. Jeune, il mûrit très tôt à l'aube d'une vie qui le tourmentait. Quand il sentit en lui l'homme qui pense, il jeta les yeux autour de lui, et tomba sur les épisodes ignobles de la Révolution, et la pâle terreur assombrissant les joues de ceux qui ne les avaient pas aspergées du sang de leurs victimes. Les noms que l'on ne cessait de prononcer étaient ceux de Danton, Marat et Robespierre. Personne ne parlait de choses que son âme cherchait à trouver. L'on ne célébrait aucune vertu qui vînt effacer la noirceur des crimes quotidiens. Vivant à la cour avec le chambellan, il aimait les fils du roi, baisait souvent la main du monarque bienfaisant, qui expirait en bénissant la France. Un poids de fer tomba sur tout ce dont son cœur spontanément bouillonnait. Toutes les fleurs de l'enfance, exhalant des parfums innocents, furent écrasées. Plus vite que chez tous les autres hommes, l'expérience de la perversité vint démentir, dans sa conscience, la foi ardente en un bonheur qu'il n'avait rencontré chez personne. Des bourreaux et des êtres qui souffrent, il n'y avait que cela autour de lui.

Tous les jours, Benoît de Montfort s'attendait à apprendre une terrible nouvelle : celle du supplice des siens. On ne la lui fit pas longtemps attendre.

La *Gazette nationale*, sans donner le nom des victimes du carnage du 3 septembre, parlait de nobles et de prêtres qui conspiraient, la main dans la main avec les étrangers. Un journal anglais communiqua le nom de quelques-uns, parmi eux, figuraient ceux de Suzanne Amélie Louise de Montfort, ancienne noble, et du marquis de Luso, son mari.

Le chambellan ignora cette nouvelle jusqu'au moment où les larmes incessantes du fils d'Álvaro de Albuquerque la lui révélèrent. Il n'avait pas reçu le journal anglais ce jour-là, et comprit la raison de cet oubli.

Il tomba malade. Il ne pouvait soutenir le choc que lui avait fait ce malheur. Le fil ténu de son existence, la tendresse de son fils adoptif ne pouvait plus le renforcer.

Quand la médecine l'abandonna, parce qu'elle ne connaissait pas de baume pour la plaie ouverte au cœur d'un père qui a perdu sa fille, Montfort fit venir un notaire et déclara qu'à supposer que l'on ait confisqué tous ses biens-fonds, et tout ce qu'il possédait en France, si l'ordre se rétablissait un jour, son héritier était son fils Benoît de Montfort, ici présent.

Il donna toutes les formes légales à ce testament, et chargea un lord, un vieil ami à lui, de l'éducation de son fils, tant qu'il pourrait y subvenir avec les moyens limités dont il pouvait disposer au pays où il s'était exilé. Une fois ces biens épuisés, ajoutait-il, que mon fils suive n'importe quelle route qui lui donne de l'honneur et du pain, jusqu'au jour où la Providence rendra à la France son roi légitime.

Il ne vécut pas longtemps, après ces dispositions testamentaires.

Quelques heures avant sa mort, il dit au fils de Silvina :

– Il y a trois ans, mon gendre m'a remis un patrimoine qui vous a été mystérieusement légué. C'est un coffre de fer ; je ne sais combien il contient. Je l'ai pris avec moi, quand nous avons passé un printemps dans la ferme de Cliton. Ce coffre, tu pourras le trouver un jour dans la chambre où nous avons dormi. Caché par le chevet de mon lit, il y a un compartiment secret que l'on reconnaît au son qu'il produit. Il n'y a aucun signe extérieur. Tu trouveras ton coffre, en brisant le stuc. Je ne t'invite pas à aller le chercher avant que la paix se rétablisse, parce que l'on ne doit pas sacrifier sa vie pour quelques poignées d'or. Tous mes biens, à cette heure, appartiennent à la nation ; ils te seront un jour rendus, et tu pourras alors récupérer le coffre qui sera une miette à côté de la richesse que je te laisse.

Les pas de la mort se firent dès cet instant plus pressés. Ployant sous le poids de la vie, l'ancien l'accueillit avec joie.

Il mourut dans les bras de Benoît. Voici ses derniers

mots : « Mon roi, l'échafaud nous a séparés. Je vous aurais mieux servi s'il nous avait rapprochés. J'ai été un aussi grand martyr que vous. Si je vous ai survécu, ç'a été pour éprouver plus à loisir l'agonie de la mort ! Roi martyr, demande à Dieu que cet orphelin ne se perde pas sur la terre. »

L'orphelin se vit seul au monde. Le lord, à qui on l'avait confié, n'était pas l'homme qu'il fallait pour cette mission.

Son premier soin, ce fut de l'envoyer dans un collège, comme l'on débarrasse ses épaules d'une charge importune. Parmi ses condisciples, Montfort, comme tout le monde l'appelait, se trouva encore plus seul. Quand il voulait peupler sa vie, il recherchait la solitude. Mais la solitude ne lui suffisait pas. Il sentait sourdre en lui un besoin d'activité qui le tourmentait. Il avait quinze ans et nourrissait l'ambition de manier l'épée comme un homme : il rêvait de batailles, de triomphes, de sacrifier libéralement son sang à la mémoire de Louis XVI, mort assassiné par les mains lâches d'une populace, qu'il haïssait, et qui lui inspirait un dégoût plein de rancune. Le père Dinis disait, à soixante ans, que toutes les personnes qu'il avait voulu serrer contre son cœur avaient été fauchées à ses côtés. À quinze ans, Benoît de Montfort se souvenait des amis qui lui avaient tendu les bras pour le faire passer du berceau à l'usage du monde, et il n'en restait aucun. Laura l'avait oublié. Suzanne, le marquis et le vieillard qui l'avait appelé son fils avaient quitté ce monde, chassés à la pointe du poignard, ou mortifiés par la discipline d'une injuste infortune. Les hommes avaient assassiné les amis de l'orphelin ; l'orphelin conçut une profonde haine pour l'humanité, et savoura d'avance le goût de la vengeance.

Ces idées, accueillies et méditées dans le cœur d'un homme jeune, semèrent une certaine forme de folie. Ce cœur ne tenait pas dans sa poitrine, du jour où une sorte de fanatisme l'amena à prendre part au banquet d'anthropophages, que l'on donnait à la face de l'Europe.

Sur le ton impérieux d'un homme, Montfort demanda sa liberté au lord qui s'occupait de lui. Prié de s'expliquer, il ne refusa pas de le faire. Il voulait courir des risques, prendre sa part de la gloire à laquelle aspiraient les royalistes en France.

Le lord rit du courage dérisoire du gamin. Il lui demanda où il voulait arborer son blason de guerrier, où David ramasserait une pierre pour casser la tête de son Philistin.

Montfort répondit qu'il voulait s'engager dans l'armée de la Vendée.

Le lord ne fut pas insensible à l'enthousiasme du gamin. Il jugea sa résolution irrévocable. Ce serait une folie que de la contrarier, quand des noms si illustres s'enrôlaient pour suivre cette poignée d'hommes promis à un sublime sacrifice. Il lui accorda l'autorisation qu'on lui demandait : il lui donna des lettres de recommandation pour La Rochejaquelein, général en chef de la force contre-révolutionnaire, et lui remit quelque mille livres de l'argent que « son père » lui avait laissées pour son éducation.

Il partit.

Chapitre XII

Montfort fut accueilli en Bretagne comme le dernier rejeton de la maison de Cliton.

Les lettres qu'il présenta faisaient de lui le fils et l'héritier de Benoît de Montfort.

La Rochejaquelein le prit comme aide de camp, en le félicitant de montrer un tel courage à seize ans, dans la fleur de sa jeunesse.

Le général Lescure avait rapidement aligné les triomphes, et entamé le courage de l'armée républicaine. Montfort s'était distingué en manifestant une fougue, que le général avait lui-même qualifiée d'héroïsme inconsidéré. Blessé en traversant la Loire, La Rochejaquelein apprit les téméraires prouesses de son protégé, et le rappela auprès de lui, parce qu'il le jugea incapable d'assumer la responsabilité de ses actes. Cette opinion lui fut confirmée par son adjudant, quand il lui apparut, avec une balle dans la jambe, et lui demanda, en récompense de ses services, le commandement d'une force de trois mille hommes.

La blessure était légère.

Puis il y eut la bataille de Nouaillé.

La fortune se gaussa des vaillants efforts du

général en chef. La Rochejaquelein fut tué, en sauvant les « Vendéens » d'une déroute complète. Son aide de camp, arraché au tourbillon de balles, est blessé pour la deuxième et la troisième fois.

L'armée, indisciplinée, se débande. Des milliers de civils restent armés, sous le commandement du guérillero Charette. Ce partisan se révéla terrible et sanguinaire. Il n'épargnait pas l'innocence, et ne respectait pas la pudeur des femmes. Montfort, qui n'associait pas la sordide infamie à une héroïque vengeance, quitta les dépouilles lacérées d'une grande armée.

Il se réveilla de son délire qui avait duré un an, se retrouva seul, et se réfugia en Angleterre où il trouva d'honorables informations sur sa bravoure, communiquées par La Rochejaquelein.

L'on préparait alors une expédition contre la République. Il y avait mille cinq cents émigrés, six mille prisonniers républicains, soixante mille armes, et de quoi équiper une armée de quarante mille hommes.

La flotte anglaise débarqua à Quiberon. Puisaye fut le premier à fouler le sol de la France ; le second, c'était un beau garçon, les yeux brillants du feu de l'enthousiasme, qui poussa glorieusement le cri vibrant d'un premier vivat que les tourbes saluèrent avec la frénésie de la victoire.

Cette illusion dura vingt-quatre heures.

Le général Hoche, secondé par la trahison des prisonniers, tailla sauvagement en pièces la petite troupe des émigrés.

Le comte de Puisaye se sauva, et ses lieutenants comprirent l'inutilité de leur propre sacrifice, dans un combat désespéré.

Le général revint en Angleterre avec le stigmate des traitres. Il demanda une demeure au Canada, où il mourut, comme un mendiant, en 1827. Montfort trouvait toujours ouverts les bras du lord, qui ressentait pour ce garçon une sympathie vraiment anglaise, depuis qu'il l'avait vu saisi d'une attaque d'hydrophobie contre la France.

Vous êtes las, cher lecteur, des guerres et de la politique. Cela me pèse réellement sur le cœur de parcourir avec vous la Vendée, Quiberon, de vous faire respirer l'arôme du carnage et les vapeurs de la poudre. Ne soyez pas impatients.

J'ai longtemps réfléchi à la façon d'être pour vous un narrateur loyal, sans être importun. L'on ne fait pas de tels miracles dans un roman historique. Élaguer de l'accessoire l'essence de cette intrigue complexe, cela reviendrait à la tuer, parce que jusqu'ici, je vous le dis à mon grand regret, en rédigeant le récit de sa vie, le fils de frère Balthasar da Encarnação, semble avoir écrit quelques centaines de pages sur la Révolution française.

Si vous tenez à savoir la suite de ce qui s'est vraiment passé, prenons connaissance des nouveaux plans de Benoît de Montfort.

Bonaparte achevait d'assumer le commandement de son armée d'Italie. Ce nom faisait grand bruit, et le Directoire comptait sur lui pour défier l'Europe entière.

Le jeune général avait remporté successivement plusieurs batailles, de Castiglione à Vienne.

Un grand nombre de royalistes servaient dans l'armée autrichienne. C'était une inestimable occasion de se distinguer, pour ce garçon brûlant de combattre. Muni de ses recommandations, Montfort entra dans les rangs de l'armée autrichienne avec les brevets qu'il avait utilisés en Vendée, et sur les plages de Quiberon.

Bonaparte se reposait de ses fatigues au quartier général de Montebello, après le traité de Campo-Formio. L'intrigue, exploitant la contrariété du Directoire, sapait la réputation du conquérant de la Lombardie. Napoléon méditait un coup décisif contre ses ennemis, et d'une hardiesse démesurée pour les ambitions d'un homme autre que lui.

Pendant ce temps, l'Angleterre tramait la mort de Bonaparte. L'infâme, nourrie de trahisons, repue du sang qui l'avait rendue si robuste, agrandie, la faisant passer de son exiguïté primitive à une grandeur périssable, semblait flairer, dans les pas de Bonaparte, les traces d'un puissant ennemi.

D'intelligence avec l'Autriche, elle élabora un plan, dont l'exécution fut confiée, suivant les suggestions de l'Angleterre, au jeune Benoît de Montfort, dont la bravoure était qualifiée de fanatisme ou de mépris de la mort.

Le lord chargé de l'éducation de Montfort, peignit à son pupille, dans des phrases pleines d'enthousiasme, le coup mortel qu'essuierait l'armée française en perdant Bonaparte. Il mettait à sa disposition tous les moyens, comptant qu'un poignard infaillible pourrait atteindre le cœur du général. Il l'envoyait s'entendre avec un haut dignitaire, qui résidait à Vienne, et lui promettait une éblouissante promotion dans l'armée autrichienne, ou britannique s'il jugeait bon de servir l'Angleterre.

Bonaparte recevait en même temps, à Montebello, un renseignement confidentiel, donné par un noble émigré à Londres, qu'on avait converti à l'espionnage par la promesse d'un retour en France, et le recouvrement des biens confisqués par la République.

Bonaparte était au fait de ce secret. Son sommeil léger, mais tranquille, n'en fut pas troublé. Il écrivit juste sur son carnet : « Benoît de Montfort, représentant des Montfort, âgé de dix-huit ans, aide de camp d'un général autrichien ».

Montfort alla trouver le haut dignitaire qu'on lui avait indiqué à Vienne.

Il se retrouva dans un appartement luxueusement orné. La personne qu'il voulait voir était sortie quelques instants avant et ne tarderait pas à rentrer. Montfort attendit. Quelques secondes après, une dame entrait dans le salon, qui, à en croire son aisance, devait être de la maison. L'aide de camp la salua.

– Qui voulez-vous voir ? demanda-t-elle.

– Monsieur le cardinal.

– Lui a-t-on annoncé votre arrivée ?

– L'on m'a dit que Son Éminence ne se trouvait pas chez elle.

– Il ne saurait tarder. Le temps qu'il rentre, je reviens tout de suite, si c'est possible, pour vous rendre l'attente moins fastidieuse.

Elle rentra à l'intérieur du palais.

Cette dame devait avoir trente ans et quelque. Elle gardait les traces d'une extraordinaire beauté. Les yeux, à moitié éteints par une lumière qui avait dû lui brûler le cœur, avaient conservé leur beauté. Sa peau avait le velouté d'un camélia, qui se fane dans la chaude atmosphère d'un bal.

Mais la prestance et la grâce de ses mouvements n'avaient pas dû être plus fluides.

– Voici une nouvelle expérience ! murmura Montfort quand elle sortit.

C'était en effet, pour lui, une nouvelle expérience. Sa nature, la façon dont il l'accueillit, dont on évoque ces expériences, cela relève du silence dans les jeunes cœurs, c'est une abondante fleuraison de paroles mélodieuses dans les cœurs adultes ; mais, en fin de compte, elles parlent une langue inconnue, c'est une indéchiffrable énigme pour un cœur juvénile, et pour qui a déjà connu des expériences aussi fortes.

Montfort avait vécu jusqu'alors dans une sphère de sensations, dans un délire d'enthousiasmes, qui excitaient en son cœur toutes les cordes qui répondent pour lui à d'intenses passions.

Les passions douces, cette volupté spirituelle qui pointe en nous au matin de la courte journée d'un amour ingénu, cela, il ne l'avait pas encore ressenti.

Il n'avait pas dû se trouver encore dans la carrière où elles viennent à notre rencontre. La gloire, qu'il associait à la rude passion de la vengeance, le détournait de toutes les autres ambitions. Il ne connaissait pas les salons, parce qu'il s'était senti homme en Angleterre, où ceux-ci ne sont pas le réceptacle des affections à leur naissance, la séduction ne s'y pique pas de ses triomphes, la femme ne vient pas, enfin, s'offrir aux yeux avides, comme une marchandise, qui perd beaucoup à être transférée hors du salon parfumé, du vertige des illusions nocturnes, au jour clair de l'existence domestique, au calcul positif de la vie en famille.

En Angleterre on ne s'étonne pas des transitions, parce que la femme est toujours la même. Le fade ennui qui imprime à sa physionomie un dégoût permanent est toujours le même. Le salon n'est pas l'antichambre du lit nuptial. Il y a, dans ces groupes comprenant l'épouse et son mari, quelque chose qui nous invite à penser que, sous ces cieux enfumés, on se marie sous l'effet du *spleen*, on vit pour prouver que le *spleen* est un mot qui n'a pas de sens, on meurt en se suicidant sereinement pour rendre un dernier hommage au *spleen*.

Montfort n'avait pas été porté à le penser, parce que sa frénésie belliqueuse ne lui en laissait pas le temps. Toutes les femmes lui étaient indifférentes, parce qu'il n'avait pas eu ne serait-ce qu'un instant pour s'interroger sur l'utilité de cette illustre moitié du genre humain.

Cette femme de Vienne fut donc la première qui imprima dans son âme un point d'exclamation, et un point d'interrogation.

Il l'admira et se demanda quelle était cette sorte de sentiment.

Comme il l'avait supposé, l'Autrichienne revint vite.

– Êtes-vous Anglais ? demanda-t-elle.

– Non, madame. Je vis en Angleterre.

– Seriez-vous un prisonnier français ?

– Non. Vous voyez bien que mon uniforme est anglais.

– Excusez ma curiosité ; mais il nous faut bien dire quelque chose. Êtes-vous depuis longtemps à Vienne ?

– Je suis arrivé hier ; je viens servir dans l'armée autrichienne.

– Haïssez-vous la France ?

– Je hais la République, je hais cette boucherie où l'on massacre des hommes qui faisaient honneur à la France… Il est indispensable que, pour celui de l'humanité, les bourreaux se massacrent entre eux… Excusez-moi, madame, ce langage inconvenant, quand l'on s'adresse à une dame ; mais, comme vous l'avez dit, il nous faut bien dire quelque chose.

– J'entends des pas… Je crois qu'elle arrive, la personne que vous voulez voir… J'espère avoir des occasions de savourer encore le plaisir de vous entendre.

La dame se leva et se retira prestement. Le dignitaire qu'on attendait entra dans le salon.

Quand il le vit au fond du salon, arborant simplement son habit de cardinal, il marcha vers lui, avec toutes les marques d'un profond respect, pour lui baiser la main. Arrivé près de lui, il recule, et le fixe d'un air stupéfait.

Le cardinal le dévisage, lui aussi, en changeant de couleur ; mais, en un instant, sa surprise s'atténue, et sa couleur naturelle dément l'étonnement qu'il avait manifesté devant l'effarement de son hôte.

– Il semble que je produis sur vous une impression extraordinaire ! dit tranquillement le cardinal.

– Extraordinaire, en effet, monsieur ! Je suis la personne à qui vous avez donné un passeport à Paris…

– À qui j'ai donné un passeport à Paris ?… Écoutez, je ne suis pas maire, monsieur ! Vous cherchez à coup sûr un autre homme. Je suis le cardinal Rufo ; je vis en Autriche, j'ai dû quitter Naples, et je ne me souviens pas de vous avoir vu une seule fois.

– Ce n'est donc pas vous qui, il y a trois ans, alors que je me trouvais avec Montfort…

– Je n'ai pas l'honneur de vous connaître, non plus que la personne dont vous parlez ; je crois que j'en ai dit assez pour vous éviter de me froisser en doutant de ma parole. Est-ce lord Greenville qui vous envoie ?

– Oui, et j'ai l'honneur de vous présenter…

– Vos lettres de créance… dit le cardinal en souriant.

Il ouvrit la lettre. Il la lut rapidement, la replia, et fit asseoir le porteur, qui n'arrivait pas à se convaincre qu'il s'était trompé sur l'identité de l'encapuchonné qui lui avait donné son passeport.

– Parlons, personne ne nous écoute, dit le père de Laura. Êtes-vous bien décidé à mener à bien votre entreprise ?

– Je crois.

– Si vous le croyez, il ne vous manque rien ; la foi est le ressort qui déplace les montagnes. On me dit que vous voulez rejoindre l'armée française, en tant que recrue munie d'une recommandation. Vous ne voulez pas seulement espionner les mouvements de Bonaparte…

– Je ne vais pas espionner les mouvements de Bonaparte… Je n'ai pas accepté la vile fonction d'espion… Mon dessein est différent…

– Votre dessein, c'est de couper le mal à la racine. Vous voulez libérer l'Europe d'un aventurier qui l'importune. Vous êtes pénétré du courage de Charlotte Corday contre le Marat, qui est né des cendres de l'autre.

– Justement…

– Que vous manque-t-il pour tenter ce sublime exploit, ce haut fait qui fera oublier Codros, Curtius et Brutus[1] ?

1. Les deux premiers personnages illustrent le danger de croire aux oracles. Les Doriens ne pouvaient s'emparer définitivement de l'Attique que s'ils épargnaient le roi. Codros, roi d'Athènes s'introduisit dans le camp dorien pour y provoquer une rixe où il trouva la mort. Marcus Curtius se jeta avec son cheval dans une crevasse qui s'était ouverte dans le Forum, pour qu'elle se refermât. Le cheval, qui ne croyait pas aux oracles, n'a pas compris ce qui lui arrivait. Lucius Junius Brutus fit bannir Tarquin le Superbe, le dernier roi étrusque, et devint consul en 509 av. J.-C. ; Marcus Junius Brutus fait partie des vaillants sénateurs qui se sont mis à trente pour donner trente-cinq coups de poignard à Jules César en 49 av. J.-C., dans la curie bâtie par Pompée au champ de Mars. Le dictateur perpétuel

– Il ne me manquera rien, si vous me donnez des guides qui me permettent de parvenir à coup sûr en Sardaigne.

– Vous ne rencontrerez aucun obstacle. Si le sort vous est contraire, votre renommée vous dédommagera. Si le résultat répond à mon attente, pour le monde et surtout pour l'Italie, que cet aventurier réduit en cendres, vous serez le plus grand homme de ce siècle. Recevez la bénédiction d'un prince d'Église, et l'accolade d'un compagnon d'armes, qui a su mériter qu'on le nommât d'être cardinal général, dans la défense de sa patrie, et de la sainte religion catholique, apostolique et romaine.

– Quand dois-je partir ?

– Aujourd'hui même si cela vous convient.

Montfort tourna les yeux par hasard vers la porte mal fermée par où était sortie la dame, et vit des yeux, qui étaient les siens. La dame, surprise, se retira. Montfort baisa la main du cardinal, et sortit.

. . . .

– J'ai fait aujourd'hui une rencontre surprenante, Luísa, disait le cardinal, après le dîner, poussé aux confidences par son dernier verre de Syracuse, à sa fille, qui s'appelait Laura, quatorze ans auparavant.

– Une rencontre surprenante ? Laquelle, mon père ?

– J'ai vu adulte un enfant qui s'appelait Sebastião, il y a quatorze ans.

Laura pâlit. Le cardinal continua, sans remarquer son expression.

---

aurait cessé de se défendre, après l'avoir reconnu, et lâché en grec la phrase que l'on sait. Le cardinal doit penser au descendant de Lucius Junius. (NdT)

– Il est devenu un héros ! S'il ne meurt dans la prochaine quinzaine, ce sera le plus grand homme de l'histoire contemporaine.

– Où l'avez-vous vu, mon père ? demanda-t-elle, d'une voix tremblante.

– Il a passé quelques minutes chez nous.

– Chez nous !... C'était ce militaire !...

– Je ne pensais pas que tu le verrais !... Il a bien changé, n'est-ce pas ?... Là-dessus, maintenant, ma fille, le silence des tombes... Allons au salon, des visiteurs nous attendent...

Laura ne se levait pas de sa chaise.

– Eh bien ?! dit le cardinal.

Elle ne bougeait pas, elle s'était évanouie.

– Voilà une bien faible constitution ! murmura l'assassin du marquis de Luso. Portez madame sur son lit, elle se trouve mal, dit-il aux bonnes, en se dirigeant vers le salon où on l'attendait.

Chapitre XIII

Montfort trouva libres tous les passages jusqu'au cœur de l'Italie. Il fut salué au premier piquet de l'armée française par des acclamations. Il traversa, aussi bien accueilli, quelques quartiers généraux, jusqu'à son arrivée à Montebello, où résidait Bonaparte.

Sa patente d'aide de camp, quoique transfuge d'une armée ennemie, l'autorisait à vouloir se présenter devant Bonaparte.

L'on fit connaître ce désir au général.

Celui-ci répondit qu'il le recevrait fort volontiers, et demanda aux aides de camp qui l'entouraient, ainsi qu'aux diplomates qui écoutaient l'oracle dans un silence respectueux, de se retirer.

Le fils d'Álvaro de Albuquerque se trouva en présence de Napoléon.

– Asseyez-vous sur cette chaise, lui dit le général affablement en lui en indiquant une qui le plaçait à trois pas de la table sur laquelle il écrivait les derniers mots d'une instruction.

Montfort tirait de sa poche un mouchoir pour s'essuyer la sueur, et sentit courir dans ses veines une étrange sensation, quand le général lui lança, de côté, un regard indéfinissable.

– Je sais que vous venez servir dans l'armée française.

– C'est exact.

– Vous êtes français, par conséquent.

– Je suis… français.

– Ne bredouillez pas, en répondant. La fermeté de l'âme se révèle par la fermeté de la parole. De quel département êtes-vous ?

– De la Seine.

– Votre nom ?

– Séverin de Tayrai.

– Vous êtes noble, par conséquent. Comment se fait-il que vous vouliez servir le Directoire, qui représente Danton, Marat, et Robespierre, qui vous ont naturellement traqué ? Vous ne répondez pas, monsieur de Tayrai ?

– Je pense que je ne suis pas obligé de vous expliquer aussi minutieusement les raisons qui me poussent à servir la France.

– J'aime que les soldats de la République, plus que valeureux, soient honnêtes : la bravoure qui n'est pas inspirée par l'honneur ne suscite pas l'admiration, et ne doit pas être récompensée par la République. Si vous risquez votre vie pour une cause que votre père, en tant que noble, a maudite, mourir pour la République, ce serait un déshonneur… Qui a abusé, monsieur de Tayrai, de vos dix-huit ans, en vous envoyant ici ?

– Je suis venu spontanément… Je ne comprends pas bien votre question.

– Puisque vous vous trouvez en face de Bonaparte, pourquoi n'accomplissez-vous pas, en me tuant, la mission qui vous amène ici ?… Je vois que vous pâlissez !…

Ce changement de couleur fait honneur à votre cœur. Il vous manque beaucoup pour couvrir votre visage du masque de l'impassibilité. Approchez-vous de moi, je ne vous crains pas, Benoît de Montfort.

Le garçon, atterré, se leva machinalement.

Il n'aurait pas le courage de se défendre contre une agression. Entendre son nom proféré par Bonaparte, cela revenait à se trouver placé entre la féroce miséricorde du féroce vandale qui avait ravagé l'Italie, et les six balles d'une fusillade sans procès.

– Asseyez-vous sur cette chaise, continua Bonaparte, en lui prenant la main, qui frémissait. Ce tremblement, ce n'est pas de la lâcheté ; c'est une surprise qui ne doit jamais évoquer pour vous un souvenir honteux. Dites-moi, audacieux jeune homme, monsieur de Montfort, votre père, est-il encore vivant ?

– Il est mort à Londres.

– C'est la seule explication de votre présence ici. Benoît de Montfort ne consentirait jamais à ce que son fils assassinât Bonaparte ; parce que Bonaparte a été amené par la main de Montfort au ministre de la Guerre, quand il a été nécessaire à l'armée de confier une position à Bonaparte. Qui dirige vos pas, depuis que votre père est mort ?

– Ma libre volonté.

– Je vois que vous retrouvez dans vos réponses un orgueil qui vous sied. Je vous veux aussi courageux, parce que cela me donne l'impression de rencontrer un ami ou un ennemi qui ne pâlit pas devant mes questions. Et vous êtes venu spontanément ici ?

– Parfaitement.

– Mise à part la victime désignée, à savoir moi-même, personne ne connaît vos intentions ?

– Quelqu'un les connaît.

– Qui ?

– Je ne suis pas un délateur.

– Voilà une noble réponse. Lord Greenville, que vous avez rencontré le douze de ce mois, ne serait peut-être pas capable de récompenser votre silence en éprouvant le moindre regret, si je vous faisais fusiller sous ces fenêtres. Continuez à être honoré de la sorte par vos complices dans le déshonneur. Pourquoi haïssez-vous Bonaparte ?

– Je n'éprouve personnellement aucune haine contre Bonaparte.

– Vous ressentez pour lui la sympathie du poignard. Vous suis-je indifférent ?

– Complètement.

– Quelle terrible indifférence que celle qui se manifeste par un acte trahissant la rancœur, de ceux que provoque un irréconciliable ennemi !… Je n'abuse pas de votre silence. Voulez-vous un guide pour revenir en Autriche ? Voulez-vous que je vous fasse embarquer dans un vaisseau anglais ? Voulez-vous rentrer en France comme un protégé de Bonaparte, autant dire un dépôt sacré, que je confie à mes amis ? Choisissez.

– Je ne puis vous répondre tout de suite, monsieur. Je me sens confus au point que je n'arrive à accepter aucune de vos généreuses propositions. Donnez-moi quelques heures, que je puisse y réfléchir.

– Réfléchissez-y. Si vous voulez une chambre de soldat dans cette maison, je vous la donne franchement, comme votre père m'en a donné une à Paris, une des siennes, alors que j'étais un simple soldat de l'artillerie. Vous l'acceptez ?… Je profite de votre silence…

Napoléon agita une clochette.

Un aide de camp entra.

– Conduisez mon hôte à une chambre libre.

– Il n'y en a aucune, mon général.

– Donnez-lui la mienne.

– Je ne l'accepte pas… murmura Montfort.

– Acceptez-la : *je dormirai à côté de vous.*

Les paroles en italiques furent prononcé avec une force très significative pour le fils de Silvina.

Conduit dans la chambre de Bonaparte, et laissé seul, Montfort tira du fond de sa poitrine un de ces soupirs qui semblent jaillir sous un poids qui nous écrase. Le conflit qu'il trahissait l'avait laissé aux prises avec des passions adverses qui bouillonnaient dans sa tête. Sa perplexité n'avait pas diminué.

La confusion de ses idées l'empêchait d'en saisir une seule, qui répondît à sa situation. Pour rendre justice à sa belle âme, qui devait produire un grand homme, disons que la honte était la plus lancinante épine dont il se sentît alors mortifié. Et, en même temps que la honte, les sentiments généreux se pressaient à la surface de ce cœur, dénaturé par l'esprit de vengeance, son désir brûlant d'une gloire, dont l'éclat le fascinait au point que la noirceur de l'infamie qui en était le prix, ne pouvait être considérée aux yeux de ce jeune homme sans qu'il prît conscience de la véritable gloire.

– Quel grand homme que celui-là ! disait Montfort en appuyant sa tête entre ses mains. Comme il est aisément parvenu à exercer son empire sur ma volonté ! Est-ce là le féroce Bonaparte que l'on m'a dépeint en Angleterre ? Ce sont de grands pervers, ceux qui témoignent de la sorte d'une vertu que j'ai crue impossible !…

Napoléon interrompit le monologue muet de son compagnon de chambre.

– Je suis venu voir si l'on vous loge convenablement, monsieur… Asseyez-vous. Si vous voulez vous reposer, jetez-vous sur ce lit.

– Je n'ai pas besoin de repos.

– N'êtes-vous pas au moins fatigué de réfléchir ?

– Ça… oui.

– Ne pensez pas, pour l'instant, à mes questions. Vous me répondrez demain. Je vais passer en revue l'armée d'Italie. Nous devrons bientôt embrasser Vienne, et il faut insuffler aux soldats assez d'affection pour que cette embrassade soit bien tendre…

– Si vous me le permettez, général, je vous accompagne.

– Si vous le voulez bien, vous monterez un de mes chevaux.

– J'irai à pied.

– Ici, dans ce quartier général, c'est le despotisme qui règne : vous prendrez un cheval. Le pire, c'est que votre col est trop anglais pour plaire à vos compatriotes.

– Dans ce cas, je ne viendrai pas. Ou laissez-moi le temps d'arranger ce col.

– Mais si l'on vous voit dans mon état-major, on croira que vous êtes mon aide de camp, et votre honneur pourra être froissé d'une telle conjecture.

– Mon honneur…

– Continuez, Montfort… *Votre honneur…*

– Pardonnez-moi, général… Je ne puis continuer…

– Parlez… Cédez à la noble inspiration qui fait monter à vos joues le rouge de l'enthousiasme…

Deux larmes roulèrent sur les joues du jeune homme.

– De quoi, monsieur ? Des larmes sur le visage d'un

soldat annoncent une grande douleur, ou un cœur débordant d'enthousiasme ! Montfort ! Vive la France !

Napoléon avait embrassé le jeune homme, qui tremblait, secoué par la décharge électrique de ses dernières paroles. Montfort, qui, dans son délire de fausse gloire, s'était volontairement fait homicide, fut d'emblée accessible à l'enthousiasme, au délire d'une autre gloire, qui semblait jaillir du regard brûlant de Bonaparte. Sa réponse au cri du général, ce fut le silence, un silence qui était la seule réponse que pouvait lui donner ce garçon de dix-huit ans, engourdi sous l'effet d'une sorte de sainte terreur. Il voulut affecter un mâle courage ; mais il fut trahi par des émotions de son âge. Napoléon le comprit. Il adopta cette attitude, les bras croisés, qui l'accompagne dans l'immortalité de son buste, et dit :

– Écoutez, on nous attend, *mon* aide de camp.

Montfort courut embrasser Bonaparte. Il était sur le point de tomber à genoux, quand les bras du général le redressèrent.

Un aide de camp entra.

– Quand vous voudrez bien, dit-il, mon général…

– Donnez une de vos vestes à notre camarade, Marbois. Et rejoignez-moi, je vous attends à cheval.

. . . .

Benoît de Montfort éperonnait un fougueux andalou, dans l'état-major de Napoléon.

On attendait à chaque instant, en Angleterre, une grande nouvelle.

À Vienne, Laura demandait à la Sainte Vierge de protéger son pupille.

Le cardinal Rufo calculait les conséquences de la mort de Bonaparte, et envoyait en Italie des proclamations signées le cardinal général. C'est sous ce nom qu'on le connaissait, et Sa Sainteté, en faisant de lui son trésorier, montrait que cet homme était digne de l'être. L'infaillibilité !...

Chapitre XIV

Montfort compris à partir de ce jour-là, qu'il était un homme aux aspects divers. Une lumière resplendissante, jamais vue, irradiait son existence d'étranges visions, que le père Dinis allait appeler, plus tard, les délires du bonheur.

Par un de ces caprices particuliers chez les hommes extraordinaires, Bonaparte avait fait du jeune homme un de ses intimes.

Parmi Augereau, Masséna, Sérurier et La Harpe, l'on voyait Benoît de Montfort dans le cabinet du vainqueur de Wurmser.

Plus privés encore étaient les entretiens de Bonaparte avec son aide de camp. L'esprit du futur empereur des Français s'ouvrait parfois dans des révélations qui l'auraient trahi, s'il les avait laissé transpirer en présence de ses vieux généraux. Montfort l'avait compris, parce qu'il désirait que la Révolution gémît un jour, écrasée sous le pied du géant.

Il l'avait compris, et semblait aller dans le sens de Bonaparte, le poussant à rendre à la France les meilleurs de ses fils exilés, pour qu'ils pussent au moins récupérer les ossements de leurs pères.

Sous l'effet du hasard ou de l'industrie, le mot « légitimité » n'a jamais résonné sur les lèvres du jeune aide de camp. S'il l'avait prononcé, peut-être serait-il tombé en disgrâce aux yeux de l'aventurier, qui voyait la couronne derrière le consulat. Montfort connaissait Bonaparte. En dehors de lui, Bonaparte était un secret, qui accablait les politiques désarmés du Directoire, mais personne en particulier ne marquerait la limite que l'ambitieux devrait fouler de son pied insolent pour aller au-delà.

– Vous serez un grand homme, disait Napoléon à Montfort, quand, au prix d'efforts incalculables, j'aurai fait oublier à la France ses grands crimes. Le sang de Louis XVI a été expié avec usure. Les bourreaux se sont entre-déchirés, poussés les uns contre les autres par la main de la Providence. Il n'y a qu'une seule mission, aujourd'hui, pour l'homme qui veut se faire une réputation plus grande que Vergniaud et Desmoulins, il lui faudra reconstruire à partir de ruines sanglantes un nouvel édifice ; serrer contre son cœur, en une seule étreinte tous les fils de la France ; il lui faudra rendre à Dieu l'empire absolu de sa suprématie ; ramener le prêtre à son autel, dresser sur cet autel, l'ancienne image du Crucifié ; restituer à la France ses Gaulois.

C'est ainsi que Napoléon exalta le fanatisme de Montfort. L'usurpateur prophétisait, dans un style mélodramatique, ses trophées remportés sur l'immoralité.

Il a été franc. Si l'usurpation était un crime, un mauvais germe allait générer d'excellentes vertus, que Louis XVIII dilapida par la suite.

. . . .

L'armée française quitta Montebello pour rejoindre le prince Charles. L'ennemi prit la direction de l'Allemagne.

Bonaparte le poursuivit sur le territoire autrichien, et aperçut Vienne, qui vomissait par ses flancs l'explosion d'une ville incendiée.

Montfort éprouva l'orgueil de dégainer son épée à côté d'un homme qui souriait à chaque sifflement de balle, qui passait parmi les braves de Roveredo, laissant un sillon de sang sur un tapis de cadavres.

L'assaut devait être décisif, quand l'empereur d'Autriche implora la paix. Napoléon refusa de la lui accorder pour prix de sa lâcheté, et ramena en France le gouvernement des États de la Vénétie, comme un tribut imposé aux rois vaincus. Le vainqueur de l'Italie avait attaché à son char triomphal la souveraineté du roi de Sardaigne, celle du pape et des ducs qui régnaient sous leur nom.

Bonaparte est accueilli à Paris, sous de frénétiques ovations. On érige un autel de la Patrie, et le pacificateur du continent a droit à un pavillon fait à partir des drapeaux qu'il a conquis. Le léopard de la Grande-Bretagne est menacé par les aigles victorieuses. Bonaparte est l'élu qui doit passer une éponge de sang sur l'ennemie de la France, pleine de rancœur, et la rayer de la carte.

Reconnu par les républicains comme le fils du chambellan du tyran, le nom qu'ils donnaient au doux agneau de cette hécatombe, Montfort devient suspect aux yeux de Barras. Bonaparte le protège, et personne n'ose décrier les bons services de l'ancien noble à la cause du peuple.

Montfort se souvient encore du palais où il a été élevé dans les bras de Suzanne Il cherche à y retrouver les nostalgiques souvenirs de son enfance, et tombe sur un magasin d'armes. Bonaparte, qui l'avait entendu parler de cette maison avec amertume, lui toucha l'épaule, et lui dit, en souriant :

– Laissez boire la sangsue. Un jour, elle éclatera, tellement elle se sera gavée, et ce palais sera à vous.

L'expédition contre l'Angleterre avait été une cabale politique pour contrarier les projets de Bonaparte, dont se méfiait le Conseil des Cinq-Cents.

On représente les avantages d'une expédition en Égypte, pour porter un coup indirect à la puissance de l'Angleterre, et Bonaparte est acclamé général en chef.

Il partit.

– Nous reviendrons... L'on me veut loin de France... Il est encore trop tôt, dit-il à son aide de camp que le Directoire promut, sur la suggestion du général, au grade de colonel de la cavalerie. Il n'était pas encore parvenu au terme de sa vingtième année.

Malte, l'inexpugnable, ouvrit ses portes au rayon de l'Occident. Alexandrie est glacée de terreur. Mourad-Bey asperge de son sang les pyramides d'Égypte. Bonaparte entre au Caire, d'où il envoie, par Kléber et Desaix, des chaînes à la race dégénérée des Pharaons. Il condamne la Syrie à la servitude. Attila passe par El-Arish, Gaza, et Jaffa ; mais, autour des murs de Saint-Jean-d'Acre, le fléau de Dieu punit l'orgueil démesuré de l'homme. Cette troupe invincible est décimée par la faim et la peste.

Napoléon se retire sans perdre son honneur, et vient à Aboukir venger un affront providentiel.

Pour chacune des blessures essuyées toutes face à l'ennemi, Montfort ajoutait un chaînon aux marques de sympathie de Bonaparte.

– Le moment est venu, lui dit celui-ci, après la bataille d'Aboukir. Repartons pour la France.

En 1799, le vainqueur de l'Italie apparaît à l'improviste

à Paris. Le mécontentement règne. Le Directoire est discrédité. Le Conseil des Cinq-Cents est expulsé de Saint-Cloud à la pointe de la baïonnette. Bonaparte se nomme consul. Puis c'est Hohenlinden et Marengo. La réputation du grand homme se confirme. Les exilés reviennent. Les prêtres de Jésus-Christ assument leur dignité. L'on supprime la confiscation des biens. La France prospère. Bonaparte est couronné empereur par le pontife qui, inspiré par le Saint-Esprit, oignit l'usurpation de ses saintes huiles.

Le même jour, le 2 décembre 1804, on accorde à Benoît de Montfort, fils de l'autre Benoît de Montfort, le titre de gentilhomme, et de duc de Cliton, puisque c'est là le nom du vieux manoir de ses aïeux.

Chapitre XV

Le fils de Silvina avait vingt-six ans. Cette belle organisation arrivait à maturité. Un front large, serein et lisse, sans une seule ride qui eût trahi une souffrance précoce, c'était son aspect le plus net, qui vous faisait réfléchir, parce que la réflexion y était écrite, et que tout ce que la fantaisie forge de grandiose et de sévère semble y transparaître et irradier. De grands yeux noirs, de la profondeur dans le regard, il n'y manquait que les mouvements vertigineux dans les orbites, le coup d'œil scrutateur et fébrile, si éloquent, qui vous assure à maintes reprises qu'il existe à l'intérieur un moteur de passions frénétiques, une inquiétude, qui est presque toujours la marque du génie. Il était pâle. Le soleil ardent des campements avait brûlé le velours de ses traits délicats, qui rivalisaient de blancheur avec le lys. Il était maigre, peut-être excessivement maigre, mais les ombres profondes qui descendaient de ses pommettes aux coins de ses lèvres, imprimaient à toute sa physionomie une expression douloureuse qui suscitait la sympathie, en éveillant la curiosité des femmes. Ses lèvres étaient belles ; mais elles ne connaissaient pas les délices d'un tendre sourire, et n'inspiraient pas l'effroi que provoque une grimace sarcastique. Ses cheveux noirs ondulaient sur ses épaules, et sa moustache, de la couleur de ses cheveux, épaisse et recourbée, creusaient, pour ainsi dire, plus profondément ses ombres cadavériques.

Qui aurait vu à Rome, vingt-six ans avant, Álvaro de Albuquerque, dirait au fils de Silvina : « Ton père n'était pas Benoît de Montfort. »

Sans autre justification que le testament de Suzanne et la volonté de l'Empereur, le duc de Cliton se trouvait en possession d'une grande maison. Aucun rameau des Montfort n'osa lui en contester le droit. Tous étaient au contraire honorés d'avoir un tel parent, et avaient recours à sa protection pour que personne ne les empêchât de récupérer les biens confisqués. Il avait carte blanche de Napoléon. Sa volonté était toute-puissante, quoiqu'il se présentât rarement à la cour.

Le gentilhomme se rendit à Cliton. Il se jeta sur le lit où il avait dormi du sommeil de l'innocence. Il versa des larmes de chagrin sur la mémoire du vieux Montfort, et interrogea sa conscience, pour savoir si tant de chagrin pouvait trouver place en un cœur qui ne serait pas celui d'un fils.

Les notables d'Angoulême vinrent lui présenter leurs respects. Les royalistes de Louis XVIII, ses compagnons en Vendée, lui pardonnèrent son apostasie. Parmi eux, celui qui l'embrassa le plus cordialement fut le vicomte d'Armagnac, un garçon de son âge, également gentilhomme, aussi vaillant et faisant preuve, à son instar, d'une folle témérité, sous les ordres de La Rochejaquelein.

Le duc éprouva pour le vicomte une particulière affection. Il avait besoin d'une autre âme, parce que celle de Napoléon suffisait à peine aux vertiges de sa gloire : il la trouva chez le vicomte d'Armagnac, plus cultivée que la sienne, plus éclairée, plus rompue aux petites choses de la vie que les grands hommes ignorent, et qui meurent en les ignorant.

Inséparables, ils conclurent un pacte ; ils ne formeraient qu'une seule âme, n'auraient qu'une volonté, et se souviendraient ensemble de ces fameuses amitiés, qui faisaient tant d'honneur à l'Antiquité.

Le duc ne garda qu'un secret pour lui. Il ne lui confia pas les doutes qu'il concevait sur sa propre naissance. Ce secret n'avait rien à voir avec ses scrupules.

Il visita la cachette que lui avait indiquée Montfort quand il se mourait. Il trouva un coffre. Outre une grande quantité d'argent, il vit des objets qui l'impressionnèrent, et fouettèrent longtemps sa curiosité.

C'étaient les parures d'une femme. Une ceinture avec une boucle coûteuse, de brillants. Des objets de toilette, en or et en pierres précieuses. Un collier de diamants avec une plaque d'or où l'on voyait deux lettres, un A et un S, entrelacées. Et, parmi ces objets dégageant une mélancolie si douce pour l'âme d'un poète ébloui par ces mystères, on voyait un poignard, à l'acier luisant, avec une poignée d'or. Chaque côté de la lame portait une inscription. Sur l'une : MUCIUS SCAEVOLA. Sur l'autre : À MORT PORSENNA !

Ce qu'il put découvrir à cette occasion, c'était beaucoup pour son imagination tourmentée. Il vit que l'inscription était en portugais[1]. Le duc dominait parfaitement l'idiome du marquis de Luso, parce que, pour obliger son mari, Suzanne avait voulu l'apprendre et toujours parler en portugais.

---

1. À part deux noms propres, il dispose de deux mots *morte a*…, au lieu de *à mort*… C'est plus qu'il n'en fallait pour un esprit aiguisé, et qui parle le portugais à la perfection. (NdT)

Superstitieux, il considéra ce dépôt comme un sceau sacré : il l'amena avec lui à Paris. Le fidèle vicomte d'Armagnac l'accompagna et fut son hôte.

Un nouveau cycle s'ouvre dans l'existence du fils de Silvina.

Paris se rappelle le temps de la monarchie. Après les cris sanguinaires, c'est la renaissance des chants voluptueux. Mars cache son visage belliqueux et Vénus, couverte de guirlandes, manifeste sa vigueur, qu'elle retrouve après un repos forcé de vingt ans. Les femmes de l'Empire sont aussi belles que celles de la monarchie.

En donnant l'exemple de sa cour, Napoléon autorise le libertinage. Les salons ouvrent leurs portes, le duc de Cliton en est l'un des ornements les plus distingués.

Les émotions qu'il y éprouve sont faibles.

Les femmes le jugent fatigué ou orgueilleux. Le vicomte d'Armagnac s'étonne de l'indifférence glacée de son ami.

– N'arrives-tu pas à te sentir d'humeur, duc ? Lui demanda le vicomte lors d'un bal à la cour.

– Je suis de bonne humeur ; mais où se trouve la duchesse de Bouillon ? Je voudrais voir cette femme.

– Qu'est-ce qui te rend si curieux ?

– J'ai de bonnes raisons. On m'a dit que cette femme a été récupérée, dans les bagages d'une guérilla, par Paul-Louis Courier.

– C'est exact.

– On a dit encore que le général de division s'était pris de passion pour elle, si bien qu'il l'a volée à Courier et n'a pas hésité à l'épouser.

– C'est également exact.

– Ce général, c'est le duc de Bouillon.

– Et alors ?

– Il n'y a rien là d'extraordinaire, si la duchesse est une belle femme…

– Aussi belle que peut l'être une femme de quarante ans, au moins…

– L'as-tu vue ?

– Je lui ai parlé aujourd'hui chez la marquise d'Alibaud. Elle a des cheveux blancs, et c'est un ange. Elle parle comme qui veut tuer en parlant. Elle dit des choses dans une langue magnifique. Elle a des aperçus enchanteurs. Elle parle de fleurs, et subitement, elle te parle de guillotine. Si tu lui parles d'amour, elle rit avec une amertume qui te glace. Le pire, c'est que je me sens plus de dispositions qu'il n'en faut pour l'aimer… À partir de maintenant, mon cher duc, j'exclus cette femme de tes conquêtes ; sinon, je te fais l'honneur de t'accorder toutes les autres. La voici. Je vais te présenter.

Ils s'approchèrent de la duchesse, qui entrait au bras de Lucien Bonaparte.

Le duc de Cliton la fixa avec une étrange insistance. La duchesse trembla, et serra le bras de Lucien.

– J'ai l'honneur de vous présenter, madame la duchesse, le duc de Cliton.

La dame baissa la tête, et traîna presque Lucien Bonaparte loin du groupe qui l'entourait.

– Il y a là un secret ! dit le vicomte. Connais-tu cette femme ?

– Je pense que oui.

– Où l'as-tu vue ?

– À Vienne, en Autriche, chez le cardinal Rufo.

– Tu ne te trompes pas ?

– Je crois que non. C'était il y a huit ans… Je ne

pouvais l'oublier, elle m'a fait une forte impression. Elle est encore aussi belle qu'alors.

– Qu'y a-t-il eu entre elle et toi ?

– Absolument rien. Un simple échange de mots sans importance, cela n'a duré que six ou sept minutes. Et je ne l'ai plus revue, bien que j'aie à maintes reprises essayé de m'informer sur son sort. Comment cette femme a-t-elle échoué en Calabre ? De la même façon qu'elle s'est retrouvée à Paris ! Je vois qu'il se passe des choses fort singulières en ce monde. La fumée de la poudre ne me permettait pas de voir la société ! *Cedant arma*, à présent, et que triomphe, je ne dirai pas les toges, mais les habits !

Ils furent interrompus par Lucien Bonaparte.

– Qu'ont fait vos yeux, messieurs, à la duchesse de Bouillon ?

– Votre Majesté verra que ceux du duc avouent leur faute...

– Je ne sais ce qui s'est passé... La duchesse est partie.

– Elle est partie ! s'exclama le vicomte.

Le prince s'éloigna du groupe.

– Tu n'as pas été sincère, duc ! dit le vicomte hargneusement. Tu as aimé cette femme...

– J'aurais pu l'aimer. Je le pourrais encore aujourd'hui si elle s'offrait ce caprice.

– Ce serait une action fort déplaisante...

– Pour elle ? Je n'entends pas bien...

– Pour nous deux...

– On dirait deux enfants, vicomte. Je connais mal le monde ; mais tu m'as bien l'air d'un collégien qui est venu passer ses vacances à Paris. Conduisons-nous en hommes, ou repartons chacun de notre côté.

Le ton arrogant sur lequel il prononça ces paroles fit plisser le front du vicomte. Ils se séparèrent au milieu d'un groupe de généraux, de nobles et de diplomates, qui s'enivraient patriotiquement au festin splendide que leur donnait l'usurpateur. Les fils des guillotinés se régalaient, en oubliant leurs pères. Les républicains convaincus transigeaient avec la monarchie masquée. Dans ce tumulte vertigineux, un esprit sérieux penserait voir le despotisme, en costume d'histrion, agitant ses grelots, en se moquant des laquais aux galons d'or.

Où étiez-vous, Mirabeau, Danton, Robespierre, Billaud-Varenne ?

. . . .

Chapitre XVI

L'HÔTE DU DUC DE CLITON était extrêmement chatouilleux. Les derniers mots de son ami l'ont piqué au point d'honneur.

Dans le département d'Angoulême, la chevalerie errante comptait encore quelques sectaires. Le vicomte d'Armagnac, qui avait fait ses preuves en Vendée, était convaincu que la susceptibilité, les enlèvements et le duel étaient des accessoires indispensables à la race légitime de Bernard VII, et de Raymond de Poitiers.

Son orgueil démesuré lui fit considérer comme une offense les réponses agacées du duc.

Il les attribua à une orgueilleuse lignée, dont ce grand voulait faire sentir le poids à quelqu'un qu'il jugeait moins bien né. Ces fumées embrumèrent l'esprit du petit-fils de Bernard VII, seigneur d'Armagnac, au point qu'il se serait senti avili de ne pas en demander raison.

Le duc l'attendit en vain chez lui.

Le vicomte, depuis le bal, s'était exempté de ses obligations d'hôte. Son ami ne voyait pas pourquoi.

Le lendemain matin, le duc recevait une lettre rédigée en ces termes :

« *La duchesse de Bouillon sollicite du Duc de Cliton la faveur d'une visite aujourd'hui, à midi. Elle accorde une telle confiance au gentilhomme à qui elle écrit, qu'elle n'hésite pas un instant à risquer ce billet.*

DUCHESSE DE BOUILLON »

Cette lettre était arrivée chez lui, alors qu'il pensait aux quelques paroles qu'il avait échangées, huit ans avant, avec cette femme, une familière du cardinal Rufo.

Le tempérament du duc, dans des épreuves qui touchent le plus commun des hommes, était d'une lymphatique sérénité.

Il n'avait pas été surpris au point d'en perdre son sang-froid.

On eût dit qu'il s'attendait à un tel billet, ou que sa vanité n'en faisait pas grand cas.

À l'heure dite, le duc de Cliton se présenta au palais de la duchesse.

Le vicomte d'Armagnac passa à ce moment-là, et reconnut les chevaux et la livrée du laquais. Il se mordit la lèvre inférieure et se sentit doublement offensé.

La duchesse ne fit pas attendre son invité. Elle lui donna la main avec une obligeante familiarité, mais cette main tremblait, et sa voix balbutiait des monosyllabes pour répondre au salut respectueux du duc.

– Vous rappelez-vous m'avoir vue ? lui dit-elle en portugais.

– Oui, madame la duchesse, à Vienne, cela fait huit ans.

– Savez-vous qui je suis ?

– Non, madame, mais je suis d'abord surpris de vous entendre parler une langue presque inconnue en dehors du Portugal.

– Et comment le duc de Cliton peut-il connaître cette langue ?

– Les personnes qui m'ont éduqué, lorsque j'étais petit, parlaient portugais.

– Vous souvenez-vous de toutes les personnes qui vous ont élevé ?

– Je pense.

– C'étaient le marquis de Luso et…

– Suzanne, ma sœur…

– Votre sœur ! Vous êtes sûr que Suzanne de Montfort est votre sœur ?

– C'est ce que dit le monde ; êtes-vous sûre du contraire ?

– Je sais que ce n'était pas votre sœur…

– Vous savez donc qui je suis ? dit le duc, anxieusement, en la coupant.

– Je sais que vous êtes le duc de Cliton. Oh ! monsieur !… s'exclama-t-elle, passant d'une tranquillité forcée à une fiévreuse exaltation. J'ai besoin de pleurer… Ne vous étonnez pas de ces larmes, qui sont peut-être ma seule chance de me sauver. Je ne vous ai fait venir que pour cela… Personne ne nous voit… J'en ai besoin, cela me soulage. Dites-moi que vous vous souvenez de moi, parce qu'il est impossible que vous ne vous souveniez de personne d'autre… Il est impossible que les traits de cette femme ne soient pas restés gravés dans votre âme.

– Je vous ai déjà dit, madame, fit le duc, étourdi, que je me rappelle vous avoir vu à Vienne…

– Ne me parlez pas de Vienne… Nous avons vécu longtemps ensemble avant… Souvenez-vous de Paris…

– De Paris ! Je ne vous comprends pas… Vous avez été à Paris avec moi ? Donnez-moi tous les éclaircissements que vous pourrez !…

– Je me suis trompée, mon Dieu ! J'ai pensé que je vous deviez me reconnaître !… Peut-être… Si je vous propose un nom… avec ce nom… laissez-moi faire une dernière expérience… Voyez si votre cœur frémit en entendant ce mot… *Sebastião*… Vous n'avez même pas changé de couleur ! J'ai perdu tout espoir !…

– Quel espoir, madame ?! *Sebastião* !… Qu'est-ce que ce nom ?!

– Je ne dois plus rien vous dire… À quoi cela servirait-il de vous éclairer ? Ce que je voulais, c'était une réminiscence… elle se révèle impossible… Si cette réminiscence pouvait exister… Oh !… quels instants de bonheur pour nous deux !… Vous viendriez dans mes bras, comme un fils dans les bras de sa mère…

– De sa mère !… Parlez-moi de ma mère… jamais ce mot ne m'avait tant frappé au cœur !… Qui êtes-vous, madame ?

– Un prodige d'infortune, monsieur le duc… Celui-ci est le dernier…

– Lequel ?! Serais-je malheureusement pour vous la cause involontaire de quelque souffrance ?…

– Non… Si Dieu l'avait voulu, il aurait pu me rendre mon ange, que j'ai perdu il y a vingt-trois ans…

– Votre ange ?!

– Oui… c'était un ange que je tenais dans mes bras… il m'appelait sa mère, et moi, je buvais, sur ses lèvres, cette sainte parole, qui m'est également descendue dans mon cœur… où il n'y a plus que… le regret jamais éteint de mon fils chéri… On me l'a arraché de mes bras, parce qu'il n'était pas à moi, non… mais il n'était pas non plus à ceux qui me l'ont volé… Ce fut un crime de me l'enlever, parce que l'on m'a enlevé avec lui l'amour que j'éprouvais pour la mort, parce que la mort représentait mon seul bonheur, et que je traîne depuis ce jour ma vie, que je la désire, même chargée à ce point d'amertume, parce que je ne voulais pas mourir sans vous voir… Je vous ai vu… et vous ne m'avez pas reconnue ! Dieu m'a épargnée pour que je ressente cette douleur !

– Madame la duchesse ! s'exclama le duc, en prenant ses mains dans lesquelles elle cachait son visage. Je commence à comprendre ce mystère… Vous êtes, madame…

– Vous me demandez si je suis votre mère ? Non…

– Qui êtes-vous alors ? Quand m'avez-vous reconnu ? Connaissez-vous le secret de ma naissance ? Répondez, ne craignez pas dissiper les orgueilleuses illusions que je me fais à tort…

– Je ne puis les dissiper, duc de Cliton… Je sais que je vous ai bercé sur mon cœur une année entière… J'étais malheureuse, et votre amour me consolait du mépris de tous… Je n'étais pas votre mère, mais le Très-Haut a pris pitié de ma solitude en ce monde, et m'a rempli le cœur d'un amour de mère, cela revenait à le remplir de fiel… Et pourtant, je m'en suis nourrie. Je suis vieille… Il y a tellement de temps que ce malheur est arrivé… et je vous vois encore dans votre petit berceau, mon fils…

Comme étrangère à elle-même, la duchesse mit un terme à la violente agitation où l'entraînait sa fantaisie, tandis qu'elle évoquait le passé. Avec autant d'angoisse que d'inquiétude, le duc guettait ses paroles, pour se faire une opinion de cette femme mystérieuse ; mais la véhémence de son exclamation ne lui permettait pas de la comprendre.

La duchesse entendit des pas dans les salles voisines :

– Monsieur le duc, dit-elle en sursautant, mon mari est sorti de sa chambre plus tôt que d'habitude… Vous devez vous retirer…

– Vais-je mériter l'honneur d'une autre visite ?

– Je vous écrirai… Adieu…

Laura serra tendrement la main du pupille du marquis de Luso. La fille du cardinal dissimulait, en descendant, ses larmes mal essuyées. Le duc de Bouillon appelait sa femme pour la troisième fois.

....

Dans les salons ouverts ce soir-là, on disait que le duc de Cliton avait rencontré au bal de la cour une de ses prouesses amoureuses de la guerre d'Italie. Ils ajoutaient, en se référant à Lucien Bonaparte, que la duchesse de Bouillon n'avait pu garder les apparences d'une dame du grand monde : surprise de la présence du duc, elle s'était retirée, évanouie, avec tout l'air d'une dame qui souffre, et, sous l'effet de la fièvre, elle avait passé une nuit affreuse, d'après les informations dignes de foi de son mari, qui, lui-même, était resté dans sa chambre jusqu'à une heure de l'après-midi, pour savoir ce que ferait sa femme au cas où elle se lèverait.

La chronique de cette nuit disait en outre que la duchesse avait été à deux doigts de se faire surprendre avec le duc de Cliton, un jeune homme audacieux qui rendait visite à ses maîtresses à midi, et laissait, afin que personne ne pût alléguer son ignorance, ses chevaux à la porte sous la surveillance de son domestique, qui portait la livrée bien connue des Montfort.

Pour mettre un comble au scandale, la rumeur se répandait d'un entretien que la duchesse aurait eu avec le vicomte d'Armagnac, chez la marquise d'Albaud, le jour où elle avait rencontré le duc. Les langues avisées se fondaient là-dessus pour en conclure que le vicomte avait été délogé par le duc, ce qui n'était pas bien flatteur pour l'un, ni à l'honneur de l'autre, vu qu'ils passaient, dans l'opinion publique, pour des Oreste et Pylade.

Tandis que l'on évoquait ingénument de la sorte, en l'honneur de la morale publique, les affaires du jour, le duc de Cliton, s'absorbant dans le tourbillon de conjonctures où l'avaient laissé les révélations fragmentaires de la duchesse, cherchait à mettre de l'ordre dans ses idées pour définir sa position vis-à-vis d'une telle femme.

Il se repassait les réminiscences de ses premières années, et la première image qu'il distinguait, c'était celle de Suzanne. Il se repassait les événements qui avaient transformé sa vie, et ce n'est qu'à Vienne qu'il croisait ce visage, plus attrayant, moins labouré de larmes, sans ces cheveux blancs qu'il venait de voir, à l'élégance plus déliée dans ses attitudes, avec plus de fierté dans ses intonations. C'était toutefois la même.

La fermeté, avec laquelle elle avait démenti sa naissance, alors que tout le monde le croyait issu d'une branche bâtarde de la maison de Montfort, impliquait la certitude que tout le monde ignorait ce qu'elle seule pouvait révéler. L'idée n'avait pas effleuré le duc de Cliton qu'elle était sa mère ; mais l'avait-il connue ? Ce secret pouvait-il être découvert, sans que son honneur en souffrît ? La fortune qu'il possédait lui serait-elle ignominieusement confisquée ? Quel était ce mystère de sa naissance ? Pourquoi l'avoir fait hériter d'un grand nom et d'une grande richesse ? Serait-il tout à fait étranger à Benoît de Montfort, qui déclare en Angleterre qu'il est son fils, et fait reconnaître un testament en sa faveur ? Quel nom était-ce que celui de *Sebastião*, que jamais d'autres lèvres n'ont proféré devant lui ? Serait-ce celui de son père ? Était-ce à son père qu'appartenait ce poignard ?

Était-ce à sa mère qu'appartenaient ces bijoux ? À qui ce coffre avait-il été confié ? De quelles mains était-il parvenu entre celles du marquis de Luso ?

Elles se pressaient dans la tête fiévreuse du fils de Silvina, ces questions inutiles, quand les lettres suivantes lui furent remises. Il reconnut l'écriture de la duchesse de Bouillon, et du vicomte d'Armagnac. Il lut d'abord celle qui devait répondre à son anxiété :

« *À brûler, après l'avoir lue.*

Je dispose à peine d'une demi-heure pour vous écrire. Je suis en proie à la calomnie. Notre rencontre d'hier soir a offert une pâture à la médisance. Votre venue ici vient d'être révélée par un anonyme à mon mari. Je passe pour être votre maîtresse, duc. Mon âge ne suffit pas à me justifier. J'ai pleuré devant mon mari, quand il m'a interrogée ; mais ces larmes silencieuses me condamnent. Je me suis tue, parce que je ne sais pas mentir. La vérité, je ne puis la dire. Je vais mourir avec elle, après l'avoir dite au duc de Cliton.

Vous voulez savoir qui vous êtes ? Je l'ignore : je vous ai déjà dit que je ne le savais pas. Je sais que vous êtes né à Venise. En mourant à Rome, un homme illustre vous a confié au marquis de Luso. J'étais l'amante de cet homme. Je m'appelais Laura, et je suis la deuxième femme qui ai déposé des baisers sur votre visage. Le marquis ignorait votre naissance, duc. Il y a deux personnes, à présent, qui peuvent la connaître, ou aucune, si ces deux personnes ne sont plus vivantes ; ce sont vos parents. Ne vous laissez pas ronger par la curiosité, parce qu'il n'y a rien à attendre des informations. J'ai cherché à trouver, il y a un an, une femme qui vous a donné le sein pendant un an. Cette femme était morte, elle seule aurait pu me dire qui lui a remis à Venise un enfant nouveau-né.

Je ne sais plus rien de vous, duc.

En ce qui me concerne, si vous êtes intéressé par une histoire triste, je vous la raconterai un jour. Je l'ai écrite dans des pages que je dissimule toujours aux regards du monde entier. Si votre vie s'avère douloureuse, écrivez un Cahier noir, et que ses premières pages viennent de moi. Vous y verrez que Laura était une princesse avant d'être la duchesse de Bouillon…

Je me sens moins mal, depuis que je vous écris. Les larmes, quand on les mêle à ses révélations, finissent par soulager.

Soyez généreux. Si vous me trouvez dans le monde, ce que je ne juge pas possible, regardez-moi avec indifférence. Si vous désirez me faire un sacrifice, quittez Paris. Je ne veux pas, avec votre départ, garantir ma tranquillité, mais la vôtre. Mon mari est téméraire. Votre vie à tous deux m'est précieuse.

Adieu.

D. de B. »

Voici le contenu de la seconde lettre :

« *Au duc de Cliton.*

Les offenses que l'on essuie d'un ami sont doublement ignominieuses. Le vicomte d'Armagnac ne transige pas avec un imposteur, et ne pardonne pas une trahison. Notre amitié est morte aujourd'hui à midi… Il est trop tard pour s'expliquer, je veux une brève réparation. Que l'homme indigne de mon amitié choisisse deux témoins pour un duel.

V. d'Armagnac. »

Le duc de Cliton relut cette lettre.

Il est des atteintes morales, que l'esprit ne semble pas être à même d'essuyer. La douleur devient physique. Le tranchant du fer touche le cœur. Le sang jaillit des poumons, et les parois de la poitrine palpitent, sous l'effet d'une respiration difficile. Face à de tels chocs, il n'y a pas d'organisations inébranlables. Le courage moral reste impuissant. L'homme endurci par l'infortune trahit sa faiblesse.

Le duc de Cliton éprouva cette agonie qu'il n'avait jamais connue. Cet affront immérité représentait pour lui un tourment nouveau. Cette provocation grossière, de la part d'un ami, lui parut impossible. Tant d'émotions en si peu d'heures, le désorientèrent au point qu'il n'entrevoyait pas d'expédient naturel pour un tel conflit.

On lui présenta les représentants du vicomte venus expédier les démarches diplomatiques de ce duel. Le duc demanda à s'entretenir avec le vicomte. Il avait la noble intention de dissiper une illusion, sans lui révéler la vérité. Le capricieux petit-fils de Bernard VII refusa toute explication. Les parrains du duc, pour faire honneur à leur champion, n'insistèrent pas.

Dans les cercles illustres, qui disposent du privilège de la juridiction, avec la hart et le couteau, pour juger les scandales, la nouvelle du duel se répandit vite, ainsi que sa cause immorale… La plupart des suffrages étaient favorables au vicomte, vu que le duc lui avait honteusement soufflé la duchesse. C'était l'objet même du scandale ! La nature du crime échappait à toute discussion ; l'on contrevenait au principe d'antériorité !…

Mis en demeure de choisir une arme, le duc demanda un fleuret. Les deux amis de la veille s'affrontèrent à deux pas des barrières. Les bras croisés, le duc se mit à la place que ses parrains lui assignèrent.

– Jusqu'au premier sang, dirent-ils.

Le combat s'engagea. Il semble que le duc se réveilla d'une profonde contemplation, au cliquètement des fleurets.

Deux bottes simultanées y mirent fin rapidement. Le vicomte recula, blessé à la poitrine, et fut retenu dans sa chute par ses deux parrains. Le supposé amant de la duchesse laissa pendre son bras droit, traversé par le fleuret de son adversaire.

Durant les minutes que dura cette rencontre, personne n'entendit le moindre mot du duc de Cliton. Il s'approcha du vicomte qui avait perdu connaissance, examina sa blessure. Le médecin était également arrivé : il la comprima, la referma, et dit aux assistants : « Il n'y a aucun danger. »

On voulut panser la blessure du duc, et l'on ne tira pas de lui ne serait-ce qu'un « Merci. » Il monta dans sa voiture, pensif ou flegmatique, comme il en était descendu, et mit pied à terre une fois rentré chez lui.

Il appela un domestique, ligatura son bras, et s'assit pour écrire. Il donnait l'ordre à son majordome de Cliton, de meubler son palais, et de le rendre confortable, de sorte qu'on pût y passer l'hiver sans aucun désagrément.

La volonté de la duchesse de Bouillon devait être respectée.

Il sortit. Il chercha la résidence du vicomte, à l'hôtel de l'Empereur. Il s'assit au chevet de son lit :

– J'ai eu le plaisir de constater que votre blessure n'était pas dangereuse.

– Comment dois-je interpréter votre visite, monsieur le duc ? Est-ce un nouvel affront ?

– Si c'en est un, c'est le premier, monsieur le vicomte. Je ne vous en fait aucun. Il n'est pas trop tard pour les explications. Vous les avez rejetées il y a peu ; mais vous n'hésiterez pas à les entendre à présent. La duchesse de Bouillon, monsieur, n'est pas ma maîtresse.

– Comment pouvez-vous dire cela avec un tel calme ? Vous moquez-vous de moi, duc ?

– Je vous jure sur mon honneur que la duchesse n'a pas été, n'est pas, et ne peut être ma maîtresse. Si vous l'aviez vue pleurer près de moi, et m'aviez demandé la raison de ces larmes, je vous aurais dit, monsieur le vicomte, que, devant un homme de vingt-six ans, une femme de quarante peut pleurer, comme l'on pleure devant un fils. Écoutez, monsieur : il y a dans ma vie des mystères insondables pour les étrangers, comme pour moi. La duchesse a joué je ne sais quel rôle dans ma vie... Laissez-moi vous taire ce secret, et sur votre honneur, n'en parlez pas, vous non plus. Ne dites à personne que je vous ai tenu ce langage. Mais si cela ne vous procure aucun plaisir d'injurier une pauvre dame, dites à tout le monde que cette malheureuse ne pouvait être ma maîtresse, ni la vôtre. C'est tout ce que j'avais à dire, vicomte. Je ne sais si je me suis adressé à votre tête, ou à votre cœur. Soyez honnête et juste... Adieu.

– Attendez, duc,... Vous avez juré que j'ai été injuste ? La duchesse n'a pas été, et elle n'est pas ton amante ?

– J'ai juré que non.

– Es-tu aujourd'hui mon ennemi ?

– Je ne puis l'être. J'ai joué ma vie contre toi, parce que je ne lui accorde pas un grand prix, avec une tache infamante. Ma formation de soldat ne me permet pas d'être lâche. Je t'ai blessé pour mettre fin à un combat qui me gênait.

En te blessant, je me suis découvert : il fallait que nous en sortions tous les deux aspergés d'un sang inutile, pour que la victoire ne puisse être attribuée à aucun de nous deux. Je ne te hais pas. Je ne connais personne d'autre pour qui j'éprouve plus d'amitié... Je ne sens aucune inégalité dans l'affection que j'ai ressentie pour toi...

Les larmes aux yeux, le vicomte serra tendrement la main de son ami, quand des visiteurs entrèrent, qui s'arrêtèrent, perplexes, devant ce spectacle inconcevable. Le malade, la voix tremblant d'émotion, dit à ces personnes émerveillées :

– C'est moi qui ai été injuste, messieurs. S'il y a quoi que ce soit de déshonorant dans cet incident, c'est mon fait. Oubliez le nom de la duchesse de Bouillon, qui ne méritait pas d'être mêlée à l'imprudente provocation dont mon ami a fait les frais. Cette dame et ce gentilhomme sont innocents. Si vous avez contribué à propager ma calomnie, messieurs, j'en appelle à votre honneur : allez démentir ce bruit. Dites que vous m'avez vu embrasser mon adversaire.

– Je venais vous annoncer une nouvelle, vicomte, dit l'un des visiteurs.

– Laquelle ? demanda-t-il, inquiet.

– Le duc a quitté Paris avec sa femme. Ceux qui savent à quel point le général est coléreux, craignent un éclat. Le duc a appris que vous vous disputiez la possession de son épouse à la pointe du fleuret. Il sera trop tard pour démentir cette calomnie. Vous auriez dû écouter les explications du duc de Cliton, vicomte. C'en est fait de la bonne réputation de la comtesse. Une réparation posthume, cela reviendrait à ajouter une raillerie à la diffamation. Restons ici. Cette folie est consommée, il ne reste plus qu'à la rejeter dans le torrent des événements.

Chapitre XVII

Il nous faut expliquer le départ imprévu de la prétendue maîtresse du duc de Cliton.

Laura, ou Luísa, ou la duchesse de Bouillon, fut surprise, alors qu'elle pleurait encore, quand le fils d'Álvaro de Albuquerque passa le seuil de la cour, sans soupçonner la scène qui allait se produire tout de suite après celle dont il était sorti, hébété.

Le général fixa sa femme, d'un air silencieusement interrogatif. Troublée, Laura ne leva pas les yeux qui la trahissaient, pour son mari. L'innocence, surprise quand elle présente les apparences du crime, se condamne presque toujours par cette sorte de mutisme imbécile, qu'entraîne un crime dont on ne peut se défendre.

Cela coïncida avec le trépignement des chevaux qui sortaient de la cour. Le général ouvrit vivement la fenêtre et reconnut le duc de Cliton. Il se tourna vers sa femme, toujours en silence ; il sourit avec une expression, la seule chose peut-être qui pût dénoncer sa rage, qui n'avait pu se manifester à la pointe d'un poignard.

Il ferma calmement sa fenêtre, et vint s'asseoir à côté de sa femme.

– Luísa, dit-il, détachant, sous l'effet d'une émotion

mal réprimée, les syllabes de chaque mot. Luísa, qu'est-ce que cet homme est venu faire ici ?

– C'est moi qui l'ai prié de venir, répondit-elle, recouvrant sur-le-champ un courage qui atterra son mari.

– Dans quel but ?

– J'avais besoin de voir près de moi l'homme qui a été, il y a vingt-deux ans, un enfant que je tenais dans mes bras.

– Tu ne m'as jamais parlé de cet enfant…

– Non, duc ; c'est la première fois, et la dernière que je te parle de lui.

– Raconte-moi cette histoire, Luísa… Amuse un enfant de quarante-cinq ans, avec cet enfant de quatre ans… Parle, je suis tout ouïe.

– Je n'ai rien de plus à dire : l'histoire se termine là.

– Et trop vite, mon amie… À un mari, l'on peut raconter de ces histoires, particulièrement si elles dissipent des soupçons déshonorants pour une épouse… Ce regard méprisant que tu me lances me semble comique, et tu veux que je le croie tragique. Allons donc… Défends-toi, Luísa. Je suis ton juge, et les procès dans mon tribunal sont sommaires. Réponds : qu'y a-t-il de commun entre toi et le duc de Cliton ?

– Rien.

– La réponse est mauvaise… et la patience d'un homme a des limites.

– Jugez-moi, duc.

– Pas encore. Qu'est-ce qui t'a fait quitter le bal hier ?

– La présence du duc de Cliton.

– Avait-il fait ta connaissance à une autre époque ?

– Il m'avait vu, cinq minutes, chez mon père, à Vienne.

– Tu as continué de l'aimer depuis ?

– Je l'aimais depuis sa deuxième année.

– Voilà de profonds mystères ! Et il te connaissait depuis sa deuxième année ?

– Il n'a pas gardé de moi le moindre souvenir.

– Où l'as-tu connu à cet âge-là ?

– Je n'ai pas à répondre de mon passé. Mes obligations à ton égard, je les ai contractées il y a quatre ans, devant Dieu. Depuis ce jour-là, il n'y a pas, dans ma vie, un seul acte dont j'aie à rougir. Regarde bien, duc… Ma voix est ferme ; et si tu tâtes mon cœur, tu verras que ses pulsations sont calmes.

Le visage du général changea. La noble fierté de sa femme l'avait impressionné. Il semble que l'ange de l'innocence lui parlait en même temps qu'elle.

– Ce secret que tu me caches implique-t-il quelque tache dans ta position actuelle ?

– Aucune.

– S'il n'en implique aucune, qu'importe ce secret ?

– Il est d'une grande conséquence pour lui…

– Pour le duc de Cliton ?

– Oui… Il n'y a rien là d'avilissant pour moi.

– Ne suis-je pas digne de tes confidences, Luísa ?

– Des miennes… à peine. Restes-en là, duc. Si après la terreur, tu recours à la tendresse, tu n'arriveras pas plus à me contraindre. J'ai dit tout ce que je pouvais.

– Il y a une lettre anonyme qui en dit plus que toi…

– Dieu jugera le calomniateur… Tu sais qu'en ce qui me concerne, la Providence n'en a pas fini… J'en appelle à la justice divine, et je la trouve toujours.

– Laisse-moi seul, Luísa.

La duchesse se retira. Le général passait dans le salon en faisant craquer ses articulations, et en se mordant les pointes épaisses de ses moustaches.

Un laquais lui annonça le général Masséna.

– Tu es le bienvenu, mon ami, dit le duc, en l'embrassant.

– Je dirais plutôt que je tombe mal.

– Pourquoi ? L'Empereur nous demande-t-il de partir ?

– Cela ne tardera guère. Le message est bien plus pénible. Le duc de Cliton et le vicomte d'Armagnac se battent à l'extérieur de Paris. La duchesse de Bouillon est la pomme de la discorde.

– Attends, Masséna.

Le duc pénétra dans la pièce attenante pour rejoindre sa femme.

– Général, répète ton message à madame la duchesse.

– Je n'hésite pas, parce que je fais grand cas de votre réputation. Je viens de vous dire, duc, ce qui m'a été communiqué par des amis de cette maison. À cette heure-ci, deux gentilshommes sont engagés dans un duel. La jalousie est le moteur de ce scandale. Vous en seriez responsable, madame la duchesse de Bouillon.

– Vous avez oublié de dire, général, que ces deux gentilshommes, ce sont le duc de Cliton, et le vicomte d'Armagnac, ajouta le duc.

– Êtes-vous sûr que je suis la cause de ce scandale ? demanda Laura, sereinement.

– C'est de notoriété publique.

– Que réponds-tu Luísa ?

– Rien, je m'en remets à Dieu.

– Merci, Masséna, dit le duc, en lui serrant convulsivement la main ; accordez-moi la liberté de vous saluer.

Le général, qui avait à cœur l'honneur de son camarade, sortit.

Ils étaient seuls.

– Je n'en ai pas fini avec toi, duchesse. Qu'as-tu à voir avec le vicomte d'Armagnac ?

– Je ne sais pas qui c'est.

– C'est incroyable ! Cet homme t'a parlé avant-hier chez la marquise de Ribaud...

– Il y en avait beaucoup : je n'en ai distingué aucun.

– Pourquoi se battent-ils ?

– Je n'en sais rien, duc. Va les voir chacun de leur côté.

– Tu ne crains pas les renseignements qu'ils me donneront ?

– Cette question est oiseuse... Tu me choques d'une façon qui m'est pénible, mon mari ! Tu es le premier à me diffamer. Je ne dois rien valoir à tes yeux !

– Tu vaux encore beaucoup... D'après la longueur de ton procès, tu verras que je veux te rendre pleinement justice... Il faut quitter Paris.

– Tout de suite... Au nom de Dieu, je te demande que ce soit tout de suite.

– Tu resteras loin d'ici, et je rentrerai à Paris.

– Tu es parfaitement libre de faire ce que tu veux, duc. Ordonne notre départ... Je vais me préparer.

. . . .

Une heure après ils montèrent dans la voiture réservée aux voyages.

Une fois passée la barrière, la duchesse murmura :

– Adieu, Paris, pour toujours !

– Pour toujours... non ! répliqua le duc.

Laura sourit.

. . . .

Huit jours après, le duc de Bouillon rentrait seul à Paris.

L'opinion publique faisait l'apothéose de sa femme. Par caprice, elle l'avait traînée dans la boue ; par caprice, elle la porta aux nues. Celui qui provoquait le scandale, ce n'étaient pas les rivaux : c'était le mari barbare, dont les dames mariées faisaient le bourreau de la duchesse.

Le général s'adressa aux meilleurs informateurs. Ce n'était pas un homme à duels, il se présenta donc chez le duc de Cliton, sans envoyer de hérauts pour le défier.

Son interrogatoire était laconique et tranchant, comme dans un conseil de guerre. Les réponses aux questions étaient également simples, promptes et fermes.

– D'où connaissez-vous la duchesse de Bouillon, monsieur le duc ?

– Je la connais pour l'avoir vue à Paris il y a dix jours. Je l'ai vue quelques minutes à Vienne il y a huit ans chez le cardinal Rufo ; mais je n'ai même pas pu savoir son nom de baptême.

– Dans quel but êtes-vous allé la voir ?

– Je ne réponds pas à cette question, monsieur le duc. Il me suffira de vous dire que j'ai été le témoin de ses larmes, qui restent pour moi un mystère. Mais je peux vous assurer, monsieur le duc de Bouillon, que ce qui les lui faisait verser, c'étaient des souvenirs remontant à vingt-quatre ans.

– Ce qui fait qu'aucun de nous deux ne connaît précisément la raison de ces larmes.

– En tout cas pas moi.

– Vous me donnez votre parole d'honneur que ce que vous dites est exact ?

– Quand on me démentira, j'essuierai impassiblement un soufflet.

– J'accepte cette condition ; mais quand arrivera le moment où l'on vous administrera ce soufflet, je ne veux pas trouver impassible un soldat courageux ; ce serait une nouvelle infamie, et une lâcheté... À vos ordres, duc de Cliton.

– Attendez, monsieur. Vous venez de parler ici de lâcheté...

– Ne nous échauffons pas, monsieur, avec des explications. Si je vous ai offensé, ayez la bonté de prendre votre épée. Je n'ai aucune notion de la diplomatie, quand il s'agit de cartel. Je suis un rustique soldat, habitué à affronter les balles de face, sans me soucier des prescriptions portant sur les postures et les distances.

– Votre venue chez moi constitue déjà une provocation.

– Ce n'en est pas une, monsieur. Si c'en était une, nous ne nous verrions pas si prodigues en discours. Je suis venu vous demander une explication, et je me retire satisfait de celle que vous m'avez donnée. S'il me faut d'autres éclaircissements, j'aurai l'honneur de venir vous voir, et vous la bonté de m'écouter.

Le général sortit, et mit pied à terre à la porte de l'hôtel de l'Empereur.

Le vicomte d'Armagnac était encore en convalescence. Le duc de Bouillon ne chercha pas à savoir si son état lui interdisait d'entrer. Le vicomte trahit le trouble que lui causait le mari de Laura.

– Je regrette de vous déranger, monsieur le vicomte. Je vois que vous n'êtes pas physiquement remis, mais votre esprit sera, sans doute, assez vigoureux et net pour me répondre. Qu'avez-vous à voir avec la duchesse de Bouillon ?

– Rien, monsieur le duc.

– Qu'est-ce qui vous a poussé à vous battre en duel avec le duc de Cliton ?

– Une idée folle.

– Expliquez-moi cette idée.

– Vous ne m'y forcerez pas, à moins que je ne puisse vous répondre avec une épée, si ma réponse ne vous satisfait pas.

– Je suis à votre disposition, vicomte.

– Je dois vous dire, toutefois, que je me suis fait, quelques heures durant, une opinion injustifiée sur madame la duchesse. J'ai déjà réparé avec mon sang et oralement cette injustice. Mais si, après cette réparation, je dois être jugé par vous, le prévenu ne se dérobe pas à votre tribunal.

– La duchesse vous a-t-elle donné une raison de la juger infâme ?

– Non, monsieur.

– Comment avez-vous donc pu attaquer sa réputation à la pointe de votre fleuret ?

– C'est là que j'ai été injuste. Je me punis en m'infligeant cette humble réparation.

– Bon rétablissement, monsieur.

En se retirant, le duc s'inclina légèrement devant le malade et les personnes qui entraient.

Il voulut quitter immédiatement Paris, mais l'Empereur venait juste de lui confier le commandement de l'armée d'Italie. Il était forcé de partir. Il obtint une permission pour faire ses adieux à sa femme, et regagna le Languedoc.

Vingt-quatre heures après son arrivée, la duchesse était partie, en compagnie de deux domestiques, et n'était pas revenue. Après avoir pris des renseignements, il suivit ses pas jusqu'à Toulouse. Il entra dans l'hôtel d'où sa femme était sortie quelques instants auparavant pour se rendre au palais de l'archevêque, où on lui dit que la duchesse de Bouillon venait d'entrer dans un monastère avec deux domestiques, en déclarant que sa subsistance serait assurée par son mari, qui administrait son patrimoine.

Le duc de Bouillon chercha à voir sa femme. On lui remit une réponse qui tenait en deux lignes :

« *Le mari qui a répudié ne serait-ce qu'un instant son épouse infâme n'est pas digne d'elle, à moins qu'elle ne soit pas digne de lui.* »

Le général sollicita l'archevêque pour faire sortir sa femme du couvent. Avec l'autorité d'une résolution inflexible, Laura répondit qu'elle quitterait sa chambre pour la couche éternelle du cloître.

Le duc devait se présenter de toute urgence à Paris. Cette surprise ne représentait pas un coup de poignard de nature à percer le cœur endurci du soldat. Son honneur préservé, le général se résignait chrétiennement aux infortunes de ce genre. En réfléchissant à tête reposée sur cet événement, il parvint même à se convaincre que la duchesse, pendant son absence, resterait parfaitement à l'abri des tirs de la calomnie.

Chapitre XVIII

Il oublia l'épisode de Laura dans la turbulente société de Paris. Les scandales quotidiens venaient en aide aux victimes de la veille. Les scènes se succédaient rapidement et le public, changeant, n'applaudissait, en sifflant, que les nouveaux spectacles.

Le duc de Cliton oublia aussi la duchesse de Bouillon. La force de l'impression qu'elle avait produite eut vite fait d'énerver sa sensibilité ; et cette femme, qui aurait dû représenter toute sa vie un problème pour lui, était pour lui, au bout de quelques mois, un souvenir sans conséquence, une page d'un roman, qu'il se promettait d'écrire un jour.

Et puisque la nature humaine est telle, n'accusons pas cet homme. Abandonnons au Créateur la consolation ou le regret de l'avoir fait ainsi.

Le duc de Cliton n'alla pas, comme il en avait l'intention, vivre dans son manoir à la campagne. L'Empereur le dispensait de la guerre, mais pas de la cour. Leur vieille amitié ne s'affaiblit pas, preuve en est, à supposer que ce n'en soit pas une d'une moralité à toute épreuve, que le mari de la duchesse reçut l'ordre irrévocable de commander une armée *loin de son épouse*. Le Bonaparte de

Montebello croyait de la sorte rendre service à l'homme qu'on lui avait envoyé d'Angleterre... C'est dans ces détails insignifiants que l'on reconnaît un véritable ami...

Le duc ne remerciait pourtant pas l'Empereur de ce service qu'on lui rendait spontanément. L'aube se levait, dans sa vie, qui lui révélait de plus vastes horizons. Son cœur, remis de ses batailles, demandait de nouvelles émotions, et s'alanguissait dans les voluptés de l'amour. Vues à travers un autre prisme, les femmes étaient pour lui plus radieuses, lui parlaient un langage qui l'amollissait, gravaient dans son cœur de ces regards que le jeune homme accueillait vaniteusement, et dont il les dédommageait en souhaitant que leurs lèvres guérissent les blessures qu'avaient ouvertes leurs yeux.

Il ne manquait pas de ces petits triomphes, les aventures se pressaient à sa porte, et il les aurait toutes menées à bien, si la jalousie, fille de l'amour-propre, ne diminuait pas à mesure les rangs des belles, qui en étaient choquées, et le plantaient là.

Dans leur nombre, Blanche de Clermont hantait plus longtemps son imagination, parce que c'était d'elle, parmi tant d'autres, dont on parlait le moins en évoquant les prouesses amoureuses de ce temps, qu'elle était la plus obscure dans les intrigues de la cour, et même, par un admirable caprice de la généreuse nature, la plus belle et la plus modeste parmi cette myriade de beautés qui entouraient l'impératrice Joséphine.

Descendante de rois, Blanche de Clermont gardait en elle la réalité de ces traits imaginaires à partir desquels la fantaisie créatrice recompose un front royal. Mis à part les traits noirs, qui ternissent la beauté royale des reines passées avec une tache à la postérité, qui voyait

Blanche volait en imagination vers le passé, et rassemblait les cendres de Cléopâtre, de Lucrèce Borgia, de Marie Stuart, de Leonor Teles, parce qu'il y a deux pages dans l'histoire de ces femmes, l'une pour leurs crimes, l'autre pour leur beauté.

Les yeux de Blanche avaient la tendre douceur de l'innocence ; mais quand son cœur battait la chamade, ils reflétaient un éclat vivace, qui dénonçaient aux uns son orgueil, aux autres la frénésie de sa sensualité. Les cheveux, brillants comme un diamant noir, et qui s'écartaient en vagues naturelles, bouclés le long de son cou, laissaient à nu les tempes, ombragées par un duvet plein de volupté, un enchantement pour les yeux qui savent distinguer des beautés que le vulgaire n'apprécie pas. Les reliefs de ce visage, long et maigre, auraient fait les délices d'un artiste. Au-dessus d'eux descendaient les bordures bleutées, qui pouvaient à ce point accuser l'ennui d'une vie lasse de jouissances passionnées, comme la souffrance sourde d'une épine, que les larmes n'effacent pas. Quel voile de satin, jauni par les ans, son teint pâle, sans la moindre ombre de carmin, accentuait l'amertume qu'avouaient ses yeux, que ses lèvres, sans souligner sa beauté par un sourire fugitif, semblaient également avouer dans son silence ? La grâce prenait plaisir à lui faire revêtir, sous toutes les formes, ses charmes le plus insolites. De sa gorge généreuse, mal dissimulée par les festons de ses tresses d'un adorable laisser-aller, descendaient les amours, qui subtilisaient leur prestance à ses attraits, en épousant ses contours, où voletaient des baisers comme les luisantes abeilles dans l'essaim de l'Hymette. Là, dans la longue courbe de son avant-bras, où Blanche appuyait son visage triste, languissant d'une tendre faiblesse, le satin des muscles ressortait, comme sur les marbres de Phidias, en replis ténus, qui feraient des martyrs des yeux les plus chastes, ou pousseraient au péché l'austère sous-diacre, qui a rugi contre le cou dénudé d'Arria Marcella. Son cœur brûlait à chacun de ses pas, et, de ce feu, partaient des rayons qui allumaient le désir dans les yeux, et faisaient bouillonner le sang dans un vertigineux tourbillon. Telle était Blanche de Clermont.

La superstitieuse adoration qui l'entourait n'était pas une prévenante flagornerie. Indifférente aux encens, distraite de sa rêverie mélancolique quand on rivalisait de compliments pour retenir son attention, Blanche, comme un ange de Dieu tombé parmi les hommes, qui ne savent pas parler la langue du ciel, entendait, si elle l'entendait, taciturne, la rumeur impertinente de ses thuriféraires obstinés.

Le duc de Cliton, émerveillé, admirait l'indifférence de Blanche. Il avait trop d'orgueil pour se risquer à subir la même défaite que ses amis. Connu pour voir ses prétentions agréées, il craignait de s'engager de sang-froid dans un combat, d'où il pourrait sortir avec une vilaine blessure au cœur.

Il demanda conseil à des amis, qui le dissuadèrent de s'engager dans cette entreprise. Le vicomte d'Armagnac, le plus roué de tous, avait été repoussé en une phrase : « Ça m'est impossible. » C'était lui le premier, ne serait-ce que par amour-propre, à refroidir le courage indécis du duc, dans la mesure où il ne cherchait qu'à satisfaire un caprice.

La contrariété stimula cet amour naissant. Blanche détournait les yeux du regard pénétrant du duc. Aux rares questions, dictées par le calcul, elle lui répondait avec une froideur spontanée. À certaines, plus personnelles et audacieuses, elle baissait les yeux, et répliquait en se taisant.

La vanité de Montfort se transforma en amour. Toujours forte, elle descendit de ses hauteurs, en avouant sa défaite à l'Empereur, qui devinait ses intentions.

Ce galvaudage de son orgueil était notoire. Ceux qui partageaient son malheur se consolaient avec ce compagnon qui leur faisait honneur. Les jaloux qui avaient craint un nouveau rival, applaudirent cette nouvelle victime. Le duc souffrait ; et, une fois ses espoirs déçus, il renonçait à ce triomphe, quand l'Empereur l'engagea à persévérer.

Son protecteur savait bien à quoi s'en tenir.

Le père de Blanche de Clermont, Richard de Clermont, désirait marier sa fille. Il lui présentait régulièrement des gentilshommes dignes d'elle ; sa fille courbait la tête et pleurait. Son père faiblissait devant ces larmes, parce que c'était sa fille unique, et il se demandait s'il ne faisait pas preuve de cruauté en la tyrannisant…

Le vieillard estima que les prétentions du duc de Cliton seraient bien accueillies. La beauté, la richesse, le rang et la valeur, réunis chez le représentant de la lignée des Montfort, fût-ce un bâtard, lui semblaient, à lui, des armes contre lesquelles Blanche ne pourrait lutter.

Il se fit lui-même l'avocat du duc, et n'eut droit, en guise de réponse, qu'au silence et aux larmes qui l'ébranlaient. Il perdit, du coup, tout espoir, et commença à se lamenter de l'absence de descendants pour l'illustre lignée des Clermont.

L'Empereur lui parla un jour de l'intérêt de marier sa fille, dont les vingt-sept ans ne souffraient pas de délai.

Clermont donna des raisons, en se plaignant que sa fille refusât de se marier.

– N'êtes-vous point père ? dit Napoléon. Il y a un temps pour la tendresse, un autre pour les prescriptions, contraignez-la.

– Il y a un précédent qui me retient… J'ai fait violence au cœur de ma fille une fois… je ne dois pas le faire une seconde…

– Comment avez-vous fait violence au cœur de votre fille ? En vous opposant à une mésalliance… Vous vous êtes alors conduit comme un père et devez le faire encore. Le duc de Cliton vous convient-il ?

– On ne peut mieux.

– Je sais qu'il aime votre fille.

– C'est ce qu'il m'a semblé, à moi aussi.

– Proposez-lui cette avantageuse alliance.

– Je l'ai fait : je l'ai trouvé réfractaire à celle-ci comme aux autres.

– Dans ce cas, usez d'un autre moyen, plus décisif. Un père n'est pas un jouet sur lequel une fille puisse satisfaire ses caprices… Ménager la susceptibilité des femmes, cela revient à tout leur permettre. Je vous l'ai déjà dit, c'est un conseil : imposez-lui votre volonté. Je veux être le parrain de votre premier petit-fils. Si c'est un garçon, il sera duc de Clermont, si c'est une fille, duchesse de Cliton… Ne nous faites pas attendre le jour des fiançailles : je veux donner un bal.

Blanche fut de nouveau cajolée par son père. Ces cajoleries servaient toujours de préambule à des propositions de mariage.

– As-tu réfléchi, ma fille, à ce que je t'ai dit ?

– Que m'avez-vous dit, mon père ?

– J'ai évoqué devant toi un mariage avec le duc de Cliton.

– Et je vous ai répondu.

– En pleurant… ç'a été ta réponse.

– J'ai pensé, mon père, que vous ne me contraindriez pas à vous en donner une autre. Je voulais vous dire, en pleurant, que c'est exercer sur moi une cruelle violence, que de me marier.

– Tu n'aimes donc pas un garçon qui fait envie aux meilleurs partis de France ?

– Non.

– Peut-être, qu'avec le temps, tu finiras par l'aimer.

– Je ne veux pas me soumettre à cette éventualité… Je pourrai ne jamais l'aimer… C'est ce qui est le plus naturel, mon père…

– Tu n'as pas eu le temps de faire sa connaissance… Je vois que tu le fuis… que tu l'évites…

– C'est une force à laquelle je ne puis résister…

– C'est un caprice, ma fille. Le temps te détrompera : tu comprendras que j'ai été un père austère, mais un véritable ami.

– J'en suis convaincue… et cette conviction m'incite à espérer que vous ne m'obligerez pas, en me traînant à l'autel, à être plus que je ne puis… Je ne puis qu'être votre fille, et une bonne fille, mais peut-être que je ne serai jamais une bonne épouse.

– Tu seras une fille digne de ta mère… Tu seras aussi bonne épouse que fille. L'Empereur prend à cœur ton union avec le duc.

– Que nous importe ce que l'Empereur prend à cœur, mon père !

– C'est d'une grande conséquence… Et je veux que ce mariage se fasse… Trêve de larmes… J'ai été un père faible à force d'écouter vos jérémiades. Aujourd'hui je ne propose ni ne demande rien : je le veux et je vous en donne l'ordre.

– La volonté de mon père sera accomplie…

– Et tu verras, avec le temps, ma fille, comment tu reviendras au bonheur de l'ancien temps ; tu retrouveras ton joyeux rire, tes allégresses, qu'un malheur a transformé en une tristesse qui ne propose de remède pour rien.

– Plaise à Dieu !

– Tu seras heureuse, Blanche !

– Je serai heureuse, mon père !… Vous perdez une fille, je perds, moi, la conscience de mes infortunes… Bénie soit la mort…

– Tenons-nous en à la vie… Veux-tu que le duc de Cliton vienne te rendre visite ?

– Comme vous voudrez, mon père… Ce sera toujours comme vous voudrez.

Chapitre XIX

Le duc de Cliton ne pouvait pas, ou ne voulait pas se convaincre de la blessante indifférence avec laquelle on repoussait ses avances. Pour entretenir ses illusions, il expliquait ce phénomène de la façon qui pouvait le mieux satisfaire sa vanité offensée. Il voulait que la raison d'une telle froideur fût la réputation qu'il s'était faite d'être inaccessible auprès d'un bon nombre de femmes, parmi les plus courtisées. Cette explication le flattait, et ses amis, en riant sous cape, la confirmaient, étalant leur flagornerie, sans découvrir leurs mauvaises intentions.

D'autres, cependant, qui n'avaient pas à attendre de faveurs en le flattant, ridiculisaient les tentatives malheureuses de ce duc infatué de lui-même, et trouvaient, chez les femmes qui l'avaient entrepris en vain, la piquante épigramme qui leur permettait de faire payer l'outrageante indifférence dont on faisait preuve à leur égard.

Ce que sachant, le duc se mortifiait autant qu'il avait voulu être auparavant blasé, mais apparemment aimé, afin de préserver son orgueil, quoique son cœur en fût secrètement la dupe.

L'on trouve, de la main du père Dinis, ces paroles mémorables :

« C'est à ce moment que ma vie devient abjecte. »

Il a exprimé là une vérité qu'il a vu reproduite, lors du mariage d'Ângela de Lima avec le comte de Santa Bárbara.

« *Cette rencontre, dit-il, c'est la Providence qui me l'a ménagée, pour que la blessure, qui n'avait pas cicatrisé, s'ouvrît plus largement, et versât les dernières gouttes de sang, tandis que s'évanouissait le reste des espoirs que je plaçais sur la miséricorde de Dieu sur la terre.* »

En allant le voir quelques heures après la violente sommation infligée à sa fille, Richard de Clermont le trouva absorbé dans des plans visant à le faire paraître aimé de Blanche, s'il ne pouvait l'être dans la douce réalité qu'il avait imaginée.

L'apparition de Clermont ébranla son cœur, secoué par l'espoir.

– Je viens vous inviter à vous considérer comme mon fils, dit, sans autre préambule, le père de Blanche.

– C'est une invitation que j'accueille comme la réalisation de tous mes désirs, répondit le duc, radieux, en riant.

– Ma fille a fini par reconnaître vos mérites.

– Que dites-vous, monsieur ? Je n'ai pas de mérites qui vaillent votre fille ! Je ne conçois pas que l'on puisse être surpris par un si grand bonheur ! Hier encore, j'étais un être insignifiant aux pieds de Blanche ! Il s'est produit quelque chose d'étrange et de surnaturel dans le cœur de votre fille !…

– Considérez-la comme votre épouse à partir de ce moment.

– Vous m'assurez que je suis aimé ?

– Vous l'êtes : sinon, ma fille ne voudrait pas de vous, parce que jusqu'à aujourd'hui, tous ses prétendants, si illustres soient-ils, l'ont toujours trouvée, comme vous le savez, inflexible. J'espère que vous serez aujourd'hui notre commensal, et remerciez Napoléon de l'influence que j'ai eue pour accélérer ce mariage qui se présente sous les meilleurs auspices.

Clermont parti, le fils de Silvina ne se donna pas la peine de réfléchir à la rapide transformation de Blanche. La joie désarma sa philosophie, il consacra tous ses soins à faire en sorte que ses nombreux amis, le jour même, fissent le tour de leurs cercles pour répandre la nouvelle, où sa réputation était embourbée dans les langues de dames poussées à bout par le dépit, et de messieurs dont la jalousie nourrissait l'indignation.

Le duc de Cliton espérait trouver chez Blanche un sourire, qu'il n'avait jamais vu ; un regard passionné, que jamais il n'avait mérité d'elle, un mot tendre qui rachèterait ses rudesses de naguère. Cet espoir était naturel ; mais la nature modifie souvent son visage, quand l'égoïsme l'oblige à rendre l'artifice visible.

Il se trompait.

Blanche de Clermont était la même femme que la veille. Ce qu'on remarquait le plus dans ses beaux traits, c'était la pâleur plus labourée de larmes à peine essuyées, le bord de ses yeux bleuté mais sombre, et les paupières plus flasques comme fatiguées par une douloureuse insomnie.

Elle prit franchement la main du duc. Elle fit de vains effort pour rendre plus vivante la morbidité de ses gestes, et put à peine répondre en souriant tristement au vif enthousiasme de son promis.

Il y avait là Richard de Clermont et quelques invités de la vieille noblesse. Éprouvant le besoin de trouver une explication à l'indifférence de Blanche, le duc se dit que la présence d'étrangers imposait à sa pudeur une réserve naturelle.

À table, où l'on s'épanche plus volontiers qu'on peut se le permettre dans un salon, Blanche répondait par des phrases courtes aux amabilités pressantes de ses hôtes, qui l'arrachaient à de profondes méditations. Ni ses yeux, ni son cœur n'étaient là. La double vue de ceux qui distinguent le malheur le mieux dissimulé, trouverait l'imagination de cette femme qui priait Dieu, au ciel, ou au fond de l'enfer où on la précipitait.

Joyeux et inquiets, les hôtes se levèrent et se répandirent dans les jardins, pour allier les délices de Bacchus et de Flore.

Grâce à la discrétion de ses hôtes, le duc de Cliton se trouva seul à seul dans un salon avec Blanche.

Les toasts fréquents que l'on n'accepte, ni ne propose avec un verre vide, lui inspirèrent l'éloquence qu'il fallait pour succomber en silence à la présence de Blanche.

Jamais elle ne lui avait paru si belle, ni si triste ! Appuyée au rebord d'une fenêtre, au-delà des fleurs, elle fixait son regard humide sur les pétales de camélia qui tournoyaient dans un bassin de marbre, aspergées par la pluie d'un jeu d'eau.

Elle respirait, haletante, avec des convulsions qui faisaient onduler son sein de statue, l'odeur du géranium, du myrte et de la jacinthe.

Pour donner le change, elle passait sur ses yeux son mouchoir moins candide que sa main ; et, dans ce mouvement rapide, elle absorbait une larme têtue, qui venait répondre à l'hilarité des hôtes qui ne se tenaient plus.

À un pas d'elle, le duc imagina que Blanche ne s'était pas aperçue de son arrivée, et que, peut-être, si elle regardait fixement le jardin, c'était qu'elle le cherchait fiévreusement.

– Madame… murmura-t-il.

– Ah ! dit-elle, en se retournant, sans rougir, ni montrer le moindre trouble, vous n'avez pas voulu aller au jardin, monsieur le duc ?

– Je suis avare des moments que le bonheur me concède. J'oublie vos fleurs quand je puis vous faire les confidences que je vous ai faites, en votre absence.

– Si vous voulez bien, nous allons nous promener dans le jardin.

– Permettez-moi de vous désobéir pour la première et la dernière fois. Il y a dans votre jardin trop de monde pour deux personnes qui s'aiment. Ces instants de solitude, l'échanger pour cette société… et se montrer ingrat envers le sort prévenant qui nous l'offre ! Donnez-moi le courage de pouvoir vous dire une petite partie de tout ce que mon âme vous a réservé, pour vous garantir, à l'avenir, un bonheur continuel.

– Comment voulez-vous que je vous y encourage, monsieur le duc ?

– Faites-moi un sourire, que je puisse me convaincre que les paroles qu'a prononcées votre père ce matin n'étaient pas un songe.

– Que vous a dit mon père ?

– Que vous serez mon épouse.

– S'il vous l'a dit, on respectera sa promesse.

– Comprenez-vous tout le bonheur que ces paroles me procurent ?

– Le bonheur, aucun… Que vous a encore dit mon père ?

– N'a-t-il pas tout dit en peu de mots ?

– S'il ne vous a rien dit de plus… il aurait dû…

Blanche s'arrêta et rougit :

– Il aurait dû… parlez, madame.

– Il aurait dû ne pas vous sacrifier.

– Je ne vous comprends pas… ou, si ce que je pense est vrai, vous n'êtes pas libre de vos choix…

– Je suis fille… je ne suis pas libre… mais je suis à vous, monsieur le duc… Et je me suis promis de ne pas répéter à mon père un seul mot de ce que je vous ai dit… Je vous le répète, monsieur le duc : si vous me voulez, je suis votre épouse.

– Si je vous veux !… Quelle répugnance puis-je vous inspirer ?

– Vous ne m'en inspirez aucune.

– Mais votre indifférence jusqu'à aujourd'hui… serait-elle affectée ?… Peut-être…

Elle l'interrompit en souriant amèrement :

– Non, monsieur… Ni vous, ni moi nous n'en sommes à affecter quoi que ce soit… Je ne connais de vous que votre nom et votre visage.

– Sans me distinguer de l'amas de tous ceux qui vous trouvent à leur goût ?

– Effectivement ; pardonnez ma rude franchise : je veux être véritable. Votre amour-propre ne doit pas souffrir, c'est pour cela que je n'ai pas laissé mon orgueil se flatter de vos hommages. Vous avez vu, monsieur le duc, avec quelle absence d'intérêt j'ai suivi vos plans, qui chatouillaient ma vanité avec ce cortège de dames, qui valent plus que moi, et auraient donc dû vous sembler plus chères. Je n'ai pas été affectée de ces mépris. J'étais juste peinée que vous n'ayez pas assez de pénétration pour voir mon âme, si vous n'avez jamais vu mes larmes…

– Vous voulez dire, madame…

– Je veux dire que je ne vous ai pas aimé, que je ne vous ai pas observé : je réponds à une question, et je crains d'avoir été incivile en faisant preuve d'une excessive sincérité.

– Vous ne m'avez pas aimé, Blanche de Clermont, mais votre accord à notre mariage imminent m'autorise à supposer que votre âme éprouve aujourd'hui moins de répugnance pour moi.

– Je vous ai déjà dit que mon âme n'en éprouve aucune. La femme qu'on vous donne pour épouse est celle qui abandonne en votre présence toutes ses illusions, qui ne saurait feindre vingt-quatre heures. En attendant, si vous me voulez ainsi, la fille qu'un père vous a promise est votre épouse.

Ce dialogue fut interrompu par les convives qui fuyaient l'air frais de la nuit.

Les serviteurs entrèrent avec les chandeliers, et, au premier rayon, le duc de Cliton vit le reflet de la lumière briller dans les larmes de Blanche. Sa voix avait été pourtant ferme et sonore.

La soirée se prolongea avec des jeux et des conversations. Certaines vieilles dames, miraculeusement échappées au carnage de 93, évoquaient, les larmes aux yeux, le souvenir de Marie-Antoinette. C'est qu'elles n'avaient pas pris part au somptueux festin. Les vieillards, encore cramoisis sous l'effet du champagne, donnaient au diable leurs souvenirs geignards, et, dans le feu de leur noble adhésion à la politique du moment, ne se souvenaient plus de Louis XVIII, et ne croyaient même pas aux droits divins des rois.

Le duc de Cliton, cependant, mélancolique et taciturne, était resté accoudé à la fenêtre, d'où Blanche s'était éloignée pour saluer ces dames.

C'est là que le jeune homme avait senti, dans sa passion, un accès de vertu, pourtant incompatible avec son hallucination. Cet accès le poussait à renoncer délicatement à Blanche ; mais son amour, enflammé par son orgueil, vainquit sa générosité.

Se doutant de ce qui s'était vraiment passé entre le duc et sa fille, Richard de Clermont se retira dans son cabinet, et fit venir Blanche.

Sa physionomie était sévère, et avant qu'il parlât, l'indignation s'exprimait en silence.

– Qu'as-tu dit au duc, Blanche !

– La vérité, mon père.

– Qu'appelles-tu la vérité ?

– Le contraire du mensonge.

– Ne t'attache pas aux catégories, dans tes réponses.

– J'ai dit trois fois au duc de Cliton ce que que vous, mon père, lui avez naturellement dit une seule fois. Je lui ai dit trois fois que j'étais son épouse.

– Lui as-tu dit que tu l'aimais ?

– Vous savez, mon père, que je ne mens pas. Quand vous m'avez demandé, il y a six ans, si j'aimais…

– Je ne te demande pas si tu aimais ; peu m'importe que tu aies aimé il y a six ans ; il s'agit de ce qui est, pas de ce qui a été. Lui as-tu dit que tu l'aimais ?

– Non, monsieur.

– Tu as, par conséquent, démenti ton père…

– Je ne savais pas, mon père, qu'en disposant de

moi, vous vous feriez l'interprète de mon âme, sans la consulter...

– Et si tu l'avais su...

– Je ne vous démentirais pas... je laisserais couler mes larmes, en silence, s'il m'en reste.

– Toujours tes larmes, Blanche ! Il faut peut-être que tu voies couler les miennes pour que les tiennes cessent...

– Dieu m'épargne ce chagrin... Que voulez-vous de moi, mon père ? Ai-je une seule fois résisté à votre volonté ?

– Ton obéissance ne me flatte pas. Il n'y a point là un amour de fille... C'est l'humilité du faible devant le fort...

– Permettez-moi, mon père, de ne pas tenir l'humilité pour un devoir de fille. Il y a là de l'estime et de l'amour. Sans lui, je résisterais en mourant, et mourrais en maudissant le despotisme de votre volonté qui a produit un cadavre, faute de pouvoir faire de moi une épouse malheureuse... S'il est, mon père, nécessaire que je mente, pour ne pas vous faire de peine, je mentirai.

– Pourquoi n'aimes-tu pas le duc, ma fille ?

– J'en suis incapable, je n'ai plus de cœur... Je sens, là-dedans, le froid de la sépulture...

– Cet amour va ressusciter. Tu as vingt-huit ans. Tu vas le sentir revivre sous les caresses d'un mari, avec la douceur de sentiments que ton père ne saurait t'offrir. Le duc va tirer de sa passion de quoi assurer ton bonheur. Tu as une âme noble, ma fille. Tu souffres... si tu as souffert... la main de Dieu te dispense de quoi te dédommager de tes chagrins, qui n'auraient jamais dû exister... pour mon repos et le tien... Quelques jours après ton mariage, tu viendras embrasser ton père, pleine de joie et de gratitude. Le passé... mais ne parlons pas du passé...

il te rappellera comme un délire de ta jeunesse… une gaminerie d'une âme sans expérience… et rien de plus…

– Que Dieu le permette…

– Il le permettra, les prières d'un vieillard, si les tiennes m'accompagnent, ne seront pas ignorées… Je demanderai à Dieu sa bénédiction pour un de ses anges, et si la terre, ma fille, a été pour toi un purgatoire, elle sera le ciel.

– Que Dieu écoute vos prières, mon père… Je demanderai de mon côté… ou l'oubli ou la mort…

– Allons au salon, ma fille… ne t'éloigne pas du duc… Donne-moi un baiser… Tu as le cœur de ta mère… Tu ne le souilleras pas…

. . . .

Blanche entra, souriante, dans le salon. Sur ce visage, sans nuage, transparaissait la lumière d'une nouvelle étoile, qui lui montrait le chemin du bonheur : le tombeau. Ces changements, seule la résignation peut les produire. Quand il reçoit d'en haut un courage surnaturel, la conviction de l'irrémédiable, le malheureux vit pour mourir. Pour beaucoup, cette conviction équivaut à un suicide : chez Blanche de Clermont, l'étincelle de l'espoir jaillit des cendres de tous ses espoirs.

Le duc la trouva étrange. Son sourire et ses yeux exprimaient une douce contemplation, qu'il attribua aux regrets d'une ingrate qui a souffert de l'avoir été. Affable et la réponse prompte, souriant même aux mots qui ne méritaient pas qu'on en rie, Blanche, à la surprise de tous, aurait pu sembler fébrile, pour un de ceux, qui parmi bien d'autres, auraient pu la voir autrefois.

Le duc n'osait pas l'interroger, parce qu'il ne voulait pas dissiper une illusion si chère qui lui ouvrait tant de perspectives. Le changement était effarant ; qui lui garantissait pourtant que, quelques instants après, une immobilité de marbre ne viendrait pas pétrifier son sourire éphémère, et figer dans la fixité de sa douleur, ses yeux, tantôt languides, tantôt vifs, qui l'accusaient à présent de son peu d'amour, et se justifiaient aussitôt de n'avoir pas répondu à tant de sentiment ?

Mais il était si transporté qu'il ne put résister à la tentation :

– Il me semble que vous êtes… dit-il avec l'émotion que lui inspiraient la crainte et l'incertitude.

– Très heureuse, dit-elle, souriante, avec tendresse.

– Plus heureux serait celui qui pourrait s'en croire la cause…

– La cause ! C'est vous, duc… Sans vous, ce bonheur… cette joie… serait impossible…

– Me parlez-vous dans un rêve, Blanche ?!

– Voulez-vous que la réalité vous apparaisse de façon plus évidente ? Ne voyez-vous pas ces lumières ? N'entendez-vous pas les notes de ce piano ? Voyez-vous ces messieurs en train de rire d'une façon si dissonante ? Ne voyez-vous pas mon père, qui nous observe avec une mine si réjouie ? Ne voyez-vous pas ces vieilles dames qui nous contemplent, en soupirant, en regrettant le temps où elles étaient heureuses ? Regardez bien, duc, nous sommes réveillés… Je ne vous parle pas en rêve…

– Mais que dois-je penser de ce que vous m'avez dit tout à l'heure ?

– Laissez-vous guider par votre bon sens…

– Mais il y a, dans votre rire à présent, une rétractation de vos larmes de tout à l'heure…

– Ne vous y trompez pas… Il s'agit d'une totale rétractation… C'est vrai… La femme de tout à l'heure est morte… Je suis une autre… Les larmes et les rires sont nécessaires à la vie… Mon sourire marquera ma fin… De véritable espoir, d'espoir qui ne mente pas, il n'y a que le mien. Chéris sont au ciel ceux qui le ressentent, quand, ici-bas, on les leur refuse tous… Vous verrez comme je suis heureuse… Je vous apprendrai à trouver un baume, là où d'autres trouvent un poison… Je vous apprendrai à respirer l'arôme des fleurs qui tuent, et à vivre de cet arôme comme on vit d'espoir… Si vous voulez une épouse pour l'exemple, vous l'aurez comme on possède le secret d'épurer son bonheur dans l'infortune.

– Qu'est-ce que cette façon de parler, Blanche ! Votre langage fait penser à l'exaltation du délire !

– Malheur à celui qui ne délire pas, si l'exaltation du plaisir lui brûle le sang !… Vous trouvez que je délire ? Pauvre de moi, si je restais telle qu'une pierre froide et morte devant ce rayon d'espoir qui me réchauffe ! Vous ne me voulez pas heureuse comme ça ? Vous me préférez en larmes ? Quel mauvais cœur que le vôtre ! Recevez-moi ainsi, radieuse de cette joie, que j'aimerais partager avec vous… Combien je dois à Dieu !…

Et, tout à coup, des torrents de larmes jaillissent de ses yeux. La pourpre de la fièvre se dissipe laissant la place à une pâleur cadavérique. Ses lèvres prennent la couleur des violettes desséchées. Ses yeux s'arrêtent dans leurs orbites, cernés par une zone sombre. Un tremblement convulsif parcourt ses bras ballants. Sa main cherche en vain à se lever pour demander, d'un geste, le silence. Ses yeux se referment complètement, et Blanche s'évanouit en lâchant un soupir d'insupportable détresse.

Tout le monde accourt pour la contempler dans les

bras de quelques dames consternées. Perplexe, atterré, le duc de Cliton ne sait quoi dire aux personnes qui l'importunent.

Richard de Clermont, qui a su, mieux que tous, garder son sang-froid, fait transporter sa fille dans sa chambre, et dit que cet accident n'est pas inquiétant, sa fille présente fort souvent des symptômes identiques, quand la chaleur est forte.

Les hôtes prennent congé, mis à part le duc de Cliton.

– Je suis le dernier à vous présenter mes respects, monsieur de Clermont, dit-il gravement, parce qu'il faut que nous nous expliquions.

– Parlez, duc.

– Votre fille ne m'aime pas.

– Vous l'a-t-elle dit ?

– En termes choisis.

– Quand ?

– Je lui ai trouvé deux visages aujourd'hui. Le premier, baigné de larmes ; le second n'était que sourires. Auquel dois-je croire ?

– Aux deux ; le premier dit adieu à son passé ; le second fait bon accueil à l'avenir. Ma fille sera votre épouse, et chaque nouveau jour sera une preuve de plus qu'elle est digne de l'être.

– Aurait-on exercé, pour cette union, quelque violence ?

– De la violence, non ; il y a une décision paternelle que j'ai jugée nécessaire pour imposer le bonheur à ma fille. Si vous n'avez pas d'autres réflexions à me faire, soyez sûr que l'évanouissement de ma fille n'a rien à voir avec son âme. C'est un défaut de son organisation, dont les effets disparaissent avec l'été. Préparez-vous, monsieur le duc, demain les actes seront établis. Vous comptez rester à Paris ?

– Une fois marié, je partirai pour mon domaine de Cliton.

– C'était la propriété que votre père préférait. Je vous y ai vu, petit, vous jouiez dans ses bras. Je me rappelle encore ses paroles : « J'élève ici l'époux de votre fille. » Son pronostic se réalise, le seigneur de Montfort va vous bénir. Notez, mon cher duc, les observations que je dois vous faire en toute conscience. Le caractère de ma fille est triste. Ne vous laissez pas troubler par ses accès de mélancolie. C'est une syncope qui se produit périodiquement, et que seul le temps, et peut-être le changement d'habitudes, peuvent faire disparaître. Si elle pleure, ne lui posez pas de questions, parce qu'elle pleure sans savoir pourquoi. C'est son organisation. Ne ménagez pas les distractions quand elle leur fera bon accueil. Si elle les évite, ne la forcez pas à en profiter. Je vous dis cela pour que vous ne soyez pas surpris du caractère spécial de ma fille. Ce sont là de tristes particularités, c'est vrai ; mais peut-être que vous ne les constaterez pas, parce que sa vie va être différente, et qu'il n'y a pas de changement qui n'entraîne pas une modification.

Le duc fut apparemment surpris en entendant ces révélations. Les unes lui semblaient intempestives, les autres inexplicables. Ce n'était toutefois pas le moment de les éclaircir par de nouvelles questions. Il demanda des nouvelles de Blanche, on lui dit qu'elle était revenue à elle, et avait demandé qu'on la laissât seule.

– C'est une manie chez elle, après ces malaises, dit son père. Elle pleure un peu, ça la soulage parfaitement de cette oppression que les médecins les plus habiles appellent céphalée, mais ils ne peuvent donner le nom du remède qui la soigne. C'est l'amour qui va la guérir, mon cher duc…

– Un amour, qui va encore naître ?

– Un amour qui est déjà né ; mais qui n'a pas encore eu le temps de se développer. Vous connaissez ma fille depuis trois mois et n'entretenez avec elle de relations familières que depuis quelques heures. Ayez confiance en vous, vous êtes trop chéri de toutes les femmes, pour l'être moins d'une exception.

. . . .

Chapitre XX

Le duc de Cliton passa le reste de la nuit avec le vicomte d'Armagnac, qui était devenu encore plus proche de lui après les tragiques épreuves de la duchesse de Bouillon.

Le vicomte sortait d'une soirée où l'on avait parlé longuement, comme il fallait s'y attendre, vus les usages, du consentement imprévu de Blanche à un mariage qu'elle avait toujours refusé.

C'était un fait, et il fallait l'expliquer, ou se faire sauter la cervelle, faute de mieux. Les uns dirent que Blanche y était forcée par son père. D'autres, dont les dames prêtes à céder aux prétentions du duc, disaient que Blanche avait été capable de soutenir l'imposture, pour serrer un peu plus les menottes sur les poignets du jeune homme amoureux. Quelques-unes, pour ne rien laisser à désirer dans leurs explications, disaient que le mariage *était devenu une affaire d'honneur et de devoir* pour le duc. C'étaient celles qui s'étaient trouvées dans une situation telle que leur mariage *était une affaire d'honneur et de devoir,* mais n'avaient pas obtenu de bon de sortie pour quitter l'infirmerie des célibataires incorrigibles, en dépit de leurs emplâtres de carmin, et de la pression de leurs corsets.

Un homme honnête, qui avait écouté sans rien dire cette discussion animée, prit à part le bras du vicomte, tout aussi silencieux, parce que son opinion était suspecte, et eut avec lui ce bref dialogue.

– Je vais vous demander votre parole d'honneur que vous garderez et ne violerez pas le secret sur une révélation, que je vous confie, et pour lequel j'exige un serment..

– Vous allez me révéler quelque chose sur Blanche de Clermont ?

– Oui.

– Si le secret de ce que vous allez me révéler porte atteinte à l'honneur de mon ami le duc, ne me le révélez pas.

– À son honneur, non ; il peut le mortifier, si vous le lui révélez.

– Cette mortification peut-elle l'amener à renoncer à la femme avec laquelle il va se marier ?

– Non plus ; cela fait partie de son passé, sans mettre en cause le présent.

– Parlez : vous pouvez compter sur le fait que je respecterai mon serment.

– Blanche de Clermont a aimé, il y a six ans, un officier d'artillerie, d'une modeste lignée, mais d'une rare audace, et d'un rare talent de séducteur. Son père en fut informé, et admonesta sa fille, Blanche ne mentit pas et ne fit aucun cas de ces remontrances. Elle dit qu'elle l'aimait et continua à l'aimer. Son père décida d'employer d'autres moyens, sans faire de scandale. Comme il avait des amis au Directoire, il demanda qu'un officier d'artillerie fût envoyé avec Bonaparte dans l'expédition d'Égypte. Ernest Lacroze fut promu colonel une heure avant de partir. Il voulut obtenir une dispense, mais il était trop tard. Le Directoire lui en donnait l'ordre, en le menaçant, et Bonaparte, attaché à Clermont comme à tous les hommes bien pourvus et bien nés… savait parfaitement ce qu'il en était… il donna l'ordre de se mettre en marche, et Lacroze se mit en marche. C'est de là que date l'effarante altération du caractère de Blanche. Je sais que Lacroze lui écrivait ; mais ses lettres étaient ouvertes et déchirées par monsieur de Clermont. Bonaparte rentra à Paris, pour se faire consul, empereur et despote, mais Lacroze n'est pas revenu avec lui. L'on a d'abord dit que ce brave officier était resté à Alexandrie où il commandait une garnison, puis le bruit a couru, qu'il était mort de fièvre. Je ne connais pas la vérité, et je n'ai plus rien à vous dire.

Le vicomte d'Armagnac alla trouver son ami avec ces informations.

– Tu sens le souffle du bonheur, duc ?

– Je ne sais si ce souffle ne menace pas de se transformer en tempête… Je ne comprends pas cette femme ! Ses paroles tombent de ses lèvres comme des gouttes de fer fondu, je les sens dans mon cœur et, moi qui suis un homme du monde, je suis forcé de rougir de ma faiblesse en sa présence. Je pense qu'elle ne m'aime pas…

– C'est possible !

– Comment ça, possible ?! Tu abondes dans le sens des envieux ?

– Dans le tien !… Qu'est-ce que tu viens de me dire ?

– Ce n'est qu'une idée, je ne l'affirme pas.

– Moi non plus, duc. Qu'est-ce qui te l'a donnée ?

– Elle me l'a presque dit nettement.

– Eh bien, si elle te l'a dit, il est possible qu'elle ne t'aime pas.

– Elle ne me l'a pas dit, vicomte !

– Tu es aussi irritable que cette sensitive ! L'a-t-elle dit ou non ?

– J'ai eu l'impression qu'elle voulait me le dire. L'on peut être aimé d'une façon extraordinaire par une femme extraordinaire.

– Certainement. Tenons-nous en à cet aphorisme : tu es aimé d'une façon qui te donne l'impression d'être importun… Écoute, duc, tu ne renonces pas à ce mariage ?

– Non, tant qu'elle ne le refusera pas.

– Et si on la forçait à s'y soumettre ?

– Elle ne fait pas l'objet d'une telle violence.

– J'en suis convaincu, de tout mon cœur ; mais je ne te comprends pas mieux que tu ne la comprends, elle.

– Conçois-tu donc que Blanche, si hautaine et si indépendante, se laisserait, à vingt-huit ans, tyranniser par son père ?

– Oui ; mais, si je me trompe, tant mieux pour toi, et je me félicite de mon ignorance. Acceptes-tu la rude franchise d'un ami ?

– Parle…

– N'épouse pas cette femme.

– Pourquoi ?… Réponds ! Ces paroles me semblent celles d'un ennemi.

– Voici ma réponse : parce que tu ne pourras être aimé après, si tu n'y est pas arrivé *avant*…

– Nous avons là une figure de rhétorique… Parlons le français de Paris. Sais-tu quelque chose sur Blanche ?

– Oui.

– Quoi ?

– Elle a aimé, et d'un amour éternel.

– Il faudra me le prouver.

– Il n'en est pas question.

– Et cet amour… l'a-t-il ternie ?

– Non.

– Je n'ai par conséquent rien contre ce prétérit.

– Et la virginité de l'âme ?

– C'est l'instrument d'une calomnie… Je la renvoie, par toi, à mes ennemis…

– Je ne me charge pas de cette commission, duc… Nous sommes le 25 août 1805, à cinq heures du matin.

– À quoi rime cette précision chronologique ?

– Les paroles d'un ami, ça se date. Écris dans ton carnet que le vicomte d'Armagnac, tel jour de telle année à telle heure, t'a dit, en ami sincère, ou comme instrument de tes ennemis, positivement et formellement : NE TE MARIE PAS AVEC BLANCHE DE CLERMONT.

– Je vais le faire, mais, s'il est permis d'associer l'hygiène à la chronologie, laisse-moi dormir avant de noter ta prophétie, parce qu'en fin de compte, ton conseil se présente comme une prophétie, n'est-ce pas ?

– C'est une chose, qui n'a pas la prétention d'être une prophétie… Quoi qu'il en soit, dors ; et, quand tu te réveilleras, croque avec ton crayon un Ézéchiel caricatural, vaticinant sur les mariages malheureux.

– Tu es délicieux, vicomte… Demain, nous parlerons sérieusement… Moi je vais la consulter dans mes rêves. Si la pythonisse n'y dément pas ce qu'elle a dit quand elle était réveillée, tu vas assister, cet après-midi, à la signature des contrats.

– Ça m'est impossible, je pars ce matin pour Angoulême.

– Je ne te le permets pas.

– Ce sont les ordres d'un père.

Le vicomte s'était endormi. À cinq heures du matin, le duc se promenait dans le jardin, pour fatiguer ses membres qui refusaient tout repos, ou refroidit sa tête en feu, prise de convulsions..

Elles étaient agitées, ces heures de transition avant une perpétuelle infortune ! La Providence nous donne toujours un avant-goût confus d'une grande calamité ! L'orgueil, l'égoïsme, la passion ne comprennent pas les leçons de la Providence…

Chapitre XXI

Le vicomte d'Armagnac avait décidé de quitter Paris, lorsque l'aveuglement insensé de son ami n'avait plus laissé pénétrer la lumière claire qu'il voulait jeter sur son avenir. Il ne devait pas tout lui révéler, parce que son honneur était garant du secret ; mais, avec son honorable ami, il se faisait une obligation de l'ébranler par des paroles équivoques, en se donnant un air de prophète. C'est ce qu'il avait fait, et il n'avait reçu comme réponse, de la part du duc, que des sarcasmes dérisoires ou de violentes injures.

Pour ne pas être témoin d'une cérémonie funeste, sous des couleurs festives, le vicomte a inventé cette injonction paternelle. Il essayait de sortir de chez le duc sans être vu, quand celui-ci le surprit en train d'attacher ses éperons.

– Tu t'en vas déjà ?! s'exclama le duc, en cachant les inquiétudes qui n'avaient cessé de le tourmenter.

– Oui. Et toi ? À quoi doit-on ce miracle ? Debout à six heures du matin ! Le bonheur t'a-t-il empêché de dormir ?

– Je vois que tu te lèves du bon pied, vicomte... Quand tu t'es couché, tu avais la mine funèbre de Jérémie, et voilà que tu te lèves badin comme *L'Ermite de la Chaussée-d'Antin* !

– As-tu parlé en rêve avec ta pythonisse ?

– Oui… Elle a confirmé les paroles de la pythonisse réelle !

– Toutes mes félicitations !

– Et toi… Trouves-tu à redire à l'augure de la fée ? Es-tu de mauvais augure comme l'oiseau de nuit ?

– Je suis ce que j'ai été, mon cher duc. Je t'ai fait des réflexions fort sérieuses : tu y as répondu par des railleries…

– Des railleries, non… *Difficile est tristi fingere mente jocum…*

– Et maintenant, tu me réponds en latin, ce qui est presque pire que les railleries en français…

– Conduisons-nous quelques minutes en adultes, vicomte… Tu ne m'aurais pas parlé avec tant de cérémonie, si tu ne connaissais pas un secret très important sur Blanche…

– Je t'ai tout dit, duc. J'ai tout résumé en quatre mots : NE TE MARIE PAS. Je m'en tiens à ce que je t'ai dit… Je manifeste, en te donnant ce conseil, toute la force de ma conviction, et tout l'intérêt que je prends à ton bonheur. Je ne te dis rien de plus. Je puis mesurer la difficulté de ta situation et de la mienne.

– Je ne me marierai pas, vicomte.

– Que dis-tu, duc ? Puis-je t'embrasser comme un frère ?

– Oui… mais, comme frère… il te reste un rigoureux devoir à remplir. Tu vas me dire pourquoi je ne dois pas me marier. Quelle que soit la raison, je t'écouterai l'âme en paix.

– Je ne puis le faire : j'ai hypothéqué mon honneur, je dois garder ce secret.

– As-tu la certitude que l'on n'a pas forgé une intrigue

infâme, pour me dissuader de conclure cette enviable union ?

– La certitude… Je n'en ai aucune, mais beaucoup de présomptions. Ce que je sais m'a été révélé par un homme incapable d'infamie.

– Qui ?

– Je ne te le dirai pas… Tu manques de générosité en tentant de briser ma dignité.

– Mais comment as-tu, toi qui es généralement connu comme mon ami intime, été chargé de cette mission… ? Comment se fait-il qu'il ne soit pas de notoriété publique, cet amour qui empêche Blanche d'aimer un autre homme ? Pourquoi n'est-elle pas la première à me parler de cette passion ? L'on invente une imposture ! Les dents de la calomnie entament la réputation immaculée d'une femme qui s'est distinguée des autres par sa vertu !… Je serais un misérable, à ses yeux et à ceux du monde, si je renonçais stupidement à une alliance en laquelle j'ai placé tous mes espoirs.

– Veux-tu dire, pour conclure toute cette psalmodie en l'honneur des vertus de Blanche de Clermont, que ta nouvelle décision, toute récente, a été un moyen astucieux de m'arracher mon secret !? Or ça, mon cher duc, la passion te transfigure. On dirait un enfant qui ne sait pas ce qu'est le point d'honneur, pour se donner une manière d'égalité d'âme.

– Mesure tes termes, vicomte.

– Restons-en donc là. Permets-moi d'assister de loin à tes allégresses… et je viendrai, la corde au cou, me dédire à tes pieds s'il se trouve que j'ai été l'instrument de la calomnie, une qualité que tu as bien voulu me reconnaître avec une rare prévenance.

– Si tu vas à Angoulême, nous nous verrons bientôt. Je résiderai, une fois marié, à Cliton…

– Au revoir, en attendant, vous êtes bien aimable, duc.

Après le départ du vicomte, il connut un moment de lucidité.

Obéissant à une inspiration qui cherchait à le sauver, il alla trouver Richard de Clermont, à des heures où la bonne société ne reçoit pas de visites.

Il insista tellement que le chambellan transmit à son maître, profondément endormi, le message du duc. Comme la réponse se faisait attendre, voyant ouvertes les grilles du jardin, le jeune homme entra.

Il avait fait quelques pas en aspirant goulument l'air embaumé, quand il vit, à travers les myrtes, passer une silhouette. Il crut voir des vêtements blancs, et s'imagina que c'était une femme qui longeait, souplement, les tonnelles, comme les fées du jardin d'Antinous.

Il la suivit de loin pour ne pas effrayer ce merveilleux camélia, qui épousait les zéphyrs du matin, et, sans le vouloir, il se trouva à l'extrémité d'une rangée de platanes et de lauriers, entre lesquels s'approchait à grands pas… Blanche de Clermont !

Le duc, abasourdi, s'arrêta. Blanche frémit en reculant. Son premier regard, instinctif, fut pour elle-même. Ses joues, blanches jusque-là comme les fleurs d'acacia qui l'effleuraient de leurs baisers, rougirent brusquement. C'était de la pudeur ; pas de la crainte. Ses tresses, aux contours incertains avec leurs boucles désordonnées, se détachaient sur la blancheur de la tunique romaine, qu'un mince ruban sombre avait de la peine à contenir à la hauteur de son sein secoué de spasmes. Les plis de son large corsage, sans escamoter ses formes naturellement belles, convergeaient vers la ceinture, ceints par un cordon, également sombre, qui descendait jusqu'au satin vert de ses souliers, avec leurs petites bordures de fil d'or. Le bras, à moitié nu, voilé à l'épaule par une transparente mousseline qui la garnissait, était plus blanc que les lys et les jasmins dans la main délicate de l'ange, qui semblait pouvoir les tenir tous.

Mais belle encore avec ses joues colorées par la surprise, cette apparition n'était-elle pas un rêve ? Le duc de Cliton, titubant, plus troublé qu'elle, si c'était possible, voulut reculer ; mais son bon sens ne lui fit pas complètement défaut.

– Excusez-moi, madame... Vous voyez bien, par mon émotion, que je ne m'attendais pas à vous voir.

– Moi non plus... à cette heure ! Êtes-vous aussi matinal, monsieur le duc ?

– Non... Après une nuit affreuse, interminable, douloureuse... je ne pouvais espérer une aussi généreuse compensation de mes peines... Je vous croyais encore souffrante après votre malaise, hier...

– Ces défaillances dont je souffre sont passagères... Je me sens assez de force pour les autres... Vous cherchiez mon père, monsieur le duc ?

– Oui...

– Ce sera difficile de lui parler à cette heure, sauf si vous en avez grand besoin... Les domestiques n'entrent pas dans sa chambre avant midi, et, après une soirée, il faut que ce soit lui qui les sonne...

– Dans ce cas, je ne veux à aucun prix qu'on le réveille... Vous m'écouterez à sa place... Ce sera vous, Blanche, l'ange qui me consolera des chagrins qui m'amènent à une telle heure...

– Des chagrins ? Je les partage ! Que puis-je faire pour vous soulager ?

– Me tuer, si vous ne pouvez rendre réel le ciel que j'ai imaginé…

– Le ciel ?! Existe-t-il sur terre ? Vous concevez encore beaucoup d'espoirs si vous le cherchez ici…

– Je le cherche parce que je sais qu'il existe… Votre apparition parmi les hommes est un signe que le bonheur parfait n'est pas une chimère.

– Si, duc… c'est une chimère… une fleur éphémère, qu'arrosent de leurs larmes ceux qui la poursuivent… N'espérez pas le trouver…

– Même chez vous ?

– Chez moi !… Chez moi, qui ne puis donner aux autres ce que je n'ai pas… Qui peut se mettre à l'ombre du mancenillier sans mourir !… Ne savez-vous pas que l'infortune est contagieuse ?

– Êtes-vous infortunée, Blanche ? Pourquoi l'êtes-vous ?

– Parce que je le dois à Dieu…

– Qu'êtes-vous pour moi ?

– Ce que je suis pour vous ? Votre épouse, bientôt…

– Et après ? Ne pourrai-je vous donner un autre nom, plus intime dans nos cœurs, plus doux que ce simple vocable, que tous profèrent machinalement ?

– Quel nom voulez-vous me donner ?

– Serez-vous mon amie ?

– Je vais l'être… je le suis déjà… je peux être pour vous une véritable amie… Une tendre sœur ne vous estimerait pas autant…

– Et cette estime… est-ce de l'amour ?

– De l'amour ?

– Répondez…

– Dites à ce jasmin que, demain, il reverdisse sur sa tige fanée…

– Je vous ai comprise, Blanche…

– Ne vous suffit-il pas d'une amie ?… Votre sœur ne vous inspire-t-elle aucune nostalgie ? Moi, en ce qui me concerne, je désire trouver en vous un frère…

– Vous le trouverez… avec le cœur d'un amant… incapable de se rappeler… ni d'attendre d'autres sentiments…

– *De vous les rappeler* ?… Si vous les avez eus… souvenez-vous-en, je ne vous le reprocherai pas… Restez dans le passé, si le passé vous est cher…

– Comme à vous…

– Je n'ai pas eu de passé dont le souvenir inspire à mon cœur quelque nostalgie… J'ai toujours été malheureuse ! J'ai été comme quelqu'un qui n'a pu entrer dans le banquet des plaisirs que Dieu accorde à l'innocence abusée, et à l'espérance qui meurt d'attendre, contrairement à la mienne, qui est morte en m'abandonnant au début de ma vie… avec assez de forces pour vivre et pleurer…

– Soyez sincère, Blanche. Votre passé ne s'est pas si vite précipité vers la désillusion, sans quelque grande déception… Je connais votre secret…

– Mon secret ? s'écria-t-elle, inquiète.

– Oui, votre secret… Vous avez aimé…

– J'ai aimé… Pourquoi vous démentir ? Qu'est-ce que cela peut vous faire, ce que j'ai été ?

– Rien… sûrement rien… mais ce qui m'importe, c'est ce que vous êtes, et qui garde un rapport avec ce que vous avez été.

– Ne vous ai-je pas dit ce que je suis ? Vous ne me jetterez jamais, monsieur le duc, une réticence au visage… Que voulez-vous que je vous dise ? Je réponds à toutes vos questions, dans la mesure où elles ne touchent pas ma vie avant le jour où mon père vous a dit que je serais votre épouse…

– Je ne vous poserai pas de questions indiscrètes… Vous m'avez offert votre amitié, je n'exige rien de plus. Si un jour vous comprenez ce qu'est la mienne, l'amour renaîtra dans la vôtre. L'estime que vous accordez à l'ami se transformera en une passion qui vous permettra de donner le ciel à l'amant… Vous voyez que je vous aime beaucoup, Blanche ! Quand un homme se résigne à ce point, donnant sa passion en échange d'une simple estime, cet homme se voue naturellement au martyre, il étouffe les débordements de son orgueil, et jusqu'au propre amour de sa dignité. Il est bon que le monde au moins ignore combien de sourdes amertumes m'a coûtées cette amitié que vous m'offrez pour tout salaire. Je baise ces fers, Blanche ! Jamais je ne me révolterai contre la froideur de vos paroles… Vous m'aimerez par compassion… Il me reste un dernier recours, cet espoir qui ne me laisse pas voir dans quel avilissement est plongé l'homme, quand il ne peut se fier à un autre… Que votre amour vienne de votre compassion… mais que je ne sois jamais accusé d'avoir imposé mes exigences à votre conscience… Dites-moi, madame… qu'est-ce que ces larmes ?… Celles d'une victime ? Est-il nécessaire que votre bourreau les sèche ?

– Non, duc… vous n'êtes pas mon bourreau… Vous pourriez être l'autel de mon sacrifice ; mais je marche vers vous comme une martyre de sa religion s'approche du sein de son éternel époux… laissez-moi pleurer… Demain je commencerai à sourire, et je ne cesserai pas de le faire…

– Blanche !…

Le duc de Cliton lui baisa pour la première fois la

main. Son bras frémit, une rougeur lui embrasa les joues, perlées de larmes, comme une rose blanche, au point du jour, couverte de tremblantes gouttes de rosée. Le duc rougit aussi, ce qui n'était pas surprenant, et le silence de l'extase succéda à ce baiser audacieux, quand le chambellan de Clermont apparut entre les arbustes.

Le duc n'attendit pas qu'il vînt le trouver. Obéissant au regard éloquent de Blanche, il prit les devants, pour écouter les ordres qu'on lui avait donnés. Le chambellan lui dit que sans un ordre précis de mademoiselle, il ne prendrait pas sur lui d'appeler son père... Il l'avait guetté un bon moment pour voir s'il se réveillait, mais il l'avait entendu ronfler de plus en plus fort.

Le duc s'en félicita. Après l'entretien qu'il avait eu avec la fille, qu'avait-il à dire au père ? Il alla rejoindre Blanche, qui lui tendit la main en guise d'adieu.

– À tout à l'heure, Blanche... Savez-vous que nous devons nous unir aujourd'hui ?

– Oui... L'on rédige les actes...

– Comment pouvez-vous parler ainsi, sans aucune émotion ?

– Je ne trouve pas de mots dignes de l'exprimer... Ceux que l'on peut dire à la veille de fiançailles sont les plus dépourvus de sentiment... À tout à l'heure, duc.

Tout pénétré d'un bonheur, que sa conscience, dont il avait rarement entendu la voix, disait illusoire, le fils du moine de Santarém rentra chez lui pour reposer son esprit du terrible combat qu'il avait mené douze heures durant, et trouva une lettre, dont voici la teneur :

« *Monsieur,*

J'ai demandé à mes frères en France si l'un d'entre eux serait un ami intime de l'Empereur. On m'a cité votre nom. J'ai demandé qu'on me donnât une idée de votre caractère. On m'a dit que vous étiez bon, honnête et compatissant. Vous êtes donc l'homme à qui je dois avoir recours. Je vous connais de vue : je me suis battu à vos côtés en Afrique, et j'ai été ramassé, presque à l'état de cadavre, aux portes d'Alexandrie. Nous avons été soldats, tous les deux, nous étions, tous les deux, colonels. Il se peut que le souvenir d'Ernest Lacroze, colonel de l'artillerie, ne soit pas effacé de votre mémoire. Si vous le reconnaissez, sauvez-le de l'exil : si vous avez oublié ce nom, qu'on a oublié en France, tendez à cet inconnu votre main salvatrice.

Ma patrie me manque : cela fait deux ans que je demande une permission. Je viens de demander à quitter l'armée. Peine perdue. Je suis comme proscrit. J'ai servi la France, et obtenu le bannissement pour tout salaire. L'on m'a privé de mes amis, de mes frères, de ma mère et de… tout ce qui m'était plus précieux que cette interminable existence que les balles respectent.

Comprenez-vous ma situation à trente ans ? Elle est bien douloureuse.

Aidez-moi, duc de Cliton ! Ouvrez les portes de sa patrie au soldat de l'Empire qui ne va pas vous demander de faveurs, et promet de cacher ses blessures. Rendez-moi aux bras de ma vieille mère, qui m'appelle du lit où elle se meurt. Faites que je puisse soutenir mes sœurs qui ont des principes et ont faim. J'ai demandé à l'Empereur de me pardonner comme à un ennemi, si je ne suis pas de ceux qui l'ont servi comme des amis.

Votre camarade,

Ernest Lacroze
Alexandrie – Juillet 1805. »

Le duc avait les yeux baignés de larmes. L'amour avait entièrement éveillé sa sensibilité aux malheurs d'autrui.

Il revêtit son grand uniforme d'aide de camp, et entra à Saint-Cloud.

L'Empereur s'empressa de lui accorder une audience.

– Bravo ! s'exclama Napoléon, j'aime à te voir dans cette attitude guerrière !

– Un soldat qui présente une requête à un soldat, se présente d'une façon qui rappelle les batailles où tous les deux ont mérité la considération de leur patrie.

– À la bonne heure ! Parlez, duc.

– Je viens vous demander le droit d'être ici pour un camarade que j'ai laissé en Afrique.

– Mort ?

– Mort pour la mémoire de la France ; mais vivant par la gloire qui nous vient de notre conscience.

– Qui c'est ?

– Le colonel Ernest Lacroze.

Napoléon sourit.

– Daignerez-vous me répondre, Empereur ?

– Oui, duc. Dites au colonel Ernest Lacroze qu'il peut rentrer en France. Je vais faire expédier les ordres.

– Je vous baise les mains, Votre Majesté…

– Quand vous mariez-vous, duc ?

– On rédige aujourd'hui les actes.

– Êtes-vous heureux ?

– Un bonheur de quelques heures, qui ne compense pas les moments d'amertume.

– Ce sont là de fâcheux auspices pour qui se marie ; en ce qui me concerne, l'amour se trouve entre les rideaux du lit nuptial, depuis que les poètes l'ont fait fuir du cœur avec leurs bombardes métriques. Ne vous laissez pas abattre. Commencez par Épicure et finissez par Platon. Depuis Louis XIV, qui apprit à Maintenon à prier, l'amour continue à nous rendre ses services, mais à rebours… Venez déjeunez avec moi, duc. L'impératrice est de mauvaise humeur aujourd'hui, nous nous mettrons à deux pour l'endurer… J'oubliais une recommandation importante. Je vous interdis de dire à qui que ce soit que vous avez reçu une lettre d'Ernest Lacroze.

– Je ne dirai rien, monsieur…

– À personne… Entendez-vous la portée de ce *à personne* ?

– Je crois que je l'entends…

– Ni à celle qui va être à vous… Pas question de prononcer ce nom !

– Si j'osais essayer de comprendre l'importance de ce secret…

– Vous l'oseriez en vain, parce que vous ne pourriez le faire… Allons déjeuner…

. . . .

Le duc se heurtait à un horrible secret dans les circonstances les plus triviales ! Les présages de son ange gardien se répétaient ! Avec des abîmes tout autour, il restait aveugle !…

L'infortune l'a guidé, en le tenant par la main.

L'on croit à la prédestination quand la descente dans le précipice est rapide, fatidique, irrésistible.

L'homme s'arrête un moment, pour mesurer la profondeur de la chute, et s'abandonner, comme si on l'y poussait, à une attraction qui le fascine.

Il est pris d'anxiété à l'idée du danger, sa raison, soulagée, respire un moment, la passion, dans ses ténèbres, recule devant la clarté de la raison… mais cet éclair s'éteint, les ténèbres se font deux fois plus épaisses, la passion réagit, et la fatalité triomphe.

C'est ce qui s'est passé avec le duc de Cliton.

Les menaces du vicomte l'ont impressionné l'espace d'un instant. Et elles étaient si fortes !

Les larmes de Blanche, versées sur la poussière de ses espoirs, sont tombées sur son cœur. Et son cœur les accueille… il sent leur goût acre, douloureux, et l'oublie !

L'Empereur lui interdit de parler d'Ernest Lacroze devant Blanche. Le duc est surpris par ce mystère. On lui refuse la moindre explication. Cela devrait au moins exciter sa curiosité, il oublie une heure après qu'il a déjeuné avec Napoléon ! Que ce soit l'effet de la Fatalité ou de la Providence, du hasard ou du destin, quand l'homme doit-il distinguer l'infortune dont il est responsable, de celle qu'il doit aux autres ?

À l'heure dite, le fiancé de Blanche signe, d'une main ferme, les papiers. Il lui remet, avec l'enthousiasme d'une félicité sans bornes, sa bague de fiançailles. Il lui offre, avec la crainte que ressentent les grandes âmes, le riche présent de son style, les plus beaux joyaux du goût et de la richesse, les parures luxueuses dont une reine pourrait être flattée.

Son épouse le remercie, comme elle remercierait n'importe qui de lui ramasser son éventail. Malgré les prévenances dont il l'entoure, tous ses gestes trahissent l'ennui, l'incessante buée de ses yeux dément ses artifices.

Ce scintillement, ce n'est pas la ferveur de l'amante ; ce sont les larmes qui échappent au contrôle de sa volonté ; c'est la douleur qui proteste jusqu'au bout contre la violence.

Dans un banquet splendide, tout le monde parle, tout le monde s'amuse : le côté piquant des anecdotes jaillit avec les rires sur le teint cramoisi de tous les visages. Pas chez elle. Blanche est comme une moribonde autour de laquelle trépignent des hommes saouls. Chez lui non plus ! Le duc est mélancolique ; ses yeux, fixés sur Blanche, ne rencontrent pas les siens ; ses paroles, rares et contraintes, n'arrivent pas à la réveiller de sa torpeur.

Les salons de Clermont se remplissent. Le ennemis du duc se font une raison et dansent. Les femmes qui ont pris en grippe leur orgueilleuse rivale, trouvent le bal animé, et la promise sans entrain. Blanche, avec sa ceinture autour de la taille, au bras du duc, ne palpite pas de désir, ne sent pas son sang s'échauffer, ni aucun transport dans son esprit. C'est une machine qui se dirige dans la direction que lui donne une impulsion étrangère.

Pourquoi n'entoure-t-elle pas son front d'une guirlande de fleurs ? Où se trouvent le jasmin, la violette, le myrte de la couronne de la mariée ? Quelle pensée de feu calcine ce front nu ? Pourquoi tombent-elles, ses paupières affaiblies ? Quel sourire sinistre voyez-vous effleurer ses lèvres comme serrées pour retenir le cri qui sourd de son cœur déchiré ?

Le festin tire à sa fin. Les rayons du soleil vont ternir les lustres de milliers de vitres. Tous les traits s'estompent. La pâleur de la fatigue rehausse la joliesse de nombreuses femmes. Les fleurs, grillées par l'haleine du feu, jonchent le sol, exhalant les derniers arômes de leur parfum. Blanche tire de son sein un camélia fané, et l'offre, en guise d'adieu, à son époux, qui ne comprend pas. Ils s'éloignent. La tristesse vient s'asseoir sur les coussins du salon désert. Le duc multiplie les ordres pour accumuler des richesses à Cliton. Blanche soulage en versant des larmes l'oppression qui l'a accablée durant de longues heures.

Le fils de Silvina tombe par hasard sur une lettre, cachetée à Toulouse. Il l'ouvre en tremblant, parce qu'il redoute un mystère de plus dans cette accumulation d'épreuves. Il est surpris en lisant la signature : *Laura* !

Il lit :

« Duc,

Je ne vous ai pas oublié dans ma Thébaïde. Je prie Dieu pour vous, chaque fois que l'exemple de ces femmes vertueuses élève mon esprit vers Dieu. Vous ne m'êtes pas indifférent. Je viens d'apprendre que vous avez associé un ange à votre existence. Félicitations, mon fils chéri ! Ne dédaignez pas ce titre que mon cœur vous donne. Mes prétentions de mère sont très anciennes. Que le duc de Cliton n'ait pas honte d'être aujourd'hui ce qu'il a été quand il était Sebastião. M'enverrez-vous le portrait de votre épouse ? Vous n'avez sûrement pas de temps à perdre à lire des lettres de vieilles femmes. Je veux être discrète. Si je mérite une ligne, faites-la moi parvenir au couvent des dominicaines.

Votre amie, Laura »

Le duc eut honte d'avoir oublié cette femme. La lettre qu'il lui écrivit est une explosion de sincérité, qui le définit mieux que les conjectures du chroniqueur.

Considérons, en la parcourant, ce qu'il y a d'inexplicable dans le cœur de cet homme :

« Madame la Duchesse,

Vous êtes toujours mystérieuse. L'on ignore à Paris votre nouvelle adresse. L'on dit que vous vivez dans une ferme, et votre lettre est écrite dans un monastère ! Votre existence a dû vous réserver bien des épreuves ! Je ne vais pas vous questionner là-dessus, parce que je me suis résigné à vous considérer comme un mythe, un je ne sais quoi de fantastique qui ressemble à un songe, et de terrible peut-être dans ce que fut effectivement mon passé et le vôtre ! Gardons le silence, donc, puisqu'il en va de notre bonheur à tous les deux ! Le bonheur… ai-je dit ! Lequel de nous sera heureux, ou le plus malheureux ?…

Donnez à mon cœur la liberté de parler… Je sens sur lui le poids d'un excès de vie, que j'imagine être un tourment pour ceux qui parviennent au comble de la joie.

Une immense passion pour l'ange, qui répond à toutes les ambitions d'un homme… Je la sens, elle me ronge, je désire vivre et mourir, ainsi, dans ce vertige délicieux et infernal, suave et frénétique…

J'ai un pressentiment, duchesse ! Je vais être malheureux ! Comment et pourquoi ? Je l'ignore. D'un tel amour, il faut mourir. Le déclin doit se produire sur une tombe. Je l'ai tenue, il y a un moment, dans mes bras… Je volais avec elle dans un salon… Tout était vie et lumière, cela nous irradiait… C'est là que j'ai eu, l'espace de quelques secondes, une vision atroce. Blanche m'est apparue comme un cadavre ! J'ai vu la couleur plombée de ses lèvres. Je l'ai sentie se refroidir entre mes bras… J'ai entendu la dernière palpitation de son sein, et l'arôme de nard qui parfumait la pièce, est devenu l'odeur funèbre des torches autour d'un cercueil !

Ce que j'ai éprouvé !… Quel poignant sentiment d'une réalité qui m'attend !

Et cette vision s'est dissipée ! Qu'elle soit maudite ! Mais je suis triste, et je ne puis détourner mon imagination de ce tableau ! Il me semble entendre le tocsin de mon bonheur. Je vois, par le prisme de la mort, la femme que j'aime à en perdre la raison.

Elle ne m'aime pas ! C'est infernal de le dire. Je me lie à une femme qui ne m'aime pas ! Je suis un être vil ! Mais je dois choisir entre elle et mourir. D'abord, ç'a été de l'amour ; c'est aujourd'hui de la passion, une folie, une frénésie, un mélange de douce et de furieuse anxiété… Je veux pénétrer dans l'avenir… il n'y a que des ténèbres ! Comment puis-je être malheureux ? En me déshonorant ? Non ! À cause de son indifférence ? C'est impossible ! Elle va m'aimer… Ce feu se communiquera… Avenir ! Qu'est-ce que tu me réserves ?… »

. . . .

Nous ne trouvons pas dans *Le Cahier noir* le reste de cette lettre. Mais ces paroles représentent pourtant la page d'un jour, et ce jour est le modèle dont l'effigie se dresse au milieu du chemin qu'a pris le fils de frère Balthazar da Encarnação.

Chapitre XXII

Blanche de Clermont est duchesse de Cliton. Le cortège nuptial quitte Notre-Dame de Paris. La vieille et la nouvelle noblesse rivalisent de magnificence pour donner à cette cérémonie tout son lustre. L'Empereur a amené avec lui les représentants de la vieille France, réconciliés avec les représentants des nouvelles idées, ce masque dont le despotisme ne cesse de s'affubler.

Dans la soirée de ce même jour, l'on donne un bal à Saint-Cloud, pour célébrer l'union de deux illustres rejetons.

La joie est contagieuse : tous veulent participer à l'allégresse des fiancés ; mais les fiancés paraissent tristes ! La duchesse accueille gracieusement les félicitations de ses amies et de ses ennemies ; mais ce sourire affable est sans âme, sans chaleur, sans enthousiasme, aussi froid que son cœur, aussi sombre que la lividité de son visage.

Le duc essuie les embrassades importunes qu'exige l'étiquette ; mais il les essuie comme un être endeuillé les étreintes compatissantes et les banales condoléances.

– Quelle excentricité ! a murmuré un des assistants.

– Qui nous expliquera le secret de ce mariage de deux spectres qui échangent des regards effrayés ?

– Le temps…
– On l'a trouvée en train de pleurer avec l'impératrice.
– Et il se promenait dans les jardins, lâchant sa tignasse en désordre sur le dos, en rugissant des soupirs caverneux.
– L'on m'a assuré que Blanche s'était évanouie, quand on lui a mis, de force, une guirlande de roses blanches.
– Il se trouve des gens pour dire qu'après avoir vu cet étrange incident, le duc de Cliton avait tenu, avec Richard de Clermont, une conférence on ne peut plus secrète.
– Si secrète que tu ne sais rien, marquis.
– À mon grand regret, je te l'avoue. J'ai eu beau les espionner, je n'ai pu introduire mon nez dans le trou de la serrure.
– Nous ne savons par conséquent rien de positif… La voilà qui vient vers nous à son bras… Elle ne lève pas les yeux des franges d'or de sa robe.
– La traîne en est orange ! Elle me fait penser à une comète funeste… dit la vicomtesse d'Alençon.
– Ils vont se retirer ! vint annoncer un homme en toute hâte.
– Ils doivent se ronger d'impatience… dit le marquis.
– Voilà donc ce qui explique cette mélancolie… ajouta la vicomtesse, en souriant malicieusement.

. . . .

Quelques heures après, de nombreuses voitures convergeaient vers le palais du duc ; elles se mirent en ligne, juste derrière deux splendides carrosses. Dans l'un, il y avait l'impératrice et la duchesse de Cliton, dans l'autre, l'Empereur et le duc. Des vivats jaillissaient de tous les côtés. Des nuages de fleurs pleuvaient des fenêtres remplies de spectateurs. Les musiques, postées sur les places principales, saluaient l'Empereur avec leurs hymnes variés. Les tambours des casernes se mettaient à rouler au cri de la sentinelle. Ce vacarme réveillait les échos et faisait frissonner les chairs. Il y en avait une qui paraissait dormir. C'était Blanche sur l'épaule de la veuve de Beauharnais. Il y en avait un qui avait l'air d'un roi détrôné poursuivi par les clameurs insultantes de la populace, c'était les fils de Silvina, les yeux rivés sur les coussins qu'il mettait sous ses pieds.

À une lieue de Paris, les fiancés s'installèrent dans un carrosse de voyage. Richard de Clermont monta dans un autre, avec le secrétaire. Un escadron de cavalerie, des majordomes et des chapelains, des écuyers et des laquais, en dehors des voitures avec les caméristes de la duchesse, formèrent un nouveau cortège. L'on vit des larmes, quand Blanche mit pied à terre, sur les joues de l'impératrice. Napoléon, embrassant le duc pour un tendre adieu, n'avait pu cacher son émotion. Les rides intemporelles de ce visage austère s'approfondirent. Nostalgie, remords ou compassion, c'était l'un de ces trois sentiments, sinon tous, qui l'attristaient.

– Que t'a dit la duchesse ? demanda Napoléon à l'impératrice.

– Presque rien, elle n'a cessé de pleurer.

– Qu'était-ce que ce *presque rien* ?

– Elle a dit qu'elle faisait un dernier adieu à Paris, et cité l'adieu de Marie Stuart quand elle est partie pour l'Écosse.

– Qu'a-t-elle dit sur le duc ?

– Elle le plaignait… Elle était prête à donner toute son existence si elle pouvait la convertir en un seul jour de plaisir pour son mari.

– S'est-elle plainte de quelqu'un ?

– De personne.

– S'est-elle ouverte devant toi d'une circonstance de son passé ?

– Non. Je lui ai demandé si elle aimait le duc… elle m'a répondu en pleurant. Au moment de me faire ses adieux, elle a prononcé des mots qui m'ont arraché ces larmes que je ne puis contenir.

– Que t'a-t-elle dit ?

– *Nous nous verrons au sein de Dieu.* Et le duc ? T'a-t-il paru heureux ?

– Non. Il m'a fait pitié. Il m'a ému, moi aussi, quand il m'a dit adieu. *Embrassez, mon Empereur, un homme que vous avez honoré à ce point le premier jour de son éternelle infortune*… C'est une peur panique… Je vais éloigner de lui ces spectres…

Ces derniers mots, Joséphine ne les a pas entendus. Ils s'adressaient à son loyal confident – à sa conscience.

Quelques minutes après, un ordre confidentiel était envoyé au général qui conduisait les opérations en Égypte. Il lui recommandait de ne pas relâcher sa vigilance sur Ernest Lacroze. Deux décrets honorifiques étaient publiés en même temps : l'un le promouvait au grade de maréchal de campagne, l'autre accordait à sa famille, pendant l'absence de Lacroze, une pension de six mille francs par an.

Chapitre XXIII

Disons provisoirement adieu à Paris.

Moi qui vous annonce un grand malheur, et vous lecteur, qui en pressentiez les prémices à chaque ligne que vous proposait le prologue de l'événement capital qui fait l'objet du *Cahier noir*, arrêtons-nous devant ce palais où vous avez trouvé trente-huit ans après, Dom Pedro da Silva, et la pauvre amante d'Alberto de Magalhães.

Deux êtres y vivent, mariés depuis trois mois. Mais l'aspect de l'édifice est plus triste que jamais ! Ces fenêtres d'où les vieux disent qu'autrefois les seigneurs de Montfort faisaient jaillir les reflets de mille lumières et de délicieuses harmonies, les nuits d'été, ne se sont plus jamais ouvertes. Dans cette allée qui conduit au portail, les chevaux fougueux ne grattent plus le sol, les lévriers ne palpitent pas au son du buccin, les dames et les messieurs ne s'apprêtent pas pour les chasses badines au lièvre et au lapin.

Il règne, autour de ce vaste sépulcre, un silence de mort. Les bois gémissent la nuit un air mélancolique. La chouette fait son nid sur les corniches de la chapelle. Le cri aigu du hibou se répercute dans les ravins de la montagne voisine. Une rare clarté passe d'un point à un autre, derrière les vitres ternes des fenêtres.

Émerveillé par la taille de l'édifice, le passant s'arrête, médite, si son cœur l'invite à évoquer des choses tristes, s'absorbe dans une contemplation vague, si la poésie le prédispose aux abstractions mélancoliques, et demande au paysan :

– À qui appartient ce palais ?

– Au duc de Cliton.

– Est-il abandonné ?

– Non. Il y vit.

– Seul et triste ?

– Pas seul, il y a trois mois, il est entré là avec sa femme. Triste… Je ne sais pas.

– Ils vivent donc là, après trois mois de mariage ?!

– Ils vivent… s'ils vivent. Ce que je peux vous dire, c'est que la duchesse avait un visage céleste. Nous l'avons vue arriver sur cette terre : elle était blanche comme les images que l'on adore à l'église ; mais, pour être en tout semblable à elles, elle nous regardait avec une certaine tristesse, de celles qui font mal au cœur des étrangers.

– Et vous ne les avez plus jamais revus, après ?

– Rarement : une fois elle, quand la nuit allait tomber, alors qu'elle se promenait toute seule entre les bosquets du jardin ; une autre fois, à l'angle de ce vieux château, elle se penchait sur les fossés. On aurait dit un fantôme ; c'était le matin ; on voyait encore mal.

– Et le duc ?

– Lui, personne ne le voit ; mais je sais qu'il vit là. Il marche constamment de long en large dans un salon, et descend au jardin, la nuit, cueillir des fleurs qu'il offre à madame la duchesse.

– Personne ne vient le voir ?

– Personne, excepté le vicomte d'Armagnac, qui vit plus loin, dans cet autre palais.

Le passager poursuivait son chemin, lançant dans cette direction un regard empreint d'une mélancolique sympathie.

Qu'est-ce que c'était que cette vie ? À l'heure où ces hommes se parlaient, que fait le duc de Cliton ?

Blanche de Clermont est assise sur un sofa, elle dispose, en respectant une rigoureuse symétrie, les fleurs hivernales dans des jarres en or.

Devant, scintille la lumière vive de la cheminée abandonnée.

La clarté du jour pénètre à grand peine entre les fentes des volets intérieurs. La lueur qui laisse filtrer dans la pièce une lumière bleuâtre, est plus celle des flammèches que celle du jour.

Une domestique, silencieuse et sombre comme un fantôme, dépose sur une table un plateau, avec un service à thé, et se retire.

Tout de suite après, entre le duc de Cliton. Il s'assied à la table où l'on a placé le plateau. Il prépare une tasse de thé qu'il offre à sa femme. Blanche saisit la tasse en souriant avec une douce affabilité ; et, d'un geste, elle refuse de prendre une friandise sur le plateau.

Quelques minutes s'écoulent sans qu'ils échangent un mot. Le duc croise souvent le regard amène de Blanche. Ils s'attardent, en se contemplant. Ils baissent en même temps les yeux, dont la violence qu'ils se faisaient soutenait la fixité, et ceux-ci, des deux côtés, s'embuent de larmes.

Blanche repose sa tasse. Elle se penche un peu sur le coussin du sofa, refuse une seconde tasse qu'on lui offre.

– Je serais incapable de l'avaler, mon ami… murmure-t-elle.

– Que t'arrive-t-il, Blanche ?

– Un malaise… une sensation désagréable, comme à chaque fois que je me force à m'alimenter. Tu sais bien que de telles indispositions restent sans conséquence…

– Si tu voulais faire quelques pas au salon…

– Pourquoi pas ? Marchons un peu… La journée a été belle, nous pourrions nous promener dans le jardin… Ça fait plus d'un mois que tu ne sors pas de ce salon et de ma chambre.

– J'ai passé tant de temps à essayer de t'émouvoir…

– Si je pouvais !… Tu vois bien que je n'y peux rien… Toi non plus, mon ami… Ta santé n'est pas meilleure que la mienne… Ce serait si bon si Dieu nous permettait de savourer la vie… Cette soif d'éprouver du plaisir !… Nous perdons ce qui s'appelle vivre…

– Mais pas l'espoir.

– Toujours cet espoir sur tes lèvres, duc ! L'éprouverais-tu en ton cœur ?

– Oui…

– Ne te fais pas d'illusions… infortuné !… Cet espoir, c'est moi qui l'ai tué… Tu es ma victime…

– Puissé-je l'être jusqu'à ma mort, et je serais heureux à la fin ! N'es-tu pas pour moi tout ce que tu as promis d'être ? Tu es mon amie… Je ne nourris pas de plus grande ambition…

– Une inutile amie, qui ne peut rien contre tes souffrances… Une cruelle ennemie qui les aggrave, en ne pouvant cacher les siennes !… Que ne m'écoutes-tu pas, Dieu du ciel ?

– Que demandes-tu à Dieu, Blanche ?

– De ne pas tarder à mourir, ou un autre cœur, digne de toi…

– Sois heureuse du cœur que tu as… Me suis-je plaint, Blanche ?

– Non… mais ton silence fait mon martyre !… Quelle situation que la tienne ! Faites un miracle, mon Dieu ! Asseyons-nous, duc… Je n'ai pas de force…

– Entendu… mais ne parlons ni de cœur, ni d'amour…

– De quoi parler ? Jamais je n'ai éprouvé un tel désir de parler beaucoup… Nous avons vécu seuls trois mois, et nous sommes dit si peu de choses ! Ton ami, notre ami, le vicomte vient nous voir si rarement !… La souffrance fait le vide… Personne ne supporte les infortunés… Et tu ne veux pas vivre autrement ! Je t'ai demandé d'aller à Paris, de t'amuser, de voyager, de vivre… Tu ne veux pas… Eh bien, tu devrais accepter le conseil d'une amie… J'exulterais si l'on me disait que tu nages dans l'allégresse loin de moi… Pourquoi ne pars-tu pas ?

– Où, sans avoir l'infortune à mes côtés ?

– Tu as raison… Tu emploies les bons mots. Je me suis convaincue que la Providence m'a envoyée ici, pour que j'y sois l'instrument de ton infortune. Si tu veux me fuir, tu ne fuiras pas. La lettre du destin est inexorable… Il va s'accomplir… Il ne peut en être autrement… Ne te l'ai-je pas dit ?

– Que m'as-tu dit, Blanche ?

– Je m'en souviens mal… Je pense que je t'ai dit que mon amitié, à elle seule, sans le cœur, ne te rendrait pas heureux.

– Je suis heureux… sans ton cœur…

– Si tu l'avais été… si tu m'avais dit : « tes tendresses de sœur me suffisent », tu m'aurais sauvée !

– Je t'aurais sauvée ? Eh bien, crois-moi, Blanche,

convaincs-moi que je t'ai sauvée, en te jurant que mon amitié te suffit.

– Te convaincre… comment ?

– En ressuscitant de cette mort qui dure depuis trois mois… en affichant un semblant de bonheur qui m'abuse, moi, et qui fasse envie aux autres.

– En bien, oui… C'est ça ! s'exclama-t-elle, transportée. Convaincs-moi, toi, que… Oh, mon Dieu ! reprit-elle, subitement découragée : tout cela n'est qu'une illusion !… On ne résiste pas à l'infortune… Nous n'y pouvons rien… Duc !… que vais-je être aux yeux de ton âme ?

– Un ange…

– Ce mot est plus douloureux qu'une remarque ironique… un ange qui te dilacère… C'est toi, l'ange, mon bon ami, tu n'as pas encore émis une seule plainte contre ton bourreau, pas une seule parole amère dans cet océan de fiel que tu as accepté de mes mains… C'est toi l'ange : tu ne m'as même pas demandé ce qui m'a réduit à l'état qui est le mien.

– Je ne dois pas le faire…

– Pourquoi ?

– Une telle curiosité représenterait une offense à ton égard… Tu m'as interdit d'en concevoir pour ton passé… Tu m'as dit que je ne devais pas me mêler de ton existence avant le jour où ton père m'a invité à être ton époux.

– Je l'ai dit ? Je me dédis aujourd'hui… Ne me demande rien, je te dirai tout… et dès maintenant… Ce courage que je sens est providentiel… Je ne le laisserai pas passer… Veux-tu m'écouter ? Eh bien… j'ai été une femme frivole comme toutes les autres, gaie et prête à tout pour me distraire, avide de tous les plaisirs… J'ai été heureuse… J'avais vingt-deux ans et mon cœur, inaccessible, débordait de vie. Je voulais connaître un grand amour, j'avais aussi un rêve bien à moi : je me forgeais l'image idéale d'un homme… et cet homme… je l'ai rencontré. Je ne sais comment est né cet amour… je ne sais pas comment il mourra… J'ai beaucoup aimé, mon frère… J'ai beaucoup aimé cet infortuné…

– Infortuné ?! Pourquoi ?

– Il est mort…

– Aimé. Infortuné, pas du tout !

– Oui, aimé ; mais, à cause de moi, traîné de force, obligé à risquer sa vie dans la guerre, et peut-être tué traitreusement par ses propres frères.

– Qui était-ce ?

– Un homme sans nom… Quel est l'intérêt de donner son nom ? Un soldat, avec l'âme de quelqu'un qui était à même de l'envoyer sans tache à Dieu…

– Comment as-tu appris sa mort ?

– Par une lettre, écrite une heure avant qu'il expirât…

– Où ?

– Au siège d'Alexandrie.

– Je dois connaître cet homme, puisque j'ai participé au siège.

– Je t'ai déjà dit qu'il n'avait pas de nom ; et s'il s'en était fait un en mourant, je ne te le dirais pas… Je veux qu'il soit mort pour tous comme pour moi.

– Comment sais-tu que cet homme a été traîné loin de toi ? Qui l'a fait ?

– Mon père, avec son influence.

– Ton père…

– Ne te l'a-t-il pas dit lui-même ?

– Jamais.

– Il a eu tort… Que je me taise, moi… j'ai une noble

excuse ; mais lui… qui te donnait une fille qui devait être la compagne d'une longue vie, la confidente de ton cœur qui ne ferait qu'un avec le sien… te donner ainsi une femme qu'il avait vue mourir de chagrin, et ressusciter pour le martyre… On t'a vilainement trompé, duc !

– Je ne fais aucun reproche à ton père… C'est la Providence qui l'a envoyé… Tu as beaucoup souffert, n'est-ce pas ?

– L'enfer, le désespoir, la folie ! Toujours assaillie par ma lancinante *saudade* ! Tous les jours, la même force, la même image avec les traits sanglants du moribond… Qui pourrait relever cette femme ? Même pas toi !

– Personne !… Si tu m'avais raconté cette histoire…

– Je l'ai fait, duc…

– Je devais la deviner dans tes larmes… Malgré tout, si tu me l'avais racontée…

– Tu ne serais pas aujourd'hui mon époux.

– Je serais… ton frère ! Je t'aimerais comme je t'aime. Je t'adorerais, comme une martyre…

– Mon si cher ami !

La duchesse se jeta au cou de son mari, qui déposa un baiser sur son visage.

– Tu pleures, Blanche ?

– De gratitude envers Dieu et envers toi… Je vois que je puis être encore heureuse ! Tu prends bien mes larmes ! Tu es le seul à ne pas m'injurier parce que j'ai aimé un homme sans nom… Toi ! Mon mari, qui n'éprouve aucune honte de trouver sans vie le cœur que j'ai donné à cet homme ! Comment cela peut-il exister, ce que tu es pour moi ?… Je me sens pleine de vie… Oh ! Comme il est agréable de respirer comme ça ! Dieu m'entendra-t-il ?! Quel est ce sentiment qui m'envahit ! Pourrais-je… t'aimer ?

Le sang avait reflué vers le visage de Blanche. La véhémente exclamation qui faisait trembler ses lèvres embrasées, on aurait pu l'attribuer à la démence. Le duc, foudroyé, la fixait. Les forces qui la faisaient vibrer, il les sentit peu à peu faiblir. Le carmin céda brusquement la place au marbre. Ses yeux hagards se noyèrent dans ses orbites ourlées de bleu.

La duchesse collait ses lèvres à la main de son mari, qui écartaient de son visage ses tresses humides de sueur…

Dans le cerveau du duc se dessina une idée terrible… Surmontant le trouble qui secouait sa poitrine prise d'une anxiété convulsive, il demanda :

– As-tu la certitude que cet homme est mort ?

– Oui…

– Qui te l'a donnée ?

– Une lettre de lui, d'une autre main, mais qu'il a dictée, quelques heures avant de mourir… Je te l'ai déjà dit… C'était un adieu… pour l'éternité…

– Cela ne te fera-t-il rien d'entendre le nom que je vais prononcer ?… *Ernest Lacroze*…

– Mon Dieu ! s'exclama Blanche, laissant pendre son visage sur ses mains dans un geste suppliant. C'est bien ce nom… L'as-tu connu, duc ?

– Je devais le connaître ; je me souviens mal de lui…

– L'as-tu vu mourir ?

– Cet homme n'est pas mort.

– Mon Dieu !… c'est un rêve ! Lacroze n'est pas mort ? Quelle nouvelle existence que celle que tu me donnes, mon ami !… Es-tu absolument sûr qu'il est vivant ?

– Il l'était, il y a moins de quatre mois… J'ai une lettre de lui, datée, d'Alexandrie.

– Toi !… une lettre ! Pour quoi ?

– Il me demandait ma protection pour revenir dans

sa patrie, vu qu'on l'a exilé. Il doit être aujourd'hui en France.

– Ainsi donc… murmura sereinement la duchesse, je n'ai pas fait le malheur de cet homme… Il est vivant !… La responsabilité de sa mort ne pèse pas sur moi… À partir de cet instant, le monde est différent, duc… Tu m'as arraché une épine de cœur… Il se peut qu'il se relève de son abattement… Je puis encore être heureuse, si tout ce qui se passe, n'est pas un délire provoqué par la fièvre… Ma vie n'arrive pas à tenir dans ma poitrine !… Lacroze vivait, sans me dire qu'il était vivant !… Cet oubli l'a sauvé… Il me sauve, moi, aujourd'hui… J'ai exagéré mes souffrances… Je ne devais pas souffrir autant… Il m'a relevé de mon serment, et il apprendra sans en être affecté ce que je suis devenue… Tant mieux !… Quel triste visage que le tien, mon cher frère !… Il y a quelque chose de sinistre dans tes yeux !… Regrettes-tu ce que tu m'as dit ?

– Non… J'éprouve de la compassion…

– Pour moi ?

– Pour moi, Blanche… L'amour m'a avili, il faut que je sois un héros dans mon malheur… Rien de plus… Ne vois-tu pas que tu m'humilies ?… Il n'y a que l'ingratitude de Lacroze, qui, parce qu'il ne t'a pas écrit, a pu te sauver ! Cette franchise est horrible !… Moi, je n'y pouvais rien !…

– Qu'ai-je dit, mon Dieu !… pardonne-moi, duc ! Pitié pour l'infortune, mon si cher ami ! Fais-moi bonne et noble, si j'ai été perverse et vile ! Apprends-moi à être généreusement digne de toi… Accuse le destin… ne me condamne pas, moi.

. . . .

Et si le voyageur qui était passé par là revenait trois mois après, il demanderait aux villageois :

– Vit-on à Cliton comme il y a trois mois ?

– Non, monsieur. On voit des lumières dans cette maison. Les titulaires d'Angoulême rendent visite à monsieur le duc. La belle duchesse se promène, tout sourires, avec son mari. Lui, de plus en plus usé, n'a de sourires que pour elle. Quand il se promène tout seul, il ne voit même pas les gens qui le saluent. Il s'enfonce dans ces forêts, et laisse ses amis s'amuser dans ses salons. Quant à elle, on dirait tout à fait une autre. Elle vient faire l'aumône aux pauvres, et elle aime beaucoup les enfants des fermiers. Comme elle va bientôt être mère, elle ressent pour ceux des autres une ombre de la tendresse qu'elle aura pour le sien ! Le jour de son baptême, on dit qu'il y aura une grande fête à Cliton, et dans les environs. Nos paysannes veulent faire des arcs de fleurs, et promettent une neuvaine et sept *Je vous salue Marie*, si c'est une fille.

– Vous m'en direz tant ! Et vous ne savez pas les raisons de ce changement ?

– Ça… il est là-haut, celui qui lit dans les cœurs. Voilà la vérité…

Chapitre XXIV

ÉTAIENT-ILS DONC HEUREUX ?

C'est là une question que vous nous posez, cher lecteur. Nous ne vous répondrons pas comme le villageois en montrant le ciel, jusqu'à ce que *Le Cahier noir* nous éclaire sur des choses de cette terre, dont Dieu, pour son honneur, ne se mêle pas.

Ce sera Sebastião de Melo, successeur du duc de Cliton, prédécesseur du père Dinis, qui nous répondra. Voici une page extraite du *Cahier noir* :

« La confession spontanée de Blanche a annihilé l'espoir contraint que j'ai placé dans son cœur au fil des années.

J'ai lu l'impossible dans son délire pour un homme mort. Je me suis trouvé écrasé aux pieds de cette image, éternellement dressée entre elle et moi.

À partir de ce moment, le cadavre imaginaire de l'amant de Blanche m'a parlé en rêve, m'a oppressé le cœur, et m'a réveillé, avec son poids sur ma poitrine.

On ne pouvait être plus malheureux ! Je l'ai accepté comme une expiation de la violence que je lui ai faite, en ne tenant pas compte de ses larmes généreuses, de ses sourdes souffrances, que j'ai trahies, avec mes sourires, en sa présence.

Blanche s'est transformée. C'était une autre. Elle aurait pleuré, si elle avait été seule ; mais, en ma présence, elle exhibait la sérénité de son âme et la tendresse d'une bonne épouse.

Mais ses tendresses m'apparaissaient comme un artifice ; je me faisais honte, et je les évitais, sans la froisser.

Si elle m'avait dit alors qu'elle se sentait brûler d'amour pour moi, je ne l'aurais pas entendue sans éprouver du mépris pour cette faveur.

Je ne l'ai jamais questionnée, et elle ne m'y a pas encouragé.

J'ai cherché à attirer du monde chez moi. J'avais des hôtes jour et nuit, parce que cela m'affligeait de me trouver seul avec Blanche.

Ces hôtes insultaient innocemment ma douleur, et je les fuyais, pour pleurer, et, en pleurant, je reprenais des forces pour soutenir mon masque.

Dieu a eu pitié de moi, et m'a donné des instants de bonheur, quand j'ai déposé un baiser sur ma fille Elisa.

Parce que j'ai dit, au fond de mon âme : Je ferai en sorte que ce cœur m'appartienne. »

Chapitre XXV

Elisa était née.

Les fêtes, à l'occasion de son baptême, furent royales. Le programme présenté par le paysan avait été respecté avec tout le faste naïf d'une tradition patriarcale. Les villages voisins vinrent à la fête avec leurs bergères, coiffées de fleurs, ses guitares ornées de bouquets, ses arcs de festons d'acacia et de mûrier, ses pavillons de rubans bariolés, qui, descendant des montagnes, ressemblaient, déployés par le vent, aux mille fanions d'une flotte royale.

Un émissaire de Napoléon était venu de Paris assister au baptême, pour représenter le parrain. Sur le registre, on inscrivit Elisa de Montfort, duchesse de Cliton, par une grâce spéciale de son parrain.

Des villes voisines, des personnalités de premier plan vinrent célébrer cet acte. Angoulême, surtout, contribua, par ses ornements, à décorer les salons en fête de Cliton.

Blanche avait à peine entendu les échos lointains du festin. L'accès à sa chambre était juste concédé à l'archevêque, aux dames, et au médecin qui ne la quittait pas.

On lui disait que la plus grande partie de la noblesse, à vingt lieues à la ronde, faute de tenir dans les salles, occupait les cours où les paysans improvisèrent spontanément des parterres de fleurs.

Laissons-la, frémissant d'appréhension à chaque vagissement de l'enfant. Rendons-nous aux salons où l'on s'abandonne à la joie. Regardons ces femmes qui n'ont jamais vu celles de Paris, et languissent de passion comme elles. Et si elles n'accaparent pas notre attention rétive, arrêtons-nous à côté de ces trois hommes qui bavardent.

Le premier, c'est le vicomte d'Armagnac, que nous connaissons. Le second est le marquis de Soutenville, d'Angoulême. Le troisième… l'un des deux autres nous dira qui il est.

– J'ai l'honneur, mon cher vicomte, dit le marquis, de te présenter le seigneur Louis Le Pont d'Auvergne, issu d'une illustre famille de Picardie. Il voyage dans son pays comme un patriote, après avoir parcouru l'Europe, l'Asie et la plus grande partie de l'Afrique occidentale. C'est mon hôte depuis quinze jours, et je n'ai pas voulu le laisser sortir de notre département sans connaître le duc de Cliton, et profiter de la primeur des fêtes royales que nous donne cette maison… Il doit avoir vu des fêtes plus brillantes, mais il ne va pas faire, pour cette raison, peu de cas de la nôtre…

– Sûrement pas, fit d'Auvergne. Rares sont les cours où j'ai vu plus d'éclat, plus de bon goût, et un enthousiasme plus fervent.

– Vous devez avoir commencé à voyager bien tôt, pour pouvoir, aussi jeune, posséder une telle connaissance du monde, fit remarquer le vicomte.

– J'ai commencé à dix-huit ans, j'en ai trente.

– Je vous en donnais quarante, monsieur.

– Je ne vous reproche pas cette estimation… monsieur le vicomte. Tout le monde me donne cet âge.

– Il y a des poils blancs à votre moustache.

– Et peu de cheveux blancs sur ma tête. Ce que vous ne voyez pas, monsieur, ce sont les cheveux de l'âme. Votre physiologie trouve sûrement à redire à une âme chevelue ; mais n'allez pas faire de moi, pour cela, un matérialiste de l'école « voltairienne ». J'ai souvent imaginé que les pupilles de mes yeux reculaient jusqu'à mes nerfs optiques, montaient ou descendaient où l'on veut que l'esprit existe, pour y voir blanchir rapidement les cheveux de mon âme. Ce que je vous dis ici, en souriant, me coûtait alors des larmes… Excusez-moi, messieurs… j'oubliais que nous assistions à une soirée, où les belles dames nous font oublier ce qui a été, et les messieurs prévenants comme vous, dédommagent bien de ses chagrins passés un étranger que vous accueillez avec un tel sens de l'hospitalité…

Le duc de Cliton s'approchait. Il dit à son hôte de Picardie :

– Vous ne faites pas partie, monsieur d'Auvergne, des jeunes gens qui viennent au bal pour satisfaire les caprices des dames ? Je ne vous vois pas danser !

– Je ne danse pas, monsieur le duc, à moins que vous me donniez l'ordre de le faire. Quant aux dames, je les vois si bien servies par leurs cavaliers, que ce serait les importuner d'ajouter un serviteur si gauche pour un service si délicat, et qui exige beaucoup d'expérience et d'art. Les voyages, à force, monsieur le duc de Cliton, remplissent la tête de science, mais consument la civilité du cœur… Si je leur assénais les impertinences d'un élégant nouveau venu, elles riraient de mes cheveux blancs ; et quand je leur dirais que j'ai trente ans, elles me demanderaient de certifier mon âge.

– Je leur répondrais avec la lueur de vos yeux, monsieur.

– La lueur d'un vieux bout de cristal, que l'on dégage de la pointe du pied, pour que les passants ne se blessent pas.

– Vos paroles témoigneraient de la jeunesse de votre cœur.

– Ne flattez pas un vieillard, monsieur le duc. Je vois que vous voulez pousser votre sens de l'hospitalité jusqu'à la flatterie... Vous êtes un gentilhomme accompli...

– Au moins capable de vous apprécier comme un autre, qui ne méconnaît pas les plus petits détails d'une subtile politesse, et fait sien l'intérêt de ceux qui vous offrent la main d'un ami.

– Une main que je n'accepte jamais, monsieur le duc.

– Vraiment pas ? Tout le monde s'est montré ingrat à votre égard ?

– Je ne connais personne : il est maintenant trop tard pour le vérifier. Je suis parti de France à dix-huit ans. En douze ans de voyage, je n'ai pas eu le temps d'établir des liens d'amitié. J'en avais laissé une, je ne l'ai pas retrouvée en rentrant. Orphelin et seul, je mourrai seul, pour ne pas laisser d'orphelins de mon amitié derrière moi. Vous voyez que mon refus est un mélange d'égoïsme et d'amour de mon prochain. Deux idées qui se repoussent, et s'épousent... Il existe de ces phénomènes...

– Il en existe, monsieur d'Auvergne... Je le sais... fit le duc, retombant tout à coup dans une de ses fréquentes distractions.

– Resterez-vous à Angoulême ? demanda le vicomte.

– Quelques jours ou quelques heures. Je ne suis jamais

de programme, parce que chaque jour, je me réveille un autre homme.

– Je vous ferai une sévère prescription ; celle de ne pas vous en aller si tôt, dit le marquis.

– Et, si tu réussis à lui imposer ta volonté, consentiras-tu, marquis, à ce que monsieur d'Auvergne vienne passer quelques jours dans mon domaine ?

– J'y consens ; et vous, monsieur d'Auvergne, y consentez-vous à votre tour ?

– Vos ordres sont un honneur pour moi ; si je me sacrifie, cet honneur me coûtera des sacrifices…

– Je viendrai profiter de votre compagnie, monsieur le vicomte.

– Il est dommage, reprit le marquis, que vous ne puissiez présenter vos respects à madame la duchesse. Vous feriez la connaissance d'un ange, vous verriez une perfection de l'esprit et de la matière, un composé des séductions de l'âme et des grâces du corps.

– Vous me peignez madame la duchesse sous des traits si séduisants que je commence à regretter de ne la point connaître. Mais, connaissant son mari, je dis qu'il est digne de cette dame.

– Vous aurez l'occasion de faire sa connaissance quand vous viendrez partager quelques jours votre ennui avec moi. Elle sera un talisman qui vous retiendra quelques heures à ces montagnes, où l'homme vit en poursuivant des cerfs.

– Et des biches, ajouta le marquis en souriant, qui se laissent facilement rattraper par les lévriers de ton savoir faire, mon cher vicomte.

– L'on est quand même, ici, forcé de les poursuivre ; mais toi, à Angoulême, tu les as dans des cages où tu entres en robe de chambre, sans avoir à te mettre des bottes de chasseur, ni à souffler à pleins poumons dans un cor…

Ces traits plus ou moins insipides, ne les retinrent pas longtemps. D'Auvergne souriait, par politesse, et attendait une occasion favorable pour échapper à ces importuns qui le présentaient à chaque personne qui s'approchait.

Il s'éloigna de leur groupe et, sous prétexte de prendre un verre d'eau, il se fraya un chemin dans la foule, pour se perdre dans les fourrés du jardin, jusqu'aux lieux sombres où ne parvenaient pas les reflets des lampes suspendues.

Il se croyait seul. Il plongea son regard dans les profondes ténèbres de la montagne proche, et croisa les bras. Sa respiration était forte, comme celle d'un asthmatique au bord de l'asphyxie. Il se passait une main brûlante sur le front, et l'en retirait comme si elle était calcinée par le feu qui lui consumait les tempes.

Il entendit des pas. Il vit une silhouette s'approcher de lui. Il la considéra avec indifférence, et la silhouette passa à côté de lui comme si elle ne le voyait pas, ou le prenait à cet endroit-là, pour une statue.

C'est qu'elle ne l'avait pas vu. D'Auvergne, surpris par cette apparition quasiment fantastique, donna involontairement un signe de vie, en faisant frémir le feuillage sous ses pieds.

Le duc de Cliton se retourna, surpris, et fit quelques pas dans sa direction :

– À qui ai-je l'honneur, monsieur ?

– À votre hôte, monsieur le duc de Cliton.

– Qui pourrait supposer vous trouver ici ? Vous fuyez donc les salons ?

– Et vous, le maître de ces lieux, le roi de ce festin, même si ce ne sont pas ceux de Babylone, vous les fuyez aussi ?

– J'avais besoin de prendre l'air…

– Je suis venu respirer un peu, moi aussi…

– Y aurait-il là quelque chagrin ?… Forcément…

– Le pire, c'est que l'on en aspire de nouveaux quand les autres pensent qu'on les exhale…

– Nous sommes donc les seuls qui ressentons la nécessité de fuir un salon plein de lumière et de plaisirs, pour apaiser notre cœur dans l'obscurité d'une forêt… Il semble que l'infortune nous a conduits ici pour nous embrasser, puisque nous partageons les mêmes souffrances… Venez, monsieur…

– Allons-y, monsieur le duc, si ça vous convient.

– Pourquoi ne venez-vous pas ici passer quelques jours ? J'ai une invitation de votre voisin, le vicomte… Nous allons nous retrouver tous ensemble…

– La duchesse aura l'occasion, alors, de réunir, avec nous, quelques-une de ses amies d'Angoulême…

– J'aurai alors la joie et l'honneur de faire sa connaissance…

– Si les médecins ne lui interdisaient pas de voir du monde, je vous la présenterais.

– Tenez-moi quitte de ce privilège, monsieur.

– Je vois que vous avez passé une triste nuit.

– En effet, monsieur le duc, et pardonnez-moi la rudesse de telles vérités… J'ignore ce qu'est le plaisir. Et vous, êtes-vous heureux ?

– Ne voyez-vous pas que je le suis ? Peut-on remplir de telles obligations sans y mettre tout son cœur ? L'infortuné s'isole du tumulte, il ne le convie pas chez lui.

– Votre attitude est contradictoire. Je viens de vous voir surgir des ténèbres comme le feraient quatre espèces d'hommes : un assassin, un amant, un infortuné ou un voleur. Et vous… malheureux, vous ne l'êtes pas… ce doit être une infidélité à madame la duchesse… dit d'Auvergne en souriant, avec une amabilité feinte.

Le duc sourit à son tour.

Ils se trouvaient au salon, ils se séparèrent. Au point du jour, le chevalier errant poursuivait son chemin vers Angoulême en compagnie du marquis d'Alençon.

Le duc se reconnaissait dans le visage d'Elisa qu'il humectait de larmes de joie.

La duchesse était sereinement assoupie dans son sommeil matinal. Le vicomte d'Armagnac parlait, auprès de son ami, des idées excentriques du gentilhomme de Picardie. Il disait éprouver de la sympathie pour ce sauvage, et désirait étudier un type original qui impressionnerait vivement les femmes si triviales de Paris.

Sur ces mots, que le duc n'entendit pas, dans son ingénuité, parce qu'il berçait sa fille dans ses bras, il s'endormit aussi vulgairement qu'il put sur une chaise « Voltaire », vu que la demeure du duc était, sauf l'espace de quelques heures, sa résidence habituelle.

Chapitre XXVI

Quinze jours après, le vicomte reçut chez lui l'hôte du marquis d'Alençon. De la fenêtre donnant sur le palais du vicomte, la duchesse de Cliton avait vu entrer ce gentilhomme avec un laquais. Elle se tourna vers son mari, qui marchait de long en large dans le salon, et lui dit :

– Regarde avec ta longue-vue qui est entré dans la cour de notre vicomte.

Le duc l'observa un instant :

– C'est le gentilhomme qu'il attendait hier. Le fameux Picard qui voyage depuis douze ans. Nous l'aurons à coup sûr ici aujourd'hui. Je vais le saluer.

– Mais tu ne vas pas rester longtemps ? Tu m'as habituée à ne pouvoir me passer de toi… Tu vois le résultat ? Je ne te laisse pas vivre pour tes amis !

– C'est un doux esclavage. Si tu ne veux pas que j'y aille…

– Vas-y, mon ami, je plaisante…

– Je ne voudrais pas que ce soit une faveur que j'accorde à ton égoïsme… Regarde, je suis même avare de tes menottes.

– N'y va pas, alors… Demain… Nous ne sommes pas

tenus de savoir si ce monsieur est arrivé, sans attendre que le vicomte, ou quelqu'un d'autre, nous le fasse savoir. Faisons venir notre fille, et partageons-nous le plaisir de la manger de baisers… Mais le premier, il est pour toi…

Blanche lui donna un baiser. Le duc y répondit en restant silencieux, dans la mélancolique immobilité de l'indifférence.

– N'es-tu pas mon ami ?

– On ne peut l'être plus.

– L'amour… tu ne m'en parles plus…

– Ne t'ai-je pas tout dit ?

– Et moi… je ressens tant de choses que je voudrais te dire !

– Parle, Blanche…

– N'as-tu pas deviné mon cœur ? Est-il nécessaire que je te le dise ?

– Oui… Sur ton cœur, il y a tout à dire… N'est-il pas mort ?

– Non… il revit… je t'aime…

– C'est trop tard, Blanche !

– Trop tard ! Quels mots horribles que ceux-là ! Trop tard !

– Tu ressuscites quand je me meurs…

– Tu ne m'aimes pas ?

– Non. Je t'estime.

– Ce que j'étais s'est-il éteint, duc ? Je ne suis pas…

– Tu es ce que tu as été. Je te vois comme je te voyais. Tu représentes une nécessité dans mon existence mais… c'est moi qui suis un autre homme. L'infortune est venue à bout de moi… J'ai beaucoup réfléchi, beaucoup pleuré, allumé dans mon cœur une flamme qui devait le brûler… Je suis exténué ! Ne trouves-tu pas cette fin vraiment naturelle, quand le début s'est présenté d'une façon si peu engageante ? Les forces de l'homme sont limitées. Je t'estime ; mais l'enthousiasme, le vertige, la douce douleur de la passion sont passés du tourment à leur mort. Voilà dans quel état je suis... il est lamentable !

– Et le mien ? Deux douleurs insupportables... Le remords... et la conscience que je ne suis pas aimée, quand je t'aime !

– Ne pleure pas, Blanche... Mon amitié ne te suffit pas ? Suis mon exemple, ma sœur. Me suis-je plaint, quand tu ne m'as offert que l'affection d'une amie ?

– Tu as raison... Mais la vie, dans de telles conditions, je n'arrive pas à la supporter...

– Supporte-la. Je ne t'offrirai pas une occasion de souhaiter une jouissance, sans la connaître. Je ferai en sorte que les plaisirs se lancent à tes trousses.

– Je n'en veux pas... Je suis de nouveau malheureuse... Je suis replongée dans mes ténèbres...

– Ta fille ne représentera pas pour toi une consolation, comme elle l'est pour moi ? Vivons pour Elisa... Convainquons-nous que nous sommes responsables de son bonheur, puisque nous avons une expérience amère de ce qu'est l'infortune. Ma fille est pour moi la gloire qui suit le martyre. Pourquoi ne sera-t-elle pas pour toi une faveur de Dieu qui a fait de toi la martyre d'un amour impossible ?

– Impossible, non... je le ressens !...

– Tu le ressens !... Voilà une bien étrange effusion après onze mois de mariage !... Il a été long, le sommeil de ton âme !... Je ne serais pas plus heureux, si je te croyais ; mais... je ne te crois pas, Blanche...

– Tu ne me crois pas ! Je te mens d'une façon abjecte ! Respecte-moi, au moins, duc !

– Quelle plus grande marque de respect, mon amie,

un homme peut-il accorder à sa femme ? J'ai respecté jusqu'à tes délires pour Lacroze ! Même eux, j'ai voulu les amoindrir, en te contant les services que j'avais rendus à cet inconnu ! Tu as retrouvé ta tranquillité quand je t'ai assuré que cet homme n'était pas mort ! Tu as repris vie avec lui !... Voilà qui est plus que flatteur pour la vanité et l'amour d'un mari.

– Tu ne me comprends pas ! C'est impossible que tu n'y arrives pas ! C'est vrai... je me suis sentie tout autre en apprenant que cet homme était en vie... C'est parce que je ne voulais pas être responsable de sa mort. Je l'ai imaginé heureux, oublié, et son image a cessé de me poursuivre. Puisqu'il est heureux, mon engagement est rompu... Il ne viendrait pas me demander des comptes pour une perfidie...

– Une perfidie !

– Oui, une perfidie, parce qu'entre les mains de cet homme il y a eu, et il y aura une lettre où je lui jure d'être à lui, ou de mourir si l'on me force à être à un autre... N'as-tu pas vu le généreux visage de mon âme dans la joie que ta nouvelle m'a procurée !...

– Blanche ! Ne nous énervons pas... De tels comportements sont pénibles et stériles... Laissons là le passé... Vit-on sans cœur ? C'est possible puisque toi, mon épouse et la mère de ma fille, tu n'as pas senti la nécessité d'en avoir un... Vivons ainsi... Personne ne nous dira que nous ne nous aimons pas comme deux enfants... Le monde, nos hôtes, nos domestiques ignorent les longues heures de silence que nous vivons l'un en face de l'autre... Remettons-nous en à l'hypocrisie de l'infortune...

La duchesse tomba sur un sofa en sanglotant. Le duc

se rendit à la chambre de sa fille, l'apporta, et la déposa dans les bras de sa femme.

– C'est tout ce que nous avons, Blanche ! Que le ciel permette que nos larmes soient décomptées de celles qu'elle aura à verser.

Le duc s'approcha de la fenêtre et vit le vicomte qui lui faisait signe des créneaux de son château avec un drapeau. Son hôte se tenait à côté de lui.

– Le vicomte m'appelle, Blanche… Je reviens tout à l'heure.

Blanche répandit des flots de larmes sur le visage d'Elisa. Assaillie par un vague pressentiment, elle se leva, avec elle, prise de mortelles angoisses. Elle voulait trouver ce qui l'épouvantait, et ne voyait pas l'ombre noire qui passait sur son cœur.

– Donnez-moi un peu de lumière, mon Dieu ! Éclairez-moi sur ce pressentiment ! Qu'ai-je fait pour souffrir autant ? J'étais heureuse hier encore ! Mon mari n'est pas mon ennemi… Il me réserve tous ses moments, sans se lasser, sans ressentir la moindre amertume ! Quelle disgrâce puis-je craindre… ?

. . . .

Le duc était arrivé au manoir d'Armagnac. Le vicomte et d'Auvergne vinrent l'accueillir dans la cour.

– Il m'a parlé de célébrités en Afrique, mon pèlerin sans coquille et sans bourdon, dit le vicomte.

– Il y en a beaucoup là-bas, répondit le duc.

– Avez-vous visité l'Afrique, vous aussi ?

– J'ai été en Égypte, avec l'Empereur, à la tête d'un régiment de cavalerie.

– Vous avez alors admiré les ruines de Racoudak, les

fûts dispersés de l'Hippodrome, de la colonne de Pompée et des aiguilles de Cléopâtre. Napoléon a respecté ces restes ; mais les Anglais ont déclaré en 1803 une guerre sans quartier aux monuments qu'ils ont teints de leur sang… Ne parlons pas de choses tristes… Comment va madame la duchesse ?

– Elle est rétablie. Je vous suis fort reconnaissant de la délicatesse dont vous faites preuve en vous interrompant pour l'honorer de vos attentions. Je vois que nos séjours ne vous déplaisent pas.

– Il y a ici des beautés sauvages qui me rappellent les régions inhospitalières de Cappadoce. Ce qu'il n'y a pas là-bas, ce sont d'honnêtes gens qui vous font oublier la délicate ponctualité de Londres, et les cordiales prévenances de Paris. C'est vous qui assurez l'éclat de cette nature, qui porte le deuil, aux yeux d'un voyageur presque banni du sein de sa patrie. Je ne sais comment je retrouverai la Picardie, mais, quand je l'ai quittée, elle était triste. Sans doute est-elle encore plus triste à présent puisque je ne vais plus y trouver ma mère, et que mes sœurs vont m'embrasser avec la froideur et l'appréhension qu'elles réserveraient à un étranger… Voilà que je reviens à de tristes sujets… Dites-moi, monsieur le duc, la vie d'homme marié est-elle bonne ? Je compte bien me reposer dans les bras d'une femme… Conseillez-moi…

– On ne donne pas de conseils sur des sujets aussi délicats…

– Ne voulez-vous pas me servir d'exemple ? Je crois que vous êtes heureux.

– Je le suis ; mais cela ne m'autorise pas à me donner en exemple.

– Qui trouve une femme avec les qualités de la vôtre ne peut craindre d'éprouver des regrets.

– Sûrement pas…

– Ce qui est difficile, c'est de cueillir ces fleurs rares que la main de Dieu sème parmi les épines de la terre… Je préviens votre réponse, monsieur le duc.

– Il ne vous sera pas difficile de la trouver avec vos qualités personnelles.

– Les connaîtriez-vous donc ?

– Je les imagine, vous avez trente ans ?

– Trente ans… qu'importent les années ?

– À votre âge, toutes les ambitions sont nobles, la vie émane entièrement du cœur, l'esprit ne descend pas au bourbier abject des vices infamants, mais ce qui vous garantit un choix heureux, c'est le palais pur que vous avez encore pour distinguer, parmi toutes, une femme digne de vous.

– Vous m'engagez à la chercher…

– Eh bien, soit, fit le vicomte, nous nous marierons en même temps… Dînes-tu avec nous, duc ?

– Ça m'est impossible ; la duchesse m'attend. Daignerez-vous, monsieur d'Auvergne, si vous n'êtes pas fatigué, m'honorer de votre compagnie cette nuit ?

– J'y compte bien… répondit le vicomte.

À la fin de l'après-midi, les chevaliers descendaient d'Armagnac vers Cliton. La duchesse, contrainte par l'étiquette, s'efforçait de prendre un air avenant, les événements de la matinée ne lui permettaient pas de montrer son affabilité naturelle.

Le duc était sorti pour les accueillir dans l'allée qui menait du palais au portail. Sans trop y prêter attention, Blanche remarqua, à travers ses vitres, la silhouette du fameux chevalier.

Au premier coup d'œil elle sentit son sang se geler

dans ses veines. Elle accommoda son regard comme qui veut démentir la terreur de voir confirmer une appréhension. Ses lèvres hésitèrent, elle esquissa un mot tremblant, comme un gémissement d'effroyable surprise : DIEU ! Et le personnage sur qui ses yeux horrifiés restaient fixés, immobiles, frappés de stupeur, s'approchait… Elle prononça encore un autre mot : LACROZE ! Et s'enfuit, comme épouvantée, dans sa chambre, en courant comme une folle. Elle poussa un cri. Comme elle pliait les genoux dans une poignante supplication, sa face heurta le sol, et la lumière s'éteignit dans les yeux de la malheureuse.

Au bruit de la chute, la servante d'Elisa accourut de la chambre voisine. Elle la prit dans ses bras, la jeta sur son lit, desserra ses vêtements, lui fit respirer un antispasmodique qui faisait de l'effet dans les nombreuses défaillances de la duchesse.

Elle voulait appeler le duc et ne pouvait la laisser seule. Dans son indécision, elle sonna et attendit. Blanche ouvrit les yeux, et fit signe à sa domestique de n'appeler personne. Un écuyer vint lui dire qu'elle était attendue au salon. La servante lui répondit qu'il lui était impossible de venir.

Le duc entra dans sa chambre :

– Qu'as-tu, Blanche ?… Tu ne me réponds pas ?

– Elle a perdu connaissance, répondit la bonne.

– Maintenant ?

– Je l'ai trouvée, là, par terre.

– Mais je ne l'ai jamais vue comme ça ! Les yeux ouverts, sans me répondre !… Qu'as-tu, ma fille ? Tu as la tête en feu ! Allez vite chercher un médecin !… Je reviens tout de suite…

Le duc revint au salon, où ses hôtes l'attendaient.

– La duchesse, monsieur d'Auvergne, vient d'être victime d'une attaque cérébrale.

– Bien sûr ! s'exclama d'Auvergne, dissimulant un sursaut.

– Vous exagérez peut-être, duc ! ce sera un de ces évanouissements passagers auxquelles elle est sujette.

– Non… Elle a les yeux injectés de sang et sa tête, on dirait de la braise. Excusez-moi, messieurs…

– Si vous le permettez, dit d'Auvergne, je demeurerai ici, et ne me retirerai qu'une fois assuré que le malaise de madame la duchesse ne met pas sa vie en danger.

– Merci, monsieur… Restez avec le vicomte ; je reviendrai dès que possible.

En l'absence du duc, le supposé voyageur demanda au vicomte :

– Cette dame a-t-elle régulièrement de ces montées de sang à la tête ?

– Rien de tel ; elle ne souffrait que d'évanouissements sans conséquence ; mais il y a plus de six mois que cela ne lui arrive plus.

– Et avant ces six mois, cela lui arrivait-il fréquemment ?

– Presque tous les jours.

– Est-ce à la suite de quelque souffrance morale ?

– Je pense que oui : pour des raisons fort complexes…

– Et ces raisons ne disparaissent pas avec le temps ?

– À juger par les effets…

– Savez-vous, monsieur le vicomte, que le duc ne me paraît pas heureux ? Je trouve dans son expression une touche d'amertume, une sécheresse que les larmes laissent en général où elles passent ! Je ne sais s'il est naturellement triste, mais je suis doué d'une miraculeuse intuition pour ne pas me tromper sur les gens qui souffrent. Cet homme n'est pas heureux.

– Vous avez tout compris, monsieur d'Auvergne.

– Il me semblait bien ! Si je voyais son visage, à elle, j'en aurais le cœur net, avec la certitude absolue que me donnerait la duchesse, même si porter un jugement sur une femme à partir de son expression c'est une entreprise malaisée… Cela fait longtemps que vous connaissez cette dame ?

– Je la connais depuis son enfance : je l'ai vue grandir en Vendée, où elle s'était réfugiée avec son père, et nous nous retrouvons à Paris, où elle s'est mariée avec monsieur le duc.

– Vous devez donc savoir si elle s'est mariée librement avec votre ami…

– Pourquoi me poser une telle question ?

– Ma curiosité n'est pas tout à fait vaine. Je n'écris pas de récits ni des tragédies, mais j'aime les imaginer… une pensée de qui conserve en lui le douloureux argument d'innombrables intrigues… Je vous ai posé cette question, que je retire si elle manque de discrétion, parce que je m'intéresse au sort de ces êtres presque inconnus, et je voulais, à partir de ses antécédents, en tirer une conséquence que j'ajouterai à mes notes sur les infortunes d'autrui. Il n'y a pas longtemps, j'ai rencontré en Allemagne un personnage ténébreux qui semblait s'être ajusté un masque de fer sur son visage. J'ai sympathisé avec ce particulier qui épouvantait tout le monde. J'ai pris contact avec lui. La première chose que je lui ai dite, ç'a été d'une audace qui aurait pu me valoir un coup de couteau. Je lui ai demandé s'il avait été trahi par une femme. Il m'a fixé férocement et répondu : « Oui ». Quelques jours après, c'était mon ami, parce que je lui avais peu à peu arraché, non pas les épines, ce qui était impossible, mais les secrets de son cœur. J'ai su qu'il était parisien, qu'il avait aimé la fille d'un gentilhomme, alors qu'il était un simple lieutenant, qu'il avait été expatrié à cause d'elle, pour servir sa patrie, qu'il avait obtenu d'elle la promesse sacrée d'être sienne ou de mourir, et qu'enfin cette femme s'était mariée et vivait heureuse. Voilà pourquoi le pauvre homme souffrait atrocement ! Connaissez-vous la morale de ce conte ? C'est que j'ai pu, avec la mienne, lui insuffler le sentiment de dignité que cet amour lui avait fait perdre : ce qui ne serait jamais arrivé, si je n'avais eu l'audace de l'interroger.

– Comment s'appelait cet homme ? Pourriez-vous me dire son nom ?

– Oui : c'était le maréchal Ernest Lacroze.

– Lacroze !

– Connaissez-vous mon ami ?

– Non, mais ce nom me dit quelque chose. Connaissez-vous son nom à elle ?

– Mon ami avait un trop grand sens de l'honneur pour le prononcer. Le connaîtriez-vous ?

– Moi… bien sûr que non… Je vais vous demander une faveur exceptionnelle…

– Parlez, vicomte.

– Ne prononcez pas le nom de votre ami dans cette maison.

– Au nom de Dieu, que dois-je penser de votre recommandation ! Montrez-vous loyal, éclairez-moi ce mystère ! Je parierais que la duchesse de Cliton est…

Le vicomte l'interrompit :

– Silence, le duc arrive…

– Ne vous l'avais-je pas dit ?

– De quoi s'agit-il, monsieur le duc ?

– On va saigner ma femme… C'est une congestion cérébrale.

– La pauvre dame !… J'en suis fort affecté, et je vous laisse. Vous permettrez que j'insiste pour savoir si elle se remet ?

– Elle vous remerciera, et dès à présent je vous baise les mains pour toutes vos attentions, monsieur d'Auvergne.

Le duc revint au chevet de sa femme. Elle était fébrile, et inconsciente. Elle murmurait, en délirant, des mots inintelligibles, il n'y en avait que deux que le duc avait pu entendre, plus d'une fois, distinctement : *pardon* et *Lacroze*. Ses cheveux se hérissèrent, son cœur frémit dans sa poitrine, comme transpercé par un éclair. Il colla son oreille aux lèvres de la fiévreuse, et ne distingua que deux paroles, claires et vibrantes, comme des cris d'amour, des prières : *pardon* et *Lacroze*. Il fit sortir de la chambre le médecin, le chapelain, et les domestiques. Il resta seul avec elle. Il écoutait anxieusement ce qu'elle balbutiait dans son délire. Toujours les mêmes mots. Aux derniers, il leva les mains vers sa tête, comme si ses tempes, sous la pression d'un feu intérieur, menaçaient de céder. Blanche ouvrit ses yeux épouvantés et lui tendit la main. Le duc retira la sienne, croisa les bras, et la contempla avec le premier sourire que le démon faisait naître sur ces lèvres. les yeux de la duchesse se refermèrent, et elle retomba dans son délire.

Détournons les yeux de ce drame lourd d'une angoisse indicible, et rendons-nous au palais du vicomte d'Armagnac…

Il s'en joue un autre qui entretient des liens étroits avec celui-là.

– Vous êtes donc absolument sûr qu'on a fait violence à Blanche de Clermont pour la forcer à épouser le duc ? demanda l'invité.

– Absolument.

– Elle a effectivement reçu une lettre de Lacroze à l'article de la mort ?

– Oui : je vous ai déjà dit que je le sais du duc lui-même.

– Et durant deux années elle n'en a pas reçu d'autre ?

– Aucune autre : elle l'a cru mort.

– Et, malgré tout cela, on a dû la forcer à se marier, alors qu'elle pouvait s'estimer dégagée de son serment ?

– Oui… on a dû la forcer.

– Vous pouvez témoigner des souffrances qui ont empoisonné la vie du duc ?

– Oui. Je vous vois de plus en plus acharné à scruter la vie de votre prochain.

– Ce n'est pas pour rien… Eh bien, dites-moi si vous pousseriez votre bonté jusqu'à satisfaire ma curiosité : depuis combien de temps Blanche de Clermont montre plus de résignation ou moins de tristesse ?

– Depuis que le duc lui a confirmé que le maréchal Lacroze était vivant.

– Comment expliquez-vous ce phénomène ?

– De deux façons : l'une qui est tout à son honneur, l'autre qui l'est fort peu à celui de son mari. Ou bien la duchesse se sent soulagée de sa culpabilité indirecte dans la mort de Lacroze ; ou bien elle nourrit l'espoir de le rencontrer un jour pour lui prouver qu'elle ne l'a pas oublié.

– La seconde hypothèse est bien déshonorante pour elle. Vous êtes un ami pour cette dame ?

– Un véritable ami.

– Vous ne vantez guère sa noblesse, dans l'une de vos explications.

– C'est une conjecture que je ne prends pas à mon compte. Une femme susceptible de commettre une faute, n'est point pour autant indigne de mon estime. Je suis français, *né malin*, comme dit le poète.

– Vous êtes donc son ami, monsieur le vicomte… Voulez-vous me rendre un grand service ?

– Cela va de soi, monsieur.

– Vous lui remettrez une lettre du maréchal Lacroze.

– Et vous qualifiez cette commission de grand service ?

– Et je vous le confirme en vous donnant ma parole d'honneur, c'est la seconde fois que je n'hésite pas à le faire. Vous acceptez ?

– Oui ; mais prévenez-moi des conséquences.

– Vous procurerez une parfaite tranquillité à la duchesse. Vous la délivrerez d'une congestion cérébrale, qui peut se reproduire demain et la tuer.

– Je la lui porterai moi-même.

– Je vous la remettrai demain, vous ne la lui remettrez qu'en mains propres, entendu ?

Chapitre XXVII

LE LENDEMAIN MATIN, le vicomte d'Armagnac fut reçu dans la chambre de la duchesse. Son mari se reposait après avoir veillé toute la nuit à son chevet. Le médecin, assuré d'avoir triomphé d'une mort subite qui avait détalé à la vue du bistouri, garantissait, au nom de la science, et particulièrement en mettant en jeu le sien, la convalescence de la duchesse.

Blanche tendit la main au vicomte, en tremblant, saisie d'une mystérieuse crainte. Elle l'observait de ses yeux épouvantés, n'osant pas articuler un son.

Le médecin fut appelé à la chambre du duc, et, pour ne pas laisser échapper cette occasion, le vicomte remit la lettre à la malade, sans l'y préparer.

– De la part de qui ? s'exclama Blanche, devenant à nouveau cramoisie sous l'effet du sang qui engorgeait ses artères temporales.

– Vous le verrez bien, répondit le vicomte en se retirant.

Tremblante, prise de court, effrayée, la duchesse ouvrit la lettre. Elle se pencha vers un chandelier. Elle vit qu'il n'y avait que quelques lignes, et se donna le courage de la lire. Il y avait ces mots :

« Personne, à part vous, ne sait que je suis Ernest Lacroze. Ne craignez pas de me voir devant vous. Je ne viens pas vous demander des comptes sur un serment. Je suis heureux ; plus heureux que vous, duchesse. Je connais votre histoire. Je suis votre ami. Montrez de l'indifférence à mon égard. Ne manifestez pas la moindre apparence de surprise. Je ne vous compromets pas. Je crois qu'il est innocent, le plaisir que je prendrai à vous écouter. Le passé n'a plus rien à voir avec nous.

Lacroze. »

La première chose qu'elle fit, ce fut de brûler cette lettre. Puis elle enveloppa les cendres dans un mouchoir qu'elle jeta dans une jarre pleine d'eau. Elle prit la jarre et la dissimula sous son lit. Dans tous ces actes, elle trahissait la simplicité d'une idiote, c'était une précaution si peu naturelle dans de tels cas.

Elle sonna. Elle demanda à une domestique de faire venir le vicomte qui marchait de long en large dans une petite pièce à côté.

– Qui vous a remis cette lettre ?

– Monsieur d'Auvergne.

– Vous a-t-il dit dit de qui elle était ?

– Oui…

– Croyez-vous à ce qu'il vous a dit ?

– Pourquoi n'y croirais-je pas ?

– Savez-vous si cette lettre demande une réponse ?

– C'est à moi que vous le demandez, duchesse ? J'en ignore le contenu. L'on m'a dit qu'elle vous ferait beaucoup de bien ; l'on n'a pas voulu me préciser en quoi. M'a-t-on induit en erreur ?

– Non, vicomte… L'on vous a dit la vérité…

– Comment vous sentez-vous ?

– Mieux… bien mieux. Je compte me lever bientôt. Avez-vous vu mon mari ?

– Pas encore.

– Allez le voir… Montrez-vous son ami… Le malheureux a besoin de consolations… Les miennes sont inutiles… Il ne m'a pas quitté un instant de toute la nuit ! Quel ange que cet homme-là !… Écoutez-moi, vicomte… dites-lui de m'aimer…

– Est-il besoin de le lui dire ? Quelles autres preuves voulez-vous, madame la duchesse ? Combien de maris avez-vous vus faire preuve d'une telle affection ? Qui pourrait attendre autant d'un homme, exposé à des passions fougueuses, brûlant d'inspirer un amour que vous lui avez refusé avec une cruelle ingénuité ?

– Plus aujourd'hui, vicomte ! Il y a longtemps que je l'aime. Si vous saviez à quel… moment mon âme a émergé de son abîme, pour voir la lumière, pour caresser un nouvel espoir aussi mensonger que tous les autres…

– Je sais tout, madame la duchesse… et c'est parce que je sais tout que j'attends beaucoup… Espérons tous les deux voir poindre un nouveau printemps dans le cœur du duc… Je ne dois pas oublier de vous dire, madame la duchesse que, sans vous connaître, mon hôte représente, entre nous, un extraordinaire artisan de votre bonheur. Ce qu'il pense sur vous laisse entrevoir chez lui une importante mission à remplir. Les questions qu'il m'a posées depuis hier, tous les détails de l'histoire que vous avez eue avec Lacroze, et cette lettre enfin que j'ai eu le plaisir de vous remettre, tout m'incline à croire que cet homme a prévenu une terrible fatalité qui vous menaçait.

– Laquelle ?… Parlez, vicomte…

– Laquelle, je ne saurais vous le dire. N'y avait-il pas un serment écrit de votre main à Ernest Lacroze ?

– Oui… Mais j'étais sûre qu'il était mort.

– Mais il ne serait pas sûr, lui, que vous l'avez trompé. À quelles extrémités pourrait l'entraîner la passion ? Dans quel but cet homme reviendrait-il en France ?

– Vous savez donc où il est ? demanda la duchesse, croyant que le vicomte parlait de son hôte.

– Je ne le sais pas vraiment ; je suppose qu'il est en Allemagne où il se trouvait il y a trois mois. Il faut croire que d'Auvergne est venu à Angoulême pour le compte de Lacroze. Dès que je lui ai parlé de la violence qu'on vous avait faite en vous mariant, il a changé d'expression. Je ne sais quelle âpreté avaient ses paroles, qu'elles n'ont plus ! Je n'arrive pas bien à comprendre la sollicitude d'un étranger là-dessus ! Mais je sais qu'elle est réelle… Vous pourrez en savoir plus que moi ; mais je ne vous demande pas de confidences…

Le duc entra avec le médecin. Blanche lui tendit la main avec une angoisse empressée. Il l'attira sur son cœur, et de son cœur à ses lèvres encore brûlantes.

– On dirait que tu vas mieux, Blanche, dit le duc, en lui caressant le visage.

– Bien mieux. Si tu m'ouvrais cette fenêtre… Je voudrais voir la lumière du jour… Cette lumière te rend si pâle.

– Je ne vous autorise pas à ouvrir les fenêtres, dit le médecin, éventant son cou engoncé dans sa dogmatique cravate.

– Je ne suis pas malade, ma fille. Je suis naturellement pâle. Comment va ton hôte, vicomte ?

– Bien : mais je me dois de te dire qu'il t'envoie

respectueusement tous ses souhaits pour la santé de madame la duchesse.

– C'est, à mon avis, un gentilhomme accompli ! Il m'est redevable d'une de ces rares sympathies qui me captivent. Je le trouve raffiné dans cette finesse des sentiments que l'on acquiert dans l'infortune. Il respire l'intelligence d'une façon qui ne manquera pas de t'émerveiller, Blanche. Que n'a-t-il pas dû endurer ! Les cheveux et la moustache blanchissante à trente ans, c'est extraordinaire.

– Pas vraiment, fit solennellement le docteur, cela arrive fréquemment ; c'est une affaire d'organisation, cela n'a rien à voir avec l'esprit. Ce sont des caractéristiques héréditaires dont bien des jeunes gens tirent parti pour qu'on les croie martyrs de leurs passions ; mais la science se rit de ces acteurs tragiques.

– Vous jugez donc, docteur que les cheveux blancs de monsieur d'Auvergne sont héréditaires comme des majorats ? Vous ne savez donc pas de quoi les passions sont capables…

– Je suis passé par là, monsieur le duc. J'ai été jeune homme, et payé mon écot de folies ; mais je ne puis me citer comme exemple pour ce qui est des cheveux blancs, je regrette d'avoir à vous dire qu'à dix-huit ans, j'étais chauve. Ce dont je puis vous assurer, c'est que, de temps en temps, ma perruque prenait une couleur extravagante. Était-ce un effet de mes passions, je l'ignore, mais je crois que non ; sauf si les propriétaires légitimes de leur chevelure étaient pris de passions, et si leur douleur se reflétait sur ma perruque.

Le duc et le vicomte éclatèrent de rire. Blanche ne semblait pas entendre le médecin.

– Tu as perdu un trait d'esprit du docteur… dit le duc à Blanche.

– Vraiment ? Il m'indemnisera, son esprit est toujours fécond.

– Merci, madame la duchesse. Vous voulez me convaincre que l'hôte de monsieur le vicomte est un vieillard de trente ans, qu'il est tout droit sorti des romans noirs de Radcliffe ! Veuillez m'éclairer sur un point ; n'est-il pas, à Angoulême, l'hôte du marquis d'Alençon ?

– C'est exact, répondit le duc.

– Je lui ai parlé, cette physionomie ne m'a inspiré aucune sympathie ! Il a eu l'audace de me demander quel médecin avait rendu le plus de services à la médecine. Je lui ai cité Haller, Blumembach, Brown, Hoffmann, etc., etc., et après m'avoir écouté en arborant un sourire plein de dédain, il m'a répondu que le médecin le plus utile à l'humanité avait été Molière ! Ça m'a donné l'envie de le voir souffrir de l'attaque d'apoplexie dont est mort son *médecin* favori, pour venger la médecine outragée !

– Quelle cruauté, docteur ! fit le vicomte, en raillant la grave indignation du médecin. Et quelle impression vous a faite, à part ça, ce partisan de Molière ?

– On aurait dit un homme célèbre ! C'est un original ! Il répond en dormant, et parle en rêvant. Je le soupçonne d'être un somnambule. Le marquis dit qu'il l'entend marcher à quatre heures du matin. De deux choses l'une : il s'agit d'un lunatique ou d'un poète, ce qui est presque pire. Gardez un œil sur lui, monsieur le vicomte ! Si c'est un poète, débarrassez-vous de cette espèce qui, depuis André Chénier, ne marche pas droit. J'ai un fils qui a cette vocation ; mais je me flatte de vous dire que j'ai pu le rendre plus matériel en en faisant un médecin, puis en le mariant.

– Vous jugez donc que le mariage rend matériel ?

– Non, monsieur le duc, quand, on a le bonheur de rencontrer, au lieu d'une femme de chair et d'os, conformément aux lois de l'anatomie, un ange qui répond, comme votre épouse, à celles de la métaphysique.

– Merci, docteur, vous êtes bien aimable… répondit la duchesse avec un sourire forcé.

– Ce que vous ne pouvez expliquer, reprit le vicomte, c'est le fait que d'Auvergne se lève à trois heures du matin.

– Et encore certaines qualités qu'il possède, que l'on n'accorde qu'aux dames.

– Que l'on n'accorde qu'aux dames ! C'est pour le moins original ! Éclairez-moi sur ce point, je pensais que j'avais hébergé un homme ! Qu'a-t-il qui contredise sa nature d'homme ?

– Il pleure. Avez-vous déjà vu un homme pleurer ? Le marquis d'Alençon m'a raconté, en toute bonne foi, que ce fameux Picard pleurait, sans que personne ne l'ennuie.

– Voilà ce qui explique les cheveux blancs ! dit le duc.

– En matière de physiologie, les choses ne trouvent pas une réponse aussi rapide. Il n'y a aucun lien entre la sensibilité morale et les racines des cheveux. Les téguments de la tête ou de l'épicrâne ne communiquent pas à travers la voûte encéphalique…

– N'oubliez pas que vous parlez à des Français, docteur. Nous ne comprenons rien à votre grec, si vous parlez grec, et abusez de notre ignorance pour nous foudroyer avec un fragment des *Philippiques* de Démosthène.

– Vous êtes trop cultivé, monsieur le vicomte, pour ne pas m'entendre. Je disais, moi…

Le duc l'interrompit :

– Ne dites plus rien. L'on nous appelle pour le

déjeuner. Je ne t'invite pas, vicomte, parce que tu es attendu chez toi. Embrasse d'Auvergne pour moi, et dis-lui qu'il m'honore cette après-midi de sa présence. Si la duchesse ne se sent pas plus mal, il peut aussi bien la saluer dans ma chambre. Y consens-tu, Blanche ?

– Comme tu voudras, mon ami.

Qui pourrait sonder l'âme de cette femme, quand elle répond à son mari ? Quel pouvoir que celui de sa volonté sur les larmes ! Qu'est-ce qui peut se cacher dans son cœur ! Combien de profondes atteintes, essuyées sourdement, sans lui faire monter le sang au visage ?

À nouveau seule, Blanche se rappelait les paroles de Lacroze. L'ange de son enfance, le fantôme de six ans, l'ombre implacable toujours en vain dressée entre elle et son bonheur, l'objet de ses prières incessantes à Dieu, allait se dresser vraiment, devant elle.

Lacroze était cet homme qui avait vieilli à trente ans, à force de se ronger dans des veilles douloureuses, de défier avec ses larmes un sourire sacrilège ! Cet infortuné, accablé de douleurs, peut-être seul au monde, mort au regard de tous ses espoirs, écrit une lettre à la femme qui a fini par céder et se dit son ami ! Blanche revient aux jours les plus clairs de sa vie, elle y voit cet homme, plein de vie, rêvant de coups d'éclat, mais tous remportés par son cœur. Elle se concentre sur l'étendue réelle de sa douleur, et sait qu'elle va être accusée par ces cheveux blancs, par ces rides précoces, même si ses lèvres pieusement fermées ne proféreront aucune accusation contre sa perfidie.

Et, en face de cette image, l'ange de Dieu lui présente celle du duc de Cliton, le martyr résigné qui a bu au calice de l'ingratitude, que lui tendait sa femme ! Il est bien différent, le prisme à travers lequel elle le voit aujourd'hui. Son amour, contrarié par le marasme où était plongé l'âme de son mari, renaît tel qu'il était dans son enfance, adoucit son existence comme un présent du ciel, qui a compati à ses souffrances, et lui pèse comme un remords tardif, parce qu'elle a sonné trop tard, l'heure de cet amour, que ne partage pas le duc.

Ces deux images, comme deux poignards, dont les pointes doivent se croiser, pénètrent dans son cœur. Il y a là, dans la poitrine de cette pauvre femme, le problème d'une agonie qui reste compatible avec la vie, alors que, souvent, une douleur subite entraîne la mort ! Si vous voyez son visage, sa sérénité vous étonne ! Si vous comptez ses pulsations, vous vous apercevrez que son sang ne circule pas, que ses extrémités relèvent du tombeau par le froid qui les glace ! Remarquez cependant que tout le sang et tout le feu remontent et bouillonnent dans le sein de Blanche. De quelles angoisses celui-ci n'est-il pas le siège ! Qui se jugerait infortuné auprès d'elle ?

Chapitre XXVIII

Le soir, l'on annonça le vicomte et d'Auvergne. Blanche, inférieure aux efforts accomplis par sa volonté depuis le matin, fut prise d'un tremblement imperceptible pour son mari. Ce dont il s'aperçut, ce fut son extrême pâleur et le froid instantané qui s'empara de la main de Blanche, qui se trouvait entre les siennes, quand d'Auvergne se fit annoncer.

– Quel froid soudain ! dit le duc.

– Je connais continuellement… de telles alternatives… balbutia la duchesse, avec un timbre presque étouffé.

– Tu ne vois aucun inconvénient à ce que d'Auvergne se présente dans ta chambre ?

– Fais comme tu l'entends…

– Je voulais lui faire cette faveur, parce qu'il m'en paraît digne.

– Eh bien, soit… qu'il vienne…

– Mais… comme tu es agitée !… Si tu n'es pas en état…

– Je le suis… c'est ce que je ressens d'ordinaire… Dis-lui d'entrer, mais… attends, mon cœur, si tu vois que je présente des signes d'un violent malaise, arrange-toi pour qu'ils se retirent.

– Entendu ; c'était bien mon intention.

Le duc était sorti de sa chambre. Blanche leva les mains et sanglota deux mots, qui exprimaient le mieux l'histoire de son âme dans cette indicible épreuve : *Courage, Seigneur* !

Le duc entra avec le gentilhomme à son bras. D'Auvergne s'arrêta à une certaine distance du lit, fixa le sol, fut pris d'une paralysie qui enlevait toute force à ses jambes, et ressentit une sensation atroce que sa volonté de fer ne lui cachait pas. La lumière de la chambre était faible, et le duc ne remarqua pas l'expression de son hôte, et, après être passé brusquement de la lumière à la demi-obscurité de la chambre, il ne vit pas celle de Blanche.

– Monsieur d'Auvergne que nous avons l'honneur de compter au nombre des amis de cette maison, dit le duc, qui prit la main du voyageur pour l'approcher du lit.

– J'ai eu le plaisir, balbutia d'Auvergne, comme un gandin des salons que l'on présente à la femme qu'il aime en secret, d'être reçu avec une telle distinction… que je commence déjà… à me sentir vraiment concerné par votre prompt rétablissement, madame la duchesse.

Blanche émit, pour lui répondre, un mélange de sons indistincts.

Le vicomte d'Armagnac se disait en son for intérieur :

– Quelle gaucherie dans son compliment ! C'est surprenant de sa part.

Le duc trouva tout naturel la maladresse du gentilhomme, et le murmure imperceptible de Blanche. Quoi qu'il en fût, ses yeux avaient une terrible expression, que tout le monde vit ; mais le duc l'attribua surtout à l'impression qu'il faisait sous une lumière artificielle. L'anxiété de Blanche, c'était celle dans laquelle il l'avait laissée. Celui qui remarqua le plus précisément les émotions que trahissaient leurs visages, ce fut le vicomte.

– Vous ne vous attendiez pas, monsieur, à trouver une atmosphère aussi funèbre dans la chambre d'une personne vivante…

– C'est la lumière que je vois le plus. Souvent, pour mon plaisir, j'allume des chandeliers, et je m'imagine dans l'éternelle nuit polaire. Je ne sais pourquoi mon imagination tient si peu à la lumière du soleil : elle s'épanche plus volontiers au clair de lune, et se peuple de rêves plus lumineux dans les ténèbres les plus épaisses. J'ai connu de grands génies qui corrigent l'œuvre du Créateur, en faisant de leurs jours autant de nuits, en respirant l'air de la vie à l'heure où les assassins méditent leur crime. Je ne suis ni un grand, ni un petit génie ; mais il y a des choses dont je tire vanité, parce que je n'en disposerais sûrement pas si je pouvais profiter tranquillement de mes journées, et dormir la nuit avec la placidité d'un idiot.

– Si vous le disiez au médecin de madame la duchesse, fit le vicomte, il vous foudroierait d'un éclair en grec, ce qui est pire que les traits de Jupiter Tonnant.

– Le médecin de madame la duchesse serait-il un ennemi des ténèbres ?

– Il ne peut admettre l'idée que vous vous leviez à trois heures du matin, et vous promeniez comme un somnambule.

– Il est bien renseigné sur ma vie, le Diafoirus de ces hameaux.

– C'est le marquis d'Alençon qui l'a renseigné. Il soutient aussi, ce médecin, au nom de la science, que vos cheveux blancs sont héréditaires.

– Pourquoi pas ?… Je ne m'oppose pas à la science de votre docteur, pour lequel j'éprouve une grande estime depuis qu'il m'a longuement exposé les réformes médicales d'Hippocrate jusqu'à lui ; et encore plus de respect depuis que je l'ai vu vous rendre, madame la duchesse, une santé si précieuse.

– Je vous en suis fort reconnaissante… le docteur est un pauvre homme…

– Je vois qu'il est riche de bonne science, et je regrette de l'avoir flagellé avec mes allusions à Molière. Quant à mes veilles, ou mes promenades de somnambule, je le consulterai, en étant assuré qu'il me fera prendre de l'opium, d'un grain jusqu'à une infinité de grains. Pour mes cheveux blancs, qu'ils soient héréditaires ou que je me les sois faits, peut-être cet illustre docteur me prescrira-t-il quelque pommade de son invention qui doit dépasser les calculs chimiques du parfumeur Birotteau, qui m'a fourni, dans mon enfance, une huile pour prolonger ma jeunesse, elle ne m'a servi de rien.

Le duc souriait, en regardant sa femme, comme s'il l'invitait à rire, elle aussi, des arguments facétieux de d'Auvergne. Blanche sourit, tandis que la lividité de son visage se colorait de pourpre.

– Votre jeunesse, dit le duc, s'est arrangée en se consumant. Les richesses de l'esprit acquises dans vos voyages, valent bien la peine qu'on leur sacrifie ses cheveux noirs et ses joues roses.

– Eh bien, je me sens pauvre, monsieur le duc. Plus pauvre qu'en sortant des bras de ma mère. Ma richesse, c'était mon cœur, et il est resté en morceaux sur un sol inhospitalier, où aucune larme ne tombera sur eux… Voilà une proposition qui rendrait fou votre docteur, en l'honneur de la médecine ! Si je lui disais que je me trouve ici sans cœur, le bonhomme me présenterait comme un cas à l'académie de médecine de Paris ! Ayez la bonté de ne pas lui dire qu'il me manque ce viscère.

Tout le monde éclata de rire, sauf Blanche.

D'Auvergne poursuivit :

– Je pense que je deviendrais importun, monsieur le duc, si j'acceptais de vous exposer, comme vous m'y invitez, les amertumes que j'ai connues dans ma jeunesse. Oui, importun, parce qu'au chevet d'une dame souffrante, on n'évoque pas des chagrins, auxquels le cœur d'une femme accorde une importance plus grande qu'ils ne le méritent. C'est volontairement que j'ai donné à cette conversation un tour badin, dont je ne sais si c'est celui des salons, mais qui convient aux chambres où se trouvent des malades qu'il faut distraire. Pour la première fois que j'ai l'honneur d'être un des privilégiés à avoir été présentés à madame la duchesse, je ne voudrais pas repartir avec le remords de m'être par trop adressé à ses sentiments. Les malheurs des hommes se racontent à des hommes, et moi, cédant à la méchante habitude que j'ai de me lamenter, j'ajoutais toujours une page de plaintes puériles à chaque page de mes voyages. Ce serait encore pire si je devenais ennuyeux… madame la duchesse, je me retire, parce que la visite d'un hôte ne doit pas s'éterniser plus longtemps que celle du médecin…

– Vous ne m'importunez pas, monsieur… dit la duchesse.

– La politesse a ses martyrs, et je ne veux pas vous inscrire dans le martyrologe.

– Restez un peu, monsieur d'Auvergne, dit le duc.

– Votre prière serait un ordre, si je ne devais partir cette nuit pour Nantes…

Le vicomte, effaré, l'interrompit.

– Vous partez ?!

– Je pars, oui… Je vous suis reconnaissant…

– Vous ne m'aviez rien dit !

– Une décision postérieure à mes avant-derniers projets. Il s'agit d'une réminiscence imprévue…

– Et vous reviendrez ? demanda le duc de Cliton, avec un affectueux intérêt.

– Brièvement si je ne suis pas retenu par quelque fatalité. Je ne me sépare pas encore de personnes obligeantes ; et j'espère avoir, de retour à Angoulême, le plaisir de vous trouver, madame la duchesse, plus disposée qu'aujourd'hui à écouter un voyageur prolixe…

– Je n'ai pas cherché à vous faire comprendre que je fusse le moins du monde incommodée, monsieur d'Auvergne…

– Non, en effet… C'est une injustice que je fais à votre courtoisie ; mais… pardonnez-moi, madame la duchesse.

Il sortit avec le vicomte. Après les avoir raccompagnés, le duc demanda à Blanche :

– T'es-tu sentie indisposée, mon amie ? Je n'ai pas insisté pour les retenir, parce que je t'ai vue mal à l'aise.

– Tu as bien fait… j'ai toujours été en état de ne pas l'entendre…

– J'ai remarqué ton silence et ton air grave, quand le vicomte et moi lui avons trouvé tant d'esprit…

– J'étais incapable de le savourer avec vous… Il m'a semblé que c'était de nature à rendre plus triste plutôt que plus gai, ce qu'il disait.

– Vous avez reconnu son vrai visage. Cet homme, à mon avis, trouve dans ses malheurs matière à exercer sa verve. Il a constaté que la société était frivole et folâtre, il a eu droit à un éclat de rire quand il demandait de la compassion, et aujourd'hui, par amour-propre, il s'efforce de faire rire l'assistance… L'infortune a ses histrions. Malgré tout, je pense avoir sondé son cœur. Il y a là une grande douleur. Si nous méritons un jour des confidences sur son passé, tu verras que la main de la Providence répartit généreusement des fruits maudits pour nous, pour lui, et pour bien d'autres qui savent, comme lui, coller à leur visage un masque de bronze.

À ce moment précis, arrivèrent d'Angoulême les dernières editions de la *Gazette nationale*, à laquelles le duc de Cliton était abonné.

Il lut distraitement les titres de quelques articles, et dévora, les yeux brillants, le suivant :

SOUPÇON DE DÉSERTION

Naples, le 28 août 1807

« Depuis vingt jours, le maréchal français Ernest Lacroze a disparu de l'armée française. L'on a cru, au premier abord, qu'il s'était donné la mort parce que cela faisait un an qu'il manifestait cette intention, dans diverses lettres qu'on a ouvertes, sur un ordre venu d'en haut, où il faisait ses adieux à quelques amis, et notamment à sa mère et à ses sœurs. Cette hypothèse est en partie contredite par des informations recueillies dans certains ports. L'on dit qu'un homme correspondant au signalement du maréchal Lacroze, même si ses vêtements ne trahissaient pas son identité, a franchi la Manche. L'on a pris à Londres des renseignements pour confirmer une infâme désertion ou un lamentable suicide. L'on se doit de reconnaître que Lacroze était un brave. Dans les mémorables batailles, auxquelles il a participé, et continue à participer en Europe et en France, la vaillance de Lacroze semblait un vertige que beaucoup de témoins expliquaient par son désir de trouver la mort au champ d'honneur. Mort ou déserteur, la France a perdu un fils, qu'elle maudira s'il l'a reniée, et dont elle couvrira la tombe de lauriers, si son cadavre peut être rendu au sein de sa mère, dont il n'était pas un bâtard. »

Blanche remarqua l'agitation du duc.

– Quelque triste nouvelle ?

– Non, ma fille.

– Je t'ai vu si ému, en lisant…

– Ce sont les communications du quartier général d'Italie. Je ne puis lire sans émotion des articles sur la guerre…

– Regrettes-tu cette époque ?

– Quelquefois… c'est là que la vie nous en procure.

– De trop fortes…

– L'on joue avec la mort, et l'on s'habitue à embrasser ses compagnons dans la tranchée où une balle les a fauchés, et un autre cadavre vient les recouvrir. Mourir ici, dans cette paresseuse agonie, de minute en minute, voilà qui est cruellement insipide… Je reviens tout de suite… Je vais à mon bureau écrire quelques lettres.

En lisant l'article de la *Gazette nationale*, le duc de Cliton se demandait comment un tel suicide était possible ! Il avait demandé à Napoléon la libération de Lacroze, et on la lui avait accordée. Il l'avait ensuite vu promu maréchal à l'ordre du jour. Qu'est-ce qui pouvait le mieux expliquer son suicide, vu ses antécédents, que cette désertion, si l'on en croit les traits identiques d'un homme qui avait franchi le Channel ? Si sa détresse l'a conduit à de telles extrémités, le mariage de Blanche en était sûrement la cause. Quand elle le saurait, la malheureuse se croirait plus que jamais responsable de sa mort ! Si elle était soulagée parce qu'elle était sûre qu'il vivait, comme elle serait terrible, la nouvelle de son suicide, qu'elle considèrerait comme l'effet d'une passion invincible, d'une perfidie qui a mis en terre le courage du plus vaillant fils de la France !

Convaincu de la mort de Lacroze, le duc de Cliton pleurait. Dans cette grande âme, l'on payait son tribut de compassion aux douleurs d'autrui. La mort ou le déshonneur d'un rival l'affecta autant que celle d'un ami. Ce puissant rival était l'homme qui, de loin, avait fait de son lit nuptial un lit d'épines, et interposé, entre lui et Blanche, sa main de spectre, qui lui avait, à elle, menotté les lèvres, pour qu'elles ne pussent proférer le mot « amour », et lui avait, à lui, broyé le cœur, pour que ce sentiment, quoique bien longtemps après, ne pût naître dans le fiel du mépris, qu'il avait bu à longs traits.

Le duc replia le journal, le remit dans son bandeau, et l'envoya au vicomte d'Armagnac, avec la mention : *Confidentiel.*

Monsieur d'Auvergne faisait ses adieux au vicomte quand le pli arriva.

– *Confidentiel*, dit le vicomte, surpris. Attendez un peu… ne montez pas à cheval avant que je voie ce mot, ce doit être quelque chose d'affreux ! Si vous voulez vous assurer que la lettre à la duchesse a été vue… Attendez… Un journal… De quoi s'agit-il ? *Soupçon de désertion… Naples… Le maréchal Ernest Lacroze a disparu, depuis vingt jours, de l'armée française…*

Le vicomte lut jusqu'au bout

– Qu'en dites-vous, monsieur ?

– Que me demandez-vous ?

– Lacroze a-t-il déserté ou s'est-il donné la mort ?

– Vous me le demendez à moi, qui suis aussi loin de lui que vous !

– Je pense que vous pourriez me répondre… vu qu'il vous avait confié une mission, qui ne pouvait être à coup sûr d'annoncer son suicide à Blanche.

– Je sais qu'il lui annonçait qu'il était mort au moins pour elle. Je ne sais rien de plus, qui puisse calmer votre inquiétude. S'il est mort, que la terre lui soit légère. S'il a déserté, que son ignominie lui pèse. Adieu, mon cher vicomte, il fait nuit, et je ne connais pas bien le chemin.

– Un de mes laquais va vous accompagner.

– J'ai le mien, vicomte. Nous arriverons à destination, guidés par les étoiles, qui ne se sont pas mises au service que des rois noirs. Au revoir.

Le vicomte resta interdit, le journal à la main. Tout cela lui parut mystérieux, d'après lui, le gentilhomme de Picardie, après avoir sérieusement réfléchi pendant deux heures sur ses antécédents, était le maréchal Ernest Lacroze en personne.

Encore jeune, peu porté à la réflexion, refusant de sonder l'avenir, le cœur sur la main, poète, fataliste, et un peu fou, capable de préserver les apparences, le vicomte d'Armagnac, convaincu d'avoir porté à Blanche une lettre de Lacroze, ne fut cependant pas capable de prévoir le dénouement du drame qui se déroulait sous ses yeux. Il y pensa deux heures, puis s'endormit. Le vieil ami de Dom Pedro da Silva avait dû être comme lui dans sa jeunesse.

Chapitre XXIX

Les jours suivants furent éprouvants pour le duc de Cliton. En pensant continuellement à la fin tragique de Lacroze, son esprit s'épura jusqu'à la superstition, une infirmité qui touche les âmes excessivement impressionnables, les plus valeureuses et les plus enthousiastes. L'idée fixe avait pris corps sous la forme d'un spectre, qui le tourmentait dans ses rêves. Ce point noir se manifestait avant la lumière du jour : c'était comme le centre de ses ténèbres ; peu à peu, il s'élargissait comme le nuage menaçant qui amène dans son ventre la tempête ; il enveloppait son âme dans un immense manteau de terreur ; et, attachant les visions de ses rêves à l'image fébrile de ses veilles, il avait fait de son existence une nuit infinie, un insupportable cauchemar, l'épouvante de l'assassin que Dieu a puni, en lui imposant le remords.

C'est que l'infortune qu'il endurait depuis un an avait affaibli cet esprit jusqu'à énerver la fermeté de son intelligence et la conscience de ce qui est faux. Sa souffrance morale était devenue en quelque sorte organique. L'on a vu, il en est un exemple, le malheur priver l'homme de tout sens commun, le revers d'un crime déjoué pousser la vertu jusqu'au fanatisme, une douleur intense réduire l'incrédule à la ridicule faiblesse du visionnaire.

Ce phénomène s'est produit chez le fils du dominicain de Santarém.

Les terreurs puériles de Blanche, convaincue naguère de la mort de son amant traqué, produisent à présent des effets analogues chez son mari.

Le duc de Cliton cache à sa femme la tragique nouvelle de la *Gazette nationale* ; mais il attend tous les jours qu'elle reçoive une lettre de Lacroze écrite entre une crise de désespoir et son suicide. Cette lettre viendra précipiter le cœur de Blanche dans l'enfer du remords, et la pousser d'un seul coup dans sa tombe.

Puis le duc s'aperçoit plus que jamais de la lugubre mélancolie de sa femme. C'est un pressentiment ! dit-il. C'est l'âme qui contemple, silencieuse, l'approche du linceul.

Le vicomte d'Armagnac ne pouvait révéler ses soupçons au duc. C'eût été consoler son chagrin en le poussant à la folie. Ce serait infliger à cet homme une surprise aux effets incalculables. Ce serait contraindre Blanche à montrer la lettre qu'elle avait reçue. Ce serait se déshonorer lui-même, en se dénonçant comme l'homme qui avait volontairement servi d'intermédiaire pour une femme mariée.

Le vicomte se contentait de dire que Lacroze ne pouvait s'être suicidé. Il raisonnait, eût-on donné des preuves de ce suicide, avec la philosophie époussetée de son temps, en voulant prouver à son ami, premièrement, qu'il n'y avait rien de commun entre le maréchal Lacroze et le duc de Cliton ; ensuite, qu'en se mariant avec Blanche, celui-ci ne trahissait pas un ami, pour la bonne raison qu'il ne le connaissait pas ; troisièmement, qu'il n'était en rien responsable de la folie d'un homme faible qui se donne la mort ; quatrièmement, qu'un esprit cultivé se doit de ne pas se laisser abuser par des apparitions fantastiques ; sans oublier que, cinquièmement, sixièmement, septièmement, huitièmement et enfin, le maréchal Lacroze avait fort bien pu se suicider pour quelques livres perdues au jeu. Si tous ces arguments n'étaient pas confirmés par des textes décisifs d'Helvétius et de Diderot, ils dégageaient le parfum subtilement sarcastique d'une raillerie tellement faite pour anéantir les idées préconçues, qu'il était dommage que le duc ne fût pas né avec une âme digne du siècle du vicomte.

Ce furent vingt jours si éprouvants, avons-nous dit, pour le duc, pour Blanche et peut-être pour le vicomte, malgré sa philosophie, avant que monsieur d'Auvergne arrivât à Angoulême.

Cette nouvelle fut annoncée à Cliton par le médecin, qui était encore plus étonné par l'hôte du marquis d'Alençon. Il racontait l'avoir vu entrer en costume espagnol, une tenue extravagante, si ce n'était une insulte à la France, au moment où les Français déclaraient la guerre aux barbares de la Péninsule. Il disait en outre qu'il l'avait vu sans moustache, le haut du crâne rasé, une absurde tonsure monacale à une époque où les chevelures en grappes saluaient celle du grand roi, et constituaient la passion la plus saillante de l'esprit du siècle. Dans ces conditions, l'étonnement du docteur allait de soi.

Le vicomte se dépêcha d'aller voir ce gentilhomme à Angoulême. Il fallait que celui-ci lui précisât sa position.

Il le trouva avec la même affabilité morose, le même flegme imperturbable.

– Je ne sais, monsieur d'Auvergne, dit le vicomte, seul à seul avec lui, si je dois vous donner ce nom.

– Donnez-moi n'importe quel autre, si vous ne le trouvez pas euphonique.

– Vous n'êtes pas d'Auvergne… Vous êtes Ernest Lacroze.

– Ayez la bonté de noter que je n'ai pas changé de couleur. Je suis Ernest Lacroze. Qui vous l'a dit ? Quelqu'un d'autre le sait ?

– Je le tiens de vos propres confidences, de la mission que j'ai acceptée de remettre une lettre à Blanche, de la nouvelle du suicide ou de la désertion du maréchal Lacroze, de la fièvre cérébrale de la duchesse, qui vous avait vu à travers ses vitres, de votre trouble et du sien, quand vous lui avez été présenté.

– Vous n'aviez pas besoin d'autant de preuves pour me reconnaître. Le duc sait-il qui je suis ?

– Non. Qui le lui dirait ? Moi ? Je suis trop compromis pour commettre une telle imprudence. J'aime à croire que vous ne retournerez pas à Cliton.

– Je compte y retourner.

– Quelles sont vos intentions ?

– Je n'en ai aucune.

– L'on conçoit toujours un plan, lorsque l'on abandonne un poste important dans l'armée, que l'on se présente sous un faux-nom, et sous un tout autre aspect chez une femme que l'on a aimée.

– Je n'ai aucun plan, j'ai déjà eu l'honneur de vous le dire. J'obéis à une inspiration d'ordre supérieur. Je m'avance vers mon bonheur.

– Et vous espérez le trouver ? De tous les chemins, vous suivez le plus tortueux… sauf si votre bonheur repose sur l'infortune des autres.

– Non, vicomte. Vous avez une preuve du contraire. Vous avez remis une lettre à la duchesse de Cliton et, dès qu'elle l'a reçue, elle a senti une paix, un soulagement, qu'elle n'aurait pas éprouvés si elle ne l'avait lue. À cette heure, elle serait peut-être morte ou folle. Vous avez vu que ma présence ne l'a pas troublée assez pour qu'elle me dénonçât. Passés les premiers instants qui ont suivi ma présentation, Blanche m'a écouté tranquillement, elle a montré la conscience saine de qui est absout d'un crime, elle manifestait dans son sourire un plaisir spontané, que vous ne verrez jamais fleurir sur les lèvres d'une femme torturée par l'ironie de son bourreau.

– Mais pourquoi êtes-vous venu, monsieur ?

– Je vous l'ai dit, vicomte. Aveuglé par la souffrance, je m'avance, comme un aveugle, vers le bonheur. Si je ne le trouve pas…

– Oui, si vous le trouvez, que ferez-vous ?

– Je me retirerai, délivré de mes illusions, sans laisser derrière moi de trace que le plus malheureux des hommes est passé.

– Avez-vous l'intention de demander des comptes à Blanche pour sa déloyauté ?

– Non, parce qu'il n'y a eu aucune déloyauté. Blanche de Clermont m'a cru mort, et ne pouvait jurer de mourir avec moi, parce que sa vie appartenait à son père et à la société.

– Mais…

– Parlez, vicomte… Vous voyez bien que je ne prépare pas mes réponses…

– Vos intentions me paraissent impures. Vous avez recours à un expédient qui peut satisfaire votre cœur… et assouvir votre soif de vengeance.

– Ne me parlez pas de vengeance, vous m'offensez ; et n'inventez pas d'immondes expédients, vous outragez la femme de notre ami. Là, dans cette âme, monsieur, il y a la noblesse d'un fils du peuple. Je ne vous fais pas valoir ma dignité, en tant que maréchal. Vous parlez à un serviteur mercenaire de la France, qui doit quelques dragonnes à sa valeur, et a foulé aux pieds ces dragonnes, en s'estimant quand même un homme d'honneur sans elles.

– Je n'ai pas voulu vous outrager, Lacroze. Croyez que je n'ai jamais encore senti une affection aussi ardente pour un autre homme. Je me suis trop efforcé peut-être de vous comprendre, parce que je veux vous épargner un dénouement funeste, préserver l'honneur d'un ami, et je tiens à ce que la duchesse s'émancipe d'un joug de fer qui la traîne à sa suite ; je veux, enfin, échapper à une infâme réputation, qui sera pour moi la récompense des services que je vous ai rendus, si la fin de cette extraordinaire intrigue est telle que je la prévois.

– Que prévoyez-vous ?

– Que vous serez faible devant cette femme. Que vous serez encore plus égaré quand elle sera perdue. Que vous la forcerez, involontairement, à mourir.

– Elle ne mourra pas. Sa vie va irradier tout ce qui l'entoure. Je vivrai aussi grâce à elle, avec la consolation d'avoir été un frère pour elle, quand j'aurais dû, suivant les lois naturelles, être son bourreau.

– Comptez-vous passer beaucoup de temps avec elle ?

– Tout le temps que je pourrai. Je viendrai chaque mois à Angoulême, et me ferai annoncer, comme si je trouvais en elle tout ce à quoi je tiens : j'ai perdu mon père, ma mère et mes amis.

– En la côtoyant, ne craignez-vous pas d'être reconnu par le duc ?

– Non, vicomte ; personne ne me connaît ; et quand bien même l'on me reconnaîtrait, le duc de Cliton me tendrait la main en disant : « Tu es un honorable infortuné. »

– Vous voyez les choses sous le meilleur des prismes ! Je suis un pessimiste, à supposer que l'expérience n'ait pas fait de moi un misanthrope.

– Quand ce prisme se brisera, le fil qui m'attache à la vie se brisera aussi. Laissez-moi glisser dans l'abîme par un précipice semé de roses. J'ai réglé mes comptes avec le monde. J'attends d'être convaincu que tout est fini pour moi. À ce moment-là, l'article de la *Gazette nationale* précèdera le suicide du corps, mon âme n'existait plus quand l'on a annoncé ma mort.

– Et elle ne vous pèse pas, la honte d'avoir déserté, que l'on vous impute ?

– Plus du tout. Qui n'éprouve plus assez de fierté pour cueillir des lauriers, n'en a plus au point de souffrir d'insultes qu'il ne mérite pas. Laissez cette tache souiller mon visage. Un jour, il ne tardera pas, mon sang la lavera. Mettons un terme à cette élégie, mon cher vicomte. Pour finir, me rendrez-vous un service que je vous demande au nom de votre honneur ?

– Parlez, Lacroze…

– Ne me dénoncez pas.

– Par Dieu ! Est-il indispensable de me rappeler mon honneur ?!

– Je vous donne le droit de me dire : « Quittez Cliton », au moment où vous verrez que la duchesse a besoin de ce sacrifice. Je vous obéirai, vous me serrerez dans vos bras pour la dernière fois, les larmes aux yeux.

– J'accepte cette condition ; mais elle ne me suffit pas… Vous ne direz jamais à la duchesse que je vous connais, et pas un seul mot qui suscite en elle le moindre doute.

– Je vois qu'il me faudra mentir, monsieur.

– Et je ne mens pas, moi, au duc ? Je ne lui mens pas,

à elle ? Ne donné-je pas un démenti à mon caractère, en cachant votre dangereux nom ?

– Vous avez raison… Je mentirai, vicomte ! Je ferai plus. Je ne profiterai pas de votre hospitalité. Je viendrai d'Angoulême à Cliton. Nos relations mettraient à mal votre réputation, s'il survenait un malheur imprévu. Acceptez cette troisième condition.

– Je ne l'accepte pas, je continuerai à vous recevoir, devant le monde, en tant que Louis d'Auvergne, et devant ma conscience, comme un ami digne de moi.

. . . .

Chapitre XXX

La duchesse de Cliton se promenait dans son jardin, quand Ernest Lacroze traversa l'allée.

Le duc l'avait vu arriver de la fenêtre du vicomte, et il était sorti avec son ami, étonné qu'on ne soit pas venu le trouver d'abord.

Blanche vit Lacroze : elle voulut se réfugier sous une tonnelle, sans songer aux conséquences de sa fuite. Lacroze l'avait vue aussi, il mit pied à terre. Respectueux et serein comme quand, pour la seconde fois, l'on rencontre une personne comme la duchesse de Cliton, il se dirigea vers elle.

Blanche avait de la peine à tenir debout. Défaillante, d'une pâleur mortelle, encore plus diaphane que la statue où elle avait trouvé un appui, elle accepta, en tremblant, la main qu'il lui offrait, en tremblant, lui aussi.

– Je ne dois pas perdre un instant, madame la duchesse. Nous sommes seuls… Personne ne nous écoute ? dit-il en regardant tout autour.

– Personne…

– Avez-vous compris ce que je veux être pour vous ?

– Un ami…

– Un ami… un ami, justement… Je ne vous accuse pas, parce que je ne vous aime pas, Blanche de Clermont. Je ne vous accuse pas, parce que je n'y ai aucun droit. Je sais que vous avez été un ange, et la Providence, qui a fait de vous une martyre, veut que je sois votre juge. Je n'ai aucune charge contre vous. Personne n'en ferait autant que vous avez fait. Vous avez honoré, en ne cessant de souffrir, les cendres d'Ernest que vous avez cru mort. Je le sais, Blanche, je n'ai pas besoin que vos larmes me le disent. Aucun homme n'a été aimé plus que moi. On vous a forcée à passer sur mes lèvres l'éponge d'un fiel auquel j'ai trouvé une certaine douceur. Si je vous ai oubliée… si votre image s'est évanouie le jour où je me suis vu sans âme, c'est que la main de Dieu est intervenue pour nous aider à montrer l'héroïsme dont nous devions faire preuve, vous en mourant mille fois, et moi, en mourant une seule. C'est la main de Dieu qui a retenu mon bras : je ne me suis pas donné la mort, parce qu'il fallait que je vinsse vous dire : « N'aie pas de remords, Blanche, je suis mort en te pardonnant. » Et qui serait venu vous le dire, duchesse ? Personne, parce que mon exclamation ne monterait pas de mon cœur à mes lèvres, qui mourraient honorées de garder leur secret… Je suis venu en personne… J'ai demandé à la mort un délai de quelques jours… Elle a été généreuse parce qu'elle m'a retenu par les cheveux… Elle me les a accordés… Il y a là, devant vous, un homme que la société insulterait si elle le reconnaissait. Le bourreau qui vous a poursuivie sous la forme effrayante d'un spectre, vient demander ici des larmes de pitié, pas du sang. Pleurez… c'est bien ; mais que ce soient vos dernières larmes. On ne pleure pas à côté d'un ami. L'amant n'existe plus. L'amour entre nous est impossible. Ne craignez pas qu'une vengeance infâme, un plan abject, vienne un jour souiller ces paroles… Blanche… Votre cœur ne vous a-t-il pas dit que vous avez devant vous un homme qui ne se peut trahir ?… Répondez…

– Je vous crois, Ernest…

– Puissiez-vous donc trouver le bonheur que je poursuis depuis mon enfance… La foi, la confiance, c'est tout ce que vous pouvez me donner… C'est là le premier moment de bonheur dans ma vie !

– Quelles sont vos intentions, monsieur ?

– Mes intentions !…

– Ne craignez-vous pas d'être découvert, et… ensuite… outragé, calomnié… alors que les projets qui vous amènent sont innocents…

– Je n'ai aucune crainte…

– Et puis… vous avez parlé de suicide… un suicide, mon Dieu !… Vous n'irez pas jusque-là, Ernest !… Je vous le demande en tant qu'amie… Je n'y consentirai pas… Vous devrez vivre… Je ne sais ce que je vous dis… Je me sens mieux qu'il n'est possible… La main cachée de Dieu… je dois croire qu'il me soutient dans cette vie. je ne sais pour quel martyre… qui me permettra de gagner le ciel… Ernest… mon mari… il ne va pas tarder… Il vous a vu entrer… Songez à ce que vous êtes… Pas un mot qui vous dénonce… Je tremble pour vous… en ce qui me concerne… dussé-je en souffrir, je ne me sens plus… Je sens mes genoux se plier devant vous… Vous êtes un homme visiblement protégé par le ciel… Ne vous montrez jamais indigne de cette protection… Ne parlez plus de suicide… N'oubliez pas qu'il y a sur terre un don qui l'emporte sur le reste… c'est l'amitié… Je vous la donne, parce que je le puis… parce que ce n'est pas un crime… parce que je mourrai, en souriant devant les injures, si je dois être lapidée, parce que je vous estime… Il était impossible de ne pas vous accorder mon estime, Ernest !… J'en suis incapable… Rentrons chez moi… J'ai besoin de me reposer avant l'arrivée de mon mari… sinon, je vous trahirai.

– Je vois que je vous tourmente, madame… Cet instant de plaisir m'échappe… Votre trouble m'invite à me retirer… Ne pourrez-vous jamais me voir comme l'on voit un ami, sans autre précédents que ceux de l'amitié… sans autres engagements, qui ne soient pas ceux d'une sympathie maculée ?…

– Je pourrai… je vais pouvoir… ne vous retirez pas avant que je sois absolument sûre… que vous serez heureux… de vivre pour l'amour d'un ange qui mérite que vous lui sacrifiiez l'amitié de Blanche… votre sœur… car je ne puis être autre chose… mon Dieu !

– Ne me donnez pas d'explications sur vos devoirs, duchesse. Vous venez de voir mon âme… Si vous me parlez un jour d'un amour renaissant de celui qui est mort il y a un an, je vous repousserai… Si vous étiez une femme faible, de celles qui ne peuvent se faire confiance, je serais la forteresse de votre honneur… un seul de mes regards vous brûlerait le visage de honte…

– Ce sont des paroles inhabituelles chez moi… mais je vous remercie, Ernest…

Le maréchal Lacroze pénétra dans un salon. Blanche se reprit, en se dissimulant aux regards de ses domestiques. Elle s'enferma dans sa chambre pour essuyer toute trace de ses larmes, et elles redoublèrent.

– Aidez-moi, Dieu de miséricorde ! s'exclama-t-elle, en étouffant des sanglots, qui ne lui permettraient pas dans un instant de se montrer sereine devant son mari.

Lacroze respirait anxieusement, il ressentait un bonheur incompréhensible pour qui ne l'aurait pas trouvé au bord de la sépulture, creusée par une main suicidaire.

Un quart d'heure après, la duchesse entrait dans le salon. Elle portait sa petite fille dans ses bras. Avec un sourire d'une tendresse extrême, Lacroze prit Elisa dans les siens. Il lui donna un baiser. Il la contempla d'un air affectueux. La fillette lui sourit et balbutia les premiers sons qui marquent notre entrée dans la vie. Le duc de Cliton tomba sur eux à ce moment, ses yeux souriants exprimèrent son plaisir de père, quand il vit son hôte fasciné par les rires innocents de l'enfant.

– Vous êtes bienvenu, monsieur. Je vous ai vu entrer. Le vicomte était avec moi, il arrive. Il était au fait de la réforme capillaire que vous avez mise en œuvre. Je vous préférais avec votre moustache à demi grisonnante, et votre chevelure de journaliste révolutionnaire.

– J'ai coupé ma moustache et mes cheveux pour éviter de la peine et des mortifications à votre docteur.

– Vous les avez exacerbées ! Le bonhomme vous a vu hier, et il est apparu tout trempé de gouttes de sueur et de stupeur ! Il ne peut concevoir la raison de l'amputation que vous avez pratiquée sur votre chevelure en ce siècle qui salue le règne du grand roi, comme il dit, avec son style de chroniqueur.

– Je suis l'inexorable persécuteur de ce pauvre médecin. Croyant le distraire des studieuses peines que lui infligent les cheveux héréditaires, j'augmente son inquiétude ! Votre médecin est ma victime, madame la duchesse. Qu'estimez-vous que je doive faire pour qu'il soit pleinement satisfait de mes actes ?

– Convenez, avec lui…

– Que la médecine explique parfaitement les cheveux blancs…

– Exactement, et ne vous promenez pas vêtu à l'espagnole.

– On trouve même à redire à mes vêtements ? Je vois que je suis sous le feu des batteries épigrammatiques de cet illustre maître en saignées et en tisanes ! Je promets de gagner sa bienveillance à la première occasion…

– Vous en avez là une excellente, il est là, dans la pièce voisine… dit le duc en riant fort.

Blanche, qui souriait, n'avait jamais été si belle. Le rose de ses joues colora son teint blême. Ses yeux reflétaient une extraordinaire allégresse, un mystérieux changement qui demeurera toujours un problème, comme beaucoup d'autres phénomènes du cœur d'une femme.

Le médecin entrait en effet. Il se trouva nez à nez avec la comique gravité du supposé d'Auvergne, et plissa le front, en faisant clignoter ses yeux verdâtres et félins.

– Quelle bonne mine, madame la duchesse ! dit-il, en se félicitant de ses soins. Voyons le pouls… Comment vous sentez-vous, monsieur d'Auvergne, depuis hier ?

– Pour l'instant, cher docteur, à l'épreuve de la médecine.

– Voilà qui est bien. Et votre esprit est-il à l'épreuve des sueurs lacrymales ?

– Il souffre, en supposant qu'il vous a contraint à de profondes cogitations d'ordre scientifique. Mes moustaches, mes cheveux, mes habits aragonais tarabustent votre curiosité, et moi, je souffre, en devenant la cause de préoccupations digne d'un meilleur emploi.

– Eh bien, monsieur d'Auvergne, je vous pardonne le mal que vous m'avez fait, si vous me dites quelle affection morale a blanchi votre ex-moustache, parce que je travaille à un *Traité des passions*, que je pourrais enrichir réellement avec vos renseignements.

– Je vais vous dire, moi, monsieur, la pure vérité sur mes cheveux blancs qui représentent autant d'épingles qui piquent votre curiosité scientifique. Quand mon père est mort, on a ouvert son testament. Il recommandait son âme à Dieu, pardonnait à ses médecins afin que Dieu leur pardonnât, et pour finir me constituait héritier de ses cheveux blancs. *Ergo*, comme dit Thomas Diafoirus, mes cheveux blancs sont héréditaires. Honneur, louange et gloire pour votre explication, docteur.

Le joyau médical d'Angoulême se mordit la lèvre inférieure et ne trouva pas d'emblée l'épigramme qui s'imposait. Blanche retenait son hilarité pour ne pas vexer le docteur démâté. Mais le duc, de concert avec le vicomte qui venait d'arriver, éclata franchement de rire.

Lacroze poursuivit sur un autre ton :

– Je crois que vous êtes un maître, docteur. Je constate à l'instant, dans la prompte guérison de madame la duchesse, le triomphe de la médecine. Je ne puis dissimuler la vénération que m'inspirent vos cheveux blancs et votre science. Je veux m'adresser à vous avec la gravité que l'on vous doit, à supposer que le trait principal de votre heureux caractère, c'est son côté badin. Je veux vous compter au nombre de ceux qui me voient d'un œil bienveillant, et non de ceux qui me scrutent avec ceux d'une malicieuse satire. Si vous voulez effectivement écrire ce *Traité des passions*, je félicite dès à présent ma patrie, parce qu'elle va disposer d'un livre excellent, et le cœur humain d'un véritable interprète. Si mon témoignage, en matière de cheveux blancs, vous intéresse, écrivez-y, docteur que vous avez rencontré un jour un homme qui pleurait quand les autres riaient ; qui veillait pendant que les gens heureux rêvaient, qui repoussait les attributs de la jeunesse, en vieillissant quand les autres s'épanouissaient. Si vous me demandez les effets psychologiques, la cause morale de cette révolution physique, je vous dirai avec l'assurance d'un homme sincère, que ce n'a pas été la haine, ni l'ambition qui nous ronge, ni le ver d'une vengeance impossible, ni la perte d'une fortune dissipée, ni le déshonneur qu'entraînent d'infâmes habitudes. Je vous propose un simple mot aussi significatif qu'un grand livre : *saudade.* Il résume ma vie, c'est la formule qui pourra vous donner un jour l'explication de ma mort. La *saudade* est en effet un fouet qui ouvre dans nos chairs ces sillons que vous voyez. Les larmes qui ne sont pas contenues dans nos cœurs, tombent de nos yeux dont l'éclat se dissipe, à mesure que s'approche l'éternelle nuit du désespoir. Là où elles tombent, jamais n'a verdoyé la fleur de l'allégresse. La lividité de la vieillesse prématurée ne se confond jamais avec l'hiver de la vie. Je tiens que l'âme est l'horloge où sonnent les heures qui marquent la décadence d'un homme. La caducité, c'est une corde qui a lâché. Croyez-moi, docteur, la vie éternelle, c'est du marbre pétri avec nos larmes, quand la respiration se fait lente dans notre poitrine, le sang se glace dans nos artères, et que les convulsions de notre cœur sont aussi violents que les scintillements d'une lumière qui s'éteint. Je ne puis vous parler dans une langue scientifique ; mais c'est la vérité crue, telle que je suis à même de vous la dire. Prononcerez-vous pour finir, sur moi, l'injuste arrêt que je me suis attiré par mes excentricités ?

Tout le monde l'écoutait, ému. Le larmes irrépressibles que versait Blanche pouvaient s'expliquer. Celui qui entendait le mieux leur véritable signification, c'était le vicomte. Et le duc l'avait écouté avec la gravité mélancolique de quelqu'un qui, débordant d'émotion, vole au secours des douleurs d'autrui. La sympathie qu'il éprouvait pour cet homme plongeait des racines de plus en plus profondes dans son cœur. Il éprouvait, comme lui, le besoin de trouver un confident, parce que le vicomte, l'unique ami à qui il pût confier ses mystérieux chagrins, ne le comprenait pas bien, ou n'avait pas dans son cœur une blessure qui lui permît de recevoir le baume des peines d'autrui.

Le médecin, lui-même, ressentit une douleur extraordinaire en entendant les aveux touchants de monsieur d'Auvergne.

C'est que la douloureuse solennité avec laquelle il les avait faits imposait une respectueuse attention, fût-ce à l'esprit fort, au cœur froid du médecin, qui n'accorde son respect qu'à la pathologie du corps, au cynique dont le rire est toujours injurieux, qui a perverti son esprit au contact d'autres pervers, ou ne s'est pas trouvé une âme capable de concevoir une noble souffrance.

Voici ce que répondit le médecin à la question de Lacroze :

– Vos excentricités, monsieur, prennent une signification douloureuse. Je ne veux pas tenter de la percer, parce que je l'ai devinée. Au début de votre vie, vous avez vu mourir une espérance, comme elles le font toutes, il ne vous est plus resté que la *saudade*. La *saudade* ne tenait pas dans l'âme qui l'a accueillie. Le vase s'est brisé et la *saudade* est restée, se nourrissant de vos larmes… et alors… tant qu'on y est, permettez au vieillard que je suis de terminer sa commission, pour parler le langage des enfants… alors les larmes se sont taries ; la fleur s'est fanée ; et les joues de l'homme se sont desséchées avec elle. J'ai l'impression de vous voir surprise de l'envol poétique de mes cinquante-cinq ans, madame la duchesse ! Remarquez que je n'ai pas toujours parlé de caustiques, de décoctions et de saignées. J'ai vécu des choses, moi aussi, qui n'avaient rien à voir avec la médecine ; mais j'ai vu mon ami Gilbert[1]* mourir à l'Hôtel-Dieu ; mon père avait vu Malfilâtre mourir de faim, et j'ai compris que m'envoler vers les sphères de l'Idéal, c'était tomber sur le linceul de la miséricorde, en laissant là-haut le souffle d'un cœur de poète. Je suis devenu une brute par un effort de ma volonté. Je me suis fait médecin pour tuer mes illusions en discutant sur un cadavre. J'ai enlevé les agréments que m'avait prêtés la nature, qui abandonne les fils admirables qu'elle produit, et vêtu la soutane de l'apprenti dans une science qui représente, aujourd'hui encore pour moi, une sinécure, qui entraîne bien des cas de conscience. Vous avez là, monsieur d'Auvergne, ma biographie, en échange de la vôtre. je vous pardonne les savoureuses épigrammes que vous m'avez servies pour vous venger, pardonnez-moi mes remarques inoffensives que vos larmes, vos veilles et vos moustaches m'ont indiscrètement inspirées.

La mélancolique autorité du docteur étonna le duc, habitué à le considérer comme un homme de l'art, absorbé par la matière, incapable de comprendre les maladies de l'esprit, fier de son persiflage et de ses allusions.

---

1. Nicolas Gilbert (1750-1780), une satire contre les Philosophes, et des poésies élégiaques dans un recueil intitulé *Adieux à la vie* ; Malfilâtre (1733-1767), a commis des odes et un poème en quatre chants. (NdT)

Une entente harmonieuse s'établit entre le docteur et d'Auvergne, ils passèrent des heures à parler de sentiments. Blanche, ragaillardie par sa confiance, et surmontant les funestes pressentiments qui ne cessaient de l'affecter, parla, aussi émue que les autres, en découvrant son âme, mais avec assez de sens pour ne pas se laisser aller à lâcher des confidences dont son mari pourrait prendre ombrage.

Quelques heures après, d'Auvergne voulut se retirer. Le duc l'en empêcha avec les marques d'une extrême amitié. Il s'assit à la table de Blanche, montra l'allégresse que ressent un parent au sein d'une famille dont il a été longtemps séparé, pris d'un accès de joie à chaque preuve que lui donnait la duchesse d'une douce inquiétude.

À l'heure du crépuscule, ils se promenèrent ensemble dans le jardin. Ils se séparèrent au cœur de la nuit, étant bien entendu qu'ils se retrouveraient le lendemain pour une longue promenade à cheval. Blanche ne voulut pas priver le duc de ce plaisir. C'était la première fois qu'elle se prêtait, sans qu'on l'en priât, à ce délassement. La malheureuse creusait, avec une pelle, peu à peu, dans la terre, l'abîme où elle tomberait. Le vicomte d'Armagnac, qu'on avait également invité, portait plus loin son regard pénétrant de prophète, il voyait un nuage.

Leur promenade fut plaisante. La duchesse souriait ; pris par l'agréable conversation de son hôte, toujours triste, le duc n'avait rien qui retînt plus son cœur fasciné par l'éloquence de la douleur, un talent qui s'imposait modestement, en se faisant juste apprécier dans les choses de l'esprit.

Lacroze se retrouva aux côtés de Blanche quelques minutes. Le vicomte et son mari, pour fatiguer leurs chevaux trop nerveux, galopaient sur une esplanade.

– Dites-moi que vous êtes heureuse ! dit Lacroze, fiévreusement.

– Autant que je le puis dans ces conditions.

– Êtes-vous sereine, au fond de votre âme ?

– Oui.

– Je ne vous inspire aucune crainte ?

– Aucune… Je ne crains rien…

– Arriverez-vous à vous sentir en sécurité avec moi, comme une sœur ?

– J'y arriverai.

– Vous n'y parvenez pas encore ?

– Il est encore trop tôt… Mon cœur rêve, pour l'instant… Ce doit être un moment de faiblesse… mais que voulez-vous ? Je suis Blanche de Clermont, vous êtes Ernest Lacroze… Je ne vois pas ce que je puis vous dire de plus…

– C'est beaucoup… Il n'est pas nécessaire que ces deux personnes n'existent pas. Je vous connais à peine, duchesse de Cliton, cela fait moins de trente jours. Vous ne connaissez pas d'Auvergne depuis plus longtemps. Il n'y a pas d'autre attitude à prendre…

– Absolument aucune… je vous jure qu'il n'est pas besoin de me rappeler laquelle prendre.

Le duc revint en serrant la bride à son indomptable cheval. Quant au vicomte, qui l'accompagnait, il avait les yeux fixés sur le visage empourpré de Blanche.

Ils rentrèrent dîner. Le duc insista pour que son hôte passât la nuit, afin de donner une preuve qu'ils étaient liés par une éternelle amitié. Lacroze ne parvenait pas à comprendre la nécessité d'une telle preuve, si modeste pour des liens de cette nature. Nous ne savons pas ce qu'il déduisit de cette exigence réellement invraisemblable, malgré ses désirs. Il trouva l'invitation d'une patriarcale ingénuité. Il observa la duchesse qui ne put cacher sa détresse, laquelle semblait annoncer un plus grand malheur.

Quant à Lacroze, les liens qu'entraînaient de telles relations ne lui inspiraient aucun scrupule affectant son honneur ; mais, pour la duchesse, il y avait là autre chose d'atrocement infâme : elle avait été l'amante de Lacroze, elle était aujourd'hui l'épouse de l'homme qui accueillait, avec une innocente affection, celui qui avait été son rival, et pourrait, selon l'opinion publique, l'être également aujourd'hui… C'était une terrible perspective ! L'imagination même de cette pauvre dame ne parvenait pas à la concevoir !

À minuit, Lacroze se retira dans sa chambre. Il revenait sur ses sensations de la journée. Il demandait à l'avenir des éclaircissements sur le présent. Il réfléchissait aux secousses qui pourraient le réveiller de son heureuse extase. Il se jugeait heureux. Il se croyait seul sous le toit de Blanche, pour savourer quelques heures des réminiscences amères, qui se mêlaient aux délicieuses émotions de cette journée.

Il fut interrompu par une voix :

– Vous êtes encore debout ?

– C'est vous, duc ? Entrez…

Chapitre XXXI

JE ME L'ÉTAIS BIEN DIT… fit le duc, j'ai pensé que vous ne trouveriez pas le sommeil, comme à votre habitude, et, en hôte prévenant, je viens vous l'apporter. Voulez-vous parler, monsieur d'Auvergne ?

– Je me parlais à moi-même, faute d'interlocuteur… Mesurez à quel point votre compagnie me sera agréable !

– Jugez-vous que je suis, pour vous, un véritable ami ?

– Les preuves que vous me donnez de votre estime sont telles que je ne puis en douter.

– N'énumérez pas les preuves de mon estime. Je me suis montré courtois à votre égard, c'est tout. L'amitié, telle que je la conçois, demande d'autres preuves… Un véritable ami, ce n'est pas un hôte que nous recevons chez nous, que nous asseyons à notre table, que nous accueillons dans nos draps. Un véritable ami, c'est un confident que nous accueillons dans nos cœurs. Il ne s'en trouve guère. L'occasion nous en procure un tandis que nous nous échinerons en vain à le trouver, si nous le cherchons. Un tel ami, du moins pour moi, doit avoir beaucoup souffert, pardonné toutes les offenses, bu un calice de fiel sans émettre une plainte. C'est vous. Et puis, il y a encore une chose que l'on peut désirer chez un véritable ami. Je souhaite assez de finesse pour savoir, avec l'histoire d'un cœur éteint, arracher des larmes à ceux qui en ont à verser. La souffrance d'un imbécile donne une inertie qui n'émeut pas, est trop sourde pour susciter des cris chez les autres, ne propose à elle-même comme aux autres aucune consolation. Votre histoire est pleine d'infortunes, votre éloquence s'y est épurée. Si vous n'avez plus de cœur, il vous reste ce que Dieu n'ôte pas au martyr : c'est le pouvoir de donner un exemple pour le martyre. Dites-moi, à présent : je ne vous répugne pas ? Pouvez-vous être mon ami, sans démentir, avec le temps, ce qu'aujourd'hui vous me dites comme une simple formalité ?

Obligé de répondre, Lacroze se trouvait aux prises avec son honneur. Son silence serait un coup, presque une offense, après les épanchements du duc.

– Je vais vous répondre : je ne suis pas indigne de vos confidences, mais si vous me demandez si une extrême amitié me donne, à mes yeux, le droit de les recevoir, je vous répondrai que non. Je ne puis avoir d'amis. Pour eux, il faut vider vraiment son cœur... Je vous l'ai dit ; je ne dispose plus de ce stimulant qui entraîne les sympathies impérissables... Je puis être pour vous, monsieur de Cliton, un coffre où vous serrerez vos secrets ; mais je n'aurai jamais le cœur de vous mentir en me présentant comme votre ami, avec les vertus qu'exige un tel lien. Un véritable ami n'est pas qu'un homme qui a souffert, et trouve des termes touchants pour confier son histoire à un être qui peut lui en conter une autre. L'énergie de l'âme, des sentiments qu'on a éprouvés, une sympathie ardente, voilà les richesses du cœur qui rétribuent une confidence. Si vous les cherchez en moi, duc, j'en suis dépourvu. Après avoir commencé à vous répondre, je me sens pris d'une étrange sensation. Entre vous et moi, il existe une chose mystérieuse qui nous repousse… Si vous me jugez extravagant, prêtez l'oreille à cette idée préconçue… N'en avez-vous eu aucune ?

– J'en ai eu beaucoup… Je pense qu'elles constituent une condition obligée de nos malheurs…

– Oui : je vous dis qu'elles sont… Mais je vous ai entendu monsieur le duc… Attendez… Il est possible que l'on voie ressusciter la foi que je sens quelquefois frémir dans son sépulcre… Revivra-t-elle un jour ?… Il existe de ces phénomènes ! À votre contact… il se peut que je trouve mon salut… Si je puis avoir un frère, ce sera vous.

– Vous ne me surprenez pas, d'Auvergne… Vous vous montrez conforme à votre caractère… Permettez quand même que je vous appelle mon ami, tant que je ne puis pas vous appeler mon frère…

– Eh bien, soit… Remarquez que cette réponse est hâtive… J'entends en moi la prophétie d'un miracle… Jamais vous ne me jugerez indigne d'une révélation… Êtes-vous malheureux, duc ?

– Oui.

– S'agit-il également de *saudade* ?

– Non… D'une passion que l'on accueille avec mépris… puis que l'on accepte par pitié…

– Que l'on *accepte*… Que demandez-vous de plus ?

– Une âme qui se brûle au feu de la mienne… un sentiment qui trouve toujours froide l'adoration que j'éprouvais pour elle… une femme qui ne recherche que mes tendresses… je voudrais trouver du délire là où j'ai rencontré une réflexion glacée… une raillerie, qui était un sourire injurieux ; mais pire encore, c'étaient des larmes de regret pour un autre homme…

– Et le triomphe de cet homme vous serrait-il le cœur ?…

– Non. Cet homme a souffert également à cause de sa femme… il s'est jugé trahi… et il s'est donné la mort. Avez-vous entendu parler du suicide du maréchal Lacroze ?

– J'en ai entendu parler ; mais l'on parle aussi d'une désertion.

– Je n'y crois pas. Lacroze n'aurait pas déserté ; il se serait tiré une balle, ou se serait appuyé à la pointe de son épée, il n'était pas capable d'une infamie.

– Avez-vous connu Lacroze ?

– J'ai gardé un vague souvenir de son nom. Il a servi comme moi en Égypte. Je l'ai relevé, blessé, quand on a pris Alexandrie d'assaut. C'est lui qui me l'a rappelé, parce que j'ai relevé trois officiers blessés, et je ne sais lequel était Lacroze.

– C'est lui qui vous l'a rappelé ! Vous avez donc eu l'occasion de le voir après la conquête d'Égypte.

– Pas de le voir… Il m'a écrit il y a un an, il me demandait d'intervenir pour le faire rentrer en France. Dès que j'ai lu sa lettre, je suis allé voir l'Empereur. J'ai réussi à obtenir une permission pour cet homme, que je ne connaissais pas comme mon rival ; que sa famille reçût six mille francs par an ; mais j'ai été trahi ! Lacroze n'est pas entré dans sa patrie…

Lacroze l'interrompit, en essayant de contenir, avec une impossible sérénité, les assauts de son cœur, que trahissait son visage :

– Après avoir rendu un tel service à cet homme, n'avez-vous pas le sentiment d'avoir fait tout ce que vous pouviez ?

– Si, mais les souffrances qu'a endurées cet homme me

pèsent, parce que c'est moi qui ai brisé les liens qui attachaient deux cœurs depuis leur enfance ! J'ai rendu deux êtres malheureux, sans jouir d'un instant de bonheur.

– Examinez, monsieur le duc, une hypothèse qui peut soulager votre peine, pour ne pas dire vos remords, mais qui ne doit pas outrepasser la compassion… Imaginez que Lacroze retourne en France, et n'ait pas assez d'honneur pour renoncer à ses droits sur le cœur d'une femme mariée, qui lui avait promis de ne pas l'être… Lui aurait-elle par hasard fait une telle promesse ?

– Oui.

– Eh bien ! Imaginez que cet homme trouve dans le cœur de madame la duchesse une inclination pour le crime, et que, bassement vindicatif ou aveuglement épris, il tire un infâme parti de l'occasion que la fragilité d'une femme lui offrirait.

– Cette hypothèse est atroce !

– Oui ; elle n'en est pas moins triviale. Dites-moi, monsieur, laquelle des deux situations vous choisiriez ? Préféreriez-vous le remords d'avoir séparé deux âmes à la honte d'en être puni en les voyant à nouveau réunies ?

– Réunies !… Pas question !… Je les séparerais d'un coup de poignard !

– Vous auriez, ensuite, le remords d'un assassin pour vous consoler de la violence infligée au cœur d'une femme qui vous a repoussé ! Avouez que vous seriez beaucoup plus malheureux !

– Il n'y a pas de comparaison !…

– Remerciez donc le hasard ou la Providence du suicide du maréchal Lacroze. Laissez-le reposer, il ne se réveillera jamais pour vous maudire. Votre honneur, et la tranquillité de votre épouse méritaient le sacrifice de cet homme. Il a rencontré la mort en marchant vers elle…

Votre douleur n'est pas justifiée. Il m'a suffi de quelques heures pour constater que la duchesse de Cliton cherche toujours le bonheur dans votre sourire. Je jurerais qu'elle vous aime, parce qu'il me semble que je vois le fond de son cœur…

– Elle m'aime !…

– Elle vous aime ? En êtes-vous tout au moins convaincu ?

– Oui.

– Dieu saint ! Que cherchez-vous de plus ?

– Une âme capable de répondre à l'amour tardif de Blanche… Je suis mort, moi aussi ! Ses mépris m'ont tué… puis ses remords… et enfin une défaillance trahissant son désespoir.

– N'avez-vous pas une fille ? J'ai demandé à cet ange une nouvelle âme. Vivez longtemps pour elle… Au contact de son innocence, revenez à vos premières années… Soyez aussi superstitieux s'agissant de bonheur qu'en matière d'infortune.

– Vous avez un grand pouvoir, d'Auvergne ! Il y a un étrange élément dans mon âme… Je commence à croire qu'il y a en vous quelque chose de surnaturel !

– Ne rêvez pas, duc ! Je suis d'une misérable argile, pétrie dans de la boue, durcie au feu de l'enfer, brisée, réduite en miettes par les talons de tous, j'attends l'heure où ma poussière s'envolera au vent qui emporte loin de la terre le souvenir des justes comme des maudits… Monsieur le duc, il y a des heures où je souffre profondément… Ce sont mes infernales intermittences… J'ai l'habitude de les endurer en silence… Si vous voulez bien me laisser…

Le duc de Cliton le comprit. Il lui serra la main sans insister et se retira.

Ernest Lacroze n'avait pas menti. Il était en prise au vertige d'une démence périodique. Elle avait pour effet de l'immobiliser ; mais il présentait un visage effroyable. Nous ne savons pas comment s'expriment ces agonies. Ces accès duraient deux heures ; le prélude à une démence éternelle : le souvenir du paroxysme dont il avait souffert chaque fois qu'il avait mis sa vie en danger. S'il mettait la main sur sa poitrine, c'est parce qu'il y sentait un point de côté qui ne le laissait pas respirer. La physiologie expliquerait-elle ce phénomène ? Non. Mais j'ai vu, sur un cadavre, les membranes d'un cœur lacérées. J'imagine que ce travail de mort s'effectuait dans la poitrine encore haletante d'Ernest Lacroze. Je pourrais prendre la responsabilité de formuler cette idée devant la science, parce que la science est une méthode pour ne rien savoir d'autre que les faits, les conjectures, et ce qu'on voit au microscope.

Chapitre XXXII

L'affection du duc pour d'Auvergne se transforma, à partir de cette nuit, en une sorte d'idolâtrie, d'aveuglement, de fanatisme ! Il parlait de lui à Blanche avec un fervent enthousiasme, et se délectait de lui écrire les jours où il ne l'attendait pas.

Les visites de Lacroze étaient fréquentes. Celles du vicomte d'Armagnac moins assidues qu'au début. Le duc expliquait par une jalousie injustifiée ses apparitions irrégulières. Mais Blanche commençait à subodorer un mystère, quel qu'il fût, dans les absences d'un hôte qui se présentait constamment tous les soirs.

D'Auvergne s'était installé, pour l'automne, dans les faubourgs d'Angoulême, avant de reprendre une pérégrination sans but.

Le duc insistait pour qu'il soit son hôte ; il avait voulu pousser la comtesse à seconder ce désir, et avait rencontré une résistance qu'il n'était pas parvenu à s'expliquer : « Peut-être veut-on me priver d'un ami, parce qu'on me voit moins malheureux ! Il ne manquerait plus que la femme qui m'a refusé son cœur m'interdît cet innocent plaisir ! » Telle fut la muette interprétation que fit le duc des réserves de Blanche.

Et la malheureuse le comprit, le devina, et ne balbutia pas un seul mot pour se justifier. La présence de Lacroze représentait un plaisir mêlé d'amertumes. Elle le voulait, près d'elle, comme un frère ; mais, à chaque instant, la belle chimère se dissipait, d'une parenté fictive, et l'amant venait démentir les illusions qu'entretenait le frère. Elle le souhaitait souvent loin d'elle, sans qu'un malheur en soit la cause ; d'autres fois, l'idée qu'il était impossible de continuer à le voir continuellement la tourmentait. Elle le voyait heureux, se faisait une opinion erronée en se fondant sur son apparence, et ne voulait pas contribuer encore à la disparition d'un plaisir sans tache. Elle souhaitait qu'il trouvât une affection qui le rendît à son passé, et entendait, en même temps, sans chagrin, sa conscience qui lui disait que, pour un tel homme, l'amour d'une autre femme resterait stérile.

Au palais de Cliton, l'on donna un bal pour célébrer les vingt-neuf ans du duc.

Des femmes jolies comme des anges observaient attentivement la froideur insociable de d'Auvergne. Sa renommée avait été assurée par la langue libérale du médecin, et par le bien que disait de lui le marquis d'Alençon.

Il était mystérieux, et triste. Ces deux caractères, si peu de mise dans une société de femmes franches et gaies, donnaient à d'Auvergne une importance que n'avait pas le vicomte, qui disait tout ce qu'il savait de lui-même, et se piquait d'être la première cible de ses moqueries.

Grâce au duc, Lacroze savait le cas que faisait de lui une provocante beauté d'Angoulême. Quelles que fussent ses grâces, elle n'avait pas d'avantages sur les autres, qui se le disputaient, en émettant d'aigres critiques, et finissaient par s'avouer les unes aux autres qu'elles désiraient connaître cette célébrité.

Lacroze se douta que son dédain pourrait être interprété de telle sorte que Blanche en souffrirait. La distinguant des autres, en lui manifestant une simple courtoisie de salon, et lui trouvant, souvent, un regard équivoque, et peut-être l'objet de commentaires satiriques de la part des plus instruites dans l'art de comprendre ce qu'expriment les yeux, Lacroze s'accrocha son masque moral pour dire, en souriant, au duc, qu'il n'était pas insensible au regard foudroyant de la languide vicomtesse de Namur, arrivée d'Angoulême.

La duchesse apprécia cette initiative, qu'elle n'osait lui conseiller, parce qu'elle craignait de compromettre sa dignité, en rappelant à Lacroze que la société pourrait remarquer les attentions continuelles dont il l'entourait. Blanche ne voulait même pas envisager d'être exposée aux blâmes. Lui confier de telles craintes, cela revenait à lui faire penser que la calomnie pouvait se confirmer.

D'Auvergne trouva grâce aux yeux de la vicomtesse. Ses lieux communs avaient une teinte originale qui n'affectaient pas l'opinion que l'on se faisait de lui. Quand la phrase équivoque et nébuleuse, arrivant à un moment où il était question d'amour, vint ranimer l'éloquence de Lacroze, les yeux de la vicomtesse se firent languides, ses paupières, comme indolentes dans un spasme de voluptueuse tendresse, trahirent une passion naissante, et la main qu'on lui offrait pour une danse presque lascive de cette époque en rencontra une autre, qui tremblait, sans que la pudeur indiquât sur son visage la pureté d'une telle sensation.

La duchesse avait tout vu. Elle sentit dans sa poitrine un dérèglement de ses pulsations. Elle leva la main vers son visage, pour dissimuler la rougeur du sang qui y montait en provoquant des excès de chaleur. Elle se demanda quel sentiment elle éprouvait ; la conscience, cette sibylle austère qui ne ment jamais, lui répondit que c'était de la jalousie.

De la jalousie ! Blanche éprouva de la haine contre elle-même à ce moment. Un autre moment lui succéda, où elle s'estima fort accablée par le destin. Puis, ce fut son inexorable conscience qui lui dit, encore, qu'une étincelle avait jailli de ses cendres, et que sa vertu pouvait être embrasée.

Elle appela le duc :

– Il me semble que le cœur d'Auvergne ressuscite ! Ce serait une gloire pour nous si notre salon était le sépulcre de ce Lazare ! C'est pourtant extraordinaire que la vicomtesse de Namur ait le miraculeux pouvoir de le ressusciter !

– Garde-toi de le croire, Blanche. D'Auvergne ne peut aimer. Il lui fait la conversation, parce que la vicomtesse a des riens éloquents, qui divertissent un homme qui sait rire intérieurement des autres, après avoir beaucoup pleuré sur lui-même. Tu ne le connais pas encore, Blanche… Je parie qu'il déteste cette femme…

– Ne vois-tu pas comme elle est transportée en l'écoutant ?!

– Je vois, cela ne me surprend pas. Ceux qui écoutent d'Auvergne ne peuvent s'empêcher d'être transportés. J'ai vu, chez toi, d'admirables sursauts quand tu l'écoutes. Cela ne m'arrive-il pas, à moi ?

La duchesse se contint. Ce qu'elle allait dire, c'était une folie. Son mauvais ange lui avait soufflé une idée effroyable. Elle voulut charger le duc de le féliciter de sa part !

La vertu ne pouvait cependant gémir longtemps dans

le cœur de cette femme entre les griffes du crime. Elle parvint à réagir. Loin du salon, elle pleura sur le sein de sa fille. Ses lèvres, collées à celles de l'innocence, murmuraient une prière qui aurait dû être entendue au ciel. La duchesse rentra dans le salon et reçut les respects habituels de Lacroze, sans la moindre marque d'un fugitif ressentiment.

Le duc les rejoignit.

– Puis-je me permettre de vous féliciter, d'Auvergne ?

– Ne raillez pas l'infortune, duc…

– La duchesse et moi, nous avons remarqué que vous êtes pour quelque chose dans les airs langoureux de la vicomtesse.

– C'est une admirable causeuse. Elle a le cœur comme je ne sais quelle fleur ; il brûle quand on le touche.

– Et vous… toujours un Achille avec les femmes ?

– Plus invulnérable quel que soit le tendon.

– Mais que ferez-vous à ce cœur brûlé ? demanda jovialement la duchesse.

– Je le confierai aux soins du docteur. C'est un beau sujet d'étude qu'il a là… Il est deux heures, duc…

– Il est deux heures… ah ! oui… je vous comprends…

– Adieu… Je souhaite que la journée se passe au mieux pour vous, madame la duchesse…

– Vous vous retirez ?

– Si vous n'y voyez pas d'inconvénient.

Le duc dit à mi-voix à sa femme :

– C'est l'heure ou il a ses crises… N'insiste pas, tu l'importunes.

Ernest Lacroze respira dans ses ténèbres. Une demi-heure plus tard, il entra dans le sanctuaire de ses chagrins. C'était une petite chambre où ses larmes coulaient sans aucun témoin.

À ce moment précis, la vicomtesse aux pupilles alanguies prenait le bras de la duchesse, et l'invitait à se rendre dans un salon vide.

– Chère amie, dit-elle, votre amitié et mon cœur m'autorisent une confidence…

– Parlez, chère amie.

– D'Auvergne est un homme dangereux…

Blanche frémit. La faible lumière de la pièce ne la trahit pas. La vicomtesse poursuivit :

– Ne partagez-vous pas mon avis, que d'Auvergne est un homme dangereux ?

– Je ne sais ce que vous appelez un homme dangereux ! Je trouve que c'est un honnête homme digne qu'on lui fasse confiance, et que ceux qui la lui accorderaient ne courent aucun danger.

– Vous ne me comprenez pas, duchesse… Je veux dire que l'on est entraînée vers lui par une force irrésistible. Un cœur n'est pas en sécurité, s'il se mêle de le troubler… Vous comprenez ?

– J'ai compris, vicomtesse.

– Nul besoin de vous dire que je l'aime.

– Nul besoin, en effet…

– Et j'ai la modestie de vous avouer que je l'ai trouvé de marbre ! C'est un homme qui dit, en termes choisis, à une femme : « Je ne puis vous aimer. »

– Ah bon ? Il vous est arrivé une telle mésaventure ?

– Oui ; mais cet homme n'est pas ce qu'il paraît. Il y a beaucoup d'amour dans ce cœur. Vous devez me parler sincèrement… D'Auvergne vous aime-t-il ?

– Vicomtesse !

Blanche recula, toute pâle, comme si la vicomtesse l'avait poignardée en traître.

– Ne vous mettez pas dans cet état, chère amie ! Ces

questions ne déshonorent ni ne mortifient une personne de la bonne société… Je suis sûre que vous ne l'aimez pas. J'avais besoin d'en être convaincue, parce que je suis la première à reconnaître votre supériorité, et je n'essaierais pas de rivaliser avec vous en cette matière… Votre agitation, chère amie, m'afflige !… Comme il suffit d'un rien pour vous faire autant souffrir ! À combien de questions de ce genre ai-je répondu dans les bals de la cour à Paris !

– Êtes-vous célibataire, vicomtesse ?

– Je suis mariée, ma chère duchesse… On dirait que vous sortez d'un collège d'ursulines !… Je vois que je vous gêne… Retournons au salon… Pourriez-vous me dire si d'Auvergne est parti ?

– Il est parti… Madame…

. . . .

Elles se séparèrent.

La vicomtesse dit à une de ses amies :

– Je viens de faire une grande découverte.

– Oui. Quelque scandale ? Nous aurait-on pris nos maris ?

– Je ne pense pas. C'est encore plus étonnant…

– Parle, tu as en moi un Vésuve de curiosité…

– Sais-tu qui rend le sombre d'Auvergne inaccessible ?

– Non.

– C'est la duchesse…

– Bravo ! Comment l'as-tu découvert ? Les as-tu surpris en train de s'embrasser dans un corridor comme de tendres pigeons ?

– Non… J'ai consulté la duchesse, elle a été outrée par ma question, m'a fait de vertueuses grimaces, a reculé d'un pas selon les préceptes de la tragédie, et s'est donné des airs de victime… J'ai résolu l'énigme.

– Veux-tu le lui souffler ?

– Ce sera inutile : mais sais-tu… que cet homme est aussi fascinant que Lucifer ? Je le traquerai ! C'est un caprice…

– Te résiste-t-il donc, vicomtesse ?!

– Il a eu l'aplomb de me dire que l'amour avait disparu avec les perruques à queue de Louis XV, et que les femmes mariées du XIXe siècle ne devaient pas s'inspirer du libertinage de la Régence ! Qu'est-ce que tu penses de ce « Tartuffe » ? Le pire, c'est que j'éprouve pour lui un amour satanique ! Si, en vingt-quatre heures, il ne refroidit pas ma lave, je fais une folie.

– Laquelle ?

– Qu'est-ce que j'en sais ? Je déclare la guerre à la duchesse !

. . . .

Chapitre XXXIII

Huit jours après, la vicomtesse de Namur donnait un bal. Son dessein, c'était de faire venir précisément d'Auvergne chez elle, sous un honnête prétexte.

La duc et la duchesse s'y présentèrent.

Minuit sonna, et d'Auvergne, l'objet de toutes les discussions, n'arrivait pas. On questionna le duc qui répondit qu'il avait pris congé de lui à Cliton une heure avant, et qu'ils avaient convenu de se rencontrer là. Blanche répondait la même chose aux questions préméditées que la vicomtesse priait de lui poser.

D'Auvergne n'apparut jamais. Le lendemain, une carte de visite, avec un remerciement, était remis à la vicomtesse par le portier qui l'avait reçue de monsieur d'Auvergne.

La vicomtesse la déchira en morceaux, et rugit, toute la journée, des imprécations contre son innocent mari.

L'après-midi, le duc se trouvait chez d'Auvergne, et s'enquérait du contre-temps qui l'avait privé du bal. D'Auvergne invoqua une forte fièvre, qui ne lui avait pas permis de sortir. En présence du duc, il reçut un petit bleu de la vicomtesse, qui lui demandait si un grave malaise l'avait privée de son inestimable présence. D'Auvergne lui répondit, le plus respectueusement et le plus laconiquement qu'il put, que c'était le cas. Mais le porteur de ce mot dit à la vicomtesse qu'il avait vu ce monsieur partir avec le duc pour Cliton. Cette dame colérique déchira le mot de d'Auvergne, et vomit, contre le vicomte, un pacifique érudit qui avait des lettres et écrivait une *Histoire de la Révolution française*, une seconde édition bien établie, et augmentée de ses insultes. Le vicomte endossait avec résignation son rôle de bouc émissaire, comptant qu'on lui laisserait la nuit pour courtiser les fort graves documents de son *Histoire*. La sienne fut écrite par un romancier français vingt ans après.

La vicomtesse de Namur avait mis en jeu son amour-propre. Ses écarts avaient été provoqués par les instances réitérées de ses prétendants. L'idole avait été accessible, précédée de ses vagues de parfum ; à présent, c'est l'idole qui descend, et que foule en passant le pied méprisant de d'Auvergne. Dans ces organisations, l'amour naît du dévergondage et meurt avec la satiété. Il n'y a pas de moyen terme. Transiger avec les circonstances, c'est s'emporter, provoquer un scandale, exécrer, sacrifier des victimes au libertinage offensé pour apaiser sa colère.

Tandis que son mari corrige une grave erreur sur le système financier de Louis XVI, la vicomtesse se rend à Cliton, affectant l'inquiétude d'une amie chère, pour saluer la duchesse qui avait quitté le bal parce qu'elle ne se sentait pas bien.

Elle y trouve d'Auvergne, et s'étonne, plaisamment, de rencontrer là un malade qui lui avait donné tant d'alarmes ! Cet effarement est agrémenté d'un sourire perfide, et d'un regard en coin, qui fait monter l'indignation au visage de d'Auvergne.

Elle passa brusquement à un autre sujet. Elle parla de mode, de ses amies de Paris, des chagrins de Joséphine avec l'Empereur, des rumeurs sur leur divorce, de la littérature actuelle, mise à part : *l'Histoire de la Révolution française* de son mari, qui, disait-elle, ne relevait pas de la littérature du jour, parce qu'elle était rédigée la nuit. L'ingrate !…

En prenant congé, elle ne put retenir son fiel. La duchesse l'accompagna jusqu'au vestibule de l'escalier. Elle reçut son baiser de fourbe, qu'elle lui rendit avec répugnance, et l'entendit souffler, presque à l'oreille :

– Ma chère duchesse… prenez soin de la santé de monsieur d'Auvergne… Ne le retenez pas longtemps, les nuits sont froides, et l'air du matin, fût-ce la brise la plus douce aux amants heureux, ne garantit pas une température idéale pour les constitutions délicates… Au revoir, ma chère duchesse.

Blanche en fut glacée. Immobile à l'endroit où l'avait laissée l'épouse de l'historien de la *Révolution française*, elle demeura là, tétanisée, comme si elle avait perdu la conscience de son existence physique. Le duc, qui revenait de ramener la voiture de la comtesse, remarqua l'altération des traits de Blanche.

– Qu'est-ce que tu as ?

– Rien… que pourrais-je avoir ?

– Quelque chose d'extraordinaire… parle, ma fille…

– Pourquoi pas ?… Cette femme est un être immonde !

– Ne l'est-elle pas depuis longtemps ?! Ce n'est que maintenant que tu te rends compte de ce qu'elle est ?

– Je viens de le voir… Il faut mettre aujourd'hui un terme à nos relations avec une telle femme…

– Ce sera fait… Mais qu'est-il arrivé ?… Que t'a-t-elle dit à mon insu ?…

– Ce qu'elle a pu me dire ?… Des mots que je n'oublierai jamais, tant qu'il me restera de la dignité, et de la pudeur… Ne m'oblige pas à te les répéter…

– Nous en parlerons, Blanche… Je n'imagine pas quelle insulte elle a pu… partons d'ici, d'Auvergne est resté seul…

– Vas-y… mais laisse-moi me retirer dans ma chambre… Excuse-moi auprès d'Auvergne…

– Il vient de se passer quelque chose d'extraordinaire, dit le duc à d'Auvergne. Je ne sais ce que la vicomtesse a dit à la duchesse au point de la laisser dans une mortelle stupeur ! Elle s'est retirée, et vous demande de l'excuser. Que peut-il y avoir de commun entre la vicomtesse de Namur et ma femme ?!

– En effet… vous avez raison… qu'y a-t-il de commun entre la duchesse et cette dépravée ?…

Lacroze avait répondu plus précisément en son for intérieur à la question du duc. Il accusa le coup. Il avait tout deviné.

– Vous ne savez pas, reprit-il, ce qui s'est passé entre elles.

– Non, la duchesse a dit qu'elle n'oublierait pas les paroles qu'elle a entendues, tant qu'il lui resterait de la dignité et de la pudeur.

– À coup sûr une infamie !

– Et elle ajoute que c'en est fini à partir d'aujourd'hui de ses relations avec elle.

– Ce devait être une fielleuse insulte.

– Je saurai laquelle…

– Ne le lui demandez pas.

– Pourquoi ?

– L'on ne peut exercer de vengeance sur des femmes comme la vicomtesse, insensibles à la honte… Ignorez ce qu'elle a dit… Il suffit que je le sache…

– Vous ? Sauriez-vous par hasard…

– Oui, duc… Ne connaissez-vous pas la vicomtesse ?… Ses mœurs ne vous sont-elles pas connues ?

– Bien trop.

– Quand on vous a dit qu'elle s'intéressait à moi, avez-vous imaginé que cette libertine, pleine de curiosité, voulait m'étudier pour l'amour de l'art, comme votre médecin ?

– Non… j'ai deviné de quoi il s'agissait…

– Vous ai-je dit avec quel dédain j'ai accueilli les avances de cette femme indigne de vos salons ?

– Oui… C'est bon… J'ai tout compris… Cette femme suppose que la duchesse est…

– Inutile de continuer. Si vous savez tout, taisez-vous. On ne peut faire claquer un fouet sur le dos de cette infâme… Il n'existe pas d'autre vengeance crâne… Mon cher duc, l'heure où je perds la tête arrive plus tôt aujourd'hui… Au revoir.

Cette nuit-là, Ernest Lacroze recevait cette lettre, sans signature, mais qui révélait, dès la première ligne, la personne qui lui avait écrit :

« *Je n'arrive pas à croire que vous soyez, monsieur d'Auvergne, l'homme de bronze dont vous avez fait étalage au bal de Cliton.*

À trente ans, on ne parvient pas à porter ce masque très longtemps, et la mort du cœur est une supercherie qui nous permet de détourner l'attention des curieux de l'objet, bien vivant, qui le subjugue.

Feignez d'être ce que vous n'êtes pas.

Quelqu'un s'est laissé transporter d'un amour délirant, et s'est élevé si haut, qu'il ne peut retomber sans fracas.

Il n'est pas besoin de vous dire qui je suis. On montre de l'audace et quelque bassesse en allant jusqu'à vous écrire, mais la pudeur succombe devant le despotisme du cœur.

Il y a dans cette femme une grande âme. L'amour et la haine sont les deux piédestaux qui m'ont servi de trône, me hissant à un point d'où l'on voit tout, d'où l'on devine tout…

Je ne vous dis pas de m'accorder un maigre dédommagement pour tout l'amour que je vous porte, mais je veux que vous m'appréciiez d'une façon différente de celle dont on use pour une simple sotte.

Vous n'êtes pas mort, monsieur d'Auvergne… Et si vous êtes mort, celui qui cherchera votre tombeau, le trouvera dans le cœur de la fort austère duchesse de Cliton.

Vous voyez que j'ai bien assez de finesse pour compenser les charmes qui me manquent pour vous séduire.

Cette désillusion me coûte cher ; mais rares sont celles auxquelles on arrive sans larmes.

Savez-vous que l'hypocrisie me met hors de moi ? J'aime le courage dans le vice, si tant est que c'est un vice, que cet amour bien employé de la duchesse, et votre « tartufferie » bien étudiée, monsieur d'Auvergne.

Soyez heureux, monsieur d'Auvergne, mais n'allez pas dans les salons prêcher la vertu, comme c'est l'usage à un siècle qui réprouve, par votre bouche, les libertés de la Régence.

Laissez le monde aller son train. Quand vous en serez las, retirez-vous à la Chartreuse, ceignez-vous les reins d'un cilice, et venez déclarer à Angoulême que les gorges de l'enfer se sont ouvertes pour les adultères.

Bonne nuit, monsieur. »

RÉPONSE

« *Je vous retourne votre lettre, madame la vicomtesse de Namur. Présentez-vous avec elle dans un bordel, vous y serez admise. Vos compagnes reconnaîtront votre suprématie en matière d'immoralité.* »

La vicomtesse ne rougit pas en lisant cette réponse ; mais elle pleura. Ses larmes de rancœur devaient être aussi amères que celles du sacrilège qui meurt en blasphémant ! Elles étaient de ce genre, les larmes de la vicomtesse.

Elle donna un coup de poing viril sur la table à laquelle elle était appuyée, un coup de poing assez fort pour déranger les travaux nocturnes de son mari, et gâter son chapitre le plus complexe, qui avait pour objet les notes diplomatiques entre l'Autriche et la France.

Le vicomte de Namur vint, selon son habitude, s'enquérir de ce qui avait provoqué l'indignation de sa femme. Il fut reçu avec une salve d'insolences, qui fit trembler ses lunettes à la base de son nez. Il battit honteusement en retraite, pour demander des consolations à Clio. La muse était sourde, et l'érudit en fut si peiné, qu'il s'endormit avant son heure habituelle, en se promettant d'écrire un pamphlet, à la manière de Paul-Louis Courier, où il établirait qu'aucun homme sensé ne devrait épouser une femme plus jeune que lui de quinze ans, faute de pouvoir écrire tranquillement l'histoire de son pays. Il comptait se venger ainsi de sa femme, offrant à la France, à cette occasion, un chef-d'œuvre stylistique. *O felix culpa* ! Indignation d'un mari qui fait de la prose !

L'érudit ronflait sincèrement quand la vicomtesse, entourée de furies, imaginait une vengeance, en lui demandant une inspiration qui en fût digne.

La première lui fut suggérée par un bon ange : c'était le silence. La seconde, ainsi que la troisième et dernière, ce fut le démon qui les lui offrit comme un cadeau qui la fit sourire d'une satanique jubilation. C'était une lettre, deux lettres, trente lettres anonymes adressées au duc de Cliton, faites pour l'humilier en lui reprochant une complaisance infâme s'agissant des amours de sa femme.

Elle prit la plume et traça les premières lignes. Mais cet astucieux démon lui représenta qu'il s'était passé trop peu de temps pour que l'on crût à ses révélations, vu que d'Auvergne les lui attribuerait.

Elle prit sur elle, attendit, et se consola en calculant les conséquences de ses efforts légitimes.

Le lendemain, Lacroze se rendit à Cliton. Le duc était allé se promener. Blanche n'était pas encore sortie de sa chambre. Lacroze était sur le point de repartir quand la duchesse lui fit savoir qu'elle allait se lever pour lui parler.

La malheureuse se trouvait réduite à ce qu'elle était quand Lacroze la vit pour la première fois à Cliton. Chaque heure de la nuit précédente, elle l'avait comptée minute après minute dans des accès de fièvre dévorante. Les couleurs de la santé, la sérénité de son cœur manifestée dans la langoureuse douceur de ses yeux et de son sourire avaient disparu en quelques heures. Blanche, devant Lacroze, ne pouvait que sangloter, quoi qu'elle en eût.

– Qu'avez-vous, ma sœur ?

– Je me meurs… Lacroze !… Je ne puis vivre de la sorte… Que Dieu me délivre de ces peines… !

– Je les connais, ma chère amie…

– Vous les connaissez ? Je vois que je me trahis devant le monde entier… Comment connaissez-vous cette nouvelle souffrance, que j'ai voulu me cacher à moi-même ?

– C'est ce que vient de dire la vicomtesse de Namur…

– Oui, oui ; ne les répétez pas… Quel mystère, mon Dieu !… C'est elle qui vous en a parlé, Lacroze ?!

– Non, Blanche… Je savais que cette infâme, tôt ou tard, ne pourrait s'empêcher de le dire…

– Fort bien… Ce n'est pas moi qui lui ai permis de le faire… Serait-ce vous ?

– Blanche !…

Lacroze s'était levé brusquement, livide, tremblant, les traits altérés comme devant un fauve dont la gueule lui ferait pressentir une mort inévitable.

– Ernest ! Comme vous me regardez !… Même vous !… Quel mal vous ai-je fait ?… Ne pouvez-vous me comprendre ?… Je ne voulais pas vous offenser… C'est une idée folle qui m'a traversée… j'ai imaginé que vous aviez donné à cette femme un espoir… prononcé un mot qui lui aurait permis de me calomnier… Mais ce n'est pas possible… Elle m'a dit elle-même que vous l'aviez dédaignée… elle veut se venger… et – ce qui prouve votre innocence – en se vengeant si cruellement… Pardonnez-moi, Ernest… Ne me regardez pas ainsi…

Cette prière lui était adressée presque à genoux. Les mains de Blanche serraient frénétiquement celle d'Ernest. De son visage à lui, disparurent les ombres sinistres, et au fond de ses orbites creuses, brilla un nouveau rayon de lumière qui se réfléchit dans ses larmes.

– Vous m'avez pardonné, Lacroze…

– Notre bonheur sacré, Blanche ! Sans tache, ni remords… c'était un mensonge… On ne peut éviter le destin… Nous voici plus malheureux que jamais… Notre séparation est l'effet d'une force dont nous sommes frappés par un bras infâme… le bras faible d'une femme, qui vient creuser entre nous une tombe !

– *Une tombe !…* Quel horrible mot !

– C'est la prédestination, ma sœur !… Ce qu'elle sera sans toi, ma vie… Laisse-moi perdre un moment à rêver de mon passé… Ne rougis pas d'entendre des lèvres de cet homme les discours d'il y a sept ans… L'illusion sera de courte durée… laisse-moi, pour me dédommager d'une atroce réalité, ces moments… C'est un amour condamné, Blanche… Je sais qu'il l'est… mais je n'arrive pas à me condamner moi-même. L'expiation a été si petite que je ne puis me juger impur ! Après tant d'années de martyre, il se trouvera quelqu'un pour me passer une éponge de fiel sur les lèvres, qui laissent sortir mon cœur en morceaux ! Je ne pourrai te dire que je t'aime, sans me rendre coupable d'une petite faute qui entache mon honneur ! Je ne pourrai serrer la main de ton mari, la conscience pure, sans me dire que je ne fais qu'aggraver mon impudence par mon ignominie !… Je le peux ! Tu sais bien que je le peux ! J'entre chez toi, le visage serein ; je sors des bras du duc sans être poursuivi par le remords ; je réfléchis, nuit et jour, à la façon de nous sauver d'un malheur imprévu, sans prendre la porte du déshonneur ! Et je serai tout de même un infâme, quand on découvrira mon nom ! Ma mémoire serait exécrée si, à ce moment même, je me précipitais dans mon tombeau, comme un homme qui a fini d'accomplir en ce monde son abominable mission !…

– On peut nous entendre… Lacroze !… Je ne comprends pas bien vos paroles… Avez-vous perdu la tête, mon frère.

– Non, Blanche. Regarde, je veux te parler sur le ton d'un martyr qui s'avance vers sa fin sans se retourner sur le monde qu'il laisse, et sans infliger le moindre reproche aux bourreaux qui vont le tuer… si tant est qu'il s'approche avec indifférence du billot… Veux-tu des paroles compréhensibles ?… Tu as raison, Blanche… Dans mon monde on parle un langage qui l'on ne parle pas dans celui-ci… Tout est fini entre nous.

– Mon Dieu ! s'exclama la duchesse, en levant les mains d'un air suppliant.

– Tout est fini entre nous… laisse-moi employer un langage simple… Parce qu'on ne peut plus se leurrer. J'ai menti, sans savoir que je mentais. Tu étais faible, tu m'as cru. Je t'ai demandé l'amitié d'une sœur ; tu ne me l'as pas refusée. Si je te demandais ton cœur, tu me le refuserais ; et si le passé venait t'inciter à te montrer une épouse indigne, à cette heure, Blanche, notre condamnation serait prononcée, et le poignard de ton mari serait planté dans ton cœur, ou le mien dans le sien. Il n'y aura pas de sang, si ce n'est le mien. La victime sera nécessairement sanctifiée. Celui qui peut, sans infamie, quitter ce monde… qu'il le fasse. Je suis celui-là.

– Tu me tues !… Lacroze !…

– C'est moi ! Et tu ne mourras pas parce que tu as une fille qui viendra te demander des leçons d'infortune ; parce que tu as un mari qui doit mériter de ta part l'amour que les âmes bonnes prodiguent au disgracié, privé de toutes ses attaches. Tu m'as cru mort, il y a longtemps. Le duc de Cliton a, lui aussi versé des larmes de pitié sur la triste fin du maréchal Ernest Lacroze…

– Non, Ernest, mon mari ne te croit pas mort…

– Si, et toute la France, mis à part toi et le vicomte d'Armagnac, m'a traîné dans la boue ou honoré ma mémoire… Ce que tu pouvais souffrir pour moi, Blanche, tu l'as déjà souffert.

– Non, Lacroze… je ne pourrai te survivre !

– Ne parle pas ainsi… tu creuses un enfer sous mes pieds… regarde, tu dénatures la noblesse d'une âme qui ne t'appartient pas, duchesse de Cliton. Tu n'es pas la Blanche de Clermont qui se jetait, toute confiante, dans les bras d'un lieutenant, aussi esclave de sa vertu à vingt-deux ans qu'à trente ! Cet homme a vu s'écrouler ses espoirs, mais pas son honneur ! Veux-tu, duchesse, que je m'exprime avec la simplicité d'un frère qui s'adresse à sa sœur ? Je viens te faire mes adieux… Le pèlerin vient te remercier de l'hospitalité qu'on lui a offerte, et poursuit sa route…

Blanche se sentit mourir. Elle se leva. Elle lui tendit une main aussi glacée que celle d'un cadavre, et murmura :

– Adieu… Ernest…

Lacroze se jeta sur une chaise. Il inclina sa tête sur sa poitrine, secouée de tumultueux halètements. Il n'aurait pu dire s'il était vivant.

Le duc de Cliton pénétrait dans l'allée, et demandait aux domestiques si d'Auvergne était arrivé. Sur leur réponse affirmative, le duc mit rapidement pied à terre, et monta, avec une frénétique allégresse, embrasser son unique ami, la réalité de la seule image que son âme conservait ainsi que celle de sa fille. L'état dans lequel il le vit, l'effraya.

– Qu'avez-vous d'Auvergne ? L'heure terrible où vous souffrez est-elle aujourd'hui survenue en plein jour ?

– Je crois que les heures terribles se succèderont, à partir d'aujourd'hui, comme les maillons d'une chaîne que l'on va fixer à un tombeau.

– Courage, d'Auvergne ! Sera-t-il nécessaire que je me donne en exemple dans l'héroïsme de l'infortune ?

– Non, duc. Je suis le plus courageux des hommes ! La vie me pèse. J'ai assez de valeur pour en décharger mes épaules. C'est là du véritable héroïsme !

– Et j'ai le droit, moi, de vous dire que vous vivrez parce que tant que l'on a un ami, l'on n'exerce pas sur son existence un droit absolu. Celui qui a un ami ne se tue pas… Avez-vous parlé à la duchesse ? Peut-être pas.

– Si, et je lui ai fait mes adieux… J'allais me retirer en vous laissant un mot quand j'ai entendu vos pas.

– Faire vos adieux ! Vous nous quittez, d'Auvergne ?!

– Oui, duc.

– Pour combien de temps ?

– Je ne sais pas… pour longtemps… pour toujours, peut-être.

– C'est incroyable ! Vous me sembliez encore hier moins malheureux ! Il y a là un mystère ! La vicomtesse de Namur y serait-elle pour quelque chose ?

– Ne profanez pas votre langue avec ce nom… Les oreilles ont une certaine pudeur qu'un tel nom fait rougir… Je ne vous donne aucune explication.

– Je ne consens pas à ce que vous partiez sans m'en donner. Je vois que ma dignité en ressent la nécessité…

– Votre dignité n'en a pas besoin.

– Non, d'Auvergne ! Vous seriez mon bourreau, si vous me laissiez dans l'incertitude. Si vous devez vous faire violence pour m'en donner, répondez aux questions que je vais vous poser : Dit-on que ma femme est votre maîtresse ?

– On le dira. Celle qui le prétend est une femme perdue, mais la calomnie la secondera.

– Vous nous quittez pour démentir cette calomnie ?

– L'on ne dément pas la calomnie de la sorte. Je m'en vais pour qu'on oublie mon nom.

– Voulez-vous me convaincre que votre conscience est au-dessus de la calomnie ?

– Ça m'est impossible.

– Vous le pouvez. Vous ne partirez pas.

– C'est une violence !

– C'est un sacrifice que vous demande le duc de Cliton.

– Et si je ne vous le fais pas ?

– Je dirai que d'Auvergne a eu peur que le temps ne fasse éclater son infamie.

– Cette conclusion est d'une originale injustice, monsieur le duc !

– Moi non plus, je ne vous donne pas d'explications. Choisissez !

– Je ne partirai pas. À présent, monsieur, avez-vous le courage d'affronter la calomnie ?

– Je l'ai : c'est le courage du mépris.

– Qu'appelez-vous les preuves de mon infamie ?

– La réponse est fort délicate. Si elles apparaissent, je vous les montrerai. Venez dire à la duchesse que vous ne partez pas.

Le duc appela son majordome, qui traversait un couloir :

– Prenez toutes les dispositions pour que d'ici huit jours on donne ici un bal. Vous savez qui a été invité pour le dernier : vous enverrez des invitations à tous, sauf au vicomte de Namur.

Chapitre XXXIV

Ce bal fut une insulte à la comtesse de Namur. Il n'était pas nécessaire pour inciter la vipère à mieux estimer son saut. Sa colère n'avait pas besoin d'être exacerbée.

Cette imprudente initiative du duc fut une marche qu'il descendit vers l'abîme. La rumeur des amours adultères de la comtesse se répandait : la jalousie de la vicomtesse était notoire ; et son absence dans les salons de Cliton confirma les soupçons.

Les curieux cherchèrent à savoir si l'invitation n'avait pas été envoyée, ou si on l'avait déclinée. L'on conclut, lorsqu'on sut ce qu'il en était, que l'indiscrète duchesse s'était trahie en excluant de sa demeure une dame qui était l'ornement de la société parisienne, et respectueusement accueillie dans les salons de l'Empereur.

L'opinion publique prit le parti de la vicomtesse. En plus des raisons alléguées, cette respectable opinion en présentait une de droit coutumier : l'on disait que la vicomtesse avait sur sa rivale l'avantage de ne pas être hypocrite. La messe était dite.

Ces rumeurs n'étaient pas arrivées aux oreilles du duc, qu'elles se faisaient entendre à Paris. Une lettre de

Richard de Clermont adressée à son gendre lui recommandait de surveiller de près la conduite de son épouse avec « *un je ne sais quel d'Auvergne, de Picardie, un mystérieux voyageur qui jugeait fort bon pour sa santé le climat d'Angoulême.* »

Le duc de Cliton brûla cette lettre, et répondit à son beau-père en ces termes :

« *Pour vous éviter de m'importuner avec une seconde lettre, je vous dis que j'ai reçu la première. Affectueusement,*
Le duc de Cliton. »

Ernest Lacroze s'était fait une réputation de conquérant. L'on mit le duc de Cliton plus bas que la complaisance résignée du vicomte de Namur. Absorbé par ses élucubrations historiques, la nuit, celui-ci ne pouvait enquêter sur les actes « contemporains » de sa femme : sans pouvoir se dispenser de veiller à son honneur au profit de la littérature, celui-là offrait son bras à un amant boudeur pour le conduire auprès de sa larmoyante épouse ! L'on vit apparaître des épigrammes en vers[1]. Le duc reçut la suivante dans une lettre de Paris :

Savez-vous comment à Cliton
On fait présentement l'amour ?
Au lieu d'un aveu tendre,
Eh bien !
On commence par prendre…
Vous m'entendez bien…

C'était une parodie d'une épigramme de Blot à la cour de Louis XIV.

1. Lesdites épigrammes seront en français dans le texte. (NdT)

Par le courrier suivant, il reçut une autre lettre de Marseille. Elle contenait cette épigramme.

Au duc de Cliton :
À la cour et dans le salon,
On dit assez ce que vous êtes,
Monsieur de Cliton,
À la cour et dans le salon,
On dit assez ce que vous êtes ;
Et quand on croit les affaires bien nettes,
Il ne faut point de tambour ni trompettes,
Monsieur de Cliton.

D'autres lui parvinrent ensuite, sordides, à lever le cœur, glanées dans les *Mémoires* obscènes de Louis XV, adressées aux adultères de ce temps.

Le duc ne lâche pas un gémissement. Blanche n'a jamais relevé chez lui le moindre changement. D'Auvergne ignorait l'existence de ces infâmes torchons qu'il attendait tous les jours.

Vinrent ensuite de longues lettres expédiées en même temps de Bourgogne, de Toulon, d'Angoulême, de Nantes et de Paris. Elles étaient variées, mais le style en était identique. C'était un fourmillement de phrases obscènes, de plaisanteries de maison close, d'une licence effrénée, des turlupinades imprégnées du poison de l'impudeur.

La vicomtesse de Namur avait fait preuve d'une fécondité prodigieuse dans ses expressions, recueillies dans les conciliabules des tavernes, et dans les infirmeries réservées aux femmes dissolues, désespérées de ressentir les douleurs de la putréfaction dans un corps en vie.

Certaines de ces lettres précisaient l'heure à laquelle d'Auvergne entrait à Cliton, celle où il sortait, les promenades qu'il faisait dans le jardin, seul à seul, avec la duchesse. Ces détails rapportés comme s'ils représentaient une grande nouveauté faisaient rire le duc ; mais le rire de cet infortuné était pire que des larmes. Tout au fond de son cœur, se cachait la honte. Si son visage ne l'avouait pas, Dieu sait à quelle douloureuse astuce, avec toute la chevaleresque ardeur de ses vingt-neuf ans, cet homme fier avait recours. Sa confiance en sa femme était réelle ; son estime pour les qualités d'Auvergne n'avait pas faibli ; mais ce calme était trompeur.

Lacroze continuait de se rendre régulièrement à Cliton. Mais il avait rarement rencontré Blanche seule. Il prévenait lui-même ces rencontres, en les évitant. La duchesse bénissait cette prévenance de Lacroze, qui avait deviné ses inquiétudes. Le duc remarquait la délicatesse du gentilhomme, qui lui avait consenti le sacrifice de rester, fort d'une abnégation sans gloire, et de son souci de l'honneur d'autrui : il acceptait de voir prise en otage, puisqu'il y avait consenti, sa noblesse passagèrement équivoque pour le mari d'une femme calomniée.

La vicomtesse de Namur désespérait de ses immondes expédients.

Ce qui la tourmentait alors, plus que le mépris, plus que la réponse de d'Auvergne à sa lettre, c'était l'opinion publique, la mère de tous les monstres en matière de vertu et de vice, cette matrone sans nom, ni adresse, qui dépose aujourd'hui un baiser sur une de vos infâmes souillures, et vous crache demain au visage, aussi pur soit-il. Cette fameuse opinion dont on dit qu'elle se maintient et s'entretient avec d'illustres canailles, pouvait traîner la duchesse de Cliton par les cheveux, elle n'intronisait pas la vertu de la vicomtesse. Ce qu'elle ne voulait pas, c'était inspirer de la pitié, et l'opinion publique, pour laquelle nous éprouvons beaucoup de respect, mais seulement ici, dans l'espace qu'occupe la parole sur une feuille de méchant papier, cette opinion, dont le nom ne lui fait rien perdre de sa dignité, accordait tout au plus sa compassion à la vicomtesse, la présentant comme repoussée par la botte du gentilhomme pas encore rassasié des blandices de la belle duchesse.

Un événement qui fit grand bruit vint conforter cette ignoble interprétation. D'Auvergne avait assisté à une fête où l'archevêque d'Angoulême célébrait la dignité d'archidiacre, à laquelle avait été élevé un frère du marquis d'Alençon.

La vicomtesse se trouvait là, prostrée devant la croix, dévorant un livre à reliure dorée dont beaucoup de jeunes gens imaginèrent qu'il s'agissait du premier volume du *Compère Mathieu*[2].

À la sortie du sanctuaire, Lacroze saisissait les rênes de son cheval, que lui tendait son laquais. La vicomtesse était passée à quelques pouces de lui, en laissant tomber son livre. Le laquais de Lacroze se pencha pour le ramasser. Son maître lui cria, d'une voix aigre :

– Holà ! Mon laquais ne saurait s'incliner devant cette femme !

La vicomtesse prit la couleur du safran. Autour d'elle, beaucoup de monde entendit l'insulte, il a fallu que ce

---

2. *Le Compère Mathieu ou les Bigarrures de l'esprit humain*, un ouvrage licencieux d'Henri-Joseph Dulaurens (1719-1793), qui n'a pu rester longtemps chanoine régulier de la Trinité, ni s'incruster dans l'ordre de Cluny. Camilo Castelo Branco semble plus au fait que nous-mêmes des gaudrioles de certains petits-maîtres du temps du Bien-Aimé. Ce *Compère Mathieu*, publié en 1766, n'est plus à la portée de tout le monde. On peut l'acquérir chez les margoulins de la Toile pour quelques centaines d'euros. (NdT)

fût son laquais à elle qui ramassât le livre ! Personne pour jeter un gant au visage de l'étranger !

Ernest éperonna son cheval et n'eut pas la courtoise de demander pardon pour ce scandale aux illustres cousins de la galante vicomtesse.

Après un tel outrage, quelle vengeance allait encore imaginer cette femme ?

La nuit suivante apporta une réponse à cette question.

Lacroze revenait de Cliton, où le médecin avait rapporté l'incident, quand il entendit deux détonations, assez près de lui. Il traversa cette épreuve sans frémir. Il attendit, quelques instants, une douleur qui signalerait une blessure, et rit de ses assassins et de lui-même.

– Il n'y a que moi qui puisse me donner la mort ! se dit-il, et il poursuivit tranquillement son chemin, comme si ces deux coups de feu avaient été une joyeuse salve à son passage.

Le lendemain après-midi, une lettre remise par un inconnu l'informait, en toute amitié, que le duc de Cliton avait décidé de le faire assassiner, parce qu'il avait des preuves sans équivoque de l'infidélité de la duchesse.

Lacroze ne crut pas une seconde à cette calomnie. Jamais il n'avait jugé le duc de Cliton aussi loin de le soupçonner.

En apprenant que leurs relations restaient inaltérables, la vicomtesse ne se laissa pas décourager.

Elle savait que le duc de Cliton avait un écuyer, qui avait droit à un traitement particulier, parce qu'il le connaissait depuis son enfance, quand il vivait chez le marquis de Luso, « son beau-frère ».

Elle n'eut pas beaucoup de mal à le faire venir chez elle, et parvint à le persuader qu'il s'agissait de sauver l'honneur de son maître, en lui ouvrant les yeux sur le comportement déloyal d'un faux ami, qu'il recevait dans sa demeure. Elle donna plus de force à ses arguments, en offrant de l'or à l'écuyer pour qu'il espionnât les moindres déplacements et les moindres paroles de d'Auvergne avec la duchesse. Elle le chargea de les lui rapporter de façon qu'elle puisse prévenir le duc sans déformer la vérité, ni le compromettre, lui, l'écuyer, aux yeux de sa patronne. Elle lui avança, comme acompte, assez d'or pour fasciner un misérable, et se félicita de tuer la vipère de la vengeance qui lui mordait le sein.

L'écuyer s'acquitta soigneusement de sa mission.

Le premier jour, il déclara que d'Auvergne était resté avec le duc, et qu'il avait parlé quelquefois à la duchesse en passant, et en présence de son mari. La duchesse dit que cette révélation ne valait pas un franc. Il attendit. Le lendemain, d'Auvergne était arrivé à Cliton, en l'absence du duc, par les bois du domaine. Il avait parlé à la duchesse assez bas pour que lui, l'écuyer, n'eût pu l'entendre du salon voisin. Le duc était entré peu après, et la duchesse s'était retirée, en invoquant un malaise.

Cette dénonciation était aussi importante qu'accessoire. La vicomtesse la qualifia de « fleur de rhétorique ».

La dénonciation du troisième jour est particulièrement odieuse. D'Auvergne n'était pas apparu à Cliton. L'épouse du chroniqueur renversa, ce jour-là, un encrier sur le quarante-cinquième chapitre de l'*Histoire de la Révolution française*. L'érudit se suicide, s'il ne dispose pas d'un brouillon. Il s'est pourtant vengé en traitant, pour la première fois, sa femme de « folle ».

Le quatrième jour, l'écuyer dit que le duc était allé voir le vicomte d'Armagnac, malade depuis un mois, et que, pendant son absence (pour employer le style de l'écuyer), d'Auvergne était venu. Il ajoute que la duchesse est allée avec lui près de la cheminée, et qu'il l'a vue bien souvent, par le trou de la serrure d'une porte voisine, coller un mouchoir à ses yeux. Il ajoute qu'il n'a pu entendre le moindre mot ; mais il déclare, en revanche, qu'il l'a vue prendre la main de d'Auvergne et la porter à ses lèvres. Il déclare enfin, ce qui est tout à l'honneur de son maître, pour qui il a beaucoup d'estime, que d'Auvergne portait dans ses bras la petite Élisa, et qu'il l'a couverte de baisers, avant de la remettre à sa mère avec beaucoup de tendresse. Le duc était enfin arrivé et avait embrassé d'Auvergne.

Cette dénonciation, s'ajoutant à l'autre, donna cette lettre, datée d'Angoulême :

« *Au duc de Cliton,*

Fût-ce un peu tard, la Providence veut t'épargner de plus grandes hontes.

Les turpitudes de ta maison sont devenues transparentes.

Ici, dehors, on voit les mystères que recèlent les damas de tes fenêtres et les tapisseries héraldiques de tes portes.

Le 4 de ce mois, tu te promenais dans les bois de ton domaine quand d'Auvergne est entré dans ton palais. Est-ce vrai, duc ?

Quand tu es entré, à ton tour, ta femme se trouvait avec d'Auvergne, mais, comme ta présence l'indisposait, elle s'est retirée, souffrante, dans sa chambre. Est-ce vrai, duc ?

Le 5, d'Auvergne s'est rendu chez toi. Est-ce vrai, duc ?

Le 6, tu es allé voir le vicomte d'Armagnac. Ta femme s'est réchauffé ses pieds délicieux, et d'Auvergne les siens, à ta cheminée, dans le salon des Aigles. Est-ce vrai, duc ? Cette douillette a beaucoup pleuré. Elle a déposé des baisers pleins d'ardeur sur la main de ton ami. Elle l'a serrée avec toute la frénésie d'une sainte absorbée dans sa contemplation, et a couronné cette scène en déposant dans les bras de ton "modèle public" une enfant que l'opinion publique tient pour tienne, selon une règle bien connue en droit, dont je ne me souviens plus. Serait-ce vrai, duc ?

Comme dessert, après ces plats, un ami à toi te consacre ce vieux couplet composé par son père :

À la cour, à la ville,
On fait à présent des cocus ;
J'en connais plus de mille
Qui ne s'en fâchent même plus.
Est-ce la peine que Cliton
Lui seul fasse le furieux ?
S'il est sage, il fera comme eux.
Oui, c'est chose certaine
Que sa femme a fait un beau choix ;
Car…

Le couplet disait :

Le sang de Lorraine
Honore ce bourgeois.

Mais le sang des Montfort ne peut se flatter de se mêler à celui d'un gentilhomme de Picardie.

Voilà qui est, plus que tout, scandaleux. À bientôt. »

Cette lettre provoqua chez le duc la torpeur, le spasme, l'inertie d'un homme foudroyé par un éclair !

Il ne s'agissait pas là d'un vague discours calomnieux, condamnant le crime suivant la doctrine des lupanars.

L'on mentionnait des faits ! L'on proposait des inductions ! On établissait des faits qui laissaient une marge aux infamies que l'on mettait sous ses yeux !

Le duc entra dans la chambre de sa femme. Il s'assit. Il força au silence un cœur qui faisait monter à ses lèvres un interrogatoire sévère. Il resta muet quelques minutes, comme il le faisait souvent. Blanche lui tendit sa fille. Il la repoussa avec un geste agacé. C'était son premier !

– Quelle mouche te pique, mon ami ? Tu ne veux pas prendre Élisa ? Ne la vois-tu pas sourire ? C'est admirable, à huit mois !… Tu ne lui dis rien ?!

– Laisse-moi, Blanche.

– Comme tes paroles sont glaciales, mon Dieu !… Qu'est-ce qui t'arrive ?…

– Tu pleures !… Toujours des larmes !… C'est un tel bonheur, de pleurer !…

– Tu te moques de moi ?!

– Non…

Le duc s'était repenti de son humeur, qui n'était qu'une bluette dans le feu qui l'embrasait. Il se leva brusquement. Il laissa échapper un gémissement aigu, un cri qui fit frémir la duchesse, et quitta sa chambre.

Il tomba sur d'Auvergne, qui entrait. Ses premiers mots furent une suite désordonnée de fadaises.

– Vous n'êtes pas dans votre assiette, duc, dit placidement Lacroze.

– Je suis un peu agité… Une réaction de l'organisme… Ce sont ces nuages chargés d'électricité… Cela passera avec eux…

– Comment se porte madame la duchesse ?

– Je crois que ça va…

– Et votre fille ?

– À merveille.

– Vous en faites, une tête ! Je n'ai pas l'habitude de vous trouver ainsi…

– Excusez-moi… Vous m'avez contaminé avec vos heures de fièvre… J'entends le cheval du vicomte. Avant qu'il arrive… Vous souvient-il de notre accord il y a trois mois ?… Votre présence ici représente une garantie sur un point… Quand je vous montrerai une preuve de votre infamie…

– Celle-ci sera confirmée… Mais attention, duc ! Si ce n'est pas le cas, c'est vous qui serez infâme ! En avez-vous ?

– Non. Silence et courage, monsieur d'Auvergne…

Chapitre XXXV

Les renseignements de l'écuyer à la duchesse étaient d'une stupide stérilité, comme elle disait.

Quinze jours passèrent, sans le moindre symptôme favorable annonçant le dénouement escompté par la confidente de l'écuyer.

Celui-ci disait que la maladie de la duchesse avait juste représenté un contre-temps, vu que les visites du gentilhomme continuaient de plus belle. Le duc se montrait avec lui le même homme, quoiqu'il se promenât seul, de longues heures, dans ses bois.

La duchesse de Namur posa des questions au médecin sur la maladie de Blanche. Il lui dit que c'étaient des malaises liés à un accouchement imminent ; il jugeait que le second ne serait pas aussi difficile que le premier.

Les renseignements cessèrent de lui parvenir. Le duc ménageait, délibérément, à sa femme et à d'Auvergne des occasions de se rencontrer seul à seule. Mais l'écuyer ne pouvait épier ce qui se passait dans la chambre de la duchesse où le chevalier était familièrement reçu.

Entre Lacroze et le duc, il y avait la mort, souriante, l'air en fête, qui les cajolait tous les deux. Ils se dévisageaient, la mine sombre, en échangeant des paroles où ne transpirait pas leur rancœur, mais l'ébullition de l'Etna, sur le point d'exhaler sa lave. Devant Blanche, on conservait l'ancienne jovialité, l'on masquait, autant que possible, les fausses positions. Quelle situation ! Quelle grandeur chez l'homme qui lutte contre ses soupçons et la honte.

On aurait dit que Blanche avait entendu une voix du ciel qui l'appelait. Ses yeux n'ont plus jamais pleuré depuis qu'un sarcasme du duc a séché ses sanglots. Sur ses lèvres livides voletait un sourire angélique comparable au rire sur des lèvres enfantines, bleuies par la mort, mais gaies pour connaître les joies du ciel. Elle partageait entre Lacroze et le duc les mêmes rayons d'un regard sans éclat, la même douceur d'un sourire affectueux, la même tendresse dans ses expressions, un peu tard sans doute, mais tirées du meilleur de son âme.

Elle parlait de sa mort qu'elle pressentait, le médecin lui faisait miroiter un accouchement facile, car il supposait que c'était à ce moment-là qu'elle s'attendait à perdre la vie.

Durant l'une de ces heures où elle disait, avec résignation, adieu au monde, Lacroze se trouva seul avec Blanche.

– Tu as bien fait de céder aux instances de mon mari… dit-elle. Heureusement que tu n'es pas parti, Lacroze, mon cher frère, parce que tu me verras mourir…

– Mourir !

– Ah ! Tu ne me crois pas ! Si Dieu a pris part à mes douleurs, pourquoi ne me donnera-t-il pas le pressentiment qu'elles arrivent à leur terme ? Ne méritais-je pas quelque chose pour ma résignation !? Il m'a donné le don de prophétie… Je sais que je suis en train de mourir… Et toi… toi que j'ai pu voir à la fin de ma vie, tu ne resteras pas longtemps ici… Ce monde n'est pas à nous… C'est là que sont préservées les grandes passions qui ont été foulées au pied par les hommes… Pour certains, c'est ici un avant-goût de leur futur bonheur… J'aurais pu vivre vraiment heureuse !… Pauvre, en mendiant, mes enfants dans les bras ; mais avec toi, Ernest, avec toi !… La vie est, pour d'autres, ce qu'elle a été pour moi… un désir incessant de m'appuyer au sein d'un Dieu, qui ne m'a jamais abandonné, en rendant plus amères les larmes que j'ai versées… Toutes m'ont été douces… Je n'en ai versé aucune de honte… Pas une seule !… Dieu sait que non… Comme toi, mon ami, et mon mari… le saura… Écoute… Ernest… j'espère laisser à ce monde un témoignage important de ton honneur… Ne me demande pas lequel… Je sais que je viens te couronner de mon tombeau… s'il est vrai que je ne te verrai pas de si tôt en présence du Très-Haut ; mais cette couronne sera la marque de ton martyre, sans aucune épine… Il suffit des miennes et des tiennes… J'avais tant de choses à te dire… Je ne sais ce qui me dit que je ne me trouverai plus seule avec toi… Il ne m'est pas possible d'en dire plus… J'entends les pas du duc…

Cette liberté parut excessive au duc ; et l'impassible sang-froid de d'Auvergne lui parut un persiflage provoquant. La colère ne lui fit pas perdre le sien. Il se contint comme qui retient les furies d'un possédé, comme qui lutte corps à corps avec un fauve. Mais son visage le trahissait.

Ernest Lacroze vit son cœur. Il se leva gravement. Il prit le bras du duc, d'un air distrait, et le conduisit à l'antichambre, lui demanda un entretien dans la pièce contiguë, et lui parla non pas avec l'assurance d'un courage brutal, mais avec celle d'une orgueilleuse dignité :

– Cela fait vingt jours, monsieur le duc, que nous doutons l'un de l'autre. Qu'y a-t-il entre nous ? L'honneur de la duchesse de Cliton se trouve sous ma tutelle.

– Et sous la mienne, plus que sous la vôtre, monsieur.

– Je vous écoute…

– Je n'ai rien à vous dire. Il peut arriver qu'il y ait entre nous, d'un moment à l'autre, une entrevue d'où un seul d'entre nous reviendra, ou aucun.

– Je n'accepterai pas d'entrevue s'il n'y a entre nous une tache, bien visible, que l'on doive laver dans le sang. Si vous me dites tout de suite que je suis capable d'une infamie, cette entrevue doit avoir lieu maintenant.

– Il est trop tôt, monsieur. Tant que je vous appellerai monsieur, je ne mets pas votre honneur en cause.

L'écuyer délateur interrompit ce dialogue. Il annonçait deux messieurs qui désiraient saluer le duc, leur vieil ami.

– Qu'ils montent, dit le duc.

À ce moment précis, le médecin venait en courant les prévenir que madame la duchesse, contre toute attente, commençait son travail, et faisait venir le chapelain pour se confesser ; elle interdisait sa porte.

– Pour se confesser ! s'exclama le duc. Sa vie est-elle en danger ?

– Non, monsieur le duc, mais il n'est pas possible de lui enlever l'idée qu'elle va mourir… Laissez-la… la confession ne fait de mal à personne…

– Mais elle vous empêche de lui prodiguer vos soins.

– Il n'y a pas d'urgence…

Le duc était entré dans la salle où on l'attendait, fort éloignée de celle où il avait laissé Lacroze qui marchait de long en large. C'étaient les maréchaux Berthier et Murat, qui avaient été les camarades de Benoît de Montfort pendant la conquête de l'Égypte. Ils s'embrassèrent avec enthousiasme. Le duc dit qu'une circonstance funeste l'empêchait de goûter tout le plaisir de cette visite. les maréchaux voulurent se retirer ; mais il les en empêcha en leur promettant de leur faire connaître un personnage intéressant qui les entretiendrait jusqu'à l'heure de se coucher.

Ils dirent qu'ils partiraient au lever de la lune, et qu'ils ne resteraient pas plus de deux heures, parce qu'ils arrivaient de la frontière, et se rendaient à marches forcées à Paris.

Ils parlèrent de leurs compagnons d'armes. Ils déplorèrent les morts, et commémorèrent les prouesses des braves qui n'étaient pas morts pour la postérité. Parmi eux, le duc de Cliton cita le maréchal Ernest Lacroze.

– Lacroze ! s'exclamèrent-ils. Il s'est suicidé !... C'était un vaillant soldat.

– Je sais qu'il s'est suicidé... répondit le duc. On l'a déshonoré avec un soupçon abject...

– Celui d'avoir déserté !... C'était une calomnie !...

– Mais on n'a pas retrouvé son cadavre ?

– Jamais...

– A-t-il laissé de la famille ?

– Sa mère qui est morte de chagrin, et ses deux sœurs qui reçoivent une pension du gouvernement. Personne ne sait non plus ce qu'est devenu l'héritage qu'il a reçu d'un camarade peu de jours avant de se donner la mort. Il y avait cinquante mille livres, en bonnes espèces sonnantes... On dit qu'il les a emportées dans sa tombe...

La conversation continua un quart d'heure sur ce sujet. Le médecin l'interrompit en annonçant, rayonnant de joie, que madame la duchesse venait de donner le jour à un garçon. Les maréchaux embrassèrent le père, et lui donnèrent une autre accolade en l'honneur de l'heureuse mère. Le duc, secoué, voulait courir à la chambre de sa femme.

– Attendez, dit-il, j'appelle mon ami… il vous tiendra compagnie… Allez dire, docteur, à monsieur d'Auvergne que je veux le présenter à deux amis…

D'Auvergne entra. Quand il apparut, les deux invités reculèrent, et gueulèrent en même temps :

– Le maréchal Lacroze !

En entendant ces mots, qui descendirent avec la mort au fond de son cœur, le duc de Cliton murmura le nom qu'il avait entendu. La glace de la démence avait atrophié son cerveau. Ses yeux, fixés comme du cristal, immobiles, sur le visage majestueux de Lacroze, se figèrent dans ce spasme de l'agonie, que même la mort n'affecte pas.

Les maréchaux se regardaient, stupéfaits. Lacroze fit quelques pas et leur serra la main. Il s'approcha du duc.

– J'attends vos ordres.

Le duc ne répondit pas. Lacroze dit aux maréchaux :

– Pourriez-vous avoir la bonté de passer dans la pièce voisine, messieurs ?

Les hôtes sortirent, mécaniquement. Tranquille comme l'honneur, Ernest dit au duc :

– Vous me trouverez chez moi, monsieur, à n'importe quelle heure.

Il se retira.

En sortant de cette éclipse morale, le duc de Cliton se rendit compte qu'il avait la main serrée contre son sein, comme si elle empoignait un immense poignard.

Chapitre XXXVI

IL EST MINUIT.

Les maréchaux prennent congé du duc, plongés dans de sottes réflexions. Ils estiment que leur malheureux ami est devenu fou. Après le départ de Lacroze, ils ont employé la force pour contenir ses accès de démence. Il ne disait pas ce qu'il voulait, ni la victime qu'il cherchait. Ses yeux projetaient les flammes du délire. Ses dents grinçaient. Ses bras, comme pris de catalepsie, s'agitaient, les poings fermés.

Ils font venir le médecin, qui reste interdit, effaré de le voir dans cet état.

Berthier veut raconter ce qui est arrivé ; le duc, avec un rugissement caverneux qui sonne comme le dernier adieu d'un agonisant, colle brutalement sa main sur la bouche du maréchal.

Le docteur veut lui prendre le pouls, et le duc le repousse, le visage déformé par la colère. Le médecin épouvanté veut partir ; le mari de Blanche le prend à la gorge d'un air menaçant, et crie : « Allez-vous-en de chez moi ! »

Le médecin de la duchesse ne se sent pas encore dispensé de lui prodiguer les soins post-partum, il allègue l'impossibilité dans laquelle il se trouve de partir sans s'être acquitté de ses devoirs envers l'accouchée. Le duc, renfrogné, lui indique la porte, le docteur consterné se retire en demandant à l'écuyer où se trouve d'Auvergne.

– D'Auvergne, répond l'écuyer, vient de sortir de la chambre de la duchesse.

– À l'instant même !?

– Oui… Les domestiques en ont été atterrées.

– Atterrées ! Pourquoi ?!

– D'Auvergne est entré malgré la résistance qu'on lui opposait. Il s'est agenouillé près du lit de la duchesse. Il lui a baisé la main, s'est levé, puis il est sorti, en disant : « Je t'attends pour l'éternité ! »

– J'ai tout compris ! murmura le médecin, mais quel rêve, que celui-là… se dit-il. Comme son indignation à mon encontre s'explique !… Je m'en doutais !… La vérité est sortie des lèvres d'une infâme ! La vicomtesse de Namur ne s'est pas trompée !…

Il sortit, craignant de s'attirer une colère encore plus violente du duc.

Les maréchaux, taciturnes devant le fils de Silvina qui haletait sur une chaise, lui tendirent les mains avant de le quitter. Le duc les prit sans dire un mot. Ils sortirent, le malheureux se leva. Il tira les cordons d'une sonnette, l'écuyer fit un pas dans la pièce.

– Fais préparer les chevaux, Lefèvre… Tu vas me suivre.

Le domestique se retirait.

– Approche… Le médecin est-il parti ?

– Ça fait un moment, peu après monsieur d'Auvergne… qui est sorti de la chambre de madame la duchesse…

– Tu mens ! Cet homme est sorti de cette pièce.

– Si vous permettez cette liberté à votre vieux domestique, je vous dirai, monsieur le duc, que d'Auvergne est passé de cette pièce à la chambre de madame la duchesse.

– Tu l'as vu ?

– Les servantes l'ont vu… elles disent que le chevalier s'est agenouillé, en lui baisant la main…

– Tais-toi ! Prépare les chevaux… Viens… Entre dans la chambre de Blanche, et donne l'ordre, de ma part, aux domestiques, de se retirer… Je veux mes pistolets dans les fontes… Approche… Que la nourrice de ma fille Elisa vienne ici… Vite…

Le duc traversa quelques couloirs. Le chandelier lui tomba des mains… En tâtonnant dans les ténèbres, il se retrouva dans sa chambre. Il ouvrit un grand tiroir. Il passa ses mains sur quelques papiers, il voulait en reconnaître au toucher quelques-uns, qu'il trouva. C'étaient deux rouleaux, dont le duc vit leur contenu à un rayon de lune qui filtrait au guichet d'une grande porte. Chaque rouleau portait un chiffre : *cent mille francs ; titres de la Banque d'Angleterre.*

Il arracha précipitamment le tiroir : il tendit le bras vers l'espace qu'il occupait ; il tira un petit tiroir secret et prit un flacon de verre sur quatre. Il lut au même rayon de lune l'inscription : *acide sulfurique.*

Il entra dans la pièce où l'attendait la nourrice de la duchesse Elisa.

– Et ma fille ?

– Elle dort.

– Partez avec elle chez d'Armagnac, immédiatement. Que le vicomte m'attende.

La nourrice n'osa balbutier la moindre observation. Le duc exprimait l'épouvante qu'inspire l'enfer dans ses yeux.

– Mon écuyer ?

– Me voici, monsieur le duc.

– Les chevaux ?

– Je vais les harnacher…

– Vas-y… Attends… Que tous mes domestiques et toutes mes servantes quittent cette maison… Qui est-ce qui passe dans ce couloir ?

– C'est une bonne.

– Que tient-elle dans sa main ?

– Un verre d'eau pour madame la duchesse.

– Va chercher ce verre… Je le lui apporterai… C'est un ordre, il n'y a pas revenir là-dessus ! Tous mes domestiques et toutes mes servantes… tous mes serviteurs devront être partis de chez moi dans deux heures.

– À cette heure-là ! murmura la nourrice.

– Je vous dispense de commentaires… Quiconque n'aura pas exécuté cet ordre risquera sa vie…

L'écuyer entra dans la chambre de Blanche. Il la vit évanouie, entourée de ses femmes de chambre, et du chapelain qui disait les prières aux agonisants. Il énonça d'une voix ferme les ordres du duc. Les servantes en furent épouvantées. : le prêtre, lui, poursuivit tranquillement sa prière.

– Vous n'entendez pas, père La Croix ? demanda l'écuyer, insolemment.

Le prêtre murmurait :

– *Eripe me de inimicis meis, Domine, ad te confugi : doce me facere voluntatem tuam quia Deus meus es tu.*

– Vous moquez-vous des ordres de monsieur le duc ? Je vais lui dire que vous n'en faites aucun cas.

– *Educes de tribulatione animam meam, et in misericordia tua disperde inimicos meos.*[1]

Lefèvre sortit en vociférant des insultes contre l'homme d'Église.

Les servantes s'enfuirent, sans découvrir la raison de leur terreur.

Quand la nourrice lui présenta sa fille, qui vagissait, surprise d'avoir été réveillée brutalement, il l'écarta violemment. Il se retrouvait seul.

Il vida le liquide du flacon dans le verre d'eau. Il s'arrêta au seuil de la chambre.

Le prêtre à genoux, entonnait :

Ad dominum cum tribularer clamavi : et exaudivit me.

Domine, libera animam meam a labiis iniquis, et a lingua dolosa.[2]

– Retirez-vous, mon père.

– Laissez-moi, duc, accomplir la volonté de votre épouse qui se meurt. Elle m'a demandé de l'assister jusque'à son dernier souffle.

– Sortez, La Croix !

---

1. Les mal comprenants qui essuient, s'ils sont croyants, les messes en dialecte de prêtres ignares, et se sont vus privés dans leur âge tendre de la substantifique moelle de nos chères humanités, ont bien le droit de savoir ce que dit le prêtre :
Arrache-moi aux griffes de mes ennemis, Seigneur, c'est auprès toi que j'ai trouvé un refuge : donne-moi les moyens d'accomplir ta volonté, parce que mon Dieu, c'est toi.
Tire mon âme de l'angoisse dans laquelle je croupis, et, dans ta miséricorde, disperse mes ennemis.
Je présente mes excuses à tous les autres. (NdT)

2. *Dans ma détresse, j'ai appelé mon Seigneur en criant, et il m'a entendu.*
Seigneur, délivre mon âme des lèvres iniques, et d'une langue artificieuse.

– Ne troublez pas les derniers instants de cette sainte. C'est son confesseur qui vous le demande.

– Retire-toi, hypocrite !

Le prêtre se leva pour aller se jeter aux pieds du duc, en criant :

– Je suis tout sauf hypocrite, monsieur ! Je vous jure, au nom de Dieu, que votre épouse est innocente… et morte !

Le duc le repoussa, en le précipitant d'un coup de pied hors de la chambre. Il ferma la porte et posa le verre auprès du crucifix qui se trouvait entre deux chandeliers au chevet du lit.

Il prit le pouls de la duchesse.

Il régnait un profond silence, coupé par les pépiements des oiseaux qui répondaient des forêts lointaines aux cris stridents de la forêt prochaine.

Assis à côté du lit, le duc semblait écouter la respiration de sa femme, penché sur le corps presque cadavérique, la main sur son pouls. Il y avait à ses pieds les draps encore ensanglantés, les vestiges de l'accouchement effectué deux heures avant.

Il s'écoula vingt minutes. La pendule de l'horloge, dans la salle voisine, avec son balancier monotone, on eût dit l'ange de la mort frappant un coup à chaque grain de sable coulant dans la gorge du sablier.

Blanche frémit et ouvrit les yeux.

Elle fixa son mari, qui retirait la main de son poignet.

Elle resta figée dans ce spasme, comme si elle rappelait à elle la conscience de la vie.

– C'est toi ?… dit-elle, cachant avec sa main les rayons trop vifs de lumière, qui lui blessaient les yeux.

– C'est moi… répondit sèchement le duc.

– Sois le bienvenu, mon époux… À l'heure des adieux,

toi d'un côté, moi de l'autre... il me manque un prêtre... Pourquoi n'est-il pas là, La Croix ?

– Vous n'avez besoin de personne d'autre ici, Blanche de Clermont ?

– De mes enfants... Je voudrais les voir... Quelle tête, mon ami... Tu souffres plus que moi... J'ai soif...

Le duc prit le verre d'eau et le lui tendit. La duchesse le prit sans hésitation, resta quelques secondes avec ce verre à ses lèvres ; elle souriait en fixant son mari, quand elle les entrouvrit pour boire son contenu jusqu'à la dernière goutte.

– Où sont mes enfants ? demanda-t-elle tendrement.

– Ils se sont enfuis, leur mère leur faisait honte.

– Et toi... tu ne t'enfuis pas, si ta femme te fait honte ?

– Non... Ma sensibilité s'est épurée. Puisqu'il le faut, je serai jusqu'au bout le compagnon loyal de Blanche de Clermont.

– Tu ne le seras pas longtemps, mon époux...

La duchesse posa tout à coup ses mains sur son estomac, comme pour en arracher un serpent, qui s'y love en entamant ses chairs.

– Quelle douleur, mon Dieu ! cria-t-elle en lâchant un gémissement convulsif et prolongé.

Le duc se lève, croise les bras, et fixe, avec une impassible béatitude, la duchesse, dont le visage prend une teinte cramoisie. Ses yeux scintillent, sa gorge se bloque, comme serrée par un garrot.

– Empoisonnée par toi, mon époux, dit-elle d'une voix rauque, s'asseyant d'un coup, secouée par d'atroces souffrances.

Elle manque d'air. Elle se redresse, s'appuyant sur ses poings, enfoncés sur son oreiller, ouvrant la bouche pour respirer. Elle se laisse tomber de nouveau, s'efforce de rafraîchir avec ses mains son estomac qui lui brûle, et ses entrailles qui se déchirent par à-coups.

– Tu aurais pu me donner une autre mort… s'écria-t-elle ; si tu tu ne voulais pas attendre quelques heures… Ces paroxysmes sont douloureux…

Le duc ne s'écartait pas, si peu que ce fût, de son attitude contemplative. Il aurait pu, par la couleur verdâtre de son visage, l'immobilité de son corps, passer pour un cadavre debout ; mais la vie se manifestait dans ses yeux, qui tournaient au fond de leurs orbites, tandis qu'il suivait les contorsions de la duchesse. Il ne prononçait pas un seul mot.

Blanche, les mains serrées contre les tempes, laissa pendre sa tête hors du lit. C'était un affreux vomissement dont elle était prise, avec des élancements qui lui embrasaient l'œsophage. L'agonie de son cœur se percevait aux halètements de sa poitrine à moitié découverte.

Son visage s'immobilisait ; le scintillement de ses yeux se faisait moins vif. La cornée transparente se zébra de sang, la paupière supérieure, distendue par ses contorsions, semblait se déformer, pour prendre la forme d'une membrane de couleur violette, humectée d'un liquide comparable a du sang putréfié.

Une sueur froide filtrait de sa peau tuméfiée, et se coagulait en grains, sur le cramoisi des joues, comme des gouttes de pluie givrées sur les pétales d'une rose rouge.

Le duc voyait trembler les veines de son cou, où le sang refluait comme pour échapper aux flammes qui montaient de l'estomac.

– Mon Dieu, mettez fin à mon agonie !… Duc, mon époux, abrège ma fin… plutôt un poignard…

Son visage devenait méconnaissable. Il n'y avait plus

de trace d'écarlate, remplacé par un vernis couleur de glaise : ses muscles buccinateurs fondirent, laissant ressortir les os sous les joues, à peine recouverts de l'ombre d'un vert sombre comparable au disque d'un ulcère. Les ailes du nez s'amincirent, comme si le cartilage qui les sépare se décrochait. Les lèvres se fendirent, il n'en restait plus que des bouts de la couleur du plomb, et la langue, qui les humectait, semblait avoir été touchée par un fer embrasé. Les yeux n'avaient plus aucun éclat, mais roulaient vertigineusement, comme dégagés des tendons, dans les orbites dont les bords semblaient décharnés. En vingt minutes, l'acide sulfurique avait fait de la belle Blanche un affreuse monstruosité !

Il y eut ensuite les vomissements. C'étaient des tissus membraneux qui sortaient, mêlés de sang. C'était la membrane intérieure de l'estomac déchiré en petits fragments. C'étaient les entrailles dépecées qui étaient rendues, dévorées dans un feu qui labourait la moelle de ses os.

L'on n'entendait pas un cri. L'agonisante se collait à son lit qui grinçait. Elle déchirait les rideaux où elle enfonçait ses mains. Elle déboîtait ses articulations, en prenant des postures violentes… pas un seul cri pour demander de l'aide !

Quant au duc, il semblait avoir perdu conscience de l'assassinat perpétré contre cette malheureuse. Nous sommes incapables d'expliquer cet homme, si nous le considérons comme un homme, à ce moment-là. L'âme s'était retirée de ce cadavre.

Puis il y eut d'horribles convulsions. Elle râlait.

Blanche souleva son oreiller. Il y avait une lettre. Elle la tendit au duc.

– Tu la liras, mon mari… non, pas tout de suite… tout à l'heure… Une dernière chose… maintenant… je t'en supplie… Donne-moi cette croix…

Le duc ramassa la lettre qui était tombée des mains de Blanche.

Il se réveilla. Sa physionomie défiait toute description. Il quitta précipitamment la chambre, sans entendre la dernière prière de sa femme. Il traversa la demeure déserte, et ne vit pas le prêtre qui entra dans la chambre de la duchesse, dès son départ. Il descendit dans la cour : ses chevaux l'y attendaient, avec son écuyer. Le duc prit un chandelier des mains de Lefèvre. Il entra dans un vaste magasin, plein de paille, qui composait la base de l'ancien château de Cliton, séparée par un mur épais de l'édifice construit cent ans avant. Il approcha la lumière de la paille. Une flamme s'en éleva. Il monta sur son cheval, mis comme un domestique, vêtu d'un pardessus élimé de velours noir, avec une casquette du même velours, brodée d'or, portant les armes de Cliton sur la forme.

Son serviteur était en livrée.

Il était une heure du matin.

Le duc de Cliton gravissait au galop la pente qui menait chez d'Armagnac, il y rencontra le vicomte qui descendait vers Cliton, après avoir vu les langues de feu qui sortaient du palais.

– Qu'est-ce qui se passe, duc ?

– Allons chez toi, mon ami…

– Mais…

– Je ne répondrai à aucun commentaire… Suis-moi.

Chapitre XXXVII

En arrivant à Armagnac, le duc de Cliton entra dans la première pièce où il vit de la lumière. Il ouvrit la lettre de Blanche.

Il lut :

« *Quand le pressentiment de la mort ne cesse de nous interpeler, nous ne devons pas l'ignorer. Cela fait trois mois que ce pressentiment ne me lâche pas, et je ne puis surmonter la crainte que j'ai de mourir sans que mon mari puisse m'entendre ou sans avoir le courage de lui dire ce qu'il lit sur ma sépulture.*

Mon mari est un ange, il a été un martyr, il méritait d'être heureux, il a été victime, comme moi, d'une volonté supérieure, que je ne puis attribuer à une divinité.

J'ai fait tout ce qui était humainement possible pour le consoler ; mais ces consolations étaient froides, alors qu'il avait besoin de mon cœur, avec toute l'ardeur de sa jeunesse, pour se consoler. J'en ai été incapable, il sait bien que j'ai été entraînée, et que je ne pouvais faire son bonheur qui ne peut être q'un don spontané du cœur.

J'ai pourtant demandé à Dieu un nouveau cœur, et j'ai été, sinon entendue, moins malheureuse, depuis. J'ai converti mes larmes en abnégation : j'ai renoncé au droit que j'avais d'être libre ; je me suis familiarisée avec les souffrances de mon mari, en me disant : un infortuné est fait pour un autre infortuné. Si ce n'est moi, qui le consolera ?

Je me suis trompée. Quand j'ai cédé à une force, qui n'était pas de ce monde, qui n'était pas la mienne, et que j'ai dit à mon époux, au père de ma fille, que je l'aimais… je l'ai trouvé incapable de me rendre justice, fatigué de moi, froid comme un homme qui vous dédaigne, mais toujours délicat comme une personne qui ne sourit pas de bon cœur, mais qui sait de quelle façon tuer l'espoir avec un sourire affable.

Mes espoirs, il les a étouffés ; mais avec tendresse, avec sa grâce de statue, qui ne change pas d'expression, il m'appelait sa sœur, son amie, et… malgré tout… sa victime se jugeait indemnisée.

Nous vivions ainsi, sans la lumière, sans l'air, sans le soleil du bonheur, quand est entré dans cette maison un homme, que j'ai regardé avec l'effroi de qui voit son bourreau.

C'était Ernest Lacroze.

Que ce nom ne t'accable pas, mon époux ! Ernest Lacroze était le messager de Dieu. Il est venu me dire qu'il me pardonnait. Il m'a appelée sa sœur. Il s'est présenté comme l'ange tutélaire de ma vertu, et m'a appris à pleurer dignement.

J'ai beaucoup pleuré près de lui, et jamais ses lèvres n'ont proféré une plainte. Comment aurait-il pu se plaindre ? Le malheureux venait me faire ses adieux, et voulait me pardonner pour que le remords ne m'affligeât tout le reste de ma vie.

Cet homme, que tu appelles ton cher ami, duc, est digne de l'être. La calomnie a voulu le diffamer, mais une certitude, que t'inspire un bon ange, n'a pas consenti qu'il soit infâme à tes yeux.

Tu as là un martyr digne de toi, vos douleurs sont comparables. Je ne sais ce qu'il deviendra après ma mort. Ne l'abandonne pas, je crois que cet homme aura besoin que tu l'aides, pour ne pas se laisser vaincre par la tentation du suicide, qui ne cesse d'occuper ses pensées.

S'il est possible qu'une telle révélation suscite ton indignation, ne l'écrase pas en le méprisant au fond de cœur. Demande-lui de t'apprendre à être vertueux, raconte à ta fille l'histoire de cet homme, pour qu'elle ne perde pas sa confiance en la vertu, et suive toujours le chemin droit où elle se trouve.

Fais en sorte que cet homme ne se suicide pas, une telle mort viendrait, aux yeux du monde, ternir une vie glorieuse d'incroyables douleurs.

Je ne sais ce qu'il y a entre nous, mon mari.

Je lis la méfiance ou le mépris dans tes yeux. Je sais que la vicomtesse de Namur claironne que je suis une femme tombée bien bas, qui fais retomber sur toi mes écarts. Je pardonne à la vicomtesse de Namur mes chagrins ; pas les tiens.

Chaque jour apporte son lot de lettres anonymes. J'ai pris aujourd'hui la liberté de t'en voler une, et je me suis fait mon opinion sur les autres. D'Auvergne est mon amant ! *Voilà comment Dieu permet qu'il y ait des bourreaux qui flagellent, sans aucun châtiment en ce monde, ceux qui doivent être plus vite appelés à sa béatitude. La religion m'apporte son secours dans ma détresse.*

J'ai voulu te dire qui était d'Auvergne, mais Lacroze ne me l'a pas permis. J'aurais hâté sa mort en te le disant ; parce qu'il affirme qu'il se tuera quand tu le connaîtras, et le suspecteras de t'avoir trahi, d'avoir été indigne de ta confiance.

Je ne sais ce qui va arriver… Lacroze vient de me dire que sa mort seule peut assurer ma tranquillité…

Ma tranquillité ! Personne ne m'a vraiment connue en ce monde ! Quand on a un visage immaculé comme le mien, l'on peut dire à un mari : "Tu m'as fait perdre un ami, et je meurs en te disant que je ne pouvais lui survivre".

Je me rends compte que tu évites Lacroze. Je lui demande quel nouveau malheur s'annonce, il me répond que rien de nouveau ne peut nous arriver.

Je ne sais ce qu'il en sera, de toi, de lui et de moi !

Que la volonté de Dieu s'accomplisse !

Si un événement imprévu fait le malheur de ma fille, ne la laisse pas se perdre. Cette malheureuse est le rejeton d'un tronc rongé par les vers ; ses fruits seront maudits.

Blanche. »

Le vicomte ne perdait pas un geste du duc pendant la lecture de cette lettre. Il vit de terribles changements dans son expression. Il l'interrompit à plusieurs reprises, mais ne reçut comme réponse qu'un geste de son bras tremblant pour lui imposer le silence.

Après avoir lu la lettre, le duc oscillait, fixant le vicomte, de ses yeux épouvantés.

– De quoi s'agit-il ? Quel est ce mystère ? demanda le vicomte.

– Je suis l'assassin de ma femme innocente !

– L'assassin de ta femme !

– Cours, tu pourras encore la sauver… Je l'ai empoisonnée… Je l'ai tuée ! Dépêche-toi, vicomte… Demande-lui pardon à genoux… je sais que je vais devenir fou… J'aurai une mort horrible… Ne me méprise pas, toi, vicomte… Je t'appellerai de mon tombeau pour me justifier face à la sentence des hommes qui me condamnent…

– Appelle-moi de ta sépulture, je briserai la dalle pour descendre jusqu'à tes os… Il n'y a qu'une condamnation, duc, qui soit visible chez un homme, elle émane de Dieu… C'est le remords… La mort te serait mille fois plus douce…

Le vicomte courut à Cliton. Le duc ouvrit une fenêtre, lui-même ne savait pas dans quel but. La clarté de l'incendie donna à son visage l'air d'un condamné. Il recula. Il ne pouvait contempler son œuvre. Une partie du vieil édifice de Cliton était la proie des flammes, qui, fouettées par le vent, serpentaient entre les lucarnes aiguës du vieux manoir des Montfort. Les cloches de la chapelle de Cliton demandaient du secours, et les paysans, alertés, convergeaient des villages prochains, à grands cris.

Le duc était descendu dans la cour, sans intention particulière. Une sueur glaciale lui recouvrait le visage. Il tremblait, pris d'une terreur d'enfant. L'oubli presque total de sa propre existence, l'ivresse, le somnambulisme, la pétrification étaient les symptômes significatifs de la démence, à moins que celle-ci ne soit prévenue par le suicide. Il semble qu'aucun objet extérieur ne pouvait blesser les yeux torves de cet homme. Lefèvre aperçut sa silhouette, s'il avait vu son expression, il n'aurait pas osé lui adresser la parole.

– Les chevaux sont ici, monsieur le duc.

– Ah !… Ils sont là ?…

Il se précipita sur eux. Il enfourcha rapidement son cheval, et l'éperonna frénétiquement en lui faisant prendre la direction d'Angoulême. Le domestique le suivit.

Le vicomte était arrivé à Cliton. Il traversa l'allée fendant la foule qui était venue apporter son aide à l'appel des cloches. L'incendie n'avait pu s'étendre à la partie du palais où résidaient les seigneurs donataires. Le mur qui séparait l'ancien du moderne, en pierre de taille, était d'une largeur impénétrable ; au Moyen Âge, elle avait formé la façade du château.

Il entra et courut à la chambre de la duchesse. Il se sentit défaillir de terreur quand il l'aperçut, il n'y avait plus aucune trace de la femme qu'il avait vue un jour avant. Les globes de ses yeux s'étaient libérés de leurs prisons musculaires, ils étaient sortis des orbites. Elle était à genoux sur son lit, et se tenait au cou du prêtre, dont les forces avaient du mal à contenir les râles convulsifs de l'agonisante.

Le vicomte voulait l'appeler, car la duchesse ne l'avait sûrement pas vu, bien qu'elle tournât vers lui à maintes reprises, dans les affres de ses paroxysmes, un visage dont les vers semblaient avoir rongé tous les traits. Il voulait l'appeler, mais la surprise l'empêchait de parler…

– Vous êtes ici, monsieur le vicomte ? dit La Croix.

– Vicomte !… s'exclama la duchesse, d'une voix presque imperceptible. C'est le vicomte d'Armagnac ? Je ne puis plus vous voir… Approchez, mon ami… Voyez quelle mort j'ai eue !… Vous ne dites rien ?…

Le vicomte lui prit la main, et la couvrit de larmes. Blanche les sentit, et lui mit le bras autour du cou.

– Vous pleurez, mon ami !

– Le médecin ! hurla le vicomte… où est le médecin ?

– Pourquoi ? Il n'y a plus rien à faire…

– Le duc veut qu'on vous sauve… Où se trouve le médecin, père La Croix ?

– Il a été chassé par le duc.

– Faites-le venir… allez-y… Dépêchez-vous…

– Ne voyez-vous pas… dit la duchesse. Je suis morte…

– Vous pouvez encore être sauvée… Laissez-le y aller… Sinon c'est moi, qui vais y aller…

– Non… Je sais que vous ne me retrouverez pas vivante… Écoutez…

– Qu'y a-t-il… que voulez vous me dire ?

– Je lui pardonne.

– Vous lui pardonnez ?… à votre mari ? Je dois me mettre à genoux, parce que c'est ainsi qu'il m'envoie vous demander pardon… Il dit qu'il vous a tuée, alors que vous étiez innocente…

– Il l'a dit ?… C'est lui qui l'a dit ?

– Oui… c'est lui, quand il a fini de lire votre lettre, chez moi.

– Merci, mon Dieu !… Je meurs heureuse !… Dites-lui que je lui ai pardonné…

Le vicomte sentit se dénouer le bras qui l'entourait, dans une violente frénésie, de son cou. Il reçut dans ses bras un corps inerte, et entendit le dernier soupir de Blanche. Le prêtre était à genoux devant le crucifix, les mains levées appuyées à ses lèvres.

Ils entendirent des pas précipités dans la salle voisine. Le vicomte se retourna, quand il les distingua à l'intérieur de la chambre. Il s'attendait à voir le duc. C'était Ernest Lacroze.

Celui-ci s'approcha de la couche, encore tremblante des râles de Branche. Il n'avait pas vu son visage que la bordure de la robe de chambre avait fortuitement recouvert quand elle était tombée, morte, dans les bras du vicomte.

– Elle dort ? demanda-t-il.

– Si elle dort !… dit le vicomte.

– Oui… ou est-elle évanouie ? rétorqua Lacroze.

– Elle est morte, dit le prêtre, sans tourner la tête pour répondre à la question.

Ernest lui découvrit le visage, avec une sérénité que l'on ne saurait expliquer en employant les termes qui nous viennent à l'esprit dans des cas semblables. Il y avait comme une incertitude dans ce geste lent, ce silence inconcevable. C'était le bras qui bougeait ; mais l'âme ne lui en donnait pas l'ordre. Celle-ci était comme enfermée dans une sépulture d'afflictions. Avez-vous vu deux vagues qui se heurtent, sur une nappe d'écume, qu'elles laissent en se repoussant, bloquer un bâtiment qui semble engourdi par la bonace, jusqu'à ce qu'elles reviennent le fracasser ensemble ? Je ne puis concevoir Ernest Lacroze autrement. Cette auguste sérénité, cette horrible beauté d'une torpeur morale, ce silence… c'était le mouvement tranquille du vaisseau que les deux vagues vont rouler avec elles dans les profondeurs de l'abîme.

Le vicomte ne le comprenait pas mieux que nous. Il attendait une question, on ne lui en avait posé aucune.

Ernest Lacroze avait posé la main sur le cœur de Blanche, et avait dit quelque chose… quelle parole avait-il pu prononcer ?

Et il était sorti.

Dans les escaliers, il avait croisé une silhouette, qui lui dit :

– Monsieur le vicomte !

– Ce n'est pas moi.

– Ah ! vous êtes monsieur d'Auvergne… Aurez-vous la bonté de me dire si monsieur le vicomte est là ?

– Il est là.

– Je venais lui dire que monsieur le duc est parti précipitamment, et il m'a prié de ne pas vous laisser aller à la salle d'armes.

– Monsieur le duc de Cliton ?… Il est parti à cheval ?

– Oui, monsieur.

– Quel chemin a-t-il pris ?

– Celui d'Angoulême.

Lacroze partit pour Angoulême.

Chapitre XXXVIII

À TROIS HEURES DU MATIN, le soupirant de Blanche de Clermont était arrivé à Angoulême. Il savait qu'il cherchait le duc de Cliton, mais n'avait aucune idée des indices qui devaient le guider dans cette quête incertaine.

Il se retrouva dans une grande ville, sans aucune trace qui lui indiquât le passage éventuel du mari de Blanche. Il regagna les portes de la ville, et demanda si un cavalier était passé par là.

– J'en ai vu deux, dit le douanier.

– En avez-vous reconnu un ?

– Je pense les avoir reconnus tous les deux, grâce à l'écuyer. Si ce n'était pas le duc de Cliton, c'est que le diable avait pris sa place. Il y a à peine une heure et demie qu'il est passé.

Lacroze s'imagina qu'on allait le chercher chez lui, dans un bourg à un quart de lieue d'Angoulême.

Il y vola, poussé par le désir anxieux de se venger au plus vite, parce que le mot VENGEANCE était celui qu'il avait dit à l'oreille du cadavre de Blanche.

Ses domestiques dormaient tranquillement chez lui. Personne n'était venu le voir. Il changea de cheval et retourna à Angoulême.

C'était le point du jour.

Il se renseigna dans toutes les avenues de cette ville ; il apprit qu'à deux heures, un cavalier avait franchi la barrière qui s'ouvre sur la route royale de Sarnac. Il partit. À deux lieues de là, il vit un cheval mort : il constata que c'était celui du duc. Deux heures après, il posait à Sarnac des questions sur ce cavalier. On lui dit qu'il était resté le temps d'acheter un cheval, parce que le sien était mort, et qu'il avait pris, deux heures avant, la direction de Rochefort qui se trouvait à seize lieues de là.

Rochefort est un port de mer. Lacroze en conclut que le duc prenait la fuite, et perdit, un moment, l'espoir de le rejoindre.

Dans toutes localités, on lui disait que le duc était passé deux heures avant ; ça lui donnait quatre lieues d'avance.

De l'autre côté de la Charente, se trouve une auberge, au pied d'une montagne, isolée, presque dissimulée par ses châtaigniers séculaires qui formaient, au-dessus, une voûte de feuillage.

Ernest Lacroze était exténué. L'intensité de la haine ne peut toujours compter sur les forces du corps. L'âme gardait l'activité du désespoir, mais la lassitude des membres, un jeûne prolongé, la consomption même qu'entraîne une angoisse qui le rendait fébrile, ne lui permettaient pas de continuer, sans risquer sa vie.

Lacroze se jeta sur son lit, en demandant qu'on prodiguât des soins à son cheval, qui devait partir quelques heures après.

Pendant qu'il se repose, à moitié endormi, à moitié plongé dans le délire, dans l'étourdissement de l'esprit et de la matière, voyons quelle distance le sépare de son ennemi.

En onze heures, le duc de Cliton avait parcouru

vingt-cinq lieues, la distance qui sépare Angoulême de Rochefort.

Dans une auberge des faubourgs de cette ville, il fit venir Lefèvre, le vieil écuyer de son enfance, et lui demanda ses vêtements, qu'il échangea contre son pardessus de velours, sa casquette brodée d'or, et ses chaussures en peau de loutre, avec des broches de nacre. L'écuyer attribua cet échange à un dérangement mental de son pauvre maître. Une fois habillé, pourtant, sa taille était d'un ridicule tellement irrésistible que la patronne de l'auberge, en le voyant passer, lui demanda si l'on donnait un bal de carnaval à Rochefort, avant la date. Lefèvre avait fait rire l'aubergiste en pleurant à chaudes larmes. Son maître lui avait fait ses adieux en ces termes :

– Je te donne ton congé, Lefèvre. Voici deux mille francs. Je te laisse les chevaux sur lesquels nous sommes venus. Nous ne nous verrons plus… Récompense l'estime que je t'ai manifestée, en ne disant à personne le chemin que je prends. Établis-toi à Angoulême. Si, un jour, j'ai besoin de toi, je t'écrirai.

Le duc entra à Rochefort. Un navire marchand hollandais appareillait pour l'Angleterre une heure après. Le duc de Cliton avait fait faire un passeport qui lui avait coûté deux mille francs, parce qu'il fallait venir à bout, avec de l'argent, des formalités de la loi et de la surveillance dont, surtout à cette époque, faisaient l'objet les passagers français qui se rendaient en Angleterre.

Ce passeport avait été accordé à Sebastião de Melo, de nationalité portugaise, droguiste, résidant à Lisbonne, en voyage d'affaires.

Lefèvre se défit entre-temps d'un cheval peu maniable, et se serait débarrassé de son pardessus de velours, qui lui donnait l'air funèbre d'un peintre grec, s'il avait pu l'échanger contre un autre vêtement pourvu qu'il ne vînt pas des villageois chez lesquels il suscitait une franche hilarité.

Il arriva, cette nuit-là à l'auberge de la Charente, et réclama une chambre, avec une souveraine hauteur. Les aubergistes lui demandèrent s'il était passé par là la veille, à la tombée du jour. Lefèvre mentit en disant que non, pour détourner les soupçons sur la destination de son maître, qu'il regrettait encore à un certain point. Deux mille francs, quatre-vingts pour un cheval, et la perspective d'en gagner autant, apaisaient sa douleur de ne plus le voir. De plus, Lefèvre ignorait les mièvreries des tempéraments sentimentaux.

– Je voulais vous donner, dit l'aubergiste, la chambre planchéiée, qui a été blanchie à la chaux, mais elle est occupée par un monsieur qui est arrivé malade hier après-midi, il y est encore, brûlant de fièvre. Il ne veut pas de médecin, et je trouve qu'un prêtre serait plus indiqué qu'un médecin. Il ne vous reste plus qu'à vous installer dans cette autre chambre, qui n'est pas mauvaise, elle non plus ; on vous apportera le dîner…

– Je ne veux pas être dérangé jusqu'à demain. Pansez bien mon cheval, et emportez cette lumière, je veux dormir. Dites à cette damnée estafette de rentrer cet âne qui fait sonner ses clochettes. Fermez la porte de l'extérieur, et posez la clé dessous, en laissant une partie à l'intérieur, une partie dehors. Écoutez, votre remise est-elle exposée aux attaques des brigands ?

– Non, monsieur. On n'en a pas entendu parler depuis que mon grand-père s'est établi ici, il y a plus de cent quatorze ans.

– Je suis fort heureux de faire la connaissance de votre grand-père. Bonne nuit.

L'aubergiste avait entendu sonner dans la chambre de Lacroze.

Il s'y précipita, et le vit assis sur son lit.

– Comment vous sentez-vous, monsieur ?

– Mieux. Donnez-moi quelque chose à manger.

– Il y a du bouillon de poule, à vos ordres.

– Et faites harnacher mon cheval. A-t-il bien mangé ?

– Fort bien. Il ne se fait pas prier. Il n'a rien à voir avec celui d'une grosse légume qui vient d'arriver. À mon avis, il doit peser son poids ; mais, que Dieu me sauve, j'ai supposé qu'il n'était pas du coin, vue la façon dont il est mis. Il porte un machin de velours, qu'on dirait la soutane d'un prêtre, et une casquette de velours, avec beaucoup de machins en or et des armes royales au-dessus. D'après moi, c'est une sorte de marquis, de là-bas, d'Angoulême, qui vient visiter les fortifications de Rochefort…

– Il va à Rochefort, ou il en vient ?

– Ça non plus, je ne pourrais vous le dire. Il est entré ici quand je me trouvais à la cuisine, et ne m'a pas dit s'il allait à Rochefort ou s'il en venait.

– Quel âge a-t-il ?

– Il doit avoir plus ou moins trente ans.

– De quoi a-t-il l'air ?

– Bien fait de sa personne, il a des manières d'aristocrate. Ses yeux sont noirs comme du jais, il est un peu jaune, la fatigue du voyage.

– Il est venu seul ?

– Avec un seul cheval.

– Me permettez-vous de voir ce cheval ?

– Si vous pouvez descendre jusqu'à l'écurie…

– J'y vais.

Dès qu'il vit le cheval, Lacoste s'appuya au bord du

râtelier, et devint si pâle que l'aubergiste lui mit une main sous le bras.

– Ça vous a fait du mal, de venir en bas... Remontons... C'était une imprudence.

– Allons-y... dit Lacroze, en méprisant l'appui que lui offrait l'admirateur de la coiffure de Lefèvre.

Ils rentrèrent dans la chambre.

– Voulez-vous gagner cinquante francs ? dit l'amant de Blanche.

– En restant en règle avec ma conscience...

– Je crois que l'homme que vous avez chez vous est un ami à moi, et je voudrais lui jouer un tour...

– Ah bon ? Dites alors ce que vous voulez.

– Pouvez-vous récupérer sa casquette, que je puisse la reconnaître ?...

– Moi, je vous dis... Laissons-le s'endormir ; d'ici un moment j'ouvre la porte, tout doucement, j'entre dans sa chambre sur la pointe des pieds, et je vous apporte sa casquette ainsi que son habit noir, si vous voulez le voir.

– Voici cinquante francs.

– Non, je ne les accepte pas... c'est trop, pour un si petit service... Je croyais qu'il s'agissait d'autre chose...

– Acceptez-les donc pour vos bons procédés à mon égard, il n'y a pas d'argent qui puisse les payer.

– Dans ce cas... en fin de compte... comme dit l'autre, ça la fiche mal de jouer les riches, quand Dieu sait ce qui peut arriver... Si vous me donnez de l'argent, c'est que vous en avez beaucoup ; et puis, des cadeaux que l'on fait si gentiment, il faut avoir le cœur bien froid pour ne pas les accepter...

– Vous avez raison, mon ami. Écoutez... Quand vous verrez que cet homme dort...

– Attendez… je vais écouter au trou de la serrure… et s'il ronfle…

– Allez-y… allez-y…

La physionomie de Lacroze trahissait une horrible excitation. L'exaltation de la haine donne, parfois, une belle coloration sanguine au teint pâle d'un homme qui souffre. En revenant, l'aubergiste le trouva courbé sur son lit, le visage caché entre ses mains.

– Ça ne va pas, monsieur ?

– Ça va… Il dort ?

– On ne peut mieux, il ronfle comme un cochon…

– Comment peut-il dormir ? se disait Lacroze. Est-ce que je me trompe ! L'assassin s'endort !…

– À quoi pensez-vous ? Il me semble que la fièvre vous reprend…

– Ce n'est pas la fièvre… C'est un coup de sang dû à la fatigue… Vous allez chercher cette casquette…

– Tout de suite… Laissez la lumière allumée…

L'aubergiste parvint à suivre son programme. Pas un instant, Lefèvre n'interrompit son profond ronflement.

– Voici la casquette… et les souliers… Je ne vous apporte pas son manteau, il s'en est couvert, et je ne veux pas le réveiller… Eh bien, monsieur ? On dirait que vous vous trouvez mal à la vue de ces choses-là ! ? C'est votre ami, cet homme ?

– Non… je me suis trompé.

– Je le regrette bien !… Je peux aller remettre tout ça là-bas ?

– Oui…

Lacroze était convaincu que le duc de Cliton se trouvait près de lui. C'était son cheval. C'était sa casquette avec les armes de Cliton. Les souliers en poil de loutre avec des broches en nacre ressemblaient à ceux de Blanche.

Mais l'assassin dormait du sommeil du juste ! Quelle joie devait ressentir cet homme bercé au son des derniers cris de sa victime !

. . . .

– Voulez-vous que je prépare votre cheval ? demanda le propriétaire de l'auberge.

– Non, je ne me sens pas la force de prendre seul ces chemins-là.

– Vous faites bien ; vous ne partirez pas de chez moi avant d'être rétabli. Si vous voulez écrire à votre famille, le courrier se trouve là, en bas, et je mettrai votre lettre à la malle-poste pour Angoulême.

– C'est entendu… Attendez…

Ernest Lacroze écrivit cette lettre :

« *Mon cher vicomte,*

Allez chez moi ; congédiez mes domestiques ; récupérez quelque mille francs que vous trouverez dans mon écritoire, et remettez-les à mes sœurs au 56, de la rue Voltaire à Paris. Brûlez deux liasses de lettres que vous trouverez avec les lettres B. de C. Quand vous recevrez ces lignes, auront cessé de vivre le duc de Cliton et

Ernest Lacroze. »

Au vicomte d'Armagnac

– par Angoulême.

– Remettez cette lettre au courrier pour qu'il la dépose à Angoulême. Vous me promettez de le faire ?

– Je vais y aller avant que vous vous endormiez.

. . . .

Il est minuit.

Ernest Lacroze traverse un petit couloir. Il tient à sa main droite un bougeoir où clignotent les derniers scintillements d'une bougie. Un souffle de vent l'éteint, quand il colle son oreille au trou de la serrure. Lacroze est plongé dans une totale obscurité. Il passe la main le long du chambranle, et trouve une clé. Il la tourne tout doucement dans la serrure, et entre dans la chambre. Il s'arrête pour écouter la respiration qui doit guider ses pas. Il avance ensuite, les bras tendus, et heurte un obstacle de la pointe du pied. Il se penche, tâtonne, et reconnaît les pieds chantournés d'un lit. Il en fait le tour. Il s'assied, secoué de frissons, et sa main droite, armée d'un poignard, a du mal à le serrer. Il ouvre les yeux dans les ténèbres, et voit les contorsions de Blanche. Il se souvient du mot « vengeance », qu'il a prononcé, la main sur le cœur d'un cadavre, sa terreur se dissipe, ses crampes cèdent la place au feu dévorant de la rancœur, sa noblesse naturelle recule, épouvantée par le serment de l'assassin. Il tend son bras gauche vers le lit… Il trouve un bras nu, estime la direction que doit prendre son poignard… il frappe… il y a un crissement des côtes contre le fer… Un cri sourd… Un second cri étouffé dans la gorge par la lame, le râle d'une agonie silencieuse, et une série de coups portés au hasard sur le cadavre.

Puis… Le silence était profond… Ernest prit le pouls mort de sa victime.

– C'est fait… murmura-t-il avec un sourire féroce.

Il y eut ensuite le fracas d'une chute. L'aubergiste, réveillé par sa femme, tendit l'oreille et il lui sembla entendre le roulement d'un corps sur le sol.

Il monta.

Il trouva un cadavre sur le plancher. Il reconnut l'hôte qui lui avait donné cinquante francs.

Il cria parce que la chandelle lui était tombée des mains.

Sa femme accourut avec les domestiques.

Tous crièrent à l'unisson, en voyant, sur le lit, le visage de Lefèvre tellement tailladé qu'on ne reconnaissait aucun de ses traits. Il n'y avait plus qu'un ulcère à sa place.

. . . .

Les autorités d'Angoulême déclarèrent qu'ils n'avaient pu reconnaître, dans l'un des cadavres, le duc de Cliton, mais jurèrent que l'autre était celui du chevalier d'Auvergne. Mais, se fondant sur la lettre de Lacroze, le vicomte d'Armagnac déclara, sans avoir vu le cadavre, que l'un des deux morts était le duc de Cliton.

Dix jours après, un cercueil en plomb conduisit à l'ossuaire des Montfort, dans la chapelle de Cliton, le cadavre qui fut déposé près de celui de Blanche de Clermont.

Élisa, duchesse de Cliton, et Arthur, duc de Clermont, âgés, l'une, de dix mois et demi, l'autre, de quinze jours, furent amenés à Paris, sur l'ordre de l'Empereur.

Le journaux de cette époque gardèrent le silence sur cette catastrophe.

Le palais de Cliton fut confié à la garde du père La Croix, qui s'y était attaché depuis trente ans qu'il y résidait. Mais il n'entra jamais dans la chambre de la duchesse, et ne permit à personne d'y entrer. Le verre de poison resta au chevet du lit. Les draps qui ont recueilli la sueur de l'agonie n'ont jamais été changés. Aucun rayon de soleil n'a pénétré, après cela, dans ces ténèbres, dont le silence funèbre semblait raconter une horrible histoire.

Depuis ce jour-là, les gens parlent d'apparitions effrayantes et fuient, à la tombée de la nuit, les alentours de cette demeure, dont la chapelle s'allume tard dans la nuit pour célébrer un festin de morts, que beaucoup assurent avoir vu.

Chapitre XXXIX

Sebastião de Melo erre seul à la face du monde. C'est le début de l'expiation.

Six jours après qu'on eut gravé son nom sur la pierre tombale, il écrivait en plein océan la première page de son *Cahier noir*.

La voici :

« Existes-tu, Providence ? Où étais-tu quand j'ai tué une innocente ? Si tu n'avais pas la force d'arrêter mon bras, pourquoi t'imposes-tu à l'humanité ? Si tu l'avais, pourquoi n'as-tu pas renvoyé sur les lèvres de son bourreau le poison qui a brûlé les entrailles de la victime ?

Qui es-tu, fantôme qui accables le faible ? Où te caches-tu, justice éternelle, qui regardes, impassible, les râles d'un ange qui t'appelle à témoigner de son innocence ?

Comme elle est incompatible avec toi, mon existence, mon Dieu ! Qu'il s'agisse de moi, sur la terre, le visage souillé de sang, ou de toi, au ciel, en train de te moquer de la créature que tu as créée à ton image !

Vais-je te rendre vraiment honneur, Créateur ? Est-ce

de tes mains que sort l'assassin impuni, et la martyre qui n'a trouvé aucun refuge en toi ?

Si c'est toi qui décides, pourquoi as-tu empoisonné cette innocente ? Si ce crime répond à la fatalité, pourquoi as-tu donné à l'homme le remords ?

Descends de ton piédestal, fantôme ! Le jour où tu n'existeras pas, la raison de l'homme t'expulsera des affaires humaines, et le crime n'aura pas le courage de t'insulter comme un juge inutile qui ne châtie pas, si les lois ne punissent pas !

Mais le remords !...

Quelle est cette force qui me dépèce ? Qu'est-ce que ce désir de mort, et ce bras invisible qui me retient par les cheveux ?

Je vis encore ! Devant mes yeux, tout est noir. Le mot "espoir" est une insulte à mon agonie. J'ai perdu mon être moral. Je n'ai aucun contact avec l'humanité... et je vis ! Et j'entends une voix qui me dit : "Tu ne mourras pas, tu ne mourras pas !"

Je ne mourrai pas ! Qui m'en empêche... C'est moi qui n'ai pas le courage de m'anéantir ! Je suis le lâche meurtrier ! C'est moi qui ai perdu tout souvenir de mon honneur, et je me présenterai comme un bourreau à la mémoire des hommes.

Eh bien, soit ! Écartez-vous de moi, je ne puis mourir que noyé dans une vague de sang ! »

. . . .

La plume lui était tombée des mains. Le visage, contracté, déformé par d'horribles grimaces, avait impressionné un passager qui l'observait de sa cabine, étonné, captivé.

– Hé, capitaine, dit ce dernier en mauvais français, de telle sorte que Sebastião de Melo ne pût l'entendre, il y a là un homme qui écrit avec un air si renfrogné qu'il me fait penser à Colomb, quand il se croyait perdu, et envoyait au monde la nouvelle de ses découvertes dans une bouteille. Ne pourriez-vous me dire si ce lunatique parle une langue vivante ? Il y a vingt-quatre heures que nous sommes en mer, et je vous donne ma parole d'honneur que je ne l'ai pas encore entendu articuler le millième d'un mot de deux syllabes.

– Je puis vous assurer qu'il parle beaucoup de langues. Je lui ai demandé s'il voulait de la bière ou de l'eau de vie, il m'a répondu en anglais que non. Au praticien, qui est français, il a demandé combien de jours nous prendrait la traversée jusqu'à la côte anglaise. Un mousse allemand lui a donné l'ordre de se retirer, la nuit, du tillac, parce qu'il lui trouvait un air à vouloir se jeter dans la mer ; il l'a prié, en allemand, de se taire. Ce que je ne sais pas, c'est s'il parle votre espagnol ; le portugais, il faut croire qu'il le parle, son passeport affirme que c'est un négociant du Portugal.

– Cet homme est donc portugais !? Vive la péninsule ! Ayez la bonté de lui dire... sinon j'y vais moi-même...

Et l'Espagnol sortit en courant de sa cabine, une chaussure à un pied, sans l'autre qu'il n'avait pas trouvée. Il s'assit en face de Sebastião de Melo, et demanda une bouteille de cognac et des verres. Il en remplit trois, en tendit un au capitaine, l'autre à son compagnon de voyage, apparemment indifférent au tapage qu'il faisait en jouant du tambour sur la table, et accompagnant de ses talons la bruyante improvisation de ses mains.

– Compagnon ! Buvons à la santé du Portugal, dit le

turbulent Espagnol, en tendant son verre à Sebastião de Melo, qui lui fit un signe de la tête presque imperceptible.

– Si vous êtes portugais, continua l'enthousiaste buveur de cognac, vous ne devez pas être indifférent au sort de l'Espagne, alors que l'on se serre les coudes au Portugal pour venir à bout de l'ennemi commun.

– Permettez-moi, dit Melo en portugais, de rester indifférent à vos élans patriotiques. Je ne me soucie ni de l'Espagne, ni du Portugal.

– Si vous ne vous en souciez pas, moi non plus. Je bois donc à votre santé.

– Merci… à votre santé, monsieur, et il choqua légèrement le verre de son vis-à-vis.

Le capitaine, qui ne les comprenait pas, se retira.

– Comment vous appelez-vous, cher ami ?

– Sebastião de Melo.

– Et moi, Théodoric de Montezuma, naturel de cette planète, avec l'espoir d'en trouver bientôt une autre meilleure, parce que celle où nous vivons ne vaut rien. Il y eut jadis en Espagne un roi qui a voulu réformer cette machine, qui révèle les minces progrès des arts, quand elle a été montée. Il n'est parvenu à rien, et je crois à présent que je mourrai un jour en criant le fatal *eurêka* à l'heure de ma mort. Savez-vous qui était Archimède ?

– Je crois que oui… répondit Sebastião de Melo, obligé d'accorder son attention à la verbosité confuse de l'Espagnol.

– C'était un grand sot, avec la permission de tous les mathématiciens qui l'ont suivi, sans excepter Newton, dont les découvertes valent moins que la pomme qui lui est tombée sur le nez. Un homme qui gâte sa vie à épuiser notre patience avec ses conjectures scientifiques, devrait avoir un Torquemada accroché à sa jambe, et moi, qui me flatte d'être le descendant d'un juif qu'a brûlé Torquemada, je me moquerais bien d'être provisoirement l'inquisiteur de tous les faiseurs de livres philosophiques, scientifiques, didactiques, juridiques, théologiques, et de toute cette flopée d'extravagants, qui sont les bourreaux de la raison pure avec laquelle nous sommes venus au monde, pour vivre en bonne harmonie avec les abrutis et les sauvages. Maudit soit Gutenberg, qui a inventé les caractères d'imprimerie ! Béni soit le citoyen obligeant qui a fait chauffer les bains publics avec la bibliothèque d'Alexandrie ! Béni soit le Vésuve qui a englouti Pline, cet insolent gribouilleur de latin ! Maudit Homère qui chantonnait à Cumes les rhapsodies dont j'ai été moulu à Madrid ! Béni soit Virgile, qui demandait que l'on brûlât ce caustique poétique, dont m'a ouvert des plaies sur ma patience un grand coquin de frère franciscain, qui a eu l'aplomb de me dire que la langue latine était mélodieuse. Maudit vin de Falerne, qui a produit Horace ! Maudite indignation, qui a produit Juvénal ! Maudit amour, qui a produit Pétrarque. Sur la terre, il n'y a qu'un homme qui soit digne d'être béni par tout l'univers, c'est l'inventeur du cognac ! Je bois à votre santé, monsieur Sebastião de Melo !

Montezuma but son quatrième verre, et continua :

– Quelle idée vous faites-vous de moi, mon ami ?

– La meilleure qui soit.

– Pas de cérémonies ! Si vous me traitez de pédant, je vais vous enfoncer deux côtes dans une étreinte digne d'Énée et d'Acate, de Thésée et de Pirithoos. Soyez sérieux ! vous me considérez comme le plus grand fou d'Espagne !

– Je ne puis porter un tel jugement… je regrette,

cependant, de ne pas être autant qu'il le faudrait d'humeur à apprécier votre conversation.

– Eh bien, vous allez m'écouter parce que j'éprouve de la sympathie pour votre pâleur, et que je parcours le monde, comme mon honorable compatriote de la Manche, en versant le baume de la consolation sur les plaies de l'âme. Vous souffrez, monsieur Sebastião de Melo ? Vous me pardonnerez ma franchise ; mais j'ai vu sur ce beau visage des rides de désespoir qui ont touché en moi une corde qui reste étrangère à l'influence démoralisatrice du cognac. Vous serez mon ami, monsieur ; et si vous ne voulez point l'être, vous vous entretiendrez avec vos compagnons de voyage, comme un honnête homme. Notre langue est par bonheur comparable aux caractères cunéiformes pour ces gens-là. Nous pouvons parler à voix haute en présence de ces barbares du Nord. Dites-moi : avez-vous laissé à terre l'une de ces filles aux yeux bleus de Rochefort ?

– Vous me torturez, monsieur… Je vous demande, je vous supplie, de vous taire. Respectez le malheur !

– Oui… respectons le malheur ; mais prodiguons nos consolations à l'infortuné.

– Je n'en veux pas.

– Et je ne pourrai vous en proposer. Je sais que les abîmes de l'âme se creusent, là où ne parvient pas la lumière de l'espoir. Je sais que c'est une folie de poser la main sur l'épaule d'un homme qui se penche sur la terre pour creuser, de ses mains, une sépulture. Je sais que c'est une importune vanité de vouloir créer un jour artificiel dans la nuit éternelle de l'esprit. Vous voyez que je suis un être à deux faces ? Vous voyez comment disparaît le rire emprunté au cynisme quand les larmes me montent aux yeux, laissant dans mon cœur ouvertes les plaies dont elles jaillissent. Deux mots de vous m'ont fait voir que j'avais en face de moi un être qui expie les imperfections de la société, une victime qui a pénétré en son sein avec l'auréole du martyr, une de ces hosties qui s'offrent au sacrifice de Moloch, lequel les reçoit dans ses entrailles de feu. Vos yeux s'éclairent, Melo ! Je crois que j'ai touché votre âme ! Il se passe là quelque chose d'extraordinaire ! Croyez-vous à la Providence ?

– Non.

– Croyez-y. Deux infortunés ne se croisent pas, par l'effet du seul hasard. Nous avancions ensemble pour nous rencontrer ici.

– Qu'importe notre rencontre ? Si vous êtes malheureux, épargnez-moi vos douleurs, la mienne n'arrive pas à respirer.

– Je ne vous demande pas de confidences, je ne vous en propose pas, monsieur. Ce que je ne veux pas, c'est que nous soyons tout à fait étrangers l'un à l'autre. Avez-vous une destination précise ?

– Aucune.

– Nous serons donc compagnons dans ce désert ; savez-vous qu'il existe au monde un remède pour toutes sortes de douleurs ?

– Je crois que non… mis à part le suicide.

– Il s'agit d'un suicide lent… On meurt, la tête étourdie de belles et d'infernales visions. Vous ne connaissez pas cette arme ?

– Non.

– C'est l'ivresse. Prenez, Sebastião de Melo, l'habitude de l'ivresse. Procédez, sur vous, à une lente désorganisation. Égarez-vous jusqu'à ce que vous soyez sorti de vous-même, jusqu'à ce que vous déchiriez l'orbite noire qui vous encercle. Dans ma douleur, qui me vole la conscience intime de ma dignité, il n'existe plus de honte en ce monde, ni crainte aucune des railleries. Je suis moins malheureux, je suis fantastiquement heureux lorsque je me sens tomber étourdi. Le jeu et la débauche n'ont aucun effet sur moi. L'opium ne m'enivre pas. C'est ça… c'est le cognac, c'est l'alcool, c'est l'absinthe qui me brûle les entrailles, mais attise une flamme qui m'échauffe la cervelle. Je sens battre mes bosses frontales. Je sens le sang qui bout dans mes artères. Une langue de feu me court le long du canal où je verse la mort… Que m'importe ? Mon esprit est autre. Mes lèvres laissent passer en frémissant l'éclat de rire du mépris pour l'infortune des autres. Je suis pris d'un désir de volupté calcinante. Je chante je ne sais quelles fantaisies qui me font verser de délicieuses larmes. Je danse en tenant dans mes bras un fantôme, le cadavre d'une femme que j'ai arrachée au tombeau. Je rafraîchis mes lèvres ardentes à ses lèvres glacées. J'embrasse, de mes bras palpitants de plaisir les formes sèches, décharnées, de son raidissement dans l'orgasme de la mort… C'est un enchantement !…

Montezuma lâcha un éclat de rire strident et vida la bouteille de cognac.

Sebastião de Melo le dévisageait, avec autant d'effarement que de terreur.

Montezuma continua :

– D'ici un moment, vous aurez devant vous le premier infortuné qui défie le premier rêveur d'aventures, qui jamais ne lui ont menti. C'est ainsi que meurt un homme qui tue sa douleur. Les anneaux du serpent tomberont en morceaux !… Qu'importe si je tombe, épuisé, sur eux !… Le monde est infâme ! J'ai lancé mon gant à la Providence : un moine s'est levé qui avait la poitrine froide comme le bloc de marbre que Néron a fait déposer sur le cœur de son cheval. Il a expliqué ma souffrance par la théologie ! Frère maudit ! Tu te moquais de moi !… L'homme est le scandale de la création ! C'est une offense au dernier jour de la Genèse ! Au septième, Jehovah s'est reposé… dit Moïse ! Il ne s'est pas reposé… Il s'est repenti ! Saurais-tu me dire, mon ami, ce qu'est la prescience divine ? Eh bien, le moine a été vaincu, j'ai relevé son défi ! J'ai le pressentiment que je crée un monstre, et que je donne à ce monstre le souffle de la vie ! Passons-nous de la Providence ! Gloire au cognac au plus haut du ciel !… Quel âge as-tu ? Tu ne réponds pas ?!

– Trente ans.

– Et moi vingt-neuf ! Que sais-tu de plus que moi ? Indique-moi l'antre où se cache la vertu ! Je te donne les jardins d'Armide et le palais de Salomon, si tu m'amènes la vertu par une oreille ! Sais-tu que j'ai été vertueux ? Or ça !… Qu'est-ce que ce cognac ?! Mes visions se sont envolées… Tu mets le bonheur en fuite, Portugais ! Tu es contagieux ! Sors de cet abattement !… Laisse-moi, tu me tues avec ce visage patibulaire ! Il n'est pas de crime qui mérite un remords, parce que l'homme est le bourreau de l'homme ! Regarde si je porte au front le stigmate de la réprobation ! Tu as, devant toi, pourtant, l'assassin de son père ! Demande aux Athéniens où se trouve la potence du parricide ! Il n'y en a pas… L'on tue l'homme qui te vole un morceau de pain ; on jette aux hyènes et aux tigres l'homme qui tue son ennemi… et, sous le ciel, navigue, portée par un vent favorable, la planche qui emmène le parricide…

Un domestique de Montezuma descendit à l'abri, et prit son maître par le bras, le poussant vers sa cabine.

– Laisse-moi, hurla celui-ci, en le repoussant.

Le domestique se tourna vers Sebastião de Melo :

– Je vous demande, monsieur, d'avoir l'obligeance de partir d'ici… Votre présence est dangereuse pour ce malheureux…

Montezuma s'était assis, parce que son vieux domestique l'y avait forcé.

Sebastião de Melo se promenait sur le tillac, le menton appuyé à ses deux mains entrelacées.

L'équipage, le jugeant fou, le contemplait d'un air compatissant.

Chapitre XL

Pages textuelles du *Cahier noir* *(1809 – Grèce)*

J'AI DEMANDÉ À MONTEZUMA, sur la côte anglaise, quelle était sa destination. Il m'a répondu :

– Je n'en ai aucune. J'ai quelques deniers en poche ; quand j'aurai dépensé le dernier, je meurs de faim.

– Vous ne mourrez pas de faim. Comme notre banquet est fait de larmes, nous serons commensaux.

– Pas de larmes. Je crois que vous ne m'avez pas encore vu pleurer.

– Vous pleurerez. Si l'on ne tombe pas mort sous le coup qui nous frappe, l'on vit pour le remords, et les larmes sont un soulagement pour l'homme qui n'a pas perdu l'instinct du bien. Le criminel incorrigible, le souvenir de son crime l'accuse sans l'offenser ; mais je vois que vous cherchez, Montezuma, l'oubli dans l'ivresse. Qu'avez-vous obtenu ?

– Rien, pour l'âme ; mais le corps se dissout ; les amarres qui m'attachent au catafalque vont casser. La libération du martyr… c'est la mort.

– Du martyr ! Comment peut-on s'accorder un titre qui n'appartient qu'à l'homme que les autres flagellent injustement ?

– Je le puis, parce que je l'ai été, parce que je le suis…

Sebastião de Melo qui l'avait entendu, quelques jours avant, avouer un parricide, dans la chaleur de l'ivresse, ne comprit pas cette plainte amère de son auteur contre l'injustice de son remords. Cette accusation serait-elle un songe d'ivrogne ?

– Croyez-vous à la sympathie de la souffrance ? Je vois qu'il n'y a pas de douleur suprême. Elles sont toutes plus ou moins aiguës. Un malheureux en rencontre un autre. Lequel d'entre nous le sera-t-il plus ?

– Je ne sais pas, Sebastião de Melo… Depuis que j'appuie ma tête sur votre poitrine, je me sens mieux. Si vous êtes un être vertueux, vous connaissez le secret d'adoucir les derniers jours d'un patient. Je vous offre l'affection que le condamné ressent pour le prêtre qui l'accompagne à la potence. Je vois que vous ne me parlez pas d'espoir. Elle s'écarterait de vous, comme d'un imposteur, si vous me demandiez d'espérer…

– Qui sait ? Je me sens, moi, appelé à je ne sais quels martyres qui me procureront la consolation de la mort. Il se peut que l'expiation épure l'âme du remords, et la rende aussi pure qu'elle l'était avant le crime. Qui commet une infamie en étant sûr qu'il la commet, et recueille l'ignominie, là où il espérait imposer le respect, se tue. Mais un crime involontaire, une vengeance injuste, et un repentir immédiat n'engagent pas au suicide, fortifient le cœur contre tous les tourments, l'ouvrent pour servir de refuge à toutes les infortunes, et brûlent le cancer qui le ronge lentement avec le feu ardent du remords.

– Je ne comprends pas vos doctrines, Melo… L'homme qui se traîne sur des épines ne lève pas ainsi le visage vers des objets qui touchent le ciel. Il y a là un sentiment religieux qui n'est pas mon fait. Je n'invoque pas Dieu pour soulager mes douleurs.

– Et moi, je suis tombé à genoux, invoquant le pardon d'un ange… J'ai levé les mains convulsées de ferveur, comme à six ans ; mais la dévotion de mes six ans, ce n'était pas de la foi. Le désespéré qui n'a rien sur terre est forcé de vouloir qu'il existe un Dieu. Sa foi possède la frénésie du fanatisme. Son âme, chargée des impuretés du crime, se convertit en un sanctuaire, où doit briller la lumière de l'alliance du remords et du pardon. Au moment où je priais, je ne saurais vous dire ce que j'ai ressenti… L'ange de la pitié s'est dressé entre moi et ma tombe… Il semble qu'une voix me disait : « Longue et douloureuse sera ton existence ; tu essuieras toutes les douleurs ; tu oublieras la tienne, en chargeant tes épaules de la croix des autres. Tu connaîtras ton calvaire, à la fin ; mais ton agonie sera sereine, comme celle du juste. L'image de la femme que… »

– Vous avez parlé de l'image d'une femme… dit Montezuma, impatient de connaître le secret qu'il ne devrait jamais entendre de moi. Y a-t-il une femme… et un linceul à l'origine de vos souffrances ?

– Oui… ne me demandez plus rien…

– Je ne le ferai pas… Pourquoi ? Il y a des douleurs égoïstes, qui ne se calment pas devant d'autres, plus grandes… Il suffit… Savez-vous que je ne puis vous écouter ? Il y a en vous un élément surnaturel, qui n'est pas ce sombre tourment qui a retenu mon attention… cette plaie profonde où j'ai vu la mort… N'essayez pas de donner la paix à une âme qui, vertigineusement, se délecte de tous les enfers… Holà ! cria-t-il brusquement, apportez-moi du cognac !

. . . .

Peu après, il courait comme pris de boisson, il voulait se jeter à la mer. Nous l'avons enfermé dans sa cabine. Aux apostrophes sarcastiques à Dieu et aux hommes, succédèrent les éclats de rire. Puis, il fut réveillé d'un profond sommeil lorsque le capitaine nous donna l'ordre de débarquer.

Cet homme a été le providentiel instrument de mon salut. Comme si ma douleur pouvait supporter plus d'angoisses, j'ai recueilli les siennes, et me suis pénétré d'une compassion, qui dérobait quelques instants à ma méditation sur ma vie.

Quand je me suis agenouillé, pour demander à Blanche son pardon, j'ai senti quelque chose de surnaturel. L'image de ma fille, une horrible vision, un affligeant regret, une incompréhensible agonie devant le meurtrier de sa mère, est passée entre moi et le spectre de Blanche. Sur mes lèvres, à nous deux, volait un sourire saint, et sur mon visage ont coulé des larmes d'un liniment qui m'a fait baisser la tête devant Dieu.

J'ai voulu révéler à ce malheureux ce qui m'avait consolé, et je n'ai pas réussi à le lui faire sentir. J'ai voulu l'inviter à une pérégrination pleine de sacrifices, à se racheter par une longue suite de services rendus à l'humanité souffrante, et je ne suis parvenu qu'à le faire pleurer.

J'ai cru que Dieu m'avait demandé de le sauver, et je l'ai fait fuir, en voulant mettre un terme à son ivrognerie, qui l'avait réduit à l'inertie totale de ses sentiments, à une impassible idiotie, à une douloureuse gangrène de ses entrailles, qui le plongèrent, les derniers jours de sa vie, dans un paroxysme d'atroces souffrances.

Le jour où son dernier sou fut épuisé, Montezuma s'enfuit des faubourgs de Londres, où il vivait avec moi.

Je l'ai trouvé, au bout de quelques jours, sur une civière de l'hôpital. Il était accompagné de son vieux domestique, qui gardait religieusement le secret de cet homme. Je suis allé le voir à l'hôpital, et j'ai essayé, en vain, de le rétablir par mes soins. Il a passé ses dernières heures avec moi. Voici ses derniers mots :

« Voici mon secret, Sebastião de Melo… Je ne suis pas espagnol. Je ne suis pas Théodoric de Montezuma. Je suis portugais. Mon père est le comte de Viso. Je suis un bâtard, parce que le comte de Viso, abandonné par sa femme, dont il avait fait sa victime, a oublié le déshonneur de cet abandon, en faisant une nouvelle victime. C'était ma mère, une pauvre femme du peuple, jetée à la poubelle, à cette heure, dans un hôpital, comme son fils, ou dans un tombeau comme tant de ces machines brisées le jour qui a suivi celui de leur débauche.

Le comte a eu l'impression que je lui forçais la main quand il m'a reçu chez lui, dans le Minho. D'abord, il a eu autant d'égards pour moi que pour un domestique ; puis, à la suite d'un différend avec ses héritiers présomptifs, il m'a appelé son fils.

Il y a onze ans je me suis épris de la première et dernière femme que j'ai aimée. Elle était très noble, mais pauvre. J'ai demandé à mon père de quoi subvenir à nos besoins. Il me l'a refusé, et dit que mon avenir était au couvent.

Depuis ce jour, j'ai conçu une profonde haine pour mon père. La férocité de son caractère se manifesta. Il n'y a pas de mépris que je n'aie essuyés, parce que la femme que j'aimais était la nièce d'un homme qui lui avait volé sa femme et n'était jamais revenu au Portugal.

Je fus chassé de sa demeure et suis allé jusqu'à

demander un morceau de pain à mes domestiques. La honte m'interdisait de lever les yeux vers cette femme qui n'a jamais pénétré les chagrins du garçon de dix-huit ans, plein de fierté, orgueilleux de sa naissance, et obligé de se coucher sur le lit d'un domestique, à l'insu de son père.

Je me suis jeté aux pieds de cet homme, en lui demandant une place à la table de ses gens.

Il m'a sommé d'entrer dans un couvent, ou de ne plus me présenter devant lui. J'avais faim, j'avais soif et j'avais froid. J'acceptai le couvent.

Ah ! Sabastião de Melo, l'année de mon noviciat, dans une cellule de Tibães, je me suis perverti ! La solitude, le blessant dédain que suscitaient mes larmes, la raillerie muette de ces moines qui partageaient leur temps entre les débauches et le culte payé à prix d'or, ont transformé ma souffrance sourde en une lourde rancune contre mon père.

Je n'ai plus entendu parler de cette femme, qui devait, à mon avis, avoir oublié quelqu'un qui valait si peu aux yeux de son père. Personne ne me permettait de prononcer son nom. Mes camarades de noviciat se moquaient de mon sentiment, et faisaient, en pleine nuit, le mur de notre enceinte pour semer la graine du déshonneur dans les villages voisins.

On m'a dit, au bout d'un an, que le jour de mes vœux était fixé.

J'écrivis à mon père, en lui demandant l'autorisation de m'engager. Il m'a répondu que je serais trompette ou simple soldat.

J'ai décidé de me faire moine, parce que peu m'importait que mon linceul fût une soutane ou un uniforme.

La veille de mes vœux, l'on sonnait le glas dans les églises circonvoisines. L'on me dit qu'Adeline était morte, et avait demandé que son cadavre fût enterré à l'église de Tibães.

Peu après, je fus demandé à la conciergerie, l'on me remit quatre lignes :

« *Il me semble que je serai enterrée le jour de tes vœux. Tu auras une compagne toute ta vie au couvent. Prie Dieu, sur ma sépulture, sur le repos de ton amie.* »

Je n'ai pu diluer dans mes larmes le fiel de mon cœur. La haine était présente. Le bourreau de cette femme était mon père. Ce n'était plus des affronts à mon encontre que j'avais à me venger.

Je me suis enfui du couvent : je n'ai pas assisté aux répons d'Adeline… À l'heure où elle fut enterrée… mon père avait une balle en plein cœur… C'est depuis ce jour… il y a onze ans… »

Le fils du comte de Viso[1] se tordit quelques minutes dans ses dernières transes, et il expira, repoussant une croix que j'avais posée sur son cœur.

---

1. Les lecteurs de *Mystères de Lisbonne* parus en 1854, un an avant *Le Cahier noir*, savent que l'épouse du comte de Viso est partie pour Venise avec le père de Sebastião de Melo. Ils ont pu savourer une belle scène entre le père, entré chez les bénédictins de Santarém, et le fils qui lui révèle qu'il a été recueilli, après la mort de sa mère, par le marquis de Luso. Il suffit au père Dinis d'exhiber le poignard portant l'inscription que l'on sait, pour qu'ils se reconnaissent. Le bénédictin en est tellement ému qu'il en perd, dans l'ordre, l'esprit et la vie. Le fils prononcera l'oraison funèbre de son père. L'auteur ne pouvait faire mieux que de ménager une rencontre entre le fils du comte de Viso, et celui de son épouse. (NdT)

Chapitre XLI

SEBASTIÃO DE MELO date ses pages jusqu'à 1814.

Cinq ans se passent en incessantes pérégrinations. Il vit parmi les moines de saint Bruno en Italie ; avec les coptes d'Arménie, au chevet des soldats blessés, il participe à la guerre d'Indépendance en Grèce ; on le trouve avec les sauvages dans les brousses de l'Asie ; avec les Arabes dans le désert, où il avait passé les derniers jours heureux de sa vie.

Partout, la mort lui montre un visage souriant. La guerre, la peste et la faim respectent cet homme que Dieu a désigné.

Il n'y a aucun trait du duc de Cliton chez Sebastião de Melo. La barbe lui recouvre la poitrine. Bronzé par le soleil des déserts, il ne répond plus au type européen.

À Calicut, il rencontre le vicomte de Namur, qui étudie sur place l'Inde ancienne pour dresser, avec un autre travail historique, la deuxième colonne qui doit assurer la pérennité de son nom. Le vicomte lui demande des précisions sur le Japon, et lui donne, en échange, un exemplaire de son *Histoire de la Révolution française*.

– Je vois que vous êtes un savant, dit Sebastião de Melo.

– Je travaille pour l'honneur de ma patrie.

– Et le vôtre. De quel département êtes-vous ?

– De la Charente.

– J'ai connu en Afrique un soldat de ce département. Il s'appelait Montfort.

– Il a été, ensuite, duc de Cliton sous l'Empire. Cet homme a été assassiné par le supposé amant de sa femme.

– Qui était le supposé amant de sa femme ?

– Le maréchal Lacroze, qui a vécu à Angoulême sous un faux nom.

– Où vit à présent ce Lacroze ?

– Il s'est donné la mort près du cadavre du duc.

– Du cadavre du duc !... Est-on sûr...

– Qu'il s'est donné la mort ? Preuve en est que le duc est enterré dans la chapelle de Cliton auprès de sa femme qu'il a empoisonnée, et que le maréchal Lacroze est enseveli à Angoulême, dans l'ossuaire du marquis d'Alençon.

– Avait-il des enfants, le duc ?

– Il en avait deux. L'un d'eux, le duc de Clermont, est né la nuit même où sa mère a été empoisonnée. Sa fille, son aînée d'un an, à ce que dit ma femme, je ne m'occupe pas de ces vétilles, de mariages, de naissances et de morts, est duchesse de Cliton, et il y a moins d'un an que je l'ai vue, à Paris.

– Vivent-ils à Paris, les enfants du duc ?

– Oui, chez des parents. Je vois que vous vous intéressez fort à ces petits détails... Voulez-vous écrire un roman ? Quels sont les progrès de la littérature en Tartarie ? Il me semble que vous avez dit que vous étiez Tartare...

– Elle est fort en retard... Il n'y a pas là-bas d'esprits aussi actifs que le vôtre.

– Je vois que vous parlez correctement le français ! J'ai

toujours cru qu'en Tartarie, le français était une langue morte… Pourquoi ne traduiriez-vous pas mon *Histoire* ? Je vous promets une médaille d'honneur de la Société historique de France.

Ces informations furent les premières que le fils de Silvina recueillit de France. Il pensa que l'homme assassiné sous son nom était son écuyer. Le fantôme de Lacroze le poursuivit, dans la fièvre incessante de ses veilles, avec le poignard qui avait frappé le supposé mari de Blanche. Il voulait exécrer la mémoire de l'homme qui avait éprouvé l'infernale jouissance de le tuer, et n'y parvenait pas. L'ombre angélique de Blanche était comme une lumière boréale brillant à travers les nuages menaçants qui descendaient sur son cœur. Sa victime, à genoux, lui apparaissait dans ses rêves : elle demandait au Seigneur de pardonner à Lacroze et de soulager le remords infini de son mari.

En 1812, Sebastião de Melo se trouvait à Londres.

C'est à cette époque qu'il délivrait un Portugais pour dettes. C'est ce pirate qui, associé à Alberto de Magalhães, prêche, en 1833, place du Rossio, à Lisbonne, l'émancipation du peuple et la mort des prêtres.

Le 2 janvier 1813 Sebastião de Melo arrive au Portugal, sur le paquebot anglais de Falmouth. Il débarque à Foz do Douro.

Le général, comte de Trancoso, se trouvait alors à Porto, de passage. Il se rendait à la capitale.

Sebastião de Melo lui fut présenté comme quelqu'un que l'on soupçonnait de mener des négociations entre Bonaparte et les Jacobins.

On l'interrogea. Ses réponses étaient concises, et négatives. On examina ses bagages, et l'on ne respecta qu'un livre avec beaucoup de pages blanches.

Au quartier général du comte de Trancoso, il y avait un aide de camp qui vociférait contre les révolutionnaires français qui, vingt ans auparavant avaient tué son oncle, le marquis de Luso.

Sebastião de Melo montra sur son visage l'émotion que suscitait en lui ce nom.

Le comte de Trancoso lui demanda s'il avait connu le marquis de Luso.

– Oui… Je m'en souviens mal… Mais je l'ai connu à Paris.

– Qui êtes-vous donc, monsieur ?

– Je l'ignore. Je suis apparu en ce monde où l'on m'appelle Sebastião de Melo. Je ne sais qui m'y a conduit.

– Quel âge avez-vous ? demanda le marquis de Torres Vedras qui se trouvait là.

– Trente-cinq ans.

– Savez-vous où vous êtes né ?

– Non.

– Avez-vous vécu quelque temps sous la protection du marquis ?

– Je ne saurais vous répondre, monsieur… Je n'ai aucun souvenir de mon passé.

– N'avez-vous jamais entendu prononcer le nom de Paulo de Albuquerque ?

– Je ne m'en souviens pas.

Le comte de Trancoso les interrompit ;

– Qu'est-ce que c'est que ces questions ?

– Je ne saurais, moi non plus, vous répondre, mon cher comte. Il y a là un secret… La probabilité d'une surprenante rencontre… veuillez me suivre… dit la marquis à Sebastião de Melo.

Ils entrèrent dans une chambre, dont le marquis ferma la porte.

– Écoutez-moi... Il doit y avoir trente ans, est arrivé au Portugal le marquis de Luso, qui venait de se marier à Paris avec la riche héritière Suzanne de Montfort. J'étais un ami d'enfance du marquis et je n'ai cessé de recevoir de ses nouvelles que lorsque lui et sa femme ont été victimes des carnages de 1793. Il m'a dit, quand il était ici, qu'il avait été chargé par Paulo de Albuquerque, ministre portugais à Rome, de l'éducation d'un enfant. Cette mission lui a été confiée à l'article de la mort. Il ne révèle pas le nom des parents de l'enfant. Il faut croire, cependant, qu'il était d'une fort haute naissance, pour deux raisons : d'abord, Paulo de Albuquerque ne se serait pas chargé de veiller à l'éducation d'un enfant qui ne fût pas issu de parents très nobles ; deuxièmement, le patrimoine de cet enfant était de cent mille cruzados, une somme dont il ne pouvait disposer qu'en faveur d'un fils bâtard d'un de nos plus riches gentilshommes. Il ajoute que le marquis, mon cousin et mon ami, tenait à ce qu'au bout de deux ans, il recueillît cet enfant, et qu'il l'avait pour cela confié à une maîtresse, qu'il avait amenée de Rome à Paris, et qu'il ne lui convenait absolument pas de la conserver, pour ne pas susciter des soupçons chez Suzanne, à qui il devait sa fortune.

– Savez-vous comment s'appelait cette maîtresse de votre cousin ?

– Attendez voir si je m'en souviens... c'était Laura.

– Laura !

– Oui... C'était Laura... Je me rappelle qu'il m'a raconté la fameuse histoire d'un poignard planté sur un portrait et de la fuite de Laura en compagnie d'un vieux lord... Venons-en au fait ; seriez-vous, monsieur, cet enfant qui s'appelait Sebastião ?

– Oui.

– Vous l'êtes. Si vous m'aviez répondu non, vous seriez passé pour un menteur. Est-ce que cela vous convient que l'on fasse connaître votre naissance ?

– La connaissez-vous donc, monsieur ?

– Non ; mais le peu que j'en sais vous donne accès au cercle le plus réduit de nos gentilshommes.

– Je refuse, monsieur le marquis, que vous m'y présentiez. Je vous serai éternellement reconnaissant de garder pour vous ce que vous savez de ma naissance.

– Je le ferai ; mais cela ne vous empêche pas de vivre parmi nous, en conservant votre incognito. Dites-moi donc : quelle a été votre vie durant ces trente-cinq ans ? Avez-vous été heureux ?

– J'ai connu des alternances, monsieur le marquis.

– Où avez-vous vécu ?

– Dans presque tout le monde habité.

– Mais vous avez l'air d'un homme qui a souffert dans son âme et dans son corps. Avez-vous gardé une partie de votre patrimoine ?

– Il m'en reste une partie, je suis indépendant.

– Si vous ne l'étiez pas, si vous vouliez vous engager dans une carrière militaire, vous auriez, mon ami, l'occasion de vous élever rapidement.

– Je ne souhaite pas m'élever… Je vous remercie, monsieur, de votre parrainage.

– Comptez-vous rester quelque temps à Porto ? Ce n'est pas un pays où il fait bon vivre. Venez avec nous demain à Lisbonne.

– Je le ferai…

– Vous me semblez toujours avoir la tête ailleurs ! Il y a quelque chose qui ne vous va pas ! Pourquoi ne pas tailler votre barbe d'ermite, qui vous vieillit ?

– J'ai l'air de ce que je suis, monsieur le marquis.

– Vous avez l'air de ce que vous êtes ! Seriez-vous poète ? Dommage que vous ne soyez pas venu il y a six ans, vous auriez eu l'occasion de connaître Bocage, ce pauvre fou qui a été incapable de tirer quoi que ce soit d'un seul de ses poèmes. C'était un plaisir que de l'entendre gloser ! Il avait des absences comme les vôtres ; mais, à part cela, c'était un grand causeur en vers ; en prose, on ne donne pas aux poètes la liberté de parler en notre présence. Eh bien, dites-moi : la demeure qui appartenait à mon ami et parent, le marquis de Luso, on me dit qu'elle est passée à un bâtard de son beau-père.

– J'en ai l'impression.

– Qu'est-ce que le monstre couronné a fait du duc de Cliton ?... Vous le connaissez, ce fameux duc ?

– Il est mort.

– Qu'il reste donc là où il est, longtemps, sans nous. On va dîner, mon ami. Vous aurez la bonté d'être notre commensal.

Le général entra dans la salle à manger avec Sebastião de Melo à son bras :

– Je vous présente un gentilhomme digne de votre amitié, camarades.

– Qui s'appelle ?... demanda le comte de Trancoso.

– J'ai déjà eu l'honneur de vous dire que c'était Sebastião de Melo.

– Mais à quelle branche des Melo appartient-il ? Ceux des comtes de São Lourenço ? Ou les Melo de l'Algarve, qui sont une branche bâtarde du fort ancien lignage des Melo de...

Le marquis le coupa :

– Il n'y a pas lieu de se lancer dans une dissertation généalogique, mon cher comte. C'est un gentilhomme dont je garantis les titres de noblesse, sans me sentir tenu, à votre égard, de vous conter l'histoire de sa naissance.

Sebastião se ménagea, par son côté mystérieux, une considération à laquelle il n'aurait pas eu droit s'il avait dit qu'il était un bâtard de la maison de Lafões ou Cadaval.

– Eh bien, je vais vous annoncer une nouvelle… dit le comte de Trancoso. Nous partons demain avec une dame.

– Une dame ? s'exclama le marquis de Torres Vedras. Combien y en aura-t-il dans nos bagages ?

– Ce n'est pas une dame qu'on emporte dans ses bagages, mon général. Nos gars tirent déjà au sort pour voir lequel sera le vautour de cette colombe !… Ne vous impatientez pas, elle a plus de cinquante ans…

– Que diable ! Cette femme au milieu de ces guerriers va faire penser à la mère des Macchabées, dit le vicomte de Monte Alegre.

– Aucun d'entre vous, messieurs, ne se souvient du comte de Viso, un vieux général, qui fut un gentilhomme de Dona Maria Ire ?

– Je me souviens de lui, dit le marquis de Torres Vedras, à telle enseigne qu'il a été assassiné d'une balle dans son domaine du Minho, on n'a jamais pu savoir qui l'a tué.

– Justement. Cet homme, donc, avait été marié avec une beauté, que j'ai connue, j'étais alors cadet de la cavalerie de Bragance. Elle s'appelait Silvina, et avait plus de grâce que les Trois Grâces réunies, que les poètes de l'Arcadie portent toujours dans leur besace. Quand le général, il y a aujourd'hui trente ans au moins, a été appelé à Lisbonne, après la mort du comte de Oeiras, cette bonne Silvina a disparu avec un hobereau de province, son voisin, et ils sont partis pour l'autre monde, parce qu'ils ne sont plus réapparus. Le général l'a appris à Lisbonne ; et, à vous dire le vrai, ça ne lui a pas coupé l'appétit, ce en quoi il vous ressemblait fort, messieurs, vous mangez comme il faut, excepté monsieur de Melo, là, qui est tout ouïe pour écouter cette histoire, sans se rappeler que l'estomac est l'entité la plus respectable qui s'exprime à cette heure.

– Je prête toute mon attention, monsieur, à mon estomac comme à vous, monsieur le comte.

– Je disais… Marquis ! À votre santé et à celle de votre ami, Sebastião de Melo ; je disais que le comte de Viso n'a pas accordé beaucoup d'importance au scandale provoqué par sa femme, preuve en est que, malgré ses cinquante ans, il a séduit la fille d'un avoué, une jolie fille aux yeux noirs, avec un petit duvet brun, qui habitait rua de Oliveira, quand le général occupait les demeures de Quintela à la place du Carmo. Le comte est parti de Lisbonne, amenant avec lui un fils de dix mois dont j'ai été le parrain, parce qu'à ce moment-là je servais sous ses ordres. J'ai mérité l'honneur d'être son confident dans beaucoup de glorieuses bêtises dont ne parlent pas les fastes militaires du vieux soldat du comte de Lippe. Ma commère, madame Teresinha dos Anjos, mon filleul Francisco, et mon compère, le général, ne m'ont plus donné de leurs nouvelles. J'examinais, ce matin, dans ma cour, mon cheval bai, quand je vois entrer une femme vêtue de noir, avec une de ces mantilles de Porto qui donnent la chair de poule au sens commun. Je lui demande ce qu'elle veut, et elle a du mal à croire que je sois le comte de Trancoso. Je m'obstine à lui dire que oui, elle me demande si je connais Teresa dos Anjos, ma commère. « C'est vous, madame ? » – « C'est moi, cette malheureuse ! m'a-t-elle répondu. » Je vous donne ma parole d'honneur que j'en ai été stupéfait ! La si jolie Teresinha réduite à ce degré de vieillesse et de pauvreté ! « Racontez-moi votre vie. » Vous ne tenez sûrement pas, messieurs, à connaître la vie de cette femme, mais je vous la résume en quatre mots, vu que monsieur de Melo a l'obligeance de déposer les armes pour m'écouter. Le général l'a gardée trois mois, puis l'a envoyée paître. La jeune femme est arrivée ici, à Porto, elle a offert quelques vinténs qu'elle avait sur elle à qui enlèverait son fils de chez son père. Le fils n'est jamais venu, et elle a souffert de la faim. Elle a travaillé tant qu'elle a pu y voir. Elle dit qu'à trente-cinq ans, elle était presque aveugle à force de pleurer. Elle écrivit au comte. Il envoyait quelqu'un lui faire l'aumône, en lui donnant de quoi vivre sans mendier. Malheureusement, le comte est mort, et son fils, qui était dans un couvent pour se faire moine, s'en échappe le jour où l'on tue son père, et l'on n'a plus entendu parler de lui. Depuis, ma pauvre commère demande l'aumône. C'est ce qu'elle a fait : elle venait demander à son compère un morceau de pain… Ne vous étonnez pas de ces larmes, messieurs ! Un soldat est, lui aussi, capable de pleurer. On voit tomber un ami près de soi, et l'on ne pleure pas, parce qu'elle est glorieuse, la mort d'un brave qui défend sa patrie ; mais une femme que l'on a connue vertueuse et belle, et qui nous vient après, vieille, en haillons, nous demander l'aumône… on ne peut la voir sans verser de larmes !… Heureusement, monsieur de Melo, vous avez su comprendre mon chagrin !…

– Et pas seulement lui, monsieur le comte, fit le marquis. Vous voyez bien que nous sommes sensibles à l'histoire de votre commère. Alors, c'est elle qui vient avec nous à Lisbonne ?

– Et moi, je vais la garder chez moi, pour qu'elle ait au moins du pain pour tout le reste de sa vie.

– Si vous m'accordez cette faveur, monsieur le comte, dit Sebastião de Melo…

– Je vous écoute, mon ami.

– Je vais à Lisbonne, et je vis seul. Consentez-vous à ce que cette dame soit mon hôtesse, vu que j'ai besoin d'une intendante ?

– Il ne manquerait plus que je refuse, mon cher monsieur ! En votre compagnie, elle n'aura pas à désirer la mienne. Nous partirons ensemble demain.

. . . .

Sebastião de Melo vivait à Lisbonne dans une maison qu'il avait achetée rua da Junqueira. La mère de son ami mort dans un hôpital de Londres était sa gouvernante. Trente-quatre ans après avoir perdu son fils, la malheureuse défaillait chaque fois qu'elle parlait de lui. Le fils de Silvina garda le secret de sa mort, pour que la pauvre vieille mourût sans perdre l'espoir de le rencontrer, sans avoir conscience d'avoir porté l'assassin de son père.

Teresa dos Anjos était tout de même heureuse. Sebastião de Melo l'appelait mère, et s'occupait l'esprit en écoutant les histoires que répétait continuellement cette dame chenue sur son temps. Personne n'aurait dit que ces cheveux blancs étaient ceux d'une femme de cinquante ans ; mais cette précoce décrépitude n'avait pu effacer les vestiges d'une remarquable beauté.

Sebastião de Melo était présenté malgré lui par le marquis de Torres Vedras et le comte de Trancoso aux plus grandes familles. Sa naissance était toujours un mystère, que sa vie excentrique rendait encore plus alléchant aux yeux des curieux.

Certains, moins disposés à croire ce qu'affirmait le marquis, et qui connaissaient l'histoire de Teresa dos Anjos, le soupçonnaient d'être le fils du comte de Viso, mais son âge, que tout le monde estimait à plus de quarante ans, mettait à mal cette conjecture.

Sebastião se faisait des amis, sans chercher à s'en faire. Sa demeure aurait été le réceptacle des oisifs du cercle aristocratique, si la mélancolie taciturne qu'il montrait en les recevant n'eût point représenté un congé courtois.

Sa vie se passait dans la solitude d'une chambre, dont la fenêtre laissait rarement passer la lumière du jour. Une nuit de six ans s'était passée pour cette âme, immergée dans l'obscurité de tous ses espoirs, sans aucun souvenir de tous les plaisirs qui pourraient le soutenir dans sa déréliction, saturé de cette douleur continuelle et monotone qui constitue la plus amère des existences.

Plus jamais ses lèvres n'ont été effleurées d'un sourire qui pourrait, l'espace d'un instant, dénoncer l'oubli de son chagrin, un soulagement momentané de ses remords.

Blanche de Clermont était toujours vivante et mourait toujours dans son âme, le malheureux l'imaginait, toujours cruellement dilacérée, se tordant sous l'effet du poison.

C'est pour cela qu'ils ne supportaient plus la lumière du soleil, ses yeux qui ne cessaient de pleurer, la nuit.

Il cherchait un refuge dans les livres, mais les lettres de chaque page se mariaient de telle sorte qu'il y voyait écrite une sentence qui le condamnait.

Puis c'étaient des crises de désespoir, des accès de découragement, et le duc de Cliton tombait à genoux, en invoquant Blanche, qu'une douleur superstitieuse lui représentait toujours au moment de son dernier râle, et jamais au temps où sa douce tristesse donnait à son visage les tendres couleurs qui rehaussaient sa beauté. C'était toujours au cours de ces paroxysmes que cette vision épouvantait les songes d'un assoupissement passager. C'était toujours, défigurée par le poison, vomissant ses entrailles en lambeaux, que l'image de la duchesse s'asseyait à ses côtés, et lui faisait éloigner des lèvres la nourriture nécessaire pour ne pas tomber d'épuisement.

Teresa dos Anjos lui offrait toujours une consolation, parce que les larmes de cette femme lui rappelaient un crime qui excédait la gravité du sien.

Le rival de Lacroze se peignait alors le tableau dont il voyait le côté le plus sombre, au moment où il offrait à sa femme un verre de poison.

Il voulait s'absoudre de ce crime : il s'était jugé trahi par l'amante d'un homme, qui, sous un faux nom, vivait sous son toit. Il rappelle les artificieuses tendresses de cette femme, quand elle se voit si bien servie par son infâme astuce. Il reprend une à une les raisons qu'il a eues de s'estimer déshonoré, et veut se convaincre ainsi qu'il a tué une femme qui lui avait poignardé le cœur, et foulé aux pieds sa dignité d'homme.

Mais, ensuite, ce cri fatal : « Tu as tué une innocente ! » le ramène à la cruelle réalité. La justification de l'assassin n'ose balbutier en présence de ce spectre, et le sang qui dégoutte de la poitrine de Lacroze vient lui asperger le visage, où la terreur a imprimé le stigmate du réprouvé.

Il se réfugie alors sur le sein de la pauvre femme qui ne comprend pas ses paroles entrecoupées de sanglots et s'agenouille devant le Christ en lui demandant d'avoir pitié de son bienfaiteur.

Sebastião de Melo, qui ne peut supporter une si lente agonie, parce que le blasphème lui monte aux lèvres lasses de supplier, cherche un remède dans la société, où la main de l'ange de l'expiation devait le conduire, pour que l'homme commence à y subir son châtiment, condamné qu'il est à prendre sa part de l'absinthe de toutes les mortifications d'autrui.

Les premiers pas qu'il fit dans les salons s'avérèrent fatidiques. La première femme qui lui tendit une main charitable détenait en son cœur le secret de rendre cet homme à Dieu, même si cela devait lui coûter la vie. Son âme serait l'encensoir du sacrifice, puis volerait au ciel, pour y recevoir la couronne de celle qui avait voulu être martyre pour faire un juste.

C'était Francisca de Valadares.

Sebastião de Melo, en la voyant, avait lu dans son regard prophétique une légende d'infortunes.

« Si mon cœur est mort, écrivait-il, quelle est cette sensation ?

Serait-ce la prédestination, cet émoi qui me monte avec le sang au visage, quand ces yeux me fixent, pleins de pitié ?

Cette femme connaît-elle mon secret ?

La Providence en fait-elle l'instrument de sa vengeance incessante ?

Cela ne suffit pas, six ans de remords, six mille ans que je me traîne, sans avoir mérité du ciel le répit d'un espoir, qui me soit doux avant la mort ?

Si tu m'as pardonné, Blanche, pourquoi ne demandes-tu pas au Seigneur la fin de cette réclusion ?

La haine, qui a fait de moi ton bourreau, tu ne la

pardonnes pas pour la profondeur de mon amour, ce délire qui m'a poussé au crime, l'aveuglement dont j'ai fait preuve quand je t'ai forcée à être à moi, en croyant te rendre heureuse !

Pourrai-je aimer une autre femme à la face de la terre ? Pardonne-moi cette question que je pose à ma douleur, ô fille de mon âme.

Au moment où une affection renaît sur les cendres de ce cadavre, qui bouge en se tordant de désespoir, je verrai dans la femme qui me ressuscitera, la femme qui vient te venger, Blanche !

Si elle existe, je reçois le calice de sa main, pourvu que mon âme se purifie afin de pouvoir te retrouver au sein de Dieu.

Est-ce que ce sera cette femme, devant laquelle mes yeux se baissent, comme honteux d'un crime que trahit mon visage ?... »

. . . .

Sebastião de Melo demandait, comme on voit, à la superstition le secret de cette force qui le poussait vers Francisca de Valadares.

Si vous nous demandez si c'était l'amour, je vous dirai oui.

Si vous nous demandez une explication rationnelle de ce phénomène, après six ans de tortures, nous vous la donnerons plus aisément que peuvent l'imaginer ceux qui pénètrent à peine les abîmes de leur propre cœur, et ceux qui vivent bien à l'écart des vicissitudes de l'âme.

Ces six ans de douleurs, toujours intenses, toujours aiguës du premier au dernier jour, auraient dû tuer le duc de Cliton quinze jours après son crime, ou lui dévorer la sensibilité, longuement rongée par le remords.

La façon dont, après tout ce temps, ce cœur s'est relevé de son tombeau, lecteur qui éprouvez des sentiments, et qui pensez, représente un phénomène qui transcende la sphère où évoluent ces petites choses au monde que nous voyons, palpons et que nous expliquons, imbus de notre science.

Si nous faisions appel au merveilleux pour considérer une nouvelle passion chez le duc de Cliton, nous trouverions la Providence comme il la trouve pour se juger soumis à la femme qui va le châtier ; à cette femme qui doit réveiller son cœur pour de nouveaux tourments, à cette femme qui va enfoncer profondément dans le front les épines qui ont poussé sur le tombeau de Blanche, se sont nourries de poison, perlées d'un sang qui réclame justice au ciel.

Et, si cet homme se croit poussé par Francisca de Valadares, comme l'hostie vers l'autel, comme l'insecte dans le feu, comme le pénitent au gibet, pourquoi n'irait-il pas recevoir la mort comme un sourire plein d'amour, l'anéantissement comme un lit de roses, la dernière torture comme un agrément du ciel ?

Chapitre XLII

Francisca de Valadares était la fille du gouverneur élu du Brésil, Filipe de Valadares. Elle avait dix-huit ans. Elle tranchait sur toutes les beautés. Elle suscitait la sympathie par une tristesse sans affectation. Et elle expliquait l'ombre éternelle qui assombrissait le ciel de son enfance, et les larmes constantes dans lesquelles se diluaient les rayons de ses yeux doux, par une voix intime qui prédisaient sa mort prochaine.

Sa vocation, c'était le couvent.

Ses parents qui ne voulaient pas gâcher son existence, en la heurtant dans ses propensions, attendaient qu'elle mûrît, et lui proposaient, en attendant, comme des tableaux à l'enchère, les mariages qui présentaient le plus d'avantages, et les fils de famille les plus galants du cercle puritain couleur de sang. Francisca restait insensible à ces stériles tentations. Son âme n'avait même pas le sentiment qu'elle pourrait être appelée à suivre une autre destinée.

Ce qu'elle voulait, c'était la solitude, et son amie Cecília.

Cecília était la fille d'un noble de Trás-os-Montes, Cristovão Coelho, qui vivait à Lisbonne, depuis qu'elle y était venue accueillir son père assigné à résidence à Junqueira, par ordre du marquis de Pombal.

Cecília n'avait pas de vocation monastique. Elle aimait au contraire le soleil, les fleurs, l'amour, la liberté, le commerce du monde. Leurs deux caractères, si différents, s'unirent par un dernier lien, parce que chacune avait ce que l'autre n'avait pas, et qu'elles avaient en même temps diverses aspirations qui ne se contrariaient pas.

Cecília aimait le fils d'un Juif opulent. Azarias Pereira était un bel homme, un élégant dissipateur, un garçon qui écartait tous les préjugées liés à sa race, aveuglant les uns avec l'éclipse de l'or, et venant à bout des autres par une hypocrite modestie.

Il était reçu dans les principales maisons de la noblesse, particulièrement dans celle de Filipe de Valadares, qui lui devait de l'argent, sans intérêt, à Moisés Pereira, un honorable Israélite de la rua dos Fanqueiros, et père de ce digne fils, qu'il hébergeait volontiers chez lui.

Il se peut que cela explique mieux l'harmonie qui régnait entre Cecília et Francisca.

Impressionné par l'imperturbable mélancolie de la fille du gouverneur du Brésil, Sebastião voulut évaluer de près cet étrange tempérament.

Il la trouva triste et morose dans l'expression, prête à comprendre des paroles douloureuses, désireuse de pénétrer les cœurs qui souffrent, et touchée par le visage triste de ce mystérieux personnage.

À peine s'est-elle posé ces questions, les yeux de Francisca suivent Sebastião de Melo. Une sublime exaltation les anime quand il s'approche. Sur ses lèvres fleurit un sourire, que Sebastião de Melo ne récompense pas en le lui rendant.

Son attirance s'avère pourtant invincible. Le fils du

dominicain de Santarém est entraîné vers une femme qui peuple ses rêves, serrant dans ses bras l'image de Blanche de Clermont. Ce rêve l'emporta sur l'intelligence de l'homme qui considérait les fantômes avec les yeux de la raison. Le providentiel entrait dans ce rêve. Dieu le lui avait annoncé. Il lui fallait tendre le cou au couteau, et bénir son expiation.

Azarias Pereira, qui se targuait d'être un ami de Sebastião de Melo, se présenta chez lui : il venait lui annoncer une bonne nouvelle.

– *Ave Caesar* ! s'exclama le Juif, en l'embrassant.

– En attendant le *crucifige eum* ?

– Non !... ce sera encore *hosanna* ! comme ont dit les tiens, et les miens, qui étaient tous d'excellentes créatures. Sais-tu que ta barbe a plus de valeur que celle de Dom João de Castro ? Les matrones de Goa lui ont donné leurs brillants, en lui demandant un cheveu en gage ; mais je parie ma moustache qu'elles donnaient leur cœur, comme on le fait ici, sans avoir à subir l'inconvénient d'hypothéquer la tienne... Sais-tu que tu es aimé de Francisca de Valadares ?

– Non... et je crois que ne chercherai pas à en avoir le cœur net.

– C'est inutile... je te jure par le Dieu d'Abraham, qui a engendré Jacob, qui a engendré Joseph, qui a engendré... À mon avis, Joseph n'a engendré personne, j'éprouve quelques doutes à ce sujet, à cause d'une certaine cape, qu'il a laissée entre les mains d'une certaine femme... Ne t'énerve pas, Melo ! Nous ne nous trouvons pas dans le salon gourmé de Filipe de Valadares. Je viens de perdre deux cents pièces chez la comtesse de Alfarela, et je présente ce visage d'illuminé que tu vois, semblable à ceux des enluminures gothiques dont parlent les membres disséminés de l'Académie des humbles… J'en viens au fait, et je me déclare pour cela intermittent du sérieux. Sais-tu que je fais la cour à Cecília ?

– Non.

– Oh ! Serais-tu aveugle ?

– Je ne discerne pas bien ce qui m'est indifférent.

– Eh bien, tu le sauras, parole de rabbin, que je fais la cour à cette charmante chrétienne, et que je me sens parfaitement disposé à renier ma religion, pas seulement celle de mon père Moisés Pereira, mais jusqu'à celle de mon vingt-cinquième aïeul, Lamech Pereira, tout cela pour l'industrie et la grâce de l'esprit diabolique de ces yeux dignes d'une descendante d'Agar, de ce cou purement caucasien, s'il est vrai que le Caucase a de meilleurs cous que Cacilhas. Cela dit, il faut savoir, comme le dit la *Gazette de Lisbonne* quand elle doit mentir, que Cecília, mon joyau de Bombay, m'a dit qu'elle avait reçu de son amie Francisca une effarante confidence : pour commencer, elle a dit qu'elle t'aimait à la folie ; qu'elle n'avait plus le courage de se conformer à sa décision de se faire nonne ; qu'elle ne comptait pas sur ton amour, mais voulait vivre, au moins libre, pour ne ressentir aucun scrupule à t'adorer aveuglément. Voilà ce qu'elle m'a dit, je n'y ai pas ajouté une seule parole de mon cru. En voyant cela, tu n'émerges pas de cette torpeur ?

– Tu as beaucoup parlé, Azarias !

– Et toi, je crois que tu as dormi ! Veux-tu que je dise à Cecília que j'ai eu l'honneur de te faire tomber du sommeil du juste ?

– Dis ce qui te plaira ; mais conseille à cette dame de recevoir les confidences, et de les garder pour elle.

– Quel ton sinistre, mon vieux ! On dirait le crieur des douze tables de la loi ! J'ai l'impression que tu n'es pas de ce monde ! Tu as dû t'échapper d'un conte arabe, et l'on te permet de te promener à Lisbonne ! Sois sérieux : que vais-je dire à Cecília ?

– Rapporte, si tu veux, la scène à laquelle tu as assisté.

– De deux choses l'une : l'aimes-tu ou pas ?

– Mon respect pour sa jeunesse est égal à mon admiration pour ses rares qualités qui en font un être unique dans la société la plus choisie.

– Le contraire serait une grossièreté ; mais cette affirmation de ton respect ne résout pas le dilemme.

– Je n'ai pas d'autre réponse à te donner. Écoute, Azarias, fais savoir à cette dame que je lui porterai moi-même ma réponse.

– Voilà qui est plus catégorique. Dis-moi : sais-tu que Francisca de Valadares est la femme la plus cultivée de la cour ? Tu ne le savais pas ! Elle a été éduquée par un jésuite français et te parle un certain nombre de langues ; mais pas toujours, parce qu'il y a beaucoup de jours où je l'ai vue ne pas lâcher un seul mot comme *Fó, Tsong, Tsi,* c'est du chinois. On m'a dit que tu parlais chinois ? Moi, de la Chine, je ne connais que le thé. À propos de thé, je t'amènerai un jour dans un cercle fort différent de ceux que tu connais. Tu as la tête d'un homme qui étudie la société, tu seras heureux de faire la connaissance de la très noble vendeuse de morue à la retraite, Dona Anacleta dos Remédios, qui donne d'excellents bals, et présente le visage le plus frais, le plus romain, le plus provoquant du globe ! On y passe correctement son temps, quand on n'a plus rien. Ma famille a quelques rapports avec ce monde, et cette bonne marchande est riche, elle a du goût. Ses filles jouent du piano, dansent comme des fées le menuet de la cour, et prennent des airs langoureux à faire tomber de tout son long la réputation d'un prêtre jésuite, imprégné de l'esprit du père Malagrida[1]. Acceptes-tu l'invitation ?

– J'irai.

– Nous y allons aujourd'hui ? Pas aujourd'hui, il y a une soirée chez les Valadares. Donne-moi un conseil : si Cristovão Coelho ne me donne pas sa fille, que dois-je faire ?

– Je ne comprends pas.

– Si je dois l'enlever.

– Ce serait une infamie.

– Tu as raison, ce serait une infamie, et la population de Lisbonne serait capable de se soulever contre la race israélite, comme cela s'est produit à cause de la chandelle du moine de São Domingos[2]. C'est la vérité qui a rendu amère cette demi-conquête… les Français disent *conquête*. D'abord, elle m'a repoussé avec un sacrilège dédain, puis elle m'a aimé à la seule condition de ne pas compromettre la tranquillité de son père, qui était bien capable de mourir, si elle lui causait quelque chagrin, claquemuré, comme son aïeul. Le claquemuré, c'est Cristovão Coelho ; remarque, ce n'est pas le chagrin. Je me suis montré maintenant incorrect comme un moine

1. Ce prêtre jésuite eut le tort de voir dans le tremblement de terre de Lisbonne un châtiment divin, et l'honneur de se faire condamner par l'Inquisition aux ordres de Pombal, qui montra à cette occasion que les Lumières sont parfois assombries par de fausses raisons d'État. (NdT)

2. Le 9 avril 1506, tandis que la peste faisait rage à Lisbonne, les fidèles priaient pour que le Seigneur fît quelque chose, quand l'un d'eux crut voir le visage de son Sauveur, ce qui pouvait être considéré comme un signe favorable. Un nouveau-chrétien suggéra que ce pouvait être une illusion d'optique provoquée par les chandelles qu'on avait allumées. On ne se contenta pas de le tuer ainsi que son frère. Cet incident fut à l'origine du grand massacre de Lisbonne. (NdT)

croisé. Le pire, ce serait que mon père mît à exécution la menace qu'il me fait tous les jours. Chaque fois que se présente un créancier avec un ordre que j'ai signé, et qu'il reçoit les cent ou deux cents pièces que me sucent au jeu ces éponges de marquise d'Alfarela et de comtesse de Picanhol, ce vénérable vieillard me dit toujours qu'il va liquider sa fortune, et quitter le Portugal, où je m'emploie à déshonorer ses cheveux blancs. Imagine, mon circonspect Sebastião de Melo, si je me vois dans l'obligation de partir pour la Hollande, à quelle discipline ne va pas être soumise cette âme !

– Évite cette contrariété en ne t'employant pas à déshonorer les cheveux blancs de ton vieux père.

– Tu t'y entends mieux en morale que le supérieur des moines de la Graça ! Chaque fois que je te rencontre, j'imagine que tu vis dans la Thébaïde, que tu y fabriques des paniers, ou que tu enseignes à de bergères le catéchisme de maître Ignace en ce temps-là. Je te ferais le dépositaire d'une fort importante confidence, si tu me promettais de ne pas darder sur moi tous les rayons de Jupiter le Foudroyant, comme dit Horace.

– Sais-tu que tu représentes un type moral très semblable à celui d'un homme que j'ai vu mourir bien malheureux !

– Prie donc pour son âme, compatissant Melo. Veux-tu connaître cette révélation ?

– Je t'en dispense.

– Patience : c'est un épanchement cordial…

– Et de quel droit vais-je en bénéficier, Azarias ? J'éprouve si peu d'intérêt pour les actes de ta vie !…

– C'est de l'ironie. Je ne te crois pas. Tu n'es pas assez grossier pour tirer une salve d'insultes sur une place qui expose ses armes, devant ce visage grave, comme celui du

Dom José Ier en bronze. Je voulais te dire, sans aucune fatuité, que tu vas voir une femme qui a pour moi la passion la plus folle, la plus violente, la plus fougueuse que l'on puisse imaginer, après celle de l'amante de Marc Antoine, et de beaucoup d'autres dont je ne me souviens pas maintenant. Cette femme, si je voulais une riche épouse, serait mienne ; si je voulais une maîtresse, elle la serait. C'est la fameuse Anacleta, qui a la plus belle quarantaine de l'ère de César !…

– Me permets-tu de me retirer dans mon bureau ? J'ai des lettres auxquelles je dois répondre.

– Un fort décent congé ! À ce soir… Je transmettrai à Cecília ta commission…

Enfermé dans sa chambre, Sebastião de Melo disait, profondément convaincu de proférer une vérité fatale :

– Il y a dans cet homme le germe de l'infortune.

Chapitre XLIII

QUAND SEBASTIÃO DE MELO entra dans le salon de Filipe de Valadares, Azarias Pereira murmurait à Cecília des paroles qui la faisaient rougir de honte ou d'indignation.

Qui aurait l'incivile curiosité de tendre l'oreille à une courte distance des amoureux, entendrait ce dialogue :

– Ne t'ai je pas demandé, disait-elle avec acrimonie, de ne pas répéter à Sebastião de Melo ce que Francisca m'a confié ?

– Et moi, j'ai supposé que j'obligeais ton amie, en lui ménageant une occasion de s'entendre d'une façon explicite avec mon ami Melo.

– Que va-t-elle lui dire !?

– Exactement ce que je t'ai dit, à toi, et plus modestement. La vérité ne messied pas aux lèvres d'une dame de haute naissance : la vérité qui empêche un cœur dédaigneux de se confesser, c'est ce qui fait les saintes en amour. Pourquoi Francisca ne serait-elle pas ce que tu as été pour moi, Cecília ? J'ai dû adoucir avec mes larmes la dureté de ton sein ; un de tes sourires miséricordieux me coûte encore aujourd'hui des heures de souffrances, et qui sait les chagrins inédits…

– Inédits ! De quoi parles-tu ?

– Des nouveaux chagrins que doit affronter mon courage !

– Ne parlons pas de nous, Azarias… Avant que Francisca n'entre au salon, essaie de t'arranger pour que Melo ne trahisse pas ton imprudence.

– C'est la chose la plus aisée qui soit, ma Cecília adorée.

Le Juif se leva et s'en fut saluer Sebastião de Melo, qui décrivait les coutumes corses à Filipe de Valadares, un gentilhomme d'une instruction si nulle qu'il croyait en l'existence de la Corse après avoir lu, dans la *Gazette de Lisbonne*, que Napoléon était corse. Et, à supposer que d'emblée il eût compris corsaire et pas corse, Sebastião de Melo était venu le convaincre de l'existence de la Corse.

– Si cela ne te dérange pas, mon cher Melo, de me toucher deux mots…

– Faites, faites, dit Valadares, mais j'aimerais que vous me disiez quelque chose sur le royaume du Congo. Les chroniques parlent de mon aïeul au cinquième degré, qui fut vice-roi du Congo.

– Du Congo ? Vous faites peut-être erreur, monsieur… Je crois que le Portugal n'a jamais envoyé de vice-roi au Congo.

– Ce ne doit pas alors être le Congo ; si ça ne l'est pas, ça en a tout l'air.

Le gouverneur nommé du Brésil alla consulter les *Décades de Barros*, tandis que Melo, pour éviter un scandaleux éclat de rire de l'Israélite, au sujet de l'aïeul au cinquième degré de Valadares, lui demandait :

– Que voulais-tu ?

– Pour certaines raisons, je trouve prudent que tu ne laisses pas entendre à Dona Francisca que nous nous sommes entretenus à son sujet.

– C'était bien mon intention… J'ai pris tout ce que tu m'as dit pour la facétie d'un garçon qui avait besoin de perdre une heure à bavasser.

– Veux-tu dire que je t'ai menti ?

– Non. Je veux dire que tu ferais un habile faiseur de contes, je sens en toi une vocation pour le fantastique.

Valadares revenait avec sa chronique sous le bras, en s'exclamant, ses lunettes juchées sur la pointe triangulaire de son nez :

– Ce n'est pas le Congo, c'est Goa ! Je vous ai dit tout à l'heure que ces deux pays se ressemblaient beaucoup. Qu'avez-vous à me dire sur Goa, où il a été vice-roi (il montait alors sa voix d'une octave), mon cinquième aïeul, Heitor de Valadares ?

Sebastião allait répondre au descendant d'Heitor, quand Francisca entra, en saluant les messieurs au passage.

– Mon père, dit-elle, je vous demandais de réserver Goa pour un autre jour ; maman vous prie d'avoir l'obligeance de vous rendre dans sa chambre.

– Comment va madame ? demandèrent plusieurs voix.

– Elle est immobilisée par ses rhumatismes ; il n'y a pas à s'inquiéter ; mais, tant que l'été n'arrivera pas, elle ne pourra quitter son lit.

Grâce aux rhumatismes de son Excellence, murmura Azarias à l'oreille de Melo, tu es dispensé de donner une leçon de géographie au maître de maison.

Quelques messieurs prenaient le thé. Les jeunes femmes – il y en avait peu – jouaient aux échecs et aux dames, avec de vieux comtes et de vieux marquis. Les vieilles marquises et les vieilles comtesses critiquaient le manque de respect que manifestait Azarias en bavardant avec Cecília, une preuve qu'à leur époque, ces conversations échappaient au scandale, parce qu'elles se déroulaient sans témoin ; ce qui n'était sûrement pas plus grave. À part cela, une des particularités qui effarouchaient fort ces respectables filles des courtisanes de Dom João V, c'était l'énorme moustache et la barbe d'apôtre qu'arborait Sebastião de Melo en parlant avec des dames.

Quoi qu'il en fût, Francisca de Valadares n'éprouvait apparemment aucune crainte, ni aucune répugnance devant la barbe du mystérieux gentilhomme, pour lequel elle s'était un peu écartée de ses amies.

– Ils semblent si absorbés par leur conversation !... disait la vieille comtesse de Penajóia à l'oreille d'une austère aristocrate de quatre-vingts ans, qui avait été novice à Odivelas, et en était sortie sans prendre le voile parce qu'un favori de notre Louis XIV l'avait obligée à prononcer des vœux qui n'étaient pas compatibles avec la règle du patriarche saint Bernard...

– Que doivent-ils dire... répond l'octogénaire, appliquant à son œil droit un lorgnon en or, cerclé de perles.

Ce qu'ils ont dit, elle l'a jamais su ; mais il est juste que nous le sachions.

– Toujours triste, de Melo ! Quand aurons-nous, nous qui vous estimons, un instant le plaisir de voir naître sur vos lèvres un sourire de satisfaction ?

– Aux personnes qui m'estiment, je dirai qu'un tel sourire est impossible... Et je ne ferai pas semblant d'en esquisser un, madame. Vous aussi, vous êtes triste ; et, si vous ne l'étiez pas, ma mélancolie vous serait indifférente, comme elle l'est à tout le monde.

– Mais je suis née ainsi, avec cette disposition à éprouver des tristesses sans raison. Vous n'avez sûrement pas toujours été ce que vous êtes aujourd'hui.

– Sûrement pas.

– Une souffrance qui ne se guérit pas avec le temps… Des malheurs dans votre vie, qui ne vous laissent même pas l'espoir.

– Vous avez vu mon âme…

– J'aurais préféré ne pas la voir… Pas même l'espoir ?

– En Dieu ? Je l'ai, parce que les dernières larmes de l'homme sont comme la dernière vapeur de l'encens, qui est la plus pure, et celle qui s'élève le plus vers Dieu.

– C'est un langage si rare chez les jeunes gens de notre époque…

– C'est que j'appartiens à un autre temps bien éloigné. Ne voyez-vous pas que je suis vieux, et que je fuis les hommes d'aujourd'hui qui ne sont pas du mien ?

– Vieux à trente et quelques années ? Ah, s'il m'était donné de savoir ce qui pourrait vous réveiller de cette léthargie ! Si c'était une femme, j'irais lui demander à genoux son amour pour vous l'offrir. Si c'est Dieu, je le prierai avec ferveur de vous rendre votre jeunesse, avant que la solitude de la vieillesse vous voie quitter ce monde sans regret.

– C'est ce que je ferai…

– Et moi, je voudrais que ce ne soit pas le cas ! Voyez comme c'est extraordinaire, et à quel point cela sied peu à une femme !… Je voudrais vous voir heureux !

– Mon cœur est touché de ces désirs pleins de compassion, madame.

– Qu'il le soit, qu'il le soit, c'est pour lui que je les conçois… N'est-ce point là de la sympathie ?

– C'est une vertu, c'est le parfum de la piété… Vous

qui ressentez une douleur sans cause, vous avez appris à reconnaître celles qui en ont une. Les sourires heureux ne vous touchent pas, ce qui captive votre généreuse compassion, ce sont les chagrins que l'on ne cache pas. Je me rappellerai toujours avec gratitude que j'ai rencontré une âme, pleine de douleur et de pitié, qui me souhaite un bonheur que je ne peux plus goûter. C'est beaucoup… je vous ai dit la vérité, madame Francisca, c'est beaucoup d'avoir éveillé votre sympathie… Le malheureux, au milieu des espoirs qui enivrent la société qui l'entoure, représente une tache, une mortification, une aigre censure aux douceurs de la jeunesse. Je suis ce malheureux. J'ai suscité la curiosité, mais pas la compassion. Les uns me demandent qui je suis. D'autres estiment ma richesse d'après le médiocre apparat dans lequel je vis. Celui-ci, infatué de sa philosophie épicurienne, m'engage à vivre comme vivent les autres, à la merci des événements. Celui-là se plaît à me traiter d'original parce que ce mot est le grand mot dont on se sert pour expliquer toutes les folies d'un génie tourmenté, ou toutes les souffrances d'un cœur qui se déchire en secret. C'est le monde qui m'entoure. Je rencontre à présent une âme qui s'est levée hier et semble désirer ardemment son déclin, parce que, peut-être, de la terre, montent des vapeurs noires, qui couvrent ses rayons. Il est nécessaire de croiser une souffrance juvénile, qui entende la nôtre, quand la corruption s'empare des vieillards. C'est vous qui, à dix-huit ans, entourée de plaisirs qui se bousculent pour vous combler, avec un chemin jonché de fleurs sous vos pas, c'est vous qui me voyez, qui me distinguez dans la foule, qui me devinez, et me venez, en deux mots, donner l'histoire de mon âme, que je n'ai pu écrire en beaucoup de pages, méditées durant de longues veilles.

Ç'a été une consolation… je n'y aspirais plus… Je vois que ne s'est pas refermé l'anneau d'infortune autour de mon cœur…

– Voilà, monsieur de Melo… Le désespoir n'est pas le terme de l'infortune… J'ai lu des choses que l'expérience ne reconnaît pas, mais mon cœur me dit de les croire. Il n'y a pas de mal absolu. La souffrance, c'est la tempête ; mais les jours succèdent aux jours, et le soleil se lève sur un jour qui n'est plus obscurci par les nuages. Le désir d'être heureux, n'est-ce pas en soi un espoir ?

– Mais… cette fleur… ne s'épanouit pas dans le sang…

– Dans le sang ?!

– C'était une parole irréfléchie, madame… Je voulais vous dire qu'il y a un absolu dans la douleur. Pourvu que Dieu veuille que l'expérience ne démente jamais ce que votre bon cœur a appris dans les livres. Il est bon d'écrire des maximes engageant à la résignation, pour que les faibles n'aient pas recours au suicide pour des douleurs qui se soignent. Il est bon de fermer les oreilles à Rousseau et d'ouvrir son cœur à l'Évangile. Je l'ai fait, j'ai été un homme élevé parmi des incrédules, nourri au mauvais lait d'un siècle qui nous apprend cette fatale maxime : « Il est noble de mourir quand la vie nous déshonore. » Le déshonneur, c'est de la lâcheté, quand il fuit l'expiation… Où me mènent ces divagations ? J'ai cru que je parlais à un esprit mûri par l'expérience… Il me semble que votre amie Cecília est impatiente de vous retrouver.

– Peu importe… cela me fait du bien de souffrir ici…

– Et je ne veux pas, moi, que vous souffriez… laissez-moi exercer cette autorité sur votre volonté…

– Exercez-la, j'ai besoin de sentir votre domination…

bien qu'elle me pèse autant que les chaînes d'un mauvais père...

– Cette domination vous pèsera peu, Dona Francisca... Les conseils d'un ami n'importunent que les faux amis... On m'a dit que vous alliez bientôt entrer au couvent : est-ce vrai ?

– C'est ce que j'ai dit contre la volonté de ma famille.

– Entrevoyez-vous les consolations de la religion ?

– J'y vais aveuglément ; on me dit qu'on y vit seule, sans être tenue d'entretenir un commerce : ce qui m'appelle au couvent, c'est l'amour de la solitude, le plaisir de souffrir sans témoins...

– Et le sacrifice de votre liberté à Dieu, non ?

– Je n'ai pas encore réfléchi à ce sacrifice, je crois même qu'aucune femme de mon âge n'entre au couvent pour se sacrifier à Dieu. Je serai peut-être l'unique religieuse qui a senti, dès ses douze ans, grandir en elle un désir vague d'abandonner le monde. Quand j'ai été à même de raisonner, j'ai vu que le monastère sans faste était un endroit fait pour moi.

– Quand vous pénétrerez le secret des angoisses que l'on tait, ma bonne amie, regardez bien autour de vous, et regardez si aucun lien caché ne vous attache au monde...

– Je me trompe peut-être... mais le résultat ne m'affectera pas plus que vous le prévoyez aujourd'hui. J'ai un ange qui me dit que la quiétude du monastère s'accorde parfaitement à mon tempérament : mais que la sépulture du cloître contribuera à mon repos complet

Francisca de Valadares comprit que ses larmes viendraient compromettre son innocence. Elle se leva pour donner le change, et entra avec Cecília dans le cercle des vieilles dames, dont l'honnêteté ne pouvait plus souffrir, sans de bruyants murmures, un long entretien entre une jeune fille et un homme à la barbe indécente.

Filipe de Valadares avait lancé à sa fille un regard de travers, mais il était si loin de partager le festin satirique des vertus séniles de ces fidalgas[1] (qu'il connaissait mieux que les royaumes du Congo et de la Corse !) qu'il n'en fit aucun cas, et n'allégua pas un écart de Francisca. Le représentant de la lignée d'Heitor de Valadares savait que sa *Sainte Thérèse de Jésus*, comme il l'appelait (sans savoir qu'avant d'appartenir à Jésus, Thérèse éprouva quelques tentations de Satan, et nous ne savons pas si elle a résisté à toutes) n'avait pas de cœur pour les hommes, et encore moins pour celui-là, dont la barbe épouvantait les femmes, et dont la fortune était fort douteuse, son illustre naissance fût-elle garantie par les personnes adéquates.

Quand le gouverneur circonspect du Brésil vit Sebastião de Melo délivré de la conversation de sa fille, il s'approcha de lui, en se creusant la tête pour se souvenir de ce mot si proche du Congo. Et comme les réminiscences ne se présentaient pas à sa demande, un défaut dont il était affligé jusque dans la manière d'écrire Filipe, le plus souvent avec un seul *p*, et Valadares avec un *l*[2] – le père de Francisca se dit qu'il devait attendre que cela lui revînt, pour épargner son honneur, et aborda, en attendant, un autre sujet.

– Je vois que vous avez parlé longtemps avec ma Francisca…

– Elle m'a accordé cet honneur.

– Elle a la manie des livres. Je parie que vous avez parlé français ?

---

1. *Fidalgas*, « dames de la noblesse » en portugais (NdE).
2. La réforme de l'orthographe a débuté en 1911 (NdE).

– Non, monsieur de Valadares ; nous avons parlé dans notre langue, qui est une excellente langue pour se parler entre Portugais.

– C'est ce que je dis, moi aussi ; mais elle a voulu apprendre le français avec un jésuite qu'elle a eu comme maître et chapelain. Depuis qu'elle sait le français et l'italien, elle lit beaucoup de livres, dont je ne sais de quoi ils traitent : mais c'est depuis qu'elle les lit que la tristesse lui tourne autour, et que l'idée de se faire religieuse lui est entrée encore plus dans la tête. J'ai voulu la marier ; mais ça ne lui dit rien. Tous les hommes lui déplaisent, et elle manifeste de la répulsion pour tous quand elle en parle. Dès que je l'ai vue s'entretenir avec vous, je me suis dit là, en mon for intérieur : « Elle parle français, à cette heure » parce que c'est ça qui la distrait le plus, et moi, à vous dire le vrai, cette langue m'ennuie à mort, pour la seule raison que cette canaille de Napoléon est français… C'est vrai, brailla, avec une certaine véhémence, le terrible ennemi de l'empereur des Français, je m'en souviens maintenant… c'est Goa… Qu'avez-vous à me dire sur Goa ?

Vous ne sentez pas la nécessité de savoir, cher lecteur, ce qu'a dit Sebastião, au grand étonnement du bienheureux Valadares, qui eut la chance de se rappeler le pays que son cinquième aïeul avait gouverné, pour le plus grand profit de la maison que possédait aujourd'hui son descendant, et la plus grande gloire de sa patrie.

Chapitre XLIV

LAISSEZ GÉMIR LES CŒURS qui se lamentent une fois morts. L'amour, c'est la vie. Tant que les artères battent, et que la réfraction de la beauté fait scintiller vos yeux, si fatigués soient-ils de verser des larmes ; tant que l'homme garde de l'énergie dans ses angoisses, et une douloureuse *saudade* qui le ramène à un amour passé, le cœur n'est pas mort ; les paupières ne retombent pas sur les yeux qui se repaissent du beau ; l'idéal, qui s'assombrit en des régions reculées, finit par déchirer un fantastique suaire, et précède le proscrit du bonheur comme la colonne lumineuse du désert.

Le duc de Cliton aimait Francisca de Valadares. Le spectre de la duchesse n'était plus un cauchemar qui ne cessait de hanter son sommeil ; la solitude de sa chambre ne connaissait plus ces ténèbres qui viennent de loin fermer les avenues de l'espoir.

L'espoir renaissait !

La constance qu'il mettait à fréquenter la maison de Valadares, l'aiguillon qui l'y poussait, l'assoupissement de ses souffrances au son de la voix prenante de Francisca lui rappelaient les premiers signes de sa passion pour Blanche de Clermont. C'était le même désir de la voir continuellement, cette vague angoisse de l'inconnu, qui empêche le cœur de découvrir, quand il l'a tout près de lui, et bien présente sous ses yeux, la femme qu'il aime.

Jamais ses lèvres ne balbutièrent cette confession. Le duc de Cliton se condamnait au silence, parce que, disait-il, « Ce silence est peut-être l'expiation à laquelle me condamne la Providence. »

Que ce fût une impression, ou la vérité, convaincu d'avoir à vider la lie d'un nouveau calice, Sebastião de Melo l'accepta.

L'accepter, c'était ouvrir son cœur à l'amour de Francisca ; c'était le graver en lettres de feu qui dévoreraient lentement le reste de sa vie, dans une silencieuse angoisse.

Mais la fille du gouverneur l'avait compris, et s'en était remise entièrement à la confiance qu'il lui inspirait, pour que, tôt ou tard, leurs lèvres ne craignissent pas de dénoncer leur cœur.

Six mois se passèrent ainsi : affreux pour le duc, baignés pour Francisca de Valadares par la lumière que lui donnait l'espoir.

Les murmures de ces honnêtes vieilles se réunirent pour lancer le bruit d'une cour bien avancée entre le mystérieux gentilhomme et la dame inaccessible aux prétendants dont la fortune était connue, et dont la naissance n'était pas enveloppée de nuages mystérieux.

Sebastião de Melo était, pour la seconde fois, fouetté par l'émulation, mais son amour-propre n'avait rien à voir avec l'orgueil outragé du duc de Cliton. Il s'était offert au martyre, et caressait les douleurs légères que lui causaient ses rivaux. Le dépit forgea des calomnies. L'on inventa des infamies dont Sebastião de Melo était l'auteur. On le présenta comme un aventurier, qui avait su tromper le comte de Trancoso et le marquis de Torres Vedras en évoquant une fabuleuse naissance. Les uns flairaient, dans les mystères les plus abjects, la source de son apparente richesse. D'autres disaient que l'excentrique à la grande barbe était un mercenaire de la France, un émissaire de la Révolution, qui le soutenait, pour la raison même qu'ils ne l'avaient jamais entendu dire du mal de l'Empereur.

On ne lui cachait pas ces jugements. Azarias Pereira, son fidèle ami, ne le laissait pas douter chaque jour de ce qu'on avait dit la veille.

Et Sebastião de Melo accueillait ces offenses avec la sérénité que donne la résignation, ne lâchait aucune plainte, et ne se défendait pas de la calomnie.

Francisca de Valadares savait tout grâce à Cecília. Elle pleurait toute la journée, pour ne pas verser, la nuit, des larmes suspectes devant Melo. Elle pensait qu'il ignorait ces bruits qui parvinrent, plus tôt que d'habitude, aux oreilles complaisantes de Filipe de Valadares.

Il était stupide, oui ; mais aussi malicieux, notre étudiant en géographie. Le dialogue qui suit constitue une preuve plus que suffisante pour ceux qui pensent que l'on ne peut être dégourdi, sans savoir, à cinquante-quatre ans, si la Corse est aussi fabuleuse que *La Cité du Soleil* de Campanelle.

– Es-tu toujours décidée, Francisquinha, à te faire bonne sœur ?

– Pourquoi ? Voulez-vous, mon père, que j'entre au couvent ?

– Je trouve qu'il est temps. Je ne vais pas tarder à partir pour le Brésil, et je veux te laisser rangée… Qu'en dis-tu ?

– Je dis que… pour l'instant… je n'irai pas, si vous ne décidez pas le contraire.

– Alors, de deux choses l'une : tu épouses le comte de San Gens, ou le marquis de Sesimbra, tu prends l'un d'eux, ou tu entres au couvent.

– Je ne me marierai avec aucun d'eux, mon père. Ce n'est pas moi qui gouverne mon cœur.

– Ce n'est pas une façon de répondre à son père, ma petite ! Je ne vous dis pas de vous marier, je vous ai laissé le choix ; mais je ne suis pas disposé à consentir à ce que vous portiez votre choix parmi ceux que je ne veux pas vous voir choisir.

– Je n'ai porté mon choix sur personne, mon père.

– Ce n'est pas ce qu'on dit. On parle par ici beaucoup de toi, mon enfant, et de Sebastião de Melo. On dit que ce monsieur est très noble ; mais je ne sais pas qui c'est ; on dit qu'il est très riche ; mais je n'ai jamais vu son argent, ni ses propriétés. D'autres disent qu'il n'est ni noble, ni riche. Quoi qu'il en soit, ça ne me plait pas, l'air aimable que tu prends avec lui, et cet air renfrogné que tu as avec les autres. Ce ne sera qu'une calomnie (le robinet de l'éloquence s'était ouvert !), je n'en doute pas, mais il y a une seule façon de la faire taire, c'est de te marier, ou d'entrer aussi tôt que possible au couvent.

– J'entrerai au couvent.

– Et je ne veux pas, après, de visites de Sebastião de Melo aux grilles.

– Je le recevrai chaque fois qu'il viendra me voir. Peu m'importe de savoir qui il est. Ce que je sais, c'est qu'il a le cœur noble, et qu'il est bien supérieur à tous les hommes que je connais, aussi préoccupé, ou plus encore, de ma réputation, que vous, mon propre père. Je n'ai aucune raison de l'outrager, et vous non plus, mon père.

Si vous le prenez à partie, ce sera injuste, et vous aurez un jour à vous repentir d'une offense que Sebastião de Melo essuiera avec résignation parce que… Vous ne me comprendriez pas, mon père, si je vous disais ce qu'est l'âme de cet homme…

– Et je ne veux pas le savoir… on ne se règle pas avec une tête de dix-huit ans… Sais-tu ce qui vient d'arriver ?

– Non…

– Ton amie Cecília…

– Qu'a-t-elle fait ?

– Ce qu'elle a fait ?! Elle s'est enfuie la nuit dernière…

– Elle s'est enfuie ! Oh, mon Dieu ! Avec qui ?

– Avec Azarias Pereira…

– C'est vraisemblable, mon père ! Il avait demandé sa main à Cristovão Coelho…

– En effet… et Cristovão Coelho la lui a refusée, parce qu'il ne voulait pas de sang juif dans sa famille…

– C'est pour ça qu'elle m'a fait ses adieux, les yeux baignés de larmes !

– Et tu veux savoir ?… Ce fameux Azarias a volé une marchande de morue bien avancée en âge de Conceição Velha pour pouvoir s'enfuir avec Cecília ! Qui aurait dit que nous avions admis parmi nous un tel fripon ! Son père était honnête, je lui dois trois *contos de réis*, et il s'en est allé, il y a plus de deux mois, à je ne sais plus quel royaume, sans me les demander… Voilà ce que c'est que de se régler sur sa cervelle quand il y a peu de plomb… Celle-là, elle peut se marier, ça ne lavera pas une telle tache…

– Laissez-moi la pleurer, mon père, j'ai l'impression que je ne la reverrai plus… Ma pauvre amie, où peux-tu bien être ?… Si j'avais pu t'embrasser quand tous se sont écartés de toi ! Oh ! Pourvu que Dieu permette qu'Azarias soit digne de cet ange !

– Je ne sais pas s'il l'est, ou non… Le fait est que son pauvre père, ça lui a donné des gaz, et ça fait vingt-quatre heures que ça dure. Il faut croire qu'il va y laisser sa peau !… Quand on est père, on connaît de ces affres ! Je te demande une chose, c'est d'épargner ma vieillesse, et de ne pas faire marcher les langues dans le monde à mes dépens.

– Je l'épargnerai, mon père.

– Fixe alors le plus vite possible le jour de ton entrée au couvent. Ta mère dit qu'elle veut s'entretenir avec toi à ce sujet.

Chapitre XLV

Ce soir-là, chez Filipe de Valadares, et dans toutes les maisons où l'on connaissait Azarias et Cecília, il ne resta pas une seconde pour aborder un autre sujet. Il n'était bruit que de la fuite, avec, comme circonstance aggravante, l'infamie du vol perpétré contre une maîtresse qui vendait de la morue.

Un seul homme n'avait pas lâché un mot sur cet événement : c'était Sebastião de Melo. Quand on le lui apprit, le choc le glaça, et la prédiction qu'il avait faite six mois plus tôt avant l'épouvanta : ses jugements lui inspiraient une peur effroyable. « Serait-ce moi qui condamne les personnes qui s'approchent des germes contagieux qui me rongent le cœur ? » écrivait-il.

– Que pensez-vous de ce qui est arrivé à Cecília ? lui demanda Francisca.

– Ç'a été un malheur !

– Ne doit-on pas croire plutôt qu'elle y voie un bonheur ?

– Qu'importe ce qu'elle en pense ? L'abîme est jonché de fleurs… C'est au fond que l'on sent la douleur de la chute.

– Quelle prophétie ! Que prévoyez-vous ?

– Quelque chose de terrible, qui ne peut s'exprimer dans un langage humain.

– Ce sont deux coups de poignard, que j'ai reçus hier, mon cher frère !

– Quel est l'autre ?

– Mon père me somme d'entrer tout de suite au couvent.

Sebastião de Melo frémit. Il sentit un léger étourdissement qui lui brouilla momentanément les yeux ; il passa la main sur la sueur qui perlait tout à coup à son front, et se mordit la lèvre inférieure, comme si ç'avait été nécessaire pour contenir à toute force un gémissement.

Comme si elle se trouvait seule avec lui, oubliant les gens qui avaient les yeux fixés sur elle, elle serra sa main qui descendait de son visage, en essuyant une larme. Cet acte inouï effara les hôtes qui se trouvaient là, et la novice de Ovidelas dut vraiment prendre sur elle pour ne pas hurler de sa voix éraillée : « Jeune fille ! Voilà une chose qui ne se fait pas ! » à quoi les autres auraient répondu en chœur : « De notre temps, ces choses ne se faisaient pas devant tout le monde ! »

Ce scandaleux incident renversa la bonne ordonnance d'une critique en sourdine.

Sebastião de Melo lut dans les yeux flamboyants de ses détracteurs la censure qui, dès le lendemain, courrait dans les ruelles fangeuses de l'illustre opinion publique ; et, dans la rougeur de Francisca, il vit aussi la réaction de la raison après l'indiscrétion d'une main que l'on serre.

– Ne soyez pas affectée, mon amie. Ç'a été une imprudence qui n'aura pas d'effet. Faites voir la vertu qui est à l'origine de votre écart… Je vous sauverai de l'oppression qui vous expose à la calomnie.

– Me sauver !… Vous ne le pouvez pas, Sebastião de

Melo… On ne sauve pas ainsi une femme pour qui tout est fini… Que m'importe à moi ce monde qui nous observe ? J'ai peur pour vous…

– Pour moi ?!

– Oui… parce que je sais que vous êtes victime de ces êtres vils, blessés dans leur orgueil, foulés aux pieds dans leur morgue, et indignes de m'effrayer, parce qu'ils m'ennuient… et c'est tout…

– Il importe de les respecter, Francisca… Moi, je les respecte, quand je vois, parmi eux, les cheveux blancs de votre père…

– Mon père… il sera mon tyran…

– Ne vous enflammez pas, ces dames tendent l'oreille, et ne veulent pas en perdre une miette…

– Sebastião de Melo !… Toujours discret, toujours prêt à vous conseiller d'avoir des égards pour la société !… C'est montrer beaucoup de froideur !… C'est presque de l'ingratitude…

– Je vais vous contredire, mon amie… mais pas avec des mots…

– Oui, oui… prouvez-moi que vous m'aimez…

– Que je vous aime, Francisca ! Ne vous l'ai-je pas prouvé !… Que peut faire un homme de plus…

– Je ne sais pas… dit-elle avec un sublime enthousiasme, je ne sais pas… Ce que vous ne pouvez pas, Melo, c'est me rendre plus heureuse que je ne le suis à ce moment-ci… Jamais je ne vous ai entendu prononcer ce mot… vous ne m'avez jamais dit que…

Filipe de Valadares appela sa fille d'une pièce voisine. Francisca se hâta de le rejoindre.

– Que voulez-vous, mon père ?

– Allez-vous continuer, ma fille, à scandaliser ces gens-là ?! Ne savez-vous pas que ces conversations sont réservées aux fiancés ? Ce n'est pas convenable. Faites attention : si vous me poussez à bout, je dirai à ce monsieur de ne plus mettre les pieds chez moi.

– Ne commettez pas une telle imprudence, mon père, vous tueriez votre fille.

– Il est alors toujours vrai…

– Que je l'aime ? C'est vrai : je vous le dis avec tout l'orgueil de mon cœur qui est droit, et que je n'ai pas un moment de ma vie qui ne lui appartienne.

– Ça, personne ne va le croire ! Vous êtes folle, ma fille ! Je m'en vais vous enfermer dans votre chambre, et vous faire saigner. Quel diable a cet homme au corps pour donner avec vous dans cette folie ?

– Il n'y a pas de réponse à cette question, mon père. Je ne sais pas ce qu'il a, je sais que je l'aime, que je l'aimerai toujours, ici, au couvent, au ciel ou en enfer. Je ne puis plus endurer les réprimandes de ces vieilles qui se trouvent là, au salon, celles même dont vous m'avez dit, mon père, qu'elles n'ont pas perdu leur temps… Je vous respecte, mon père, je vous abandonne mes poignets pour que vous y mettiez vos chaînes, mais mon cœur, il n'est rien qui le gouverne, si ce n'est l'amour. Je vous parle avec une telle franchise, parce que je sais que je vais être nonne, et je ne serai pas une fille indigne, trouverais-je un être pervers, là où j'ai trouvé un frère.

– J'ai compris… Tu as besoin qu'on te surveille.

– Qu'on me surveille !… Il est dommage, mon père, que vous ne me compreniez pas.

– Je comprends, j'entends à merveille. Eh bien, ma petite, allez à la chambre de votre mère, et passez-y la nuit avec elle, elle est seule.

– J'y vais de ce pas, mon père.

Avant d'entrer dans la chambre de sa mère, elle entra

dans la sienne, baignée de larmes. Elle prit sa plume d'une main convulsive et écrivit ces lignes :

« Mon frère… Je crois que nous ne nous verrons plus. Si vous ne voulez pas faire de moi une malheureuse, si vous pouvez être mon mari, moi, je m'enfuis de chez moi. Je me confie à vous comme à la protection divine. Mon père est mon bourreau. »

Elle appela sa gouvernante, la confidente, depuis son enfance, de ses chagrins, et lui dit, avec une fébrile émotion :

– Voyez si vous pouvez faire parvenir tout de suite ce mot entre les mains de Sebastião de Melo… Écoutez… il me semble entendre des pas dans l'escalier… Allez-y vite… C'est peut-être lui qui s'en va.

C'était lui, en effet.

Melo prit le mot. La gouvernante attendait sa réponse, mais n'était pas sûre d'en avoir une. Il écrivit au crayon sur la page déchirée d'un agenda ces lignes :

« Ce que je puis, ma sœur, c'est vous éviter une infortune. Il me suffit de vous dire que je suis indigne de vous pour vous rendre votre tranquillité. Ne vous abîmez pas, mon ange. Vivez pour mener une vie vertueuse, ne vous sacrifiez pas au caprice de vous cloitrer dans un couvent. Adieu. Je quitte demain le Portugal, je reviendrai quand je saurai que vous êtes heureuse. »

Avec la fermeté que peut donner la conscience de l'expiation, Sebastião de Melo rentra chez lui, où l'affectueuse Teresa dos Anjos l'accueillait toujours avec des tendresses maternelles.

– Vous êtes rentré aujourd'hui plus tôt, mon fils ! dit-elle, en le caressant comme un enfant.

– Je viens vous dire adieu, pour un certain temps.

– Comment ça ?!

– Une lettre imprévue m'oblige à me rendre en Espagne… Ne pleurez pas, ma bonne dame… Si Dieu veut que je revienne, ce sera bientôt… Il vous reste ici ma maison ; ne perdez pas de vue que votre fils ne veut pas que vous vous priviez des plus grands, ni des plus petits plaisirs. Recevez, comme jusqu'ici, vos parents et connaissances. Ne vous abandonnez pas à la solitude, qui est le pire des maux pour ceux qui souffrent, même si cela vous paraît le plus grand des bonheurs. Ferez-vous ce que je vous demande ?

– Et si nous ne nous revoyons pas… à l'heure de ma mort… je dirai : « Mon bienfaiteur… je vais prier pour vous le Très-Haut. »

– N'oubliez jamais de le faire, je suis l'homme qui a le plus besoin de sa miséricorde.

. . . .

Le lendemain matin, Sebastião de Melo montait avec un guide militaire à bord d'un brick espagnol qui levait l'ancre pour Gibraltar.

Le troisième jour de navigation, ils passèrent devant un yacht portugais, avec lequel ils échangèrent quelques mots.

Sebastião de Melo reconnut, parmi les voyageurs et les marins, Azarias Pereira : il lui fit un léger signe de la main. Peu après, il reconnut Cecília, laquelle agitait, à son intention, un mouchoir, qui lui servait aussi à sécher ses larmes. Était-ce le regret ? Le remords ? Un pressentiment ? Le cri de son père moribond qui avait résonné dans son cœur ?

« Comme les malheureux se rapprochent de moi ! Je frappe de la lèpre les personnes qui respirent mon haleine ! Le fils du comte de Viso neutralisait l'intensité de ses remords en se laissant transporter par l'ivresse ! Il m'a rencontré… Il est mort !

Azarias Pereira jouissait de la réputation d'un honnête homme : il jouait dans le monde un jeu où il trichait !… Il a fait ma connaissance ! Et voilà qu'il arrache sa fille et la vie à un vieillard, et, d'une façon infâme, son or à une pauvre femme qui l'aimait.

Francisca de Valadares rêvait de connaître le bonheur dans un couvent : elle trouvait que le monde se montrait ingrat envers ses vertus angéliques !… Elle se préparait à se consacrer à Dieu, qui l'appelait depuis son enfance. Elle m'a écouté ! Et la voilà plongée dans le désespoir par une passion sans avoir la patience de subir le martyre !…

Quelle est la signification de tout cela, Providence ? »

. . . .

Au huitième jour du voyage, le brick mouilla à Gibraltar, laissant derrière lui une mer déchaînée.

Sebastião de Melo parvint à se faire déposer à Tanger, parce que la perspective lugubre du château en ruines s'accordait avec le sombre crêpe de son âme.

Deux jours après, le duc de Cliton découvrit des créneaux de la forteresse un yacht démâté, à la merci des vagues qui l'engloutissaient après avoir effleuré les nuages.

– Voilà l'esquif des naufragés qui s'approche ! murmura-t-il.

Près du yacht, se détachait, en noir, et disparaissait un canot avec trois silhouettes. Les appels au secours s'entendaient depuis la terre. De Tanger et de Gibraltar sortirent des chaloupes, qui furent repoussées vers les falaises, battus par les vagues auxquelles on ne pouvait résister. Le yacht disparut, et reparut le lendemain. Ainsi que les appels au secours, et les gesticulations des naufragés, de plus en plus près.

Le yacht cherchait à gagner le large, pour éviter la côte ; mais il n'avait pas de gouvernail. Les rafales du sud le poussaient, et le dos vert sombre de la vague le faisait rouler comme la bouée d'un filet arrachée par le ressac. Et, entraîné dans son sillage, le canot, avec les trois silhouettes. Les experts à Tanger estimèrent le navire perdu et le canot peut-être sauvé. Les Israélites, qui l'avaient reconnu, offrirent mille onces pour le sauvetage de chaque marin. En effet, le drapeau du rabbin tremblait parmi les fanions.

Cette agonie sur terre et sur mer dura deux heures.

Le vent semblait se calmer. L'espoir renaquit. La soif de l'or encouragea l'équipage des navires anglais à l'ancre dans la baie.

Une flottille de chaloupes largua ses amarres. Elles se trouvaient sur le point de rejoindre le yacht, quand celui-ci fut soulevé à la proue par une énorme vague, et montra la charpente de la poupe. Quelques matelots furent précipités dans la mer, dont les cadavres émergèrent le lendemain. Le canot échappait aux chaloupes. Une rafale de vent la cacha vingt-quatre heures durant. Le lendemain, on engageait l'équipage à se jeter à la mer, avant que l'armature du yacht ne les tue d'un coup.

Azarias sauta du canot avec Cecília évanouie dans ses bras et ceux d'un marin courageux. Quand une corde les tira jusqu'à bord d'une chaloupe de Tanger, Cecília était morte, et le marin aussi.

Sebastião de Melo descendit à la plage.

Azarias Pereira regardait les gens qui l'entouraient avec une expression terrible, assis à côté du cadavre de la fille de Cristovão Coelho.

Les Juifs marocains se découvrirent devant lui, et murmurèrent les paroles rituelles.

Ils voulurent l'emmener sur une chaise avec des coussins jaunes, et amenèrent une civière pour le cadavre.

Azarias repoussa d'un geste les services qu'on lui proposait.

– Que comptes-tu faire ? lui dit Sebastião de Melo.

– Passe ton chemin ! répondit l'amant d'Anacleta avec un horrible froncement de sourcils.

– Je vais le faire : mais que fais-tu à côté de ce cadavre ?

– Je me meurs.

Et il se mit à creuser une sépulture à mains nues.

Sebastião de Melo s'approcha pour le consoler. Le Juif tira un poignard de son sein.

– Il est fou ! murmurèrent les autres, en s'éloignant.[1]

---

1. Cet épisode est à peine évoqué à la fin du deuxième livre des *Mystères de Lisbonne*. (NdT)

Conclusion

Sebastião de Melo éprouva deux souffrances aiguës : la *saudade* et les remords. Les trêves que le spectre moribond de la duchesse semblait lui concéder, avaient pris fin. peut-être les lui avait-il accordées pour que l'esprit du malheureux conçût une espérance, qui devait devenir, ensuite, son tourment, une fois morte. Et elle n'avait pas tardé à mourir : l'amour de Francisca de Valadares avait été pour lui un leurre, un rêve qui souffrait au pied de l'oratoire, le rêve d'une vie qui s'éveille sous la main du bourreau, qui l'appelle.

Et, pour que l'amant de Francisca sentît, au plus profond de son âme, que l'heure de l'expiation avait sonné, six ans après son crime, jamais elle ne quittait son esprit, cette belle image, cet ange d'inconsolable amertume, cette pâle vierge en proie à d'incompréhensibles chagrins qui, rayon de soleil de l'automne, était venue sur la feuille desséchée de son âme essuyer ses sanglots, qui devaient être la sève qui permettrait à ses épines de reverdir, quand serait fanée la fleur de l'espérance.

Le fils de Silvina erra dix-huit mois, les yeux toujours fixés sur l'occident, où il imaginait, aux lueurs crépusculaires de l'horizon, distinguer le blanc linceul dont il avait revêtu, pour un nouvel holocauste, la femme abandonnée qui devait être, à cette heure, un spectre de plus à son cortège.

Au coucher du soleil, de ce côté-ci du globe, Sebastião de Melo, en vue de Calpe[1], plongeait son profond regard sur les reflets argentés, au-delà desquels sa fantaisie hallucinée lui représentait un lit, et une agonie, une lumière qui s'effaçait, et un sourire qui pardonnait, en remerciant le baiser de la mort.

Le voile de la nuit se déployait au loin, et sa tristesse alors était aussi obscure qu'elle, sa souffrance avait un caractère irrémédiablement terrible, son cœur voulait invoquer un soulagement du ciel ; mais sa conscience disait à ce désespéré que jamais le Seigneur, au cœur de la nuit, n'avait laissé filtrer un limpide rayon de soleil.

Quand les larmes ne le soulageaient pas, il passait du découragement à la frénésie de la folie. Sebastião de Melo faisait de longues courses pour tuer l'énergie de son corps, et tombait d'épuisement.

La mort, cependant, n'arrivait pas, l'homme ne possède pas le pouvoir d'un Dieu sur lui-même.

Teresa dos Anjos reçut un jour, au bout de dix-huit mois sans nouvelles de son bienfaiteur, une lettre exigeant une réponse, des mains du Vénitien qui l'apportait. Sebastião de Melo demandait ce que devenait la fille de Felipe de Valadares.

On lui dit qu'elle était entrée, quinze jours avant, dans l'ordre modeste des carmélites, et qu'à Lisbonne, il était de notoriété publique que c'était un amour passionné pour Sebastião de Melo, un amour non partagé par le

1. Sur la Costa Blanca, commune de la province d'Alicante. Calp en valencien. (NdT)

mystérieux gentilhomme, qui l'avait réduite à se retirer dans un couvent, pour y trouver un tombeau plutôt qu'une cellule. Francisca de Valadares demandait à « son fils » de venir l'embrasser pour la dernière fois parce qu'il ne lui restait guère de jours à vivre.

Sebastião de Melo revint au Portugal. Son arrivée fut longtemps ignorée. Presque oublié de la haute société, ceux qui apprirent son retour voulurent satisfaire leur curiosité, ils allèrent le voir pour le sonder, et le trouvèrent glacé par cet ennui qui fait le vide autour de lui ; et ils furent assez bons pour lui concéder une disposition certaine à la démence.

Francisca de Valadares ignorait, elle aussi, l'arrivée de Sebastião de Melo. Dans sa hâte de regagner le néant, d'où les livres français lui avaient dit qu'elle était sortie, elle ressentait cependant une passion empreinte de cette sereine résignation dont beaucoup s'imaginent que ne peuvent l'éprouver que ceux qui expirent en invoquant le nom de Jésus. Francisca de Valadares mourrait comme Charlotte Corday, si Sebastião de Melo avait un Marat, comme le marquis de Luso. Ce qui lui restait de sa foi, si elle l'avait, s'éteignit comme le scintillement de la lumière du tombeau, au souffle qui passe.

Beaucoup de nonnes qui n'avaient jamais senti en elles l'antagonisme entre le cœur et l'impossible, ne concevaient pas que l'on pût être malheureux avec ce sourire angélique, ces yeux pénétrés de piété, toujours secs, cette physionomie imperturbable devant la mort, qui s'approchait de plus en plus vite. Elles voulaient qu'elle consumât le reste de ses jours à purifier son esprit contaminé par les choses de la terre, et encore, à ce qu'il semblait, retenu par des *saudades* qui ne devraient pas voler le cœur aux espérances mystiques.

Elles ne la connaissaient pas. Il n'y avait que deux témoins de son passé, elle le leur racontait sans plaintes, et sans larmes. C'étaient la supérieure et sœur Adélaïde.

Plus que l'autre, celle-ci avait appris tous les détails de sa vie ; elle aussi, elle avait connu le monde, et elle l'avait quitté pour le cloître, poussée par une tyrannie paternelle qui la sacrifiait pour mieux la déposséder.

C'est elle qui raconte, dans *Mystères de Lisbonne* le dénouement de ces tristes amours à la comtesse de Santa Bárbara.

Francisca de Valadares, après deux mois de noviciat, reçoit ce billet :

« *Quand l'amour de Dieu aura vaincu l'amour des hommes, dans le cœur de la novice de Santa Apolónia, nous parlerons du ciel, et demanderons tous les deux au Très-Haut si les larmes versées ici représentent, pour l'éternité, un triomphe ou un martyre.*

Sebastião de Melo. »

Cela revenait-il à éteindre la flamme qui se cachait dans les cendres d'une grande passion ?

Ce jour-là, le duc de Cliton recevait une lettre de Francisca. Le message était aussi bref : son cœur avait été forcé de mentir, dans cette phrase paisible, où se lit la résignation :

« *Nous demanderons donc à Dieu quel est notre destin. C'est l'heure solennelle où il nous faut l'interroger : ma vie s'enfuit ; la prophétie se réalise. Si vous ne me trouviez pas vivante, Sebastião de Melo, vous devriez descendre au cloître pour entendre des lèvres d'un cadavre l'adieu que je n'ai pu vous faire.*

Francisca de Valadares. »

Il en fut ainsi.

Dieu a créé les douleurs suprêmes, et convaincu l'homme de sa faiblesse, en lui refusant le pouvoir de les conter. Le cœur expire, et l'expression meurt sur les lèvres, avec lui. Quand le martyr éprouve la dernière, en gémissant à peine, il meurt comme un chrétien dans la gueule d'un tigre.

Dans *Le Cahier noir*, nous ne trouvons que des phrases sans suite, diluées dans des larmes. Ce sont les pages qui devaient nous raconter ses tribulations, durant une année, derrière les grilles du monastère de Santa Apolónia. Ce fut sœur Adélaïde qui, seize ans après, leva un pli de ce douloureux mystère en montrant le père Dinis agenouillé devant la tombe de la fille de Filipe de Valadares.

C'est peu, c'est fort peu, ce qu'elle est arrivée à dire !

Elle a entendu les blasphèmes de l'agonisante, mais n'a pas su combien de ferventes prières a d'abord gémi sa foi.

Elle n'a pas su les délires amoureux, la lumière radieuse que la novice a projetée, de ses yeux embrasés, sur ceux de Sebastião de Melo, qui aurait pu la sauver de la mort, si son infortune ne l'avait pas entraîné jusqu'au fanatisme, si l'image de Blanche ne lui avait pas soufflé qu'il serait l'assassin de sa seconde femme.

La religion l'a sauvé plus tard ; mais elle l'a forcé à n'avoir aucune fibre sans épine, quand la dernière s'est brisée sur son lit d'hôpital.

. . . .

Teresa dos Anjos s'endormit pour toujours dans les bras de l'homme qui pouvait alors lui réciter, en tant que ministre de Dieu, les prières qui accompagnent les agonisants. En fermant les yeux, elle entendit ces mots :

– Tu vas retrouver ton fils, sainte femme ! La miséricorde du Seigneur a dû l'accueillir, il a été martyr avant d'être parricide…

– Parricide !… dit Teresa convulsivement.

– Pardonnez-lui.

– Que Dieu entende le pardon de sa mère, et prenne en compte mes souffrances, pour l'alléger de son crime !

. . . .

Pour tous ceux qui l'avaient connu, Sebastião de Melo était mort.

Sur ce visage, aucun trait de l'homme ancien !

Le monde se transfigure devant sa transfiguration.

Dom Pedro da Silva, la comtesse de Santa Bárbara, Anacleta dos Remédios sont les consolations que Dieu lui envoie.

Son expiation sera interminable. Il mourra vingt ans après. Le monde verra un saint. L'expiation lui donnera un autel, la loi lui aurait donné un échafaud.

FIN

Composition et mise en pages
Nord Compo à Villeneuve-d'Ascq

Imprimé en France par Maury Imprimeur
en avril 2019
N° d'impression : 235737
Dépôt légal : mai 2019
ISBN : 979-10-224-0277-4
POC : 0237